写らなかった戦後3…福島菊次郎遺言集

殺すな、殺されるな

福島菊次郎

現代人文社

写らなかった戦後3…福島菊次郎遺言集

殺すな、殺されるな

まえがき

「靖国問題」でアジア外交を中断させた小泉首相が退陣し、憲法と教育基本法の改正で〝戦う政治家〟を公約にした安倍内閣が国民の審判も受けぬままに、憲法改正法案を強行採決し〝凍結期間〟の三年が過ぎた。自民党はこの間、一期に四年間に三内閣が変わり、ついに崩壊、民主党に政権が移ったが、相変わらず政治と金の猿芝居が続いている。

憲法改正は政権交代でいつになるかわからぬが、小沢民主党は自民党と同根である。日本は〝天皇を中心にした神の国〟などと世迷言《よまいごと》を続けている森喜朗元首相が改正憲法の前文起草委員長、〝日本列島を不沈空母にして日米安保条約を守る〟とレーガン大統領に誓った旧軍人、中曽根元首相が「本文」担当委員長で、改正憲法案はすでに仕上がっている。

不況と政治の混乱はファシズムの温床である。日本が戦前に逆行する日が迫っている。

いまやっと戦争はおわりました。二度とこんなおそろしい、かなしい思いをしたくないと思いませんか。こんな戦争をして、日本の国はどんな利益があったでしょうか。何もありません。ただ、おそろしい、かなしいことがたくさんおこっただけではありませんか。戦争は人間をほろぼすことです。世の中のよいものをこわすことです。だから、こんどの戦争をしかけた

国には、大きな責任があるといわなければなりません。（略）

そこでこんどの憲法では、日本の国が、けっして二度と戦争をしないように、二つのことをきめました。その一つは、兵隊も軍艦も飛行機も、およそ戦争のためのものは、いっさいもたないということです。これからさき日本には、陸軍も海軍も空軍もないのです。これを戦力の放棄といいます。（略）日本は正しいことを、ほかの国よりさきに行ったのです。世の中に、正しいことぐらい強いものはありません。

『写らなかった戦後　ヒロシマの嘘』でも紹介したこの一文は敗戦後の一九四六年、新憲法制定に際し、政府が全国の学生学童に配布した『新しい憲法のはなし』からの抜粋である。敗戦の焦土と飢餓の中で戦争被害を受けた子どもたちに真向いて侵略戦争の過ちと憲法九条の素晴らしさを教え、戦後の廃虚の中で子どもたちの生きる道を訓《おし》えた空前絶後の良心的な言葉だった。

しかしその憲法は、朝鮮戦争で日本が自衛隊を持つことによってわずか半年の命しかなかった。この一文を読み、日本の戦後の逆行政治と嘘に絶望するだけである。

大人が騙《だま》されるのは自業自得だが、子どもを騙すのは最も重い犯罪行為で、戦前の僕たちの時代同様、生きたまま子どもを殺し、子どもたちの未来を奪うことだからである。

〝美しい国〟を創ると公約した安倍内閣が憲法改正法案を強行採決したことは、その意味で政治が子どもを騙した空前の犯罪行為だった。その代償は戦後政治を際限もなく崩壊させ続け、私たちは今、人間不信と政治不信の深い谷間で明日のない生活を続けている。二度目の敗戦と言われる所以《ゆえん》である。〝美しい日本〟をスローガンにして誕生した安倍元首相は世襲《せしゅう》の二世議員で、劇場政治家といわれた小泉内閣の官房長官に抜擢《ばってき》され、憲法改正法案提出を条件に、国民の審判も受けず政権担当をし、自民党結党以来の夢である憲法改正法案を強行採決したのである。

人間も政治も荒廃した現在の日本に、もし美しいものがあるとしたら、悲惨な敗戦を教訓に誕生した、戦争放棄を国是《こくぜ》にした憲法九条だけである。

目次

殺すな、殺されるな

写らなかった戦後3…福島菊次郎遺言集

Ⅲ　朝鮮人は人間ではないのか　139

Ⅳ　祖国への道は遠かった　205

※不適切な言葉が使用されている箇所について、本書では当時の世相をそのまま表わすために敢えて修正を加えていません。

Ⅰ 殺すな、殺されるな、憲法を変えるな

開戦の詔勅

天佑ヲ保有シ萬世一系ノ皇祚ヲ踐メル大日本帝國天皇ハ昭ニ忠誠勇武ナル汝有衆ニ示ス

朕茲ニ米國及英國ニ對シテ戰ヲ宣ス朕カ陸海將兵ハ全力ヲ奮テ交戰ニ從事シ朕カ百僚有司ハ勵精職務ヲ奉行シ朕カ衆庶ハ各々其ノ本分ヲ盡シ億兆一心國家ノ總力ヲ擧ケテ征戰ノ目的ヲ達成スルニ遺算ナカラムコトヲ期セヨ

抑々東亞ノ安定ヲ確保シ以テ世界ノ平和ニ寄與スルハ丕顯ナル皇祖考丕承ナル皇考ノ作述セル遠猷ニシテ朕カ拳々措カサル所而シテ列國トノ交誼ヲ篤クシ萬邦共榮ノ樂ヲ偕ニスルハ之亦帝國カ常ニ國交ノ要義ト爲ス所ナリ今ヤ不幸ニシテ米英兩國ト釁端ヲ開クニ至ル洵ニ已ムヲ得サルモノアリ豈朕カ志ナラムヤ中華民國政府曩ニ帝國ノ眞意ヲ解セス濫ニ事ヲ構ヘテ東亞ノ平和ヲ攪亂シ遂ニ帝國ヲシテ干戈ヲ執ルニ至ラシメ茲ニ四年有餘ヲ經タリ幸ニ國民政府更新スルアリ帝國ハ之ト善隣ノ誼ヲ結ヒ相提攜スルニ至レルモ重慶ニ殘存スル政權ハ米英ノ庇蔭ヲ恃ミテ兄弟尚未タ牆ニ相鬩クヲ悛メス米英兩國ハ殘存政權ヲ支援シテ東亞ノ禍亂ヲ助長シ平和ノ美名ニ匿レテ東洋制覇ノ非望ヲ逞ウセムトス剰ヘ與國ヲ誘ヒ帝國ノ周邊ニ於テ武備ヲ増強シテ我ニ挑戰シ更ニ帝國ノ平和的通商ニ有ラユル妨害ヲ與ヘ遂ニ經濟斷交ヲ敢テシ帝國ノ生存ニ重大ナル脅威ヲ加フ朕ハ政府ヲシテ事態ヲ平和ノ裡ニ回復セシメムトシ隱忍久シキニ彌リタルモ彼ハ毫モ交讓ノ精神ナク徒ニ時局

ノ解決ヲ遷延セシメテ此ノ間却ツテ益々經濟上軍事上ノ脅威ヲ増大シ以テ我ヲ屈從セシメムトス斯ノ如クニシテ推移セムカ東亞安定ニ關スル　帝國積年ノ努力ハ悉ク水泡ニ帰シ帝國ノ存立亦正ニ危殆ニ瀕セリ事既ニ此ニ至ル帝國ハ今ヤ自存自衛ノ爲蹶然起ツテ一切ノ障礙ヲ破碎スルノ外ナキナリ

皇祖皇宗ノ神靈上ニ在リ朕ハ汝有衆ノ忠誠勇武ニ信倚シ祖宗ノ遺業ヲ恢弘シ速ニ禍根ヲ芟除シテ東亞永遠ノ平和ヲ確立シ以テ帝國ノ光榮ヲ保全セムコトヲ期ス

御名御璽

昭和十六年十二月八日

天皇制の病理と戦争責任

戦後の日本の最初の過ちは、「敗戦」を「終戦」と詐称《さしょう》し、天皇の戦争責任を免責したことである。それによって「主権在民」と「戦争放棄」を謳《うた》った平和憲法を持ちながら、自衛隊という名の軍隊を保有し、海外派兵や靖国神社参拝などの既成事実を構築して、自民党は公然と反動化していった。

「美しい日本」を公約にして船出した安倍政権は、教育基本法改正（二〇〇六年）、防衛庁の省昇格（二〇〇七年）、憲法改正のための国民投票法（同年）など反動法案を強行採決した。自民党が戦後半世紀の間に強行した「解釈憲法」を清算し、憲法を改正して一挙に戦前に逆行しようとしたのである。「自主憲法制定」は天皇制の復活とともに、自民党結党以来の悲願だった。

敗戦後GHQは憲法改正を示唆《しさ》し、政府は「松本試案」など複数の憲法案を提出したが、いずれも明治憲法（大日本帝国憲法）の枠を一歩も出ない時代錯誤の試案だった。やむなくGHQは二〇世紀の世界の規範《きはん》ともなるべき理想国家像を日本に構築するために「マッカーサー草案」を提示し、政府はそれに基づく「憲法改正案」を国会に提出、若干の修正を経て承認されたのが平和憲法だった。その内容は、侵略戦争の過ちと悲惨な敗戦を教訓にした「戦争放棄」を含み、世界が共有すべきものだった。

その内容が優れたものであれば誰の創案でもよい。明治憲法も伊藤博文がドイツ憲法を手本にしたものである。「占領軍の押しつけた憲法だから」とか「戦後六〇年経ったから」というのは為にする理由である。国是《こくぜ》としての憲法は本来、政権政党の暴走や圧政を監視・規制するのが本旨である。事実、憲法九九条は「天皇又は摂政《せっしょう》及び国務大臣、国会議員、裁判官その他の公務員は、この憲法を尊重し擁護《ようご》する義務を負ふ」と定めている。憲法を尊重・擁護する義務を課し、特定政党等が恣意《しい》的に侵害するのを禁じているのである。また第九八条で「この憲法は、国の最高法規であつて、その条規に反する法律、命令、詔勅及び国務に関するその他の行為の全部又は一部は、その効力を有しない」と明文化している。「自衛隊の海外派遣に伴う時限立法だから」「自衛のための軍隊や武器の保有なら合憲」「攻撃的武器でなければ違憲ではない」などという解釈が通用する余地などまったくないはずだ。

一九七〇年代までは憲法学者が「自衛隊違憲論」を展開したが、違憲訴訟は地裁では勝訴しても、上級審に控訴するに従って敗訴した。「自衛隊問題は国会レベルの問題で裁判になじまない」「賠償金が少額で原告の利益にならない」などの迷判決であった。

しかし、憲法学者や評論家も次第に声を潜め、国民も体制に迎合して現在の荒廃した世相を作っていった。

この国はすでに三権分立さえも危うくなったように思う。戦後五〇年間、自民党政権は改正手続も民意も問わないまま、憲法を拡大解釈して自衛隊を保有し、多額の軍事費をかけて強大な軍備を持ち、自衛隊の海外「派兵」まで合憲とさせた。

侵略戦争の果てに国際連盟軍と戦い、三二〇万の国民が殺され、全国の都市がほとんど焦土《しょうど》になり、一〇〇万人の子どもが親と家を失って戦争孤児となり、すべての国民が飢餓に晒《さら》された悲惨な戦争を性懲《しょうこ》りもなく繰り返すつもりか。国会の多数派である戦後生まれの「歴史教育不在時代」の世襲首相や二、三世議員に戦争の恐ろしさや国民の労苦などわかるはずがない。僕は在京中、防衛論争が国会論争の争点になっていたとき、自衛隊と兵器産業を騙して数年間内部からその全貌《ぜんぼう》を取材し、写真集『迫る危機　自衛隊と兵器産業を告発する』（現代書館、一九七〇年）を出版した。

天皇裕仁《ひろひと》は「現人神《あらひとがみ》」から人間に降下するという、外国人の通念ではおよそ理解しがたい詐術を弄《ろう》し、国民統合の象徴に鞍替《くらが》えして死ぬまで皇位に居座った。天皇の戦争背責任の追及を自民党が放棄したことこそ、日本の戦後を過《あやま》らせる出発点だった。彼が免罪《めんざい》されたことで戦争の挑発者たちの戦争責任はすべてうやむやにされ、その後、危険な「大政翼賛《たいせいよくさん》時代」を再現させ、急速に戦前に逆行していったのだ。

天皇の記者会見の様子はテレビで何度か見たが、おきまりの皇室番組ばかりだった。ある日、戦争についての記者質問を聞いたことがあった。途中から見たので前後の脈絡がわからなかったが、思わず聞き耳を立てた。珍しく、戦争に関連する質問だったからだ。

「天皇陛下はホワイトハウスで、『深く悲しみとするあの不幸な戦争』というご発言がありましたが、このことは戦争に対して責任を感じておられるという意味と解してよろしゅうございますか」

「言うまでもなく第二次世界大戦であったと思います」

天皇はことさらに「第二次世界大戦」と表現し、中国やアジア諸国に対する侵略戦争を故意に避けた回答をした。それだけで質問は終わった。日本人記者にそれ以上の質問はタブーだった。天皇の恒例の記者会見はその後も行われたが、とくに問題になることはなかった。

しかし一九七五年一一月三日、内外記者団の共同会見があり、僕が広島の取材をしていた頃から顔見知りだった中国新聞の記者が、広島への原爆投下や戦争責任について天皇に直接質問すると聞き、その日を待った。

ついに待望のその日が来た。彼が何を聞き、天皇がどう答えるか、息を殺してテレビ画面を見つめた。

「陛下は昭和二二年一二月、原子爆弾で焼け野が原になった広島に行幸《ぎょうこう》され、『広島市の受けた災害に対しては同情にたえない。われわれはこの犠牲を無駄にすることなく平和な日本を建設して世界に貢献しなければならない』と述べられ、以後二六年、四六年と三度広島にお越しになり、広島市民にお見舞いの言葉をおかけになりましたが、原子爆弾の投下をどう受けとめられますか」

「この原子爆弾が投下されたことに対しては遺憾《いかん》に思っていますが、こういう戦争中であることですから、どうも広島市民に対しては気の毒であるが、私はやむをえないと思っています」

原爆投下は戦争中だから仕方なかった、と天皇は答えた。それだけだった。それで終わりだった。天皇に対しては、事前に提出した質問事項以外の追加質問は許されない。

広島と長崎への原爆投下については諸説がある。「第二次大戦末期、すでに始まっていた米ソ冷戦に優位を確保するための米軍の対ソ戦略に、人類最初の大量破壊兵器・原爆の威力を誇示《こじ》するのは最も効果的で、対日戦の早期解決を図るにも最高の戦術だった」「ヨーロッパ戦線では使用せず、日本に投下したのは、アジアに対する人種差別からだった」とする説もある。そのすべてが当たっているが、原爆投下前の七月二六日に発表されたポツダム宣言を、国体（天皇制）の護持に固執して拒否したため、原爆を投下されたのである。天皇一人を救うために広島と長崎の二十数万人の市民が一瞬に爆死して犠牲になったのである。当時日本軍はすでに戦闘能力も戦意も完全に失っていながら、ひたすら「天皇制護持」に執着し、天皇一人を救うために中立国スイスや、当時不侵略条約を締結していたソビエトに敗戦直前の七月一三日、近衛《このえ》前首相を特使として派遣し、和平斡旋《あっせん》を依頼しようとしたが拒否された経緯もある。

一九四五年五月、ドイツが無条件降伏して、日本はいよいよ孤立していった。六月二一日には連合軍の猛攻で沖縄が玉砕《ぎょくさい》し、陸海軍は完全に戦闘能力も戦意も失っていたが、阿南《あなみ》陸相《りくしょう》は一人、徹底抗戦を主張、大本営は「本土決戦、一億玉砕」を呼号し続けた。

天皇も最後まで皇位に執着し、無条件降伏を拒否した。無条件降伏をすれば、当然皇位を失い処刑されるのは世界戦史の掟だったからで、自己の延命に奔走《ほんそう》しているうちに八月六日、広島に人類最初の原子爆弾を投下され、九日に長崎にも原爆を投下された。

万策尽きて悲惨な敗戦を迎えたのだが、後年天皇は手柄顔に語った。

「開戦は軍の独断で仕方なかったが、終戦は私が決断した」

降伏を決定するもしないも、もはやそれ以外の選択は残されていなかったのだ。この事実は第二次大戦史の定説である。天皇は敗戦後も戦争責任から逃避し続け、現地で被爆者の惨状を取材し続けている中国新聞記者の質問など歯牙《しが》にもかけず、原爆投下の問題に真向かおうともしなかった。

悲惨な敗戦を教訓にして、「安らかに眠ってください、過ちは再び繰り返しませんから」という不戦の誓いを刻んだ慰霊碑が完成し、五万七千九〇二柱の原爆犠牲者が合祀《ごうし》され、第一回「広島市原爆死没者慰霊式並びに平和祈念式」が開催されたのは平和記念公園が完成した一九五四年八月六日だった。天皇の慰霊碑への初めての「お立ち寄り」は一九七一年四月で、原爆投下から実に二六年目のことだった。

「お立ち寄り」と書いたのは、慰霊碑参拝のための来広ではなく、県下で行われた恒例の全国各地の植樹祭に西下した天皇が帰路、慰霊碑に「立ち寄った」からである。広島市や被爆者団体は当初、宮内庁《くないちょう》に慰霊碑への「御参拝」を請願したが許可されず、「お立ち寄り」になったのである。その日程に合わせ、広島市は平和公園の桜の木に開花を遅らす注射を打ち、市民は広島市を日の丸の旗で埋め、天皇と皇后を迎えた。慰霊碑前に土下座し、最前列で手を合わせて天皇を拝む被爆老人もいた。献花の後、天皇はわずかに頭を下げて「お言葉」もなく早々に立ち去り、被爆者も広島市民も、「お立ち寄りでなく、せめて『ご参拝』にしていただきたかった」と悔やしがったのである。

天皇は広島に原爆が投下されたことに一片の責任も認めず、被爆者や市民に一言の謝罪もしなかった。以後、慰霊碑に立ち寄ることはあっても、「参拝」したことは一度もなかった。

中国新聞記者の記者会見を通して、戦後最大の問題だった原爆投下に関わる天皇の戦争責任の問題提起は最初で最後の機会を失い、戦後史の闇に葬られた。

続いて他紙の記者が天皇の沖縄訪問について質問を始めたが、沖縄死守を命じ二〇万人以上の軍民を殺した天皇の勅語と戦争責任の問題にはまったく触れない茶番質問だった。沖縄島民に悲惨な集団自決をさせたのは、天皇の沖縄死守の勅語と東条首相が発令した「戦陣訓」でもある。「生きて虜囚《りょしゅう》の辱《はずかしめ》を受けず」と厳命したこの訓令は、「上官の命令は朕《ちん》が命令と心得よ」と命令した軍人勅語に従えば天皇裕仁の命令そのもので、沖縄島民は天皇に玉砕を命じられたのである。

ガマ（洞窟《どうくつ》）の奥深く三度潜り、終日ろうそくの灯を頼りに悲劇の跡である集団自決の現場を撮影したことがある。肌が泡立ち、心臓が音を立て始めた。赤子のおしゃぶり、ブリキの玩具《おもちゃ》、欠けた茶碗《ちゃわん》、一本だけ残された箸《はし》、半分になった老眼鏡、キセルの雁首《がんくび》、石で組んだかまどの上に残された割れた鉄鍋《てつなべ》……。米軍に追われて逃げ込んだ洞窟の中で戦火を避けた何日かの追いつめられた絶望の日々の後、最後の日が来て、母親はわが子を殺し、老いた夫は老妻に斧《おの》や鎌《かま》を打ち下ろし、兄弟は互いに刺し違え息絶えた後、残った男たちは手榴弾《しゅりゅうだん》を腹に抱いて安全ピンを抜き、木端微塵《こっぱみじん》になったのである。その阿鼻《あび》絶叫の断末魔を想像しながらシャッターを切り、僕は残忍な戦争を命令した天皇を激しく憎んだ。

一九四五年三月二三日、米軍は沖縄本島の地形が変わるほどの激しい空爆と艦砲射撃《かんぽうしゃげき》を加えた後、読谷村《よみたんそん》海岸に上陸した。老人や子ども、母親たちはガマに逃げ込み戦火を逃れたが、元気な学生は弾丸運びや水汲《く》みに徴発され、女子学生は野戦病院で負傷兵の看護や雑事に酷使された。しかしともすればスパイ扱いされ、非国民呼ばわりされたという。そして米軍が迫ると、「これで自決しろ」と日本兵から手榴弾を渡され、集団自決を強制された。ガマには日本兵も逃げ込み、赤ん坊が泣き出すと米軍に発見されるので「首を締《し》めて殺せ」と命令され、銃剣で突き殺されたという残酷な話を生存者たち数人から直接聞いた。

集団自殺を命令したかどうかが戦後問題になっているが、島民に武器である手榴弾が渡されていることと自体が軍の関与を示す何よりの証拠である。島民が捕虜《ほりょ》になると軍の情報が漏《も》れるのを恐れたからで、非人道的な命令のために、非戦闘員まで巻き添えにされ、一二万人の島民が無駄死にした。

次の質問者は英紙タイムズの記者だった。

「戦争責任について天皇陛下はどのようにお考えになっておられますか」

日本人の記者の口からは絶対に聞けない、敗戦後タブーになっていた質問が飛び出したので、思わずブラウン管に写った天皇の顔を見つめた。どんなときにも表情一つ変えない天皇が、かつて見せたこともない薄笑《うす》いを浮かべながら答えた。

「そういう言葉のアヤについては、私は、そういう文学方面はあまり研究もしていませんので、よくわかりませんから、そういう問題についてはお答えできかねます」

一瞬、記者席から小さなざわめきが起きたが、すぐ静かになった。戦争責任を「文学方面」にして擦《す》り抜けた天皇のはぐらかし答弁に唖然《あぜん》として言葉を失った。事前に提出させたタイムズ紙の質問にどう答えるか、天皇側近や宮内官僚が額を集めて創作した作文にしてはお粗末すぎた。侵略戦争の原罪を擦り抜けることだけに汲々《きゅうきゅう》とした意味不明の妄言《もうげん》だった。心あるすべての日本人が言葉を失った一幕だった。日本のマスコミならその程度の詭弁《きべん》でごまかせても、かつての交戦国がそんな詭弁で承知するはずもない。英記者は天皇の言葉をどう翻訳して送り、タイムズ紙はどんな記事を掲載したのだろうか。

天皇への質問は事前に提出し、許可された事項についてのみ質問が許され、答弁の内容を質すことも、再質問も許されない。戦後の最重要課題だった天皇の戦争責任問題について直接質問する最初で最後のチャンスは、わずか二分で終わった。

天皇発言に対し、厳しく批判したのは共産党の機関紙「赤旗」だけだった。他紙はすべて事なかれ主義に徹し、あえて天皇批判のタブーに迫ろうとはしなかった。日本の戦後ジャーナリズムが死んだ日でもあった。

日本のマスメディアは、戦後厳しく封印され公式に論ずることをタブーにされてきた天皇の戦争責任について、戦後のドイツのように厳しい追及のメスを入れる千載一遇《せんざいいちぐう》のチャンスを逃してしまった。

テレビ画面はその後一転して、見飽きた皇室番組に変わった。「テレビ番組は何チャンネルを見ているか」「どんな番組が好きか」とか、皇室記者たちの質問に答える天皇は、今まで見せたこともない笑顔と冗舌《じょうぜつ》を振りまいた。戦後タブーにしてきた戦争責任問題を思惑どおりに擦り抜けて封印した後の安堵《あんど》が、彼をリラックスさせたのだろう。

マスメディアが軍国主義に追従・協力したのが侵略戦争の引き金と原動力になったという反省が、戦後ジャーナリズムの原点になったはずだった。その反省を投げ捨て、ほとんどのメディアは荒唐無稽《こうとうむけい》な天皇発言を野放しにして論評も議論も告発もせず、再びペンを折り、大政翼賛劇「マスコミは二度死んだ」を実演して見せてくれたのである。

タイムズ紙の記者に答えた天皇の言葉を、遺族たちはどんな気持ちで聞いたのだろうか。新聞歌壇に寄せられた一句が、その悲痛な心情のすべてを物語っている。天皇はこの遺族の怒りと悲しみと憤怒《ふんぬ》の心情を詠《うた》った告発の一句に、何と答えるのだろうか。

戦争責任は　言葉のアヤと言い捨つる　天皇に捧げし　身は悲しかり

後年の朝日新聞特集記事「昭和報道」は、当時の天皇発言に対するマスメディアの反応を伝えたが、宮内庁記者の論評には唖然とした。「言葉のアヤとはうまく返された。陛下には言えないこともある。何もあそこまで聞かなくてもいいと思った」と、むしろ質問したタイムズ紙の記者を批判していた。またサンケイ記者は、「政治的に扱い兼ねる問題は本当は避けるべきではなかったのか」と発言した。その発言こそ、皇室記者の限界を露呈したものだった。

天皇の記者会見から数日後、中国新聞東京支局で話を聞いた。

「うまく逃げられた。もう何を言っても無駄だ、せっかくいい機会だったのに残念だった。今度のことで記者が孤立しなければいいが、と心配だ」

マスコミも評論家も知識人も沈黙を守り、「天皇の戦争責任」という言葉は、その日から「死語」になった。戦後の公式な記者会見でタブーになっていた原爆問題や、とくに天皇の戦争責任問題は一挙に解決され、裕仁は青天白日の身になったのである。宮内庁が英タイムズ紙の事前の質問要請をあえて許可したのは、宮内庁官僚と自民党が仕組んだ巧妙な「罠」であった。質問に対する答弁が慎重に討議され、その答弁に対する日本のマスメディアや国民の反応を見極め、タブーになってきた天皇の戦争責任問題を一挙に闇に葬る魂胆《こんたん》は見事に成功したのだ。

一方、天皇発言に対するアジア諸国の反応は素早く、厳しかった。韓国や中国をはじめフィリピンなどの西南太平洋諸国もいっせいに天皇発言に厳重な抗議をしたが、日本政府は黙殺し、日本のマスメディアは外電の紹介記事を掲載して天皇発言を婉曲《えんきょく》に報道するだけだった。また昭和天皇が一九八九年一月七日に死亡すると、海外のメディアは一気に彼の「お人柄」と戦争責任に対する仮借《かしゃく》のない批判と抗議を、日本と日本人に投げつけた。

死者を鞭《むち》打つのはこの国の美徳ではないが、国民に君臨して生殺与奪《せいさつよだつ》の権力を振るい、アジア三〇〇〇万の無辜《むこ》の民を殺戮《さつりく》した冷酷無比の君主をかばう理由は皆無である。歯に衣を着せぬ海の彼方からの論評を紹介する。

戦争責任の追及をして擦り抜けられた英タイムズ紙は、かつてない厳しい表現で天皇裕仁を論評した。

「彼は戦争を止めさせることができた、ただ一人の存在だったにも関わらず、そうしなかったと言う汚点を背負っている」（英・タイムズ）

「天皇は自己の戦争責任について公には一度も発言していないが、彼がこれを真剣に受け止め恐れていたことは、天皇を非難する人々にも異論のないところである」（独・フランクフルター・アルゲマイネ・ツァイトゥング）

「ヒロヒトが戦争を好まなかったというのは誤りで、彼が好まなかったのは対ソ戦だけだった」（仏・リベラシオン）

「ヒロヒトと日本、それに近隣諸国の悲劇は、国民にとって神とされた人物が、彼が望んでいたにもかかわらず、彼の名が常につきまとう悲惨な戦争を止めることができなかったことである」（豪・シドニー・モーニング・ヘラルド）

「アジアと西南太平洋諸国を蹂躙《じゅうりん》した彼の戦争責任はついに厳しく問われることもなかったが、韓国に対する植民地支配のさまざまな暴政についても、『遺憾《いかん》』の言葉を表明したのみで公式な謝辞は表明されたこともなく、公正な賠償も受け取ったことはない」（韓国・東和日報）

一九七五年一一月三日の天皇裕仁の言辞《げんじ》と日本政府の対応は、世界に回復不能の反発と不信を凝結《ぎょうけつ》させた。海外からの天皇批判は一九八八年天皇が膵臓《すいぞう》ガンで入院し、連日の下血報道が始まり翌年死亡すると、一気に高まった。下血報道が垂れ流されている最中の九月二一日、英国紙サンはショッキングな記事を配信した。

朝日新聞「昭和報道」に紹介された最も激しい内容の記事の一部を転載する。とくにドイツのマスメディアはヒットラーの侵略戦争を厳しく告発してヨーロッパ社会に復帰しただけに、その舌鋒《ぜっぽう》は鋭い。

「地獄が天皇を待っている。連合軍の捕虜が拷問され餓死してゆく中で、天皇は何もしなかった。日本人はなぜ天皇の戦争責任を正面から取り上げなかったのか……」

また、ドイツ極東特派員は、紙面に談話を発表し、天皇が死亡した八九年一月一四日～一五日付の紙面に特集記事を掲載した。

「いつになったら日本人は天皇の戦争責任を正面から取り上げるのか。病状を理由にまた論議を避けるのか。もううんざりだ」「死去のときが天皇の戦争責任を問う最後のときだったのに、日本人がその機会を逃した以上、外国人が書いて行くしかない」

日本のジャーナリストも見限られたものだが、韓国の出身のカメラプレス記者は、昭和天皇の死去後、皇居前で天皇の死を悼《いた》む日本人に聞いた。

「戦争責任に触れる意見を聞きたかったが駄目でした。みんな『責任はない』と答え、哀悼の言葉ばかりでした。死者を鞭打たないのが日本の伝統ですからね」

『日本の権力構造の謎』の著者で、特派員だったオランダのカレル・ヴァン・ウォルフレンはこうも語った。

「皇室にものを言うのは危険が伴う。まして戦争責任は追及しがたい」

天皇報道があるとすぐ右翼の街宣車が「天皇制復活」を絶叫して都内を走り回っていたのも、天皇の記者会見が仕組まれた謀略だったことを証明するだろう。いつの時代も、右翼を持ち出せば日本のマスメディアも市民も暴力を恐れて沈黙する。この国で天皇批判がタブーなのは、右翼の標的になるからだ。

一九六〇年には小説「風流夢譚《ふうりゅうむたん》」を中央公論に連載した深沢七郎は右翼に狙われて姿を隠し、翌年に中央公論社社長宅が襲撃されて家政婦が殺されて以後、同社は自主規制を続け、体制批判的な要素は退潮していった。

一九六七年、「革新都政」をスローガンに東京都知事に当選し、教育や福祉面の都政改革を推進した美濃部亮吉《みのべりょうきち》は、明治神宮外苑で開催されていた陸上自衛隊の観閲式を拒否、一九七三年以降、観閲式は埼玉県の朝霞駐屯地《あさかちゅうとんち》で開催されるようになった。しかし、これが右翼攻撃の標的になり続けた。ちなみに彼の父親・達吉は「天皇機関説」で知られる憲法学者で、戦時中、天皇制は一機関にすぎないと学説を発表したため東大から追放され、思想犯として取り調べられた。

一九八七年、「赤報隊《せきほうたい》」の朝日新聞阪神支局銃撃事件が起こった（二〇〇二年、時効成立）。戦中の「横浜事件」（一九四二～四五年）のように「治安維持法」を発動すれば自由に思想と言論の弾圧ができた時代ではなくなり、政治権力と癒着した右翼暴力が規制・弾圧を代行しているといわれている。一九八九年、本島《もとじま》長崎市長（当時）は「天皇の戦争責任」について市議会や記者会見で質問され「戦争責任はあると思う」と答えただけで、翌年右翼に狙撃《そげき》され重症を負った。

しかし、一九六〇年代から始まった屈折した言論弾圧の中にも、抵抗したジャーナリストが何人かいたので紹介しておきたい。

二〇〇九年、八六歳で亡くなった田英夫《でんひでお》氏もその一人だった。彼は学徒動員され、爆薬を装填《そうてん》した木製の高速艇で敵艦に体当たりする特攻隊員だったが、出撃前に敗戦を迎え、命拾いをして東大に復学した。卒業後は共同通信社に入社、その後ＴＢＳに入社し、ニュースキャスターの草分けと言われた。その理由はベトナム戦争中、米軍の爆撃を現地から生放送し、枯れ葉剤やナパーム爆弾の残虐性を訴え続けて衆目を集めたからだ。しかし、ベトナム戦争のお先棒担ぎをして南ベトナム訪問をした佐藤首相を批判する反戦報道を続けて降板され、退職後に政界に進出した。

在野のまま反戦・平和を主張し続け、生涯を貫いたジャーナリストに元「朝日ジャーナル」編集長・筑紫哲也《ちくしてつや》氏がいる（二〇〇八年死去）。彼は「親のすねをかじって学生運動でもあるまい」と揶揄《やゆ》され、また「過激派」と言われ社会から孤立していた学生運動の思想、行動理念になった数少ないジャーナリストで、当時の学生の英雄的存在だった。朝日新聞社を退社後、フリーのニュースキャスターとして独自の論陣を展開した。一九六一年にプロ写真家を目指して上京して以来、僕もずいぶん勉強させてもらった。ガンで死亡する直前まで論陣を展開したジャーナリストだった。

日本の言論人のもの知り顔の論争は僕の耳にはもう騒々しいだけだが、在日の評論家・東京大学教授である姜尚中《カンサンジュン》氏の静かな論調には、いつも難聴の耳を傾けている。

法的な天皇の戦争責任について、法律の門外漢である僕が口をはさむ余地はないが、天皇の命令で戦場に屍《しかばね》を晒し、かけがえのない生命を奪われた兵士や、侵略戦争で生命を奪われたアジアの犠牲者の一人ひとりには、戦争を命令した天皇裕仁の戦争責任を詰問する権利があるだろう。同様に、戦時中二度召集され、何度も死地を潜って生還した僕にも、同じ権利があると考えている。

天皇の内外記者団との会見が、自民党政府と宮内官僚の陰謀で開催された一九七五年といえば、三〇年目を迎えた戦後政治が学生運動や三里塚闘争などの反体制運動を機動隊暴力で殲滅《せんめつ》させた三木内閣や、戦後初の元軍人首相・中曽根康弘が自民党長期独裁政権の基盤作りを完成させた年代だった。政権基盤を安定させた自民党が、次の政治課題として最初に達成を目論んだのは、自民党の党是である「天皇制復活」だった。

安保反対運動や学生運動などの反体制運動が全国で激化していた六〇年代、騒乱罪などを強制適用、逮捕者を見せしめ的重刑に処した。こうして反体制の力を抹殺し長期政権が安定すると、最初に着手したのが新憲法で、「国民統合の象徴」だった天皇を戦前同様の尊厳と権力を持った「国家元首」に昇格させることだった。そのために、敗戦後タブーにしてきた天皇の戦争責任問題など、天皇の身辺に累積《るいせき》された多くの問題を解決する必要があったのだ。

自民党憲法調査会は一九七二年、国民統合の象徴だった天皇を日本国の「代表」にするなどの改正案を了承し、法案整備を進めていたが、さらに国家元首に昇格させようと画策していた。政府がそのために企画したのは天皇在位五〇年式典（一九七六年一一月一〇日）を開催することだった。

この日は、早朝から右翼の街宣車が軍艦マーチで奉祝ムードを煽り立てて都内を走り回っていた。皇居では恒例の国民の記帳を受け付けた後、自民党代議士をはじめ叙勲者、軍服姿の旧軍人、教育関係者、一般市民などが参集し、日本武道館で盛大な祝典が開催され、銀座通りを終日交通止めにして約一〇万人が参加した奉祝パレードも行われた。

体育会系大学応援団の校旗と日の丸を先頭に、バトンガール、鼓笛隊《こてきたい》が続き、日本婦人会、お神《み》輿《こし》、下町風情の火消しの櫓芸《やぐら》、明治時代の遺物である鉄砲を担いだ官軍兵士の行進が続いた。その後には明治時代からの国威の宣揚《せんよう》だった巡邏《じゅんら》や、金色で飾り立てた礼服を着た天皇直属の高級官僚が、日の丸で埋め尽くされた銀座通りをパレードし、夜は奉祝提灯《ちょうちん》行列が銀座八丁目を灯の海にした。

この日、特筆すべき事態が起きた。天皇の「お言葉」の「国民のみなさん」が、「みな」と呼び捨てになったことだ。憲法改正を視野にして、国民を平身低頭させ、戦時中の天皇の威信を復活させるための予備行動だった。

以下、天皇制復活に対する自民党のスケジュールを記してみた。

一九六六年　戦前天皇制の象徴だった「紀元節《きげんせつ》（二月一一日）」を「建国記念日」と改名する祝日法を強行採決、翌年から適用
一九七二年　自民党憲法調査会、天皇を日本の「代表」にするなどの改正法案を了承
一九七五年　内外記者団との会見で「天皇の戦争責任」否定
一九七六年　在位五〇年記念式典を日本武道館で開催、一〇万人動員して銀座通りでパレード
一九七八年　福田赳夫《たけお》内閣が「有事立法」の研究促進を指示
東京裁判で絞首刑になった東条英機ほか一四名の戦犯を内密に靖国神社に合祀
一九七九年　天皇制の紀元である「元号法」を強行裁決
一九八〇年　「天皇国家元首」法案提出

これらの法案整備はすべて、敗戦で失った戦前の天皇制の権威と権力を奪還復活するために、自民党が憲法九条を侵害、拡大解釈して仕組んだ逆行政策である。併行してその基盤となる自衛隊の増強も実施され、七〇年代には米国に継ぐ世界第二位の軍事大国になっていた。

自衛隊は一〇年毎に軍事予算を増強し、六〇〜七〇年代の第二次防衛計画では防衛費を前倒ししてまで軍備増強に執念を燃やし、第三次防衛計画では当時「最後の戦闘機」といわれた米ロッキード社のF１０４主力戦闘機（小型核爆弾を搭載《とうさい》し、その性能を世界に誇示した）二三〇機をライセンス生産、「二〇〇〇億の買い物」と与野党の激しい論争になった。

僕は当時、自衛隊を取材するためにやむなく防衛庁を騙し、陸海部隊、兵器産業の全貌を三年間内部から取材し、総合雑誌や各メディアに発表した。そして、写真集『自衛隊と兵器産業を告発する』を出版、全国巡回展も開催した。天皇制の問題と軍隊の関わりや、その危険性と欺瞞《ぎまん》性を告発するためだった。

その自衛隊は一九五〇年、朝鮮戦争の勃《ぼっ》発《ぱつ》時に「警察予備隊」として創設された。五二年に「保安隊」、五四年に「自衛隊」と呼称を変え、二〇〇七年防衛庁は防衛省に変身した。この間、自衛隊は「災害救助の自衛隊」「戦力なき軍隊」「攻撃的武器を保有しない『専守防衛』の自衛隊」と次第に既成事実を積み上げてきた。そして現在では国連貢献を錦の御旗に「海外派兵」にまでエスカレートした。

天皇の呼称も「国民統合の象徴」から「日本国の代表」、「国家元首」へと格上げされようとしている。

このまま行けば、憲法改正の日も近いだろう。天皇の「お言葉」の「私」が「朕《ちん》」に変わり、「国民のみなさん」が「汝臣民《なんじしんみん》」に格下げされ、戦前の天皇制軍国主義が復活する日も近いのではないか。天皇陛下バンザイである。

靖国神社と天皇

国家と天皇に殉じた兵士は「護国の鬼」と崇《あが》められ、天皇家の菊の紋が金色に輝く靖国神社に「英霊」として祀《まつ》られた。このことは明治以来、国民の最高の栄誉とされた。春秋の大祭に祭主として天皇が参拝することが、肉親を戦争に奪われた遺族の心の支えになっていた。靖国神社に参拝すれば、死んだ夫や息子に会えると信じ、「死ぬまでに一度靖国神社に参拝し、息子に会いたい」「靖国神社にお詣《もうで》して息子に会えたからもう思い残すことはない、いつ死んでもいい」と、老いた遺族たちは息子のいる黄泉《よみ》に旅立っていった。

僕の同級生の半数は戦死した。仲の良かった同級生の母親が戦後、「こんな惨《むご》いことがあっていいものか、神も仏もあるものか」と畳を叩いて慟哭《どうこく》する姿を見るたび、慰める言葉もなく、死に損なって帰ったわが身の不甲斐《ふがい》なさを責めた。そしてそのたびに、戦争責任を擦り抜けた天皇を激しく憎んだ。

ところが天皇裕仁は、彼に命を捧げた「英霊」を祀る靖国神社の祭主でありながら、一九七五年一一月二一日を最後に、靖国神社参拝を拒否した。東京裁判で死刑の判決を受け処刑された東条英機ほか、松岡洋右《ようすけ》（開戦当時の外務大臣）、白鳥敏夫（駐伊大使）など一四名のA級戦犯が合祀されていたことが理由だった。

しかし、靖国神社に合祀されているのは明治初年（一八六八年）以来、天皇と国家に殉じた「英霊」で、毎年春と秋に例大祭が行われてきた。戦没兵士の偉勲を顕彰する聖地であり、遺族にとっては、春秋の例大祭は国に命を捧げた夫やわが子を天皇が慰霊する「心の拠《よ》り所」だった。

昭和天皇はA級戦犯の合祀が政府の指示で行われた事実が判明しても、八九年に死亡するまでついに靖国神社を参拝せず、代替わりした平成天皇も一度も参拝しないままである。

靖国神社への戦犯合祀は、日本政府や旧軍人の根強い東京裁判否定をも意味している。敗戦後、歴代政府の要人や旧軍人、官僚は執拗に東京裁判の違法性と無効を主張し続けてきた。当時の政府自民党がA級戦犯を「昭和殉難者」と名付け、極秘に靖国神社に合祀したのも、その心情を吐露《とろ》した行為といえる。

当時の内外マスコミは、社説や論評で次のように戦犯合祀を批判した。

「戦争責任が忘れ去られていいはずがない」（毎日新聞）
「まったく残念な出来事」（読売新聞）
「時代が変われば戦犯を美化してもいいのか」（北海道新聞）

「東京裁判は敗戦国日本が戦争の悪夢に決着をつけ、平和国家へと立ち上がる転換点となった。A級戦犯の靖国神社合祀は、その歴史的現実を無視している。合祀する自由はたしかにあるだろう。だが理由があれば何をどのようにしてもいい、ということはなかろう。A級戦犯の合祀はこの歴史的現実を無視している」（産経新聞）

「『東京裁判』が不公平、不合理だとするならば、なぜ日本人は自らの力で真の侵略戦争の責任者を逮捕し、ドイツと同じように裁判にかけ、この世にまだ正義が存在していることを証明しないのか。靖国神社は『戦犯の神社』に変わってしまった」（シンガール紙、星州日報）

天皇も日本のマスメディアも「戦犯合祀」だけを問題にしているが、シンガポール紙の社説は問題の本質を鋭く衝《つ》いていた。敗戦後のドイツと比較し、戦争の総括も放棄した日本の戦後処理を厳しく批判しているからである。

ちなみに朝日新聞は外電を紹介するだけで済ませ、自らの論評を避けた。マスメディアの資格を自ら放棄したものであった。

昭和天皇は、一九五〇年代までは私的に靖国神社を参拝した。戦犯遺族の集まりである「白菊遺族会」にも皇居内で会見し、「このたびの戦争には肉親を失われ、ずいぶんご苦労なさったことと思います。衷心《ちゅうしん》よりご同情申します」と慰めの言葉をかけている。靖国神社参拝の中止について、天皇が戦犯を合祀した靖国神社宮司だけを非難していたのは眉唾《まゆつば》ものだ。合祀を指示した自民党政府をとがめなかったのは、天皇が事前に合祀を知っていたからだというマスコミ情報もある。真相は闇の中だが、違法に合祀した戦犯の遺骨を他に移せば問題は簡単に解決するはずだ。天皇は少なくとも「国民統合の象徴」で、国民の血税で存在している境遇である。本当に英霊や、その家族のことを思っているのなら一言でもあっていい。その程度のこともできない天皇なら国民にとっては無用の長物である。

戊辰《ぼしん》戦争以来、国家に殉じた兵士五〇〇万人余を合祀した靖国神社は、わずか一四人の戦犯に占領されたままの異常事態が現在も続いている。僕は靖国神社の存在には反対してきたが、その理由は、最もコストのかからない戦没者の「大量処理施設」として靖国神社が復活するのを恐れているからだ。つまり、戦犯を内緒で合祀したのも、憲法を改正し天皇制を復活させ、自衛隊を正当化した暁《あかつき》には、東条英機や山本五十六《いそろく》を軍神として靖国神社の最上段に祀り、戦前同様の国威宣揚と戦争への基盤にする可能性があるからである。

「日本は民主主義国だから、そんなことは絶対ありえない」と国民の大多数は信じているようだが、戦争体験を持ち、戦後六〇年間戦後史の現場でジャーナリストとしてシャッターを切り続けてきた僕の実感である。

敗戦後、マッカーサーは靖国神社の存在を否定したが、講和条約締結後に例祭は復活し、歴代首相が参拝した。そのたびにアジア諸国から激しい抗議を受けた。

三木武夫首相は一九七五年八月一日、「私人」の資格で靖国神社に参拝し、記者団から「靖国神社の国家護持をどう思うか」と聞かれたが、質問には答えなかった。しかし参拝の前日、院内で石田博英自民党幹事長代理に不満をもらしていた。

「世間はおかしいことを言うではないか。春秋の例大祭への首相参拝が黙認されているのに、宗教儀式でもない終戦記念日の慰霊のための参拝がなぜいけないのか」

靖国神社を国家管理するため「靖国神社法案」が一九六九年から七二年にかけて自民党から毎年提出されたが、一九七四年に廃案になった。政府はその後、法案提出を断念して天皇や首相の「公式参拝」戦術に転換した。同年、当時朝日新聞「天声人語」の筆者・荒垣《あらがき》秀雄と「週刊朝日」編集長・扇谷《おおぎや》正造《しょうぞう》が靖国参拝問題について、国会の参考人質問で意見を述べた。

「いつまでも憲法論議を続けていては英霊は眠れない。靖国神社問題は憲法を超える」

「戦友の死を思うとき、憲法論議など聞くと侮辱されているような気がする」

こうして靖国参拝論争に火がついていた当時、三木首相は党内のタカ派に背中を押され、終戦記念日の参拝を決意したのである。

「私人としての資格で参拝したのは、護憲派としての首相のせめてもの意地だった」と首相秘書官は語った。こうして、靖国参拝論争は英霊を野晒しにしたまま、「公人か」「私人か」という論争に歪曲《わいきょく》されていった。

さらに火に油を注いだのは、「風見鶏《かざみどり》」といわれていた中曽根康弘だった。

「どの国にせよ、米国にはアーリントン（墓地）があり、国のために倒れた兵士に対して国民が感謝を捧げる場所がある。さもなくして、誰が国に命を捧げるか」と自民党セミナーで意気揚々と発言した。一応ごもっともなご意見だが、彼は戦後の首相の中で唯一人、タカ派の旧軍人だった。

その発言は多くの賛同者を得たが、マスコミはその真意を、「実によく考えた国家路線の再設定だった。靖国はその精神面であり、防衛費の国民総生産（GNP）比一％枠突破はその実体面だった」と批判した。靖国神社法案こそ中曽根元首相の積年の夢であり、憲法違反の自衛隊を日本の正規軍にし、軍備を拡大するのが目的だったのだ。

現地の状況を取材するため、僕は当時よく靖国神社に行った。神楽坂《かぐらざか》周辺はヘルメット姿や乱闘服姿の右翼の街宣車が走り回り、軍艦マーチの音量をいっぱいに上げ、「憲法改正」「軍備増強」「北方領土返還」を叫んでいた。神社前にも街宣車が常駐し、「靖国神社法案賛成」を叫んでいた。警察は、学生運動は道路交通法違反で逮捕しても、右翼を規制しようともしなかった。

参道の大鳥居を潜ると、日本陸軍の創設者・大村益次郎の銅象の台座に侵略戦争を賛美した爆弾三勇士や、南京占領のブロンズが並んでいるのを眺め、爆弾三勇士が軍国少年の夢であったことを思い出した。そのたびに、マッカーサーがなぜ天皇制軍国主義の象徴である靖国神社を残したのか、疑問だった。

全国各地からの在郷軍人による集団参拝、体育会系大学生や剣道着の若者グループ、自衛隊員、一般参拝者など、境内はいつも参拝者でいっぱいだった。

一九八〇年の国政選挙で自民党が圧勝し、翌年「みんなで靖国神社に参拝する国会議員の会」が結成された。国会では、自民党憲法調査会が憲法を改正し、天皇を日本の元首にし、九条に戦力保持を明記するなどの大綱を決定した。

「天皇制復活」は自民党結党以来の党是であった。自民党初代総裁の吉田茂は自らを「臣茂」と呼び、自民党の党章に天皇家の「菊の紋」を採用した。日米講和条約締結後、マッカーサー指令で廃校になった皇道教育の牙城《がじょう》・皇学館大学を復活させ校長に就任、その再建に執念を燃やした。

金と物しか通用しない高度成長時代が過ぎると、「不毛の時代」が到来した。折からの「皇太子妃雅子さま、紀《き》子さま」のおめでたブームの中で、天皇制復活の陰謀は執拗・的確に構築され、宮中参賀や記帳の列は確実に賑わっていった。


二〇〇七年、朝日新聞社から出版された『卜部亮吾《うらべりょうご》侍従《じじゅう》日記』（全五巻）の第一巻が発売されたとき、定価は六二〇〇円（税別）で高価だったが無理をして買って読んだ。どうせ「今だから話せる」といった御用記録だろうと思ったが、天皇の「お人柄」について、外国使臣が在任中に皇室行事に参列して陛下のお人柄に触れ、帰国する離任の挨拶の際、「みんな涙を流してお別れを惜しんだ」という提灯記述があった。思わず「嘘をつけっ」と怒鳴った。そのような「お人柄」の人物なら、自分が命令した戦争に命を捧げた兵士を冷酷無惨に使い捨てるはずがない。

侍従にとっては「いつもお優しく、人格ご高潔なお人柄」の陛下だったかもしれない。しかし、敗戦後の全国巡幸《じゅんこう》で戦争責任を帳消しして味を占め、中国や韓国は敬遠したがヨーロッパ諸国に親善外交を企んだ。

日本のマスコミは報道しなかったが、各国のマスコミからは「戦犯」との酷評を受け、市民からは投石や進路妨害をされたのが「親善巡幸」の実態だった。

敗戦時、天皇裕仁が最も恐れたのは、現人神《あらひとがみ》として国民に君臨し、生殺与奪の権力を握り三二〇万の国民を殺して戦場に野晒しにしたことでも、国民を飢餓と窮乏に晒した惨状でもなかった。彼は国民の労苦など眼中になく、二六〇〇年続いた天皇家が、自己が在位した「昭和」で崩壊するのを最も恐れ、その存続に執念を燃やし続けていたのだ。

天皇裕仁にとって、国民が天皇に命を捧げるのは当然のことであった。むしろ兵士の死は彼の権威と尊厳を高揚させた。金色の「菊の紋章」を正面の大扉に掲げた靖国神社に合祀して忠誠心を「英霊」として顕彰すれば、遺族は戦争で肉親を奪われた不幸も逆境も忘れ、「一家一門の名誉です」と感謝感激して、遺骨も入っていない「白木の箱」を受け取ったのだ。

そのため戦後の日本人は天皇同様、侵略戦争に加担した原罪も贖罪《しょくざい》意識も失い、高度成長の波に乗って金と物にしか関心を持たない国民になり、悲惨な敗戦を教訓にした新憲法の理念も忘れて自民党体制に迎合し始めた。

中曽根、森、小泉と続いた「天皇制復活」の野望は確実に構築され、安倍内閣は二〇〇七年、「日本国憲法の改正手続に関する法律」（国民投票法）を一挙に成立させた。

国家国民の前途を左右する重要な法律だが、二〇一〇年五月に施行された。この間、安倍から福田、麻生と一期四年間に三内閣が変わり、国民の信を失った自民党は〇九年の衆議院選挙でついに民主党に敗北、政権交代した。しかし誕生した鳩山政権も、首相と小沢幹事長の「政治と金」疑惑で発足時七〇％の内閣支持率がわずか半年で三〇％台に急落し、憲法改正の帰趨《きすう》は予想もつかなくなった。

　政局大連合も取り沙汰されているが、不況と政治の混乱が極限に達するとファシズムを台頭させるのは歴史の教訓である。政局が民主党と自民党の連合政権に暴走し、戦前同様、野党のいない独裁政権が出現して憲法を改正し、戦前体制に逆行するかもしれない。

終戦の詔勅

　朕深ク世界ノ大勢ト帝國ノ現状トニ鑑ミ非常ノ措置ヲ以テ時局ヲ収拾セムト欲シ茲ニ忠良ナル爾臣民ニ告ク
　朕ハ帝國政府ヲシテ米英支蘇四國ニ對シ其ノ共同宣言ヲ受諾スル旨通告セシメタリ
　抑々帝國臣民ノ康寧ヲ圖リ萬邦共榮ノ樂ヲ偕ニスルハ皇祖皇宗ノ遺範ニシテ朕ノ拳々措カサル所曩ニ米英二國ニ宣戰スル所以モ亦實ニ帝國ノ自存ト東亞ノ安定トヲ庶幾スルニ出テ他國ノ主權ヲ排シ領土ヲ侵スカ如キハ固ヨリ朕カ志ニアラス然ルニ交戰已ニ四歳ヲ閲シ朕カ陸海將兵ノ勇戰朕カ百僚有司ノ勵精朕カ一億衆庶ノ奉公各々最善ヲ盡セルニ拘ラス戰局必スシモ好轉セス世界ノ大勢亦我ニ利アラス加之敵ハ新ニ残虐ナル爆彈ヲ使用シテ頻ニ無辜ヲ殺傷シ惨害ノ及フ所真ニ測ルヘカラサルニ至ル而モ尚交戰ヲ繼續セムカ終ニ我カ民族ノ滅亡ヲ招來スルノミナラス延テ人類ノ文明ヲモ破却スヘシ斯クノ如クムハ朕何ヲ以テカ億兆ノ赤子ヲ保シ皇祖皇宗ノ神霊ニ謝セムヤ是レ朕カ帝國政

府ヲシテ共同宣言ニ應セシムニ至レル所以ナリ

朕ハ帝國ト共ニ終始東亞ノ開放ニ協力セル諸連邦ニ對シ遺憾ノ意ヲ表セサルヲ得ス帝國臣民ニシテ戰陣ニ死シ職域ニ殉シ非命ニ斃レタル者其ノ遺族ニ想ヲ致セハ五内爲ニ裂ク且戰傷ヲ負ヒ災禍ヲ蒙リ家業ヲ失ヒタル者ノ厚生ニ至リテハ朕ノ深ク軫念スル所ナリ惟フニ今後帝國ノ受クヘキ苦難ハ固ヨリ尋常ニアラス爾臣民ノ衷情モ朕善ク之ヲ知ル然レトモ朕ハ時運ノ趨ク所堪ヘ難キヲ堪ヘ忍ヒ難キヲ忍ヒ以テ萬世ノ爲ニ太平ヲ開カムト欲ス

朕ハ茲ニ國體ヲ護持シ得テ忠良ナル爾臣民ノ赤誠ニ信倚シ常ニ爾臣民ト共ニ在リ若シ夫レ情ノ激スル所濫ニ事端ヲ滋クシ或ハ同胞排擠互ニ時局ヲ亂リ爲ニ大道ヲ誤リ信義ヲ世界ニ失フカ如キハ朕最モ之ヲ戒ム宜シク擧國一家子孫相傳ヘ確ク神州ノ不滅ヲ信シ任重クシテ道遠キヲ念ヒ總力ヲ將來ノ建設ニ傾ケ道義ヲ篤クシ志操ヲ鞏クシ誓テ國體ノ精華ヲ発揚シ世界ノ進運ニ後レサラムコトヲ期スヘシ爾臣民其レ克ク朕カ意ヲ體セヨ

御名御璽

昭和二十年八月十四日

［以下、内閣総理大臣・鈴木貫太郎はじめ、十六名の閣僚、連署］

Ⅱ 遺族と子どもたちの戦争は続いていた

戦争孤児たちの島

白い粉雪が舞う徳山港の浮き桟橋《さんばし》は師走《しわす》の波に洗われていた。福祉事務所の女性職員に連れられ、通学カバンと風呂敷包み一つ持った少年が、冬の海に吹き寄せる北風の寒さに震えていた。

徳山湾の沖合に浮かぶ周囲五キロほどの無人島・仙島《せんじま》にある福祉施設「希望の家」に収容される戦争孤児だった。父親は南方海域で戦死し、敗戦間際の一九四五年五月一〇日、徳山市がB29の焼《しょう》夷弾《いだん》攻撃で焦土になった夜、母親と兄を失い、天涯孤独の身の上になった。

三月一〇日の東京大空襲で一二万人が死傷したばかりだった。全国の都市のほとんどが焦土になり、八月には広島と長崎に人類最初の原子爆弾が投下され、日本は敗戦を迎えた。沖縄玉砕後、日本はすでに戦闘力を失い、政府内部にも講和説が浮上していたのに、軍部が「天皇制護持」を呼号して本土決戦に持ち込もうとした結果だ。

生存者は飢餓と荒廃の路頭に投げ出された。敗戦の日からすでに数年の歳月が流れていたが、子どもたちの戦争はまだ終わってはいなかった。

地方都市の戦災復興は、戦後の荒廃と財政難のため遅々として進まなかった。徳山市の焼け跡を撮影し始めたのは、敗戦後二、三年過ぎた冬のことだった。市庁舎もまだできず、福祉事務所の一時保護係はプレハブの仮設事務所で執務していた。

毎日のように身寄りのない子どもたちが連れて来られ、だるまストーブの前に立ったまま鼻水をすすっていた。引き取り手が来るのを何時間も待っている幼い兄弟もいた。風呂敷包み一つ抱いてイスに座り、何を聞いても俯《うつむ》いていて黙っている少女がいた日もあった。

焦土の街に捨てられた子どもたちは、それぞれの事情は違っていてもみんな、悲惨な戦争の落とし子たちだった。戦争はいちばん弱い者たちを、残酷な運命に投げ込んでいたのである。

島の施設に連れて行かれる少年も、何を聞いても石のように黙っているだけだった。今日から始まる施設での生活の不安に怯え切っているようだった。

一時間近く待っていると、沖合から施設の小舟が迎えに来た。初めて舟に乗るのか、少年はひどく怯えながら乗り移った。舟首に座って片手で揺れる舟にしがみつき、何が入っているのか、もう片方の手で風呂敷包みを固く抱いていた。

舟が波止場を出るとすぐ、暗い冬の海の彼方に仙島の低い島影が見えた。四〇分ほどの距離だった。隣接した島は大坂城築城の御影《みかげ》石を切り出した黒髪島《くろかみじま》で、その沖合には戦時中、人間魚雷「回天」の秘密基地があった大津島が浮かんでいた。戦争末期、学徒二〇〇余名が操縦の訓練もそこここに出撃し、ほとんど戦果を上げることなく敗戦を迎えた地だ。徳山湾内にある海軍燃料廠《しょう》は戦艦「大和《やまと》」が片道燃料を積んで沖縄に出撃して撃沈された因縁の軍港だが、大和の最後を忍ばせる徳山湾の冬景色は陰惨だった。戦時中は「護国の鬼」として顕彰《けんしょう》された特攻隊員も、悲惨な敗戦の時代になると海外の軍事評論家から「世界戦史に前例のない、人命軽視の愚かな作戦」だと指摘、酷評されていたからである。

冷たい波をかぶりながら冬の海を渡り仙島に近づくと、磯辺の岩場に張り付くように木造建ての施設が見えてきた。低い屋根に白い雪が消え残り、人影一つ見えなかった。舟が石を詰み上げただけの桟橋に着くと、白黒のブチ犬が施設から駆け出し、その後から寮母と女の子が一人迎えに出て来た。舟から桟橋に上り、五歳ばかりであろうその女の子に思わず目を奪われた。血の気のない白い顔に乱れた髪が揺れ、冬の寒空の下、胸のはだけた半袖シャツと膝《ひざ》までしかない短いズボンを履《は》き、波に洗われる桟橋に裸足《はだし》のまま立って震えていたからだ。孤島の施設に、こんな幼い女の子まで収容されているとは想像もしていなかった。その姿にカメラを向けると、福祉事務所の吏員《りいん》と笑顔で挨拶をしていた寮母が、振り向きざま女の子を抱き上げてカメラの前から奪った。

今日も暮れゆく異国の丘に
友よ辛かろ切なかろ
我慢だ待ってろ嵐が過ぎりゃ
帰る日がくる春がくる

敗戦後シベリアに抑留された六〇万兵士の望郷の念を歌った、哀愁を帯びた『異国の丘』が「NHKのど自慢」の鐘を鳴らし続け、戦争で離散した家族や知人を探す「尋ね人」のラジオ放送が切々と流されていた時代だった。日本人はまだ敗戦のショックと感傷に溺れ、侵略戦争の原罪も忘れて戦争の犠牲になったわが身や肉親の不幸を嘆いていた時代だった。

上陸して、寮長から施設の概要についての説明を聞いた。寮長は満州（中国東北部）で学校長在任中に敗戦を迎え、身一つで家族と焦土の徳山市に引き揚げた。そして空襲で焦土になった街に投げ出された子どもたちのために東奔西走《とうほんせいそう》して資金を集め、やっと仙島に「希望の家」を創立したと語った。医大に在学中の息子と中学生の女の子がいて、妻が寮母をしていた。

「どうしてこんな不便な無人島に施設を作ったのですか」

「焼け跡に土地はいくらでもあったが、金がなかった。仕方なく無償で借りられる仙島を選んだ。戦時中の子どもは『勝つまでは欲しがりません』とがんばった。『艱難《かんなん》汝を玉にす』という格言もある。甘やかしては人間形成はできん」

日教組の「教え子を再び戦場に送るな」という民主主義教育が芽生《めば》えつつある時代に、このような元校長がいるのに驚いた。戦時中、教育者の多くは教壇の上から毎日、「手柄をたて天皇陛下のために死ね」と殺人教唆《きょうさ》をして、教え子を戦場に駆り立てたのだ。

それ以上質問する勇気も持たなかったが、資金不足にあえいでいることは施設の現実を一見するとわかった。「撮影が終了したら巡回展を開催し、各地でカンパや救援物資を集めたい」と申し出ると、すぐ撮影も了承してくれた。寮長の妻は僕のカメラを警戒しているようだったが、寮長は僕が隣町の民生委員でもあり、徳山市福祉課の紹介だったので警戒もしなかった。

希望の家は、立地条件、設備、要員等が不足した法的に不備な施設だったが、徳山市の福祉事務所さえまだ仮設のバラックで執務をしていた時代だった。街が全焼したので緊急避難的な施設が必要だったのかもしれない。また、「艱難汝を玉にす」という教育的信条なら、このような施設の現状でも問題はなかったのだろう。

収容されているのは、徳山市と周辺の町の戦争孤児がほとんどだった。四、五歳から一八歳までの子ども約三〇名を収容していた。学齢期の児童は舟で二〇分余りかかる本土の富田町の学校に通学し、海が時化《しけ》る日は学校を休んだ。なぜか乳児が一人いた。

寮長の妻は、この施設のただ一人の寮母で、施設の運営を一人で切り盛りしている「やり手」だと舟の中で聞いたので、上陸したときの一瞬のトラブルが気がかりだった。

いちおうの説明が済むと、子どもたちの住居区に案内された。寮長が住む家は本建築だったが、男女二部屋と集会所兼食堂のある施設はプレハブ同然で、隙間《すきま》風が容赦なく舞い込んでいた。子どもはみんな薄着で素足のままだった。部屋の片側には天井まで届く三段ベッドが置いてあり、階段も付けていなかった。昇降に危険で、寝ぼけた子どもが転げ落ちて大ケガをしたら医者もいない島で困るのではないかと心配したが、子どもが一人部屋に入ってきて猿のようにするすると上段のベッドに登って寝転んだので、要《い》らざる心配はやめた。家族を失った戦争孤児たちが全国の街々を彷徨《ほうこう》していた敗戦後の逆境の中で、三度の食事と住居があり、学校に行けるだけでも幸せだと言わねばならない時代だったのである。

施設を一巡すると、集会所兼食堂に子どもたちが集められた。まず目に飛び込んできたのは、正面に張り出された「家訓」だった。

健康であれ、善良であれ

正義に勇敢であれ
燃えるような向上心
常に変わらぬ報恩感謝の念

「家訓斉唱《せいしょう》」の号令で正座した子どもたちが大声で斉唱した後、僕は全員に紹介された。この部屋に入るたびに斉唱させられているらしく、就学前の幼児まで大声で斉唱するのに驚いた。小中学生が多かったが、どの子も不意の訪問者にほとんど関心を示さず、紹介が終わると逃げるように部屋を出て行った。その後に残った空疎さは、僕が少年時代に体験した天皇制軍国主義そのままの残《ざん》骸《がい》だった。規律と建前だけが施設に横行し、子どもたちを必要以上に萎縮させているようだった。やる気が必要なのはわかるが、施設は、戦争で親を失った不幸な子どもたちを温かく庇護し成長させるのが最大の役割であるはずだ。どの施設にもありがちな福祉の建前と硬直した管理体制しか感じられないことに、元校長である寮長の民主主義教育に対する理解と見識を疑った。

どの部屋の壁にも、「感謝」「努力」「一日一善」「克苦勉励《こっくべんれい》」などの家訓が目白押しに張ってあった。寝室の板壁にまで張ってある家訓は、寝ている間も子どもたちを建前だけで監視しているようだった。「無我献身、天命を待つ」という家訓もあった。戦時中の「尽忠報国《じんちゅうほうこく》」や「七生《しちしょう》報国」と同義語ではないか。戦争の犠牲になった子どもたちに軍国主義教育を強制しているようだった。

子どもたちが退場すると、寮長は教育論を再開した。皇国史観に基づく教育論と祖国再建論を熱っぽく展開した。

「何でも自由にさせる日教組の民主主義教育が、子どもを甘やかし駄目《だめ》にしている。わしは施設の子にそんな教育はしない」

仙島を第二の満蒙開拓団《まんもうかいたくだん》にしかねない気炎だった。

「王導楽土《おうどうがくし》」をスローガンにして始まった満州国建設は関東軍が首魁《しゅかい》で、昭和初期の経済恐慌にあえぐ日本を、隣国を侵略して繁栄させようとした植民地政策だった。「国策」に便乗してひと儲け企んだ企業や国粋主義者、右翼、「一旗組」が続々と大陸を目指した。マスコミや教育者も例外ではなかった。多数の教員が皇民化教育の尖兵《せんぺい》となって大陸を目指し、皇威の宣揚・大東亜共栄圏教育に献身した。

不況にあえぐ東北方面の農民を駆り出した三七万人の満蒙開拓団も、軍が現地農民を銃剣で脅し農地や住居を奪った後に入植させた「侵略者」で、民兵の役割も果たした。当時は子どもも満蒙開拓団に憧れ、僕の同級生も何名か少年開拓団に入団した。

寮長の話を聞かされているうちに昼食になった。配膳は高学年の女の子が担当していた。大豆飯とたくあんを一切れ添えた盛《も》り切り飯、大根葉が浮いた一汁一菜《いちじゅういっさい》が長机に並ぶと、呼び鈴が鳴った。

子どもたちが我先にと食堂に駆け込んで、盛りのいい皿の前に素早く正座し、「いただきます」と一礼して食べ始めた。育ち盛りの子どもの胃袋を満たすような量と質とはほど遠い献立だったが、どの子も最後の一粒まできれいに食べ、食い足りない胃袋を「常に変わらぬ報恩感謝の念」で満たし、「いただきました」と空にした食器を持って食堂を出ていった。

胃袋を満たすこともできない子どもの顔を見ているのはつらかった。食事の後、寮母は食事の説明を始めた。

「施設の食事は指定されたカロリー計算に基づいて調理しているので、栄養的には心配ありません。都会にはまだ飢えた子がたくさんさ迷っています。三度の食事にありつけるだけでも施設の子どもたちは幸せです。闇米は高くて買えないので配給に頼るほかありません。国や県がもっと援助してくれたら、ときには白いご飯も食べさせてやれるのですが」

僕は、三歳のときに網元《あみもと》だった父を亡くした。父親の顔も知らず育った僕は、初めて見た孤島の施設の子どもたちの生活に激しい衝撃を受け、必要以上に思い入れを抱いた。撮影に来る間だけでも父親代わりになってやりたいと思った。希望の家の子どもたちとの偶然の出会いが、アマチュアカメラマンの趣味としての僕の写真を、この日から本格的なドキュメント写真に志向させたのだった。

子どもたちの食事が済むと、寮長と撮影の打合せを始めた。連絡すれば徳山港まで出迎えに行くと言ってくれたが、土曜日に子どもたちが下校する舟に便乗して仙島に渡り、翌日取材して、月曜の朝登校する舟で一緒に帰るというスケジュールを了承してもらった。行くたびに二泊し、食事の世話もかけるので、撮影が終わったら東京で個展を開催し、その後県下各地で展覧会を催して救援物資を集めることを約束した。

打合せが済むと、同行した福祉事務所の女性と石油ストーブが赤々と燃えている母屋《おもや》で刺身や焼物、白い飯など、子どもたちの昼飯とは桁《けた》違いな食事をした。ひどく後ろめたい気持ちを噛み締めたが、酒好きな寮長や寮母と親しく話ができた。元教師の寮母は能弁で、施設運営の苦労話を語り始めた。

その話を聞きながら、何かで読んだ「サンダースホーム」の感動的な記事を思い出していた。敗戦直後、焦土になって荒廃した東京では、多くの女性が生きるために占領軍に体を売っていた。彼女たちが産み、「ハローの子」と呼ばれて差別されていた混血児の子どもたちを献身的に育て、アメリカ人に「精神養子」として紹介している施設の話だった。

金や物がなければ施設は運営できないが、金や物だけでは何も解決しない。子どもたちは親のない孤独に耐え続けているのである。心には心で真向かうしかない。施設が子どものために存在するのであれば、寮長や寮母は子どもたちの心の飢餓に向き合い、応えることができる存在でなければならない。そのことを無視していくら「家訓」を強制しても、子どもは内心反発するだけで、施設と子どもの距離はますます乖離《かいり》するばかりだろう。そしてそれは、僕自身にとっても同じことだった。恵まれない子どもたちを写し、「お涙頂戴《ちょうだい》」の写真を発表するだけでは、問題は何一つ解決しないのである。

帰路の揺れる舟の中で、希望の家の撮影が、すでに始めている戦争孤老が収容されている「養老院」の撮影や、子どもたちが母親と暮らしている「母子寮」の撮影よりはるかに困難になるだろうと予感した。自分のわずかな戦争体験と、父親を亡くした幼児体験、敗戦後すぐ見合い結婚をして、二人の幼子を持った父親としての気負いと怖れが、仙島の子どもたちの窮状に絶ちがたい哀惜と怒りを抱かせたからだった。

年が明けたらすぐにも仙島通いを始めようと決心した。

戦争孤老の死と孫の行方

一九五〇年代、土門拳《どもんけん》が『カメラ』誌でリアリズム写真の体系付けと月例写真審査をしていたので、数人の写真友達と「山口写真集団」を結成し、月例応募に夢中になっていた。

敗戦後、周防灘《すおうなだ》の島々の戦争孤老と漁民の困窮生活を撮り始めた僕は、戦時中こそ世間の畏敬《いけい》を集めた「遺族の家」が、敗戦後の荒廃した世相の中で見向きもされなくなった姿にカメラを向けていた。どの島も本土からの引揚者や復員や徴用から帰島した人々で人口が倍増し、食料不足にあえいでいたが、それだけではなかった。戦争に負けた反動が遺族にまで及んでいたのだ。頼りにする息子を奪われた戦争孤老たちは世間体をはばかり、「名誉の家」の門標を外してひっそり生きている老人もいた。

僕は当時三〇歳代になったばかりの民生委員だった。老齢で引退した地域の前任者が母の親しい知人で、僕が福祉関係の写真を撮っているのを知り、後任に推薦したのである。担当地区の現状も福祉の理念も知らないまま、何となく引き受けてしまったのだった。「町内のことはわしがよう知っておる、心配せんでもいい」と母が言うので、「民生委員の肩書きがあれば取材にも便利がよく、福祉の実態をより深く知ることもできるだろう」という程度の認識だった。受け持ち地域の調査や役所からの受給者への面倒な連絡のほか、戸別の実態調査まで母が引き受けてくれた。明治生まれの母は、息子が「お上の御用」を拝命したことに少なからぬ誇りを感じたらしい。

母が前任者から聞いて伝えてくれた話の中には、想像を絶する家庭崩壊の悲劇もあった。

Tさんは二人の息子を戦地に送った初老の母親だった。妊娠中の妻を残して召集された長男の戦死公報を受け取り、遺骨まで戻って来た。残された嫁と生まれた女の子のために親族会議を開き、敗戦後復員した次男と兄嫁を「流縁」させ、家を継がせることが決まった。戦時中は夫が戦死しても、そのまま婚家で子どもや義父母の面倒を見て一生を終わる嫁がほとんどだった。出征した兄弟のどちらかが子どもを残して戦死した場合、家督を絶やさないために「軍国の妻」が生き残った兄弟と流縁する例は珍しくなかった。Tさん一家の場合も同様で、敗戦後の困窮した時代を一家が助け合って暮らしていたが、ある日想像もしなかった不幸が一家に襲いかかった。

敗戦後の戦地から、長男が奇跡的に復員したのだ。彼は夢にまで見たわが家に辿《たど》り着いたとき、入り口にかかった「遺族の家」の門札《もんさつ》を見て驚いた。それが自分の戦死の誤報とも知らず、「弟は戦死したのか」と叫んで玄関に駆け込んだ。一方、死んだとばかり思い込んでいた長男が突然目の前に姿を現わしたので、家族は呆然と立ちすくんだ。

裸足で庭に飛び降りた母親が額を地面に擦りつけ、「見ての通りじゃ、こらえてくれ……とにかく座敷に上がってくれ」と泣き叫んだ。家族の狼狽《ろうばい》した姿を見た長男は、自分の留守中に何が起きたのか一瞬の間に悟った。しばらく俯いていたが顔を上げ、すべてを観念したように、「一度でよいから子どもを抱かせてくれ」と母親に頼んだ。動転し、次の間に逃げて震えている嫁からわが子を受け取って抱きしめると、「大事に育ててやってくれ」とひとこと言い、後ろも振り返らず家を飛び出して再び帰ってこなかった。

すべては勝算もない作戦に兵士を投げ込み、ボロ布のように使い捨て、生死の確認もせず「戦死の公報」と白木の箱を遺族に送り付けた軍の杜撰《ずさん》な戦死者処理が生んだ悲劇だった。同じような悲劇は各地で起きていた。

だが、Tさん一家の悲劇は止まるところを知らず、さらに拡大していった。兄を裏切る結果になったのに耐え切れず、弟は「自分さえいなくなれば兄が帰ってくるかもしれない」と思いつめ、ついに死を選んだ。二人の夫を同時に失った悲しみに錯乱した若い母親も、幼子を残して縊死《いし》してしまった。こうして一家は完全に崩壊した。

残された孫を抱いて毎日仏壇の前で嘆き悲しんでいた老婆は、ついに精魂尽き果てた。生きる気力も失って養老院に収容され、残された孫は施設に収容されたのである。

「婆《ばあ》さんはそれからは親類との付き合いも断《た》って孫を孤児院に預け、とうとう養老院に入ったそうじゃ。むごい話よのぅ。お前、いっぺん徳山の養老院に見舞いに行ってみてやるがええ」と母は涙を拭った。孫は孤児院に入ったと聞き、もしや仙島の希望の家ではないかと僕は直感的に思った。そして最初に仙島の桟橋で見た女の子の白い顔を思い出した。年明けに仙島に行ったら早速確かめようと思った。

それにしても侵略戦争の結果は、想像もできないほどに家庭を破壊していた。月に一度の民生委員集会では、いつも悲惨なケースが話題になった。夫が戦死し親戚に家財を奪われ離縁された妻の話、戦後のインフレの中で生活苦から施設に子どもを預け、体を売って生きている女性たち、子どもを捨て、男と駆け落ちした母親、殺人その他の犯罪に関わる話など、戦後の貧困と荒廃は、戦争に親を奪われた子どもたちの身の上に重たくのしかかっていた。

戦後の荒廃期に民生委員の仕事を引き受けたことは、それまで考えもしなかった戦争とは、国家とは、人間とは何かという内面への洞察を深め、自分が遭遇した戦争を改めて総括する機会を与えてくれた。そして、その不条理な時代を知ることによって、僕の人生は決定的に変えられていった。

敗戦後のこの国は、戦争を正当化・美化する虚構は肥大しても、戦争が人や家庭を際限もなく破壊していったことはいっさい隠蔽《いんぺい》・抹消し、弱者の切り捨てが横行していたのである。福祉政策も表面的には戦前より前進したかに見えたが、場当たり的な恩恵主義的施策に終始し、僕が前任者から引き継いだ保護世帯との関わりは、生活援護に関する事項がほとんどだった。

困窮家庭に生活保護の受給を勧めても、「お上《かみ》」の世話になるのを恥とする古い観念の持ち主も少なくなかった。何度も説得してやっと保護を受給させると、一生懸命働き、二、三年後には進んで受給を辞退に来る家庭もあり嬉しかった。生活保護はあくまで困窮者の自立を援助するのが理念で、生活を丸抱えする制度ではなかったからである。

民生委員の仕事に次第にやり甲斐を感じると同時に、従来からの不正受給者の存在が許せなくなり、福祉課に実態を話して強制的に保護を打ち切ってもらったこともある。小金を貯《た》め高利貸しをしている者、競艇《きょうてい》などのギャンブルに熱中して働こうとしない者、敗戦のショックから立ち直れず酒に溺れている者、復員して自棄《じき》になり「愚連隊」と呼ばれる徒党を組み反社会的な行動に走っている若者、注意すると福祉課や店に怒鳴り込んで来る者、執拗《しつよう》な嫌がらせの電話をかけてくる者や市会議員から圧力をかける者など、一騒動起きた。僕が新米委員だからやれたのだが、事なかれ主義の福祉課は問題を表沙汰にするのを嫌った。世間知らずの僕は、福祉の理念と行政の対応の落差に驚いたが、その実体験は、社会と人間に対する僕の目を次第に見開かせてくれた。

戦争孤老たちの末路

年明け早々に仙島に行く予定だったが、予想もしない出来事が起きた。Tさんが急病で、民生委員宛《あ》ての手紙が残されているので、すぐ徳山市の「岐山園《きさんえん》」に来園願いたい、という連絡だった。当時はまだ「養老院」と言われていたその施設に行くと、入り口で信玄袋を背負った老夫婦に出会った。人生の旅路の果てに互いに労《いた》わり合いながら施設に入る姿を写しながら、一緒に園内の受付に入った。

園長はすぐ「民生委員様」とだけ書いた封筒を渡してくれた。片仮名と平仮名が交じった稚拙《ちせつ》な文字で綴られたその内容は、五〇年以上過ぎた今でも網膜に焼きついているほど悲痛な文面だった。大切に保存していたが、僕自身が流転の人生を彷徨しているうちに紛失してしまった。正確な文面は再現できないが、以下のような内容だった。

「年寄りの最後のお願いでございます。息子が二人戦争から生きて帰ったのに、兄には酷《ひど》いことをしました。その上、弟と嫁まで殺してしまいました。みんな私の業でございます。残った孫のことを思うと死んでも死にきれません。民生委員さま、お願いでございます。孫は島の孤児院に預けましたが、お上のご慈悲で身寄りもない孫をどうかお助けくださいさい、伏してお願い申し上げます」

死を予感し、人生最後の望みを民生委員に託すことしかできない老婆の心情が哀れだった。

Tさんのことを少しでも知ってから会いたかったので、「Tさんに関する資料があれば見せてください」と言うと、園長は「ここは入園者の世話をするだけで、そんな調査資料はありません」と答えた。

資料もないとは驚いた。入園者の前歴がわからなければ、適切なケアもできないはずである。部外秘にしているのか、それとも敗戦後の混乱期の役所仕事の限界だったのか。ともかくTさんに聞けばわかることだったので、早く会いたかった。

「すぐ本人に会わせてください」と急《せ》かすとやっと腰を上げ、「一週間ほど前、脳溢血《のういっけつ》で倒れ意識不明です。もう会話もできませんが病室に案内しましょう」と言われて驚いた。母から話を聞いたときにすぐ見舞いにくればよかったと後悔した。

障子《しょうじ》を閉めた二〇余りの小部屋が両側に並んでいる長い廊下を病室に急いだ。

「四畳半は夫婦者、六畳は四人部屋です。いま五〇名ほど面倒を見ていますが、半年以上待たなければ入園できないほど申し込みが来ています」と園長は説明したが、説明を聞きながら歩いているのがもどかしかった。

廊下の突き当たりの広い仏間に案内されたところ、思わず目を見張った。施設のどの部屋よりも広く、正面には二メートルほどの薬師如来《やくしにょらい》の立像が蓮《はす》の花や仏具に囲まれて金色に輝いていた。「どこの施設にもない立派な仏間です」と僧職出身の園長は自慢した。お寺の本堂のように立派な仏間で、朝夕全員が勤行したあと法話もするので、入園者はみんな満足して生活している、今度園のパンフレットを作るので表紙に使う写真を撮ってくれと頼まれた。Tさんに早く会いたいと焦っている僕の気持ちなどまったく無視していた。

戦前の仏教は衆生済度《しゅじょうさいど》と極楽浄土《ごくらくじょうど》を約束し、孤独な老人の日常生活に安らぎを与えていたのは確かだろう。しかし一五年続いた戦争で、日本の仏教界は大政翼賛会に帰依《きえ》し、戦火に屍《しかばね》を晒した国民を傍観し続け、敗戦後は大衆に見限られた。いかに仏間を華麗に装っても、戦争で頼りにする肉親を奪われた孤老たちが救われるはずもない。長い廊下を歩きながら、ある風景を思い浮かべた。貧しい島ほど寺が立派で、都市部ほど寺の荒廃と孤立化がひどかった。戦後の仏教は本来の仏事さえ放棄し、葬式稼業に転落していたのだ。

やっと病室に着いた。一〇畳ほどの板の間に通路を残して畳を敷き、蒲団《ふとん》を並べただけの「病室」には排泄物の匂いが染《し》みつき、息苦しかった。病床には一〇人ほどの老人が横たわり、当番の老婆が二人、所在なげにおしめの取り替えをしたり患者に水を飲ませたりしていた。病室の片隅の机で化粧直しをしていた看護婦が、Tさんの枕元に僕を案内した。

「一週間前、頭痛を訴えそのまま意識不明になりました。医者は体が衰弱し切っているからもう駄目だろうと言いました」

　園長が意識のないTさんの病状を説明した。口を開け、激しい切迫呼吸を続けているTさんの血の気のない顔を見つめて絶句した。養老院では緊急入院の処置も講じないらしかった。看護婦には危篤《きとく》患者が病室内にいるという緊張感もなく、「介護放棄」と言ってもよかった。重篤の患者は死ぬに任せ、同室の病人たちも「明日はわが身」と観念している様子だった。仏間と病室が隣合わせになっている養老院の構造にも背筋が凍った。

　堪《たま》り兼ねて院長に言った。

「Tさんの病状は何とかならないのでしょうか」

「わしは坊主じゃけ、病気のことはわからん。医者に任せてあれば心配ないじゃろう」

　生と死が隣合わせている養老院は医療空間ではなく、「霊安室」だった。そこで唯一確実に行われているのは僧職だった園長の読経《どきょう》だけだった。戦争孤老も、戦場に野晒しにされて果てた百数十万兵士同然の運命をたどるしかなかったのだ。その意味で、養老院はまぎれもなく戦争孤老の「姥《うば》捨て山」だった。

「念仏の時間です、一緒に仏間に行きましょう」

　僕がいつまでもTさんの枕元から動かないので、園長が急き立てた。仏間には老人たちが集められ、正座していた。きらびやかな袈裟《けさ》に着替えた園長が仏壇の前で朗々と読経を始めた。園長の一人舞台だった。飢餓と空襲の中を逃げ惑い、わが子を戦争に奪われて養老院に送られた戦争孤老にとって、毎日の念仏と説教は極楽浄土への一里塚になるのだろうか。長い読経に正座した足が痺《しび》れてきたので、立ち上がって園長に頼まれたパンフレットの写真を撮った。

やっと読経が終わりほっとすると、今度は説教が始まった。「すべての物欲、心の迷いを捨て、ひたすら念仏を唱えれば極楽浄土間違いなし」と園長は説いた。ありがたいご宣託《せんたく》だが、ここは仏法の修験道場ではなく、戦争孤老たちの余生を介護する福祉施設のはずだ。「福祉は人なり」という言葉がある。臨終の患者を病室に放置し、いくら念仏を唱え仏の道を説いても、老人たちが救われるとは信じられなかった。

やっと説教が終わり、老人たちがぞろぞろと部屋に引き揚げると、園長は僕に仏法を説き始めた。一五年戦争の悲劇を身をもって体験した僕は、もはや神も仏も信じない人間だったので、ありがた迷惑でしかなかった。

そのとき、急ぎ足で看護婦が仏間に入ってきた。

「Tさんの呼吸が停止したのでお医者さんを呼びました」

「そうか、死んだか」

袈裟の裾《すそ》を払って園長は立ち上がり、病室に引き返した。まさか今日Tさんが亡くなるとは思わなかったので、僕は慌《あわ》てて園長の後から病室に入った。まもなく医師が来て、肋骨《ろっこつ》が浮き出た胸部に聴診器を当て心音が確かめ、ポケットランプで瞳孔を覗き死亡を確認をした。聞きたいことや話したいことがいっぱいあったのに、ひと言も言葉を交わすことなくTさんは亡くなった。せめて臨終に間に合ったのが宿縁だったのかもしれないが、それにしても正視に堪えない最期だった。

「いつもご厄介をかけます」

園長が医師に愛想笑いをした。看護婦と当番の老人が遺体処理を始め、男たちは外に追い出された。簡単な遺体の後始末が三〇分ほどで終わると、枕経《まくらぎょう》が始まった。病室に響きわたる園長の読経を聞きながら、Tさんの死に顔を見つめた。

枕経が済むと、Tさんの痩せ細った遺体は粗末な座棺に納められ、隣の仏間に運ばれた。戦争に弄《もてあそ》ばれた一人の老婆の孤独な命は、こうして消えようとしていた。せめて通夜の線香を絶やさぬように夜伽《よとぎ》をし、出棺を見送ろうと決め、園長の了解を得た。

昼食の時間になり、老人たちが食堂に集まった。希望の家と同じように、僕の食事は店屋物の握り寿司が園長室に用意してあった。外来者への待遇というより、園の献立を秘匿《ひとく》したかったのかもしれない。

食事が済んですぐ仏間に引き返そうと病室の前を通ると、扉が開いていた。中に入ってショックを受けた。Tさんの体温がまだ残っているかもしれない蒲団に、もう別の老婆が横たわっていたからだ。天井に裸電球が一つ点《つ》いた薄暗い病室の真ん中に、石油ストーブの赤い灯がひとつ燃えているだけの病室は寒かった。小さな灯が、病室で死を待つ老人たちの生命の残り火のように揺らいでいた。患者はみんな頭から蒲団を被り、体を固くして冬の寒さに耐え、時折弱い咳払いが聞こえるだけだった。

しばらく呆然と病室にたたずんでいたが、もうTさんの仏前の線香が燃えつきている頃だと気づき、急いで仏間に引き返した。老人が二人、所在なさそうにTさんの棺の前に座っていた。「また医者が来たが、誰が死んだんじゃろう」と呟《つぶや》きながら老人が入ってきた。「年寄りは年明けによう死ぬ。安堵《あんど》するとお灯明《とうみょう》が消えるんじゃ、去年は三人死んだ」

老人の死をろうそくの灯にたとえる言葉には実感があった。日が暮れて、今度はお爺《じい》さんが息を引き取った。どうしても写したかったので、病室の隅から一〇〇ミリの長焦点レンズでシャッターを切り続けた。

二年近く寝た切りだった老人は骨と皮ばかりになっていた。当番の老婆が二人、蒲団の上でまだ暖かい遺体の始末を始めた。

「早う始末せんと蒲団が汚れる」と促された若い看護婦がおしめを外し、不潔なものにでも触れるように顔を横に向けて汚物を拭き、肛門に脱脂綿を詰め、包帯でペニスを縛った。死後の失禁を防ぐ処置だったが、看護婦はあからさまに嫌悪の色を浮かべていた。それから着物を着せて鼻口と口に脱脂綿を詰め、処置が終わると急いで洗面所に駆け込んだ。

もし亡くなった老人が身内であれば、同じ処置であっても表情も感情も違うだろう。「遺体処理」を他の病人の目の前で行っているのも無神経だと思った。同室の老人たちは頭から蒲団を被り、目を背《そむ》けてわが身に迫る死の足音を聞いているかのように身動き一つしなかった。床の上に座り、着ぶくれした背中を丸め、立て膝に顔を乗せて遺体の処理を見つめている老人が一人だけいた。シャッターの音を気にしながら一部始終を隠し撮りした。

粗末な座棺が二つ並べられ、冬の陽が落ちると通夜が始まった。園長の読経だけが朗々と仏間に響きわたったが、故人の死を惜しむ声も、すすり泣きも聞こえなかった。

形ばかりの焼香《しょうこう》が済むと老人たちはいっせいに部屋に引き揚げたが、一人の老婆が居残り、いつまでも棺を見つめていた。その表情があまりにも親身だったので思わず、「もしかして血縁のお方ですか」と聞いた。

「いいえ、Tさんと同室で一年余り一緒に暮らした者です。優しい、よいお方でした」

老婆は目頭を拭った。僕がTさん担当の民生委員だったと伝えると、「それは、よくもお通夜に来てくださいました」と、わがことのように礼を言った。彼女もまた一人息子を戦死させ、徳山空襲で夫を亡くした、身寄りのない戦争孤老だった。通夜の夜長、一緒にいた頃のTさんの話を始めた。Tさんの詳細が聞けると期待したが、「親戚に預けた孫が心配だ」といつも言っていたこと以外、家庭のことは何も語っていないようだった。息子と嫁まで殺してしまった慚愧《ざんき》の思いは、誰にも話せなかったのだろう。

二人の老人の棺は翌朝、祭壇からリヤカーに積まれ、数名の老人に引かれて火葬場に運ばれた。朝まで一緒に過ごした老婆が廊下のガラス越しにただ一人、ハンカチで涙を押さえて見送っているのが不憫《ふびん》だった。「話し相手がいなくなり寂しくなる」と漏らした言葉が耳に残っていた。

帰り際、園長室に挨拶に行った。

「ちょっと待って、いいものをあげましょう」

押入れに首を入れ何やらゴソゴソしてから、砂糖がいっぱい入ったハトロン紙の袋をくれた。砂糖はまだ貴重品だった。園長室の押入れに秘匿される品物でなく、老人たちの貧しい食事にこそ必要なものだった。

一袋の砂糖がすべてを物語っているだろう。まだ撮影を続けたかったので受け取ってしまったが、汚れた物を受け取ってしまった疚《やま》しさに耐え切れず、途中で捨てた。

撮影した写真はカメラ雑誌に七頁発表したが、その陰惨な写真が養老院の最後の写真になった。

T君の行方とキャラメル君

新学期早々、仙島通いを始めることにした。Tさんの孫の所在を一日も早く確かめたいからだった。

四月中旬の土曜日の午後、富田《とんだ》駅近くの漁港で下校する子どもたちを待ったが、日が暮れても子どもたちは姿を現わさなかった。施設に電話すると、朝、海が時化《しけ》たので休ませたとのことだった。最初からのトラブルに出鼻を挫《くじ》かれ、がっかりした。

以後は登校を確かめて行くことにした。本来、定期船もない島から学童が小舟で本土の学校に通うのが問題だった。徳山湾に浮かぶ島とはいえ、冬の海は気紛《きまぐ》れである。漁村に生まれ育った僕は、自然の猛威を身にしみて知っている。朝は凪《なぎ》でも、午後急に時化ることは珍しくない。また、台風などで何日も休みが続けば学習にも支障が出る。舟に屋根はないので、雨の日にはずぶ濡れになる。敗戦後の緊急避難的な施設ではないかと前述したが、立地条件、規模、法定要員など不備のある児童福祉施設を離島に認可したこと自体が問題だった。

島に渡れたのは、Tさんが亡くなって二〇日近く過ぎてからだった。舟を運転している若者にT君という子がいるかどうか聞いてみた。

「三、四年いたが一〇日ほど前、福祉の者と一緒に親が連れに来てどこかに帰った」

彼はそれ以外のことは知らなかった。家を捨てた兄が一家の異変を知り、急遽《きゅうきょ》わが子と母親の遺骨を引き取りにきたのかもしれない。もしT君が施設にいたら、その子をテーマにした写真も撮りたいと計画していたので残念だったが、ともあれ一家の悲惨な崩壊に終止符が打たれたのは嬉しいことだった。

「T君は何歳だったの」

「三年じゃったから一〇歳ぐらいじゃろう」

可愛い盛りの男の子だったのだ。希望の家で全員に紹介されたときに見た中にいたのだろうが、どの子だったのだろう。会えなかったのは残念だが、父親が迎えに来てくれてどんなに嬉しかったことだろう。帰路、福祉事務所に寄って詳しい話を聞こうと思った。

やがて仙島に着いた。周防灘《すおうなだ》の彼方に冬の赤い陽が落ち、夜の闇に沈んだ仙島の施設では、「戦争の落とし子」たちが息を潜めて一塊《かたまり》になり、夕飯が始まるのを待っていた。

海を隔て、子どもたちがかつて家族と平和に暮らしていた徳山の街の灯が点々と煌《きら》めいていた。

母屋では、こたつにご馳走を並べて僕を待っていた。寮長と酒を飲み、客蒲団に寝て夜を過ごすようなカメラマンには馴染《なじ》まないだろうと思ったので、子どもたちと起居をともにし、同じ食事をしたいと言ったが、夜は住居区には入れないと断わられた。

寮長に酒を勧められながら、T君のことを聞いた。

「福祉事務所から吏員と一緒に父親が突然、子どもを連れに来ました。深い事情は知りませんが、初めて父親に会って恥ずかしそうにしていましたが、嬉しそうに舟に乗りました」

施設でのT君の生活ぶりを聞いたが寮長はそれ以上語るのを避けたので、寮長と撮影の打合せをした。

「明日は山の畑の開墾《かいこん》をやりますから写してください」と言われた。ここでも養老院同様、施設のPR写真を撮らされることになったが、寮長の言葉に従うほかなかった。

翌日、朝食が済むと全員が施設の裏にある丘に登り、開墾と畑仕事が始まった。二〇坪余りの畑には、すでに春野菜が芽を伸ばしていた。半数近くの子どもが真冬に裸足で、サンダル履きの子どもも素足で農作業をしていた。冬でも素足に慣れているらしかったが、冷たくないはずはない。高学年の子は鶴嘴《つるはし》や鍬《すき》を振り上げ、低学年の子も慣れた手つきで小石拾いや畝《うね》立ての手伝いをしていた。たき火に手をかざし、冷え切って痺れた指先を温めていると、寮長が自賛した。

「希望の家の子は『満蒙少年開拓団』のたくましさでがんばり、寒がる子はいません」

国策の犠牲になった満蒙開拓団が異郷で使い捨てられ、無惨な人生をたどった認識も責任も感じてはいないらしかった。

昼食後も作業は続いたが、子どもたちは指示されるままに黙々と仕事をした。統制のとれすぎた仕事ぶりだった。最初、あまり乗り気はしなかったが、撮影は順調に進んだ。途中で撮影をやめて仕事を手伝ったり話しかけたりしているうちに、子どもたちと打ち解けることができたのは最大の収穫だった。

撮影に乗り気でなかったのは、ある思いが念頭を離れないからだった。父親に迎えられ、いそいそと島から救い出されたT君と、寒空の下で黙々と畑仕事をしている子どもたちの運命の落差に胸を突き刺されたのだ。T君が仙島から脱出できたのは嬉しかったが、彼一人救われても、満蒙少年開拓団を再現するような寮長がいる限り、問題は何ひとつ解決されないからである。

子どもたちは日暮れまで黙々と働き、空き腹にどんぶり飯をかき込んだ後、蒸し芋《いも》のご褒美《ほうび》で胃袋を補充して大喜びだった。だが、その芋も子どもたちが耕作した汗の結晶だった。勤労は決して意味のない行為ではないが、子どもたちに「自給自足」を安易に強制してはなるまい。施設の食費などの経費は血税から支給され、貧しくても最低限の生活は保障されているはずだ。希望の家は強制労働施設ではなく、あくまで戦争の犠牲になった子どもたちの福祉施設である。施設に支給されている金品が、養老院の園長の押入れから出てきた砂糖同様に私物化されているとしたら、納税者と子どもたちに対する許しがたい犯罪である。

虚構の時代が生んだ福祉施設に何かを期待するほうが無理だったのかもしれない。当時、まだ一介のアマチュアカメラマンだった僕にとって、養老院や児童福祉施設が突きつける問題はあまりにも重すぎた。問題を直視しようとすれば、弱い老人や少年たちを犠牲にしている施設と対決しなければならないからだ。

その夜も飲めない酒を喉に流し込み、泥酔して眠ってしまった。

僕は、次第に饗応《きょうおう》に慣れてゆく自分を恐れた。それは必ず子どもたちとの距離を広げ断層を深め、僕を施設側の鈍化した協力者に変えるだろう。寮長の気に入るＰＲ写真しか撮れないカメラマンになってしまうことに怯《おび》えた。夜中に目が覚め、朝まで眠れなかった。

翌朝、登校の舟に便乗し、徳山駅で途中下車して福祉事務所に立ち寄った。

「一〇日ほど前、Ｔ君の父親という人が突然訪ねてきて復員手帳を出し、岐山園で亡くなった母親の遺骨と希望の家の子を引き取りに来たというので、身分を確認した上で『処置』しました。プライバシーに関わることはお話しできません」

希望の家も福祉事務所も、Ｔさん一家の惨状を把握した上での対応らしかった。家に帰って母に調べてもらえばわかるかもしれないので、それ以上聞くのをあきらめた。しかし、人間の尊厳を「処置」の二文字で片づけるお役所仕事には、悲劇の実態を知るだけに怒りを感じた。

帰路、児童相談係に立ち寄ると、父親を希望の家に案内した顔見知りの吏員から、「父親が施設の子の人数を聞くので教えたら、『息子が世話になったから』と全員にキャラメルを一箱ずつ土産《みやげ》に持参してきた。一人ひとりに礼を言い、『つらくてもがんばってね』と励ましてキャラメルを一箱ずつ渡した」と聞かされた。土壇場《どたんば》に追い詰められた彼が、わが子の苦しみだけでなく同じ運命の子どもたちにも暖かい思いやりを寄せることができる人だったことを知り、嗚咽《おえつ》が込み上げた。人一倍心の優しい彼が一家の末路を知ったときの悲嘆は如何《いか》ばかりだったろう。彼が家と妻子を捨て、その後どこでどんな生活をしていたのか不明だが、一家崩壊の悲劇と末路を知り、おそらく気も狂わんばかりに動転して駆けつけたのだろう。

「親が施設の子を何度も引き取りに来ても、見送るのはいつも寮母だけだった。子どもたちがみんな波止場に出て別れを惜しみ手を振ったのは初めてだった」と吏員は語った。

施設の子が引き取られるときに他の子が姿を隠すのは、家庭に帰ることができる子どもに対する、残される子どもの羨望《せんぼう》や屈折した嫉妬《しっと》の気持ちからだろう。子どもたち全員が、親子を乗せた舟が仙島の岬に消えるまで手を振って見送ったのはキャラメルをもらったからではなく、一人の大人の優しい気持ちに触れたからで、いつまでも「さようなら」と叫ばせたのだろう。

その日の仙島のめくるめくような状況を想像しながら、僕は一人の民生委員として、またカメラマンとして、この島で何をすべきかを厳しく考えた。福祉行政の末端に民生委員として関わり、その職務に対する知識や認識が深まるに従って、その福祉行政が現実に機能する努力も能力も欠落させている現状が次第に見えてきた。自分の仕事の困難さと限界にも気づき始めていた。

アマチュア写真家の趣味的な撮影から、福祉問題をテーマにしたドキュメント写真に急速に傾倒していく過程で、最初に出会った養老院は撮影の意欲さえ失って挫折したが、希望の家の撮影は、原爆をテーマにした広島の被爆者・中村杉松さん一家の崩壊の記録とともに最後までやりとげたいと思った。

両テーマとも困難な撮影だったが、民生委員としての実務の行き詰まりを写真表現で突破し、僕の人生の転機にしようとしていた。

前回撮影した開墾と畑作りを撮影した写真を二〇枚余り持参すると、「いい写真です。さっそく新聞に載せてもらい、希望の家の宣伝をしましょう」と寮長は大喜びだった。「子どもたちの勤労意欲や、明るいイメージの写真もどんどん発表しましょう」「それもいいですね。希望の家の宣伝になります、ぜひ撮ってください」

子どもたちの日常生活を撮影する突破口ができた。

次の日は小春日和《こはるびより》だったので、女の子たちを誘い出し、施設の前庭で縄跳びをさせ写し始めた。男の子は頭に四、五キロもある大きな石を載せ、背中で手を組んで誰が一番遠くまで歩くか競争を始めた。足に落としたら大怪我をすると心配したが、施設には遊び道具がないこともあり、いつもの荒っぽい遊びでスリルを楽しんでいた。

遊んでいる途中、子どもたちが施設の裏の山際《やまぎわ》に走り込んでは袖口で口元を拭いながら出てきた。何をしているのか見に行くと、山際から湧き出る清水をアルミ椀《わん》に受けてガブ飲みしていた。横合いからひと口飲んでみると、腹にしみるように冷たかった。縄跳びの縄を腰に巻いたまま水を飲んでいる女の子に聞いた。

「そんなにガブ飲みして寒くない？」

「縄跳びをしたら腹がへるから飲むが、水では腹は太らん」

叩きつけるようなひと言に胸を突き刺されながらシャッターを切った。

少女の背後の軒下の暗がりには、もう一人髪を振り乱して順番を待つ女の子と、赤ん坊を背負って着ぶくれした五、六歳の男の子が俯いたまま立っていた。その子は重度の知的障害があるらしく、何を聞いても話が通じなかった。

レンブラントの絵のように陰影の中にわずかに清水が光っている情景を写しながら、施設の子が部屋でじっとしているのは、外で飛び跳ねて遊べば腹が減るからだと思い知らされた。カメラマンの小知恵で外に誘い出し、いい気になってシャッターを切っていたものだ。

狼狽《ろうばい》し、もっと撮りたかったが「いい写真が撮れた、ありがとう。写真ができたら持ってきてあげるからね」と言い、石遊びも止めさせた。

「腹が減るから外で遊ばん」

胃袋から吐き出すような言葉に、寮長を「お父さん」、寮母を「お母さん」と呼ばせている施設はどう答えるのだろうか。知的障害の子どもに子守をさせているのも、あまりにも無神経な行為である。その子は寒さも感じないらしく、素足にゴム草履《ぞうり》を履いて一日中戸外を歩き回り、みんなから「キャラメル君」と呼ばれていた。面白いニックネームなのでその由来を聞くと、T君のお父さんからキャラメルの土産をもらったとき、施設にはおやつなどないのでみんな大喜びだったそうだ。キャラメルは一〇個入りで、女の子は毎日一個ずつ食べ、男の子も三、四日かけて食べたという。ところがキャラメル君はあっという間に一箱平らげた。そして、他の子が食べていると、「チャラメル、チャラメル」とねだり、そのうちに、「キャラメル」とニックネームをつけられたのだった。虎《とら》の子のキャラメルを惜しげもなくやった子どももいたと聞き、感心した。

彼がキャラメルの虜《とりこ》になっている気持ちが切なかった。「そんなに欲しがるならキャラメルを持ってきてやろう」と思ったが、あわててその思いつきを打ち消した。飢えた胃袋に部外者が不用意に好物を与えるのは危険だった。それに、彼にだけやれば他の子どもが不信感を抱く。全員に持参したとしても、普段口にできない嗜好物《しこうぶつ》を思いつきで与えるのは、希望の家に生活を管理拘束されているかぎり、施設に対する欲求不満を募らせるだけである。T君の父親のように、撮影が終わり島を去る日に持ってこようと決めた。

二年間仙島に通ったが、春が来て、島の木々が青く芽生え海が温《ぬく》んでも、希望の家の子どもたちは老人のように陽溜まりの中にじっとしていた。成長期の子どもは好奇心の塊で、身辺のあらゆる状況に反応して行動する生き物なのに、海で遊ぼうともしない。夏が来ても海で泳ぐのを見たことがなかった。海岸を蟹《かに》が歩いていても魚が泳いでいても何の関心も示さず、昆虫や野の花にも目もくれなかった。室内で口論したり、喧嘩をするのさえ見たことがなかった。

自由だった僕の少年期と比較するのは早計だが、子どもは本来じっとしていられない生き物だ。第一反抗期には早くも親や家庭以外の世界に関心を持ち始め、第二反抗期を迎えると親や社会、あらゆる権力に反逆し、激しい自己主張を始める。「理由なき反抗」さえ彼らの生きている衝動で、そのマグマは押さえつければたちまち爆発し、あるときは自己破壊の泥沼にさえ身を投げてしまうような恐怖の世代である。

ところが施設の子どもには、そんな成長過程に必要な思考や衝動がいっさい見当たらなかった。彼らは施設が指示すること以外、自ら意思決定し行動することはなかった。成長期の児童にしては異常ともいえる現象だが、それは子どもたちに不可欠な成長過程の言動を許容する基盤を施設が持たないためであろう。施設の子どもには、我慢できないことや悲しいこと、悔しいことがあっても、泣きわめきながら駆け込み、訴えを聞いてもらえる親や兄弟がいない。誰も相手にしてくれる者がいないことを知って観念し、幼子《おさなご》がじっと耐えているのは何とひどいことだろう。

仙島はその意味では養老院と同じように、次の世代を担う無垢《むく》な子どもたちの心を解放することなく、拘束し続ける施設だったのである。彼らは、自らの運命に反抗することも、逃亡することもあきらめ、法定年齢の一八歳を迎えて島から「追い出される」日を待つしか解放される術はなかった。しかしその日からまた、孤立無援の未知の世界での受難の日々が始まるのである。

いわれなき差別

ある日、中学校に同行して校庭に入った。みんな私服の中、仙島の子どもだけお揃《そろ》いの通学服に学年、氏名を書いた名札をつけていた。島の子どもたちは地域の子どもの群れに混じらず、一塊になって校内に消えていった。

一緒に教室に入り授業を撮影する許可を得ようと思ったが、拒否されるといっさい撮影ができなくなる。休憩時間に児童が運動場に出て来るのを写してから校長に許可を求めることにした。まだ校庭は寒く、一時限目が終わっても二時限目が過ぎても、誰一人出てこなかった。昼休みまで待つ時間は長く、二日も店を放置しているのにと苛立った。

四時限目終了の鐘の音が鳴ってほっとした。給食が済めば昼休みで、児童が運動場に出てくるからだ。やがて児童は校庭で遊び始めたが、仙島の子どもは姿を現わさなかった。なぜだろうと焦ったが、ふと、学校給食は島の食事に比べると子どもたちにとってはご馳走で、ゆっくり食べているのではないかと想像した。

当時の給食は進駐軍のララ物資や粉乳、パンなどだった。敗戦後は子どもに弁当を持たせることができない一般家庭が多く、児童の体力増進のために始められたが、慢性的に飢餓状態だった希望の家の子どもには、つらい島の生活の中での唯一の楽しみかもしれなかった。施設では勉強している子どもを滅多《めった》に見かけなかったので、ある子どもに「学校は好きか?」と聞いたことがあった。「学校は大嫌いじゃが、給食が食べられるから毎日行くんじゃ」

島の子どもたちがいつまでも校庭に出てこないので、遊んでいる地域の子どもに聞いた。

「あいつら、教室で給食の残りを食うちょる」

冷笑に耐えながら残飯漁《あさ》りをしている施設の子どもの姿を想像して、胸を突き刺された。

そのうちに仙島の子どもたちが校庭に出てきたが、他の子のように飛び跳ねて遊んだりせず、何カ所かに一塊になって運動場にうずくまり、他の子が遊ぶのを見ているだけだった。

その光景を見て、仙島の子どもにだけなぜ一目でそれとわかる制服を着せ、氏名を明記した名札までつけさせているのだろうと思った。制服はもちろん官給品で、県内の施設の子ども全部に支給しているのかもしれないが、校長や寮長は差別を助長するような服装になぜ平然としていられるのか。校内だけでなく通学路でも、施設の子どもたちは衆目を意識してコンプレックスに耐えているのかもしれない。

何げないふりをして、地域の子どもに聞いた。

「揃いの服を着ている生徒がいるけど、なぜなの？」

「おじさん知らんのか。あれはみな仙島の子だよ」

「仙島の子って、どこの子？」

「孤児院だよ。あいつらみんな、悪いことをするから油断ならん。勉強もできん」

地域の子との短い会話がすべてを物語っていた。教室から解放された自由空間で他の子がはしゃぎ回っているのに、じっとうずくまっている理由もわかった。島や教室から解放され、給食が腹を満たしてくれても、施設の子どもたちは地域の子に蔑視《べっし》されているのを意識し、自由に遊ぶ空間も持たなかったのだ。

午後の授業が始まる鐘の音が鳴り、児童が教室に消えてから、教員室で民生委員の名刺を出して校長に面会した。授業風景と給食を撮りたいからだった。

「希望の家を撮影して救援物資を集める展覧会を開くため、授業風景を写させてください」

「教育委員会に相談した上でご返事しましょう」

紋切り型の返事が返ってきただけだった。警戒心も抱かれたようだ。制服着用について質問しようと思ったがやめた。その程度の答えしかできない校長が、差別される児童のつらい気持ちを理解できるはずがなかった。

後日、「許可が出ませんでした」と学校から返事があり、寮母にも学校から連絡があったらしく、「学校にまで行って写すのはやめてください」と釘を刺された。寮長に制服着用をやめさせるよう提言しても、満蒙開拓団的発想では無駄だろうと思った。だが、放置しておける問題ではなかった。民生委員は無給の名誉職で「児童保護司」も兼務している。毎月の集会後、ビールと折り詰弁当が出る程度の民生委員月例会があり、そのとき問題提起したが、「他地域の教育問題に口を出すのはいかがなものか」と否決された。

M君

島の西岸にある、干潟《ひがた》になると人気《ひとけ》もない岩場にうずくまっている少年がいた。しばらく見ていたが、少年は石のように身動きもしなかった。施設から三〇〇メートルも離れており、不安を感じたので近づいた。声をかけたが顔も上げなかった。M君だった。

額が広く、聡明そうな可愛い子で、施設で飼っている子豚や犬をいつも一人で抱いていた。あるとき、子豚を抱いて頭を撫でているので、「豚の子が好きなの？　おじさんも犬が大好きで二匹飼っている。モルモットや小鳥もいるよ」と声をかけたことがある。

「いいなぁ、行ってみたい」

日頃無口な子が声を上げたので驚いた。M君とはその日から親しくなり、僕が島に行くと僕の後をついて歩き、撮影するのを見ていた。

そのM君が島陰で泣いているので驚いた。

「どうしたの」と言いながら側にしゃがみ背中を撫でてやると、「わっ」と大声を上げて泣き始めた。天涯孤独の少年の慟哭《どうこく》に胸を刺され、思わず抱き寄せて、しばらく僕の胸に顔を埋めてしゃくり上げている少年の頭を撫でていると、やっと泣きやんだ。

もう一度「どうしたの？」と聞いたが、少年は頑《かたく》なに答えなかった。

「お父さんはいるの？」

「戦争に行って死んだ」

「お母さんは？」

「おらん。どこかに行った」

年端《としは》も行かないこんな可愛い子を置き去りにして、母親はどこに行ったのだろう。少年が希望の家に来た事情をもっと知りたかったが、孤島の岩陰で一人泣いていたM君を余計に悲しませてはと思い、聞くのをやめた。

「ごめんね、つらいことを聞いて。そうだったの。おじさんも二歳のとき父さんを亡くして顔も知らないんだよ。だから、子どもの頃からお父さんがいる子が羨《うらや》ましかった。でもね、戦争でお父さんを亡くした子は何十万人もいるんだよ。みんな、君やおじさんのように寂しいけど我慢しているんだよ。どうだろう、おじさんが仙島に来たときだけ君のお父さんになってあげようか。悲しいことがあったらみんな話してよ」

「ほんとう？」

まっすぐ顔を上げ、少年は僕の目を見つめた。彼を力づけようと思わず言ってしまったが、「おじさんが仙島に来たときだけだよ。それでもいい？」と、もう一度念を押した。

少年はコクリと頷《うなず》き、じっと僕の顔を見ていた。その視線が僕の心の底まで覗《のぞ》き込んでいた。身寄りのない子に、あらぬ期待を持たせてしまった責任の重さに狼狽《ろうばい》した。

「いいか、内緒だよ。誰にも言うな。約束できる？」

「うん」

嬉しそうな笑顔を見せたので、ほっとした。これ以上M君を失望させることはできなかった。本当に里親になって育ててやろうか、一人くらい何とかなるだろうと思い、また打ち消した。自分の子には気恥ずかしくてしたこともないのに、海岸の岩陰で突然起きた出来事に心を奪われ、もう一度少年を抱きしめて、しばらく背中を撫でてやった。

「おじさんの家に遊びに行きたい」

ポツリと言った少年の一言に、「駄目だ」とは言えなかった。

「下松《くだまつ》の時計屋だよ。君と同じ年頃の男の兄弟と、女の子がいる。あとで〝お母さん〟に聞いて、許可が出たら夏休みに連れて行ってあげる」

次の日、他の子も「遊びに行きたい」と言っていたので、寮母に聞いた。

「夏休みに僕の家に遊びに行きたいという子が四、五人いますが、どうでしょうか」

「駄目です」

「日帰りでも駄目ですか」

「駄目です」

僕が子どもたちと親しくなり、施設の実態が子どもたちの口から漏れるのを警戒しているようだった。これ以上個人的に児童に近づくと、撮影を拒否されるおそれもあった。できるだけ早く仙島の撮影を終えるしかなかった。

翌朝、登校する舟の中でM君に耳打ちした。

「〝お母さん〟に聞いたら、施設の決まりで子どもが他の町に行くのは駄目だって。ごめんね」

嘘を言うほかなかった。M君は、俯いたまま返事もしなかった。

島に通い始め、僕は何人かの子と親しくなっていた。Y子ちゃんは下松から施設に来てもう五年もいる中学三年生で、年下の子の面倒をよく見ている優しい娘だった。父親は戦死し、母親は祖母に彼女を預けて岩国で働いていた。

「お母さんから、アメリカの兵隊と結婚するので一緒に行こうと手紙が来たの。相手が黒人の兵隊さんなので、どうしようかと迷っているの」

ある日相談されて、返事に窮《きゅう》した。岩国には米軍基地があり、当時、「パンパン」と呼ばれ、敗戦後の荒廃した世相の中で生きるために街頭で体を売ってる女性が大勢いた。「戦争花嫁」と呼ばれ、正式に結婚してアメリカに渡った女性も少なくなかった。Y子ちゃんの母親もそうしたケースかもしれなかった。

だが、僕が返事に窮したのは他の理由もあった。当時、進駐軍の黒人兵数名が僕の店に来て脅《きょう》迫《はく》し、時計を十数個強奪される事件に遭《あ》っていた。警察もまともに捜査してくれず、敗戦国の屈辱を思い知らされた口惜しさから、黒人兵を憎んでいたからだった。

児童の悩みは本来施設が受け止めるべきだが、彼女は頑《かたく》なに、施設には相談したくないと言った。重ねて相談されたので、「一度お母さんと相手の兵士に島に来てもらい、直接話し合ってみたら」と返事をするしかなかった。当時の僕はまだアメリカに幻想を持っていたので、生活環境の悪い施設より、Y子ちゃんが母親とアメリカで生活したほうがいいと思ったのだ。結局、僕が岩国で母親と兵士に会い、Y子ちゃんはアメリカに同行することになった。民生委員として日常的に処理していた仕事だったが、島の子たちと親しくなればなるほど「お役所仕事」ではできないので、個人的な無力感に晒された。

K君は中学三年生で、僕が戦時中住んでいた部落の上級生の子どもだった。復員した父親に女ができ、妻と子を捨てどこかに行ったという話は聞いていたが、その子が仙島にいたことに驚いた。初めは彼のほうから僕を避けていたが、ある日、「どこかに就職口はないだろうか」と相談され、写真仲間の建設会社の社長に頼み込んで雇ってもらうことにした。

それぞれ家庭の事情は違うが、仙島に送られた子どもたちはみんな侵略戦争の落とし子で、彼らの戦争はまだ続いていた。その残忍な運命を背負って生きている子どもたちに、胸を押し潰されるような痛々しさを覚えた。

写真が好きでただシャッターを切るだけのカメラマンなら気楽だろうに、と慨嘆することもあったが、民生委員や児童保護司という潜在意識が否応なく問題に深入りさせたのだった。

前著『ヒロシマの嘘』の〈僕の二等兵物語〉に前述したが、僕が天皇や戦争を憎むのは必ずしも思想領域からではない。軍国主義教育に晒されて成長して二度召集され、二等兵として人間扱いもされぬ屈辱に耐えて何度も死線を超え、国家と軍隊に対し解きがたい不信と怨念を持っているからである。

またわずか七カ月の応召中、結婚式のため、たった二日の休暇を一緒に過ごしただけで潜水艦乗員の夫が戦死し未亡人になった姉への思いや、毎夜の空襲に逃げ惑いすっかり白髪になった母に恐怖や労苦を強制した戦争と、その戦争を命令した天皇が許せなかったからだ。そしてその戦争の生け贄《にえ》にされ続けている一番弱い老人や女子どもには見向きもしない戦後の政治を激しく憎み続けていたからである。

五月の潮風が母屋のガラス窓を開かせて潮風を運んでくるようになると、僕は母屋での食事のたびに、座敷の前を通る子どもたちの眼に晒され始めた。針の筵《むしろ》だった。子どもたちと築いてきた信頼関係が崩れるのではないかと怯えた。キャラメル君は赤子を背負ったまま座敷に上がり、たびたび寮母に追い出された。

そして夏が来て、島通いも楽になり撮影も順調に進行していたが、それ以上に次第に厳しくなる寮母の目と、生き物の少ない島で血に飢えた大きい藪蚊《やぶか》の襲撃に警戒しなければならなくなった。

夜は暑苦しくても蚊帳《かや》があるので安全だったが、昼間は撮影中の体に襲いかかった。チカッとした鋭い痛さを感じ叩き殺しても、見る間に刺された跡が赤く腫れ上がり何日も痛んだ。島の藪蚊たちは、どうも座敷でうまいものを食っている僕の新しい血を集中的に狙って襲撃しているようだった。

ある夜、暑くて寝苦しいので海岸の涼しい風を求めて外に出て目を疑った。闇夜だったが、よく見ると施設の前庭のコンクリートの上に女の子たちが眠っていたのだ。海辺にある涼み台にも数人の男の子が一塊になって眠っていた。急いでカメラを取りに戻って、気づかれぬように足音を忍ばせ、写し始めた。当時の僕のカメラは広島の闇市で買ったライカ3Cで、レンズの明るさはF3・5、フイルムの感光度はASA100だった。当時の機材では夜のスナップ撮影は無理で、星明かりに頼るしかなかった。夜明けを待ち、障子の外が白み始めてから足音を忍ばせてまた外に出た。

Y子ちゃんが小さい子を二人抱くようにして筵《むしろ》の上に眠り、四人の女の子がその両脇に一塊になり、ボロボロの薄い毛布の上に横たわっていた。居間は暑いので外で眠るのかと思ったが、外には藪蚊がいるはずだった。免疫ができるのかもしれない。コンクリートの上に筵や薄い毛布を敷いてよく眠れるものだと驚いた。

いずれにしろ異常なことだった。子どもたちが戸外で眠るのを寮長や寮母が知らないはずはなく、管理責任が問われる事態だった。急に怒りがこみ上げてきた。激しい心臓の鼓動を聞きながらシャッターを切り続けた。

朝食の支度を始めた物音が母屋から聞こえてきたので、撮影しているのを見られたらまずいと、慌てて居間に戻った。間もなく起床の鈴が鳴った。

すぐ家の前の涼み台で異様な起床風景を見た。起き上がって這うように台から降りている子もいたが、ほとんどの子は部屋から持ち出した蒲団や筵の上に、魂が抜けた生き物のように呆然として座っていた。四、五歳の幼児もいた。ほとんどの子がショートパンツをはいただけの半裸で、みんな血の気のない青白い顔色をしていた。朝食の鈴が鳴っても子どもたちは動き出そうともせず、朝だというのに時間は止まったままだった。見たこともない異様な海辺の風景だった。M君もその中にいた。

「早くしないと朝飯に遅れるよ」

這うようにして涼み台から降りてきたM君の顔色の悪さが心配になり、「どこか具合でも悪いの？なぜ外に寝るの？」と聞いた。

想像もしない言葉が僕を驚かせた。

「部屋には蚊帳がない、夏は暑くて眠れんからみんな海辺で寝る。潮風が吹いているから蚊は少ないが、一晩中夜露に濡れて体が冷えるから一日中だるい。飯も欲しくない」

一一歳の子の言葉とも思えぬ返事に唖然とした。希望の家の子がみんな顔色が悪く、スローモーション映像でも見ているように動作が緩慢《かんまん》なのは、裸で外に寝て夜露に濡れるからだと知って愕然とした。「寝ていても団扇《うちわ》の動く親心」という昔からの句がある。どんなに貧しい暮らしでも母親が付いていれば到底考えられない事態だった。

夜眠っている現場が撮りたかったので、次に島に渡る時には三脚とポケットライトを持参した。当時はまだストロボは発売されておらず、電球タイプのフラッシュランプは炊けば閃光に気づかれる恐れがあった。それに明るすぎて孤島の夜の雰囲気も出ないからだ。

子どもが寝ている場所は三カ所あり、施設から五〇メートル余り離れた難破船の廃材で作った海岸の岩陰にある涼み台から写し始めた。四人の男の子が海に背を向け、手や足を絡ませて抱き合い一塊になって煎餅《せんべい》蒲団の上に眠っていた。三人はパンツだけの半裸で、一番小さい子はキャラメル君だった。いつも着膨れした子守姿しか見ていないので、下腹部が異常に膨らんでいる栄養失調症特有の体型を初めて見て驚いた。暗い海の彼方に、かつて子どもたちが家族と幸せに暮らしていた徳山の街の灯が瞬いていた。その街に背を向け、子どもたちはどんな夢を見ていたのだろう。

暗くて露出計も全然作動しないので三脚を固定し、シャッターを開放にして、ポケットランプの灯先を万遍なく移動させながら眠っている四人の子を写したが、そんな撮影は初めてで露出に自信がないので、三〇秒から二分まで一〇秒刻みの長時間露出でレンズ交換をして、フイルムを一本写すのに二カ所で四時間もかかり、空が白み始めた。テスト撮影をした上での本番だったが、露光中に子どもたちはたびたび寝返りをうち、フイルム現像をするまでは写っているかどうか心配だった。徹夜の撮影で夜露に濡れ、半裸で眠っている子どもたちの、「朝飯も欲しくない」といった疲労を僕も体験した。

早く店に帰ってフイルムを現像したかったが、前夜の情景が網膜から離れず、何となく子どもたちと別れがたくて一緒に小学校に向かって歩いていると、途中の田圃《たんぼ》道の溝からけたたましい小猫の鳴き声が聞こえた。

M君が裸足になって溝に飛び込み、小猫を拾い上げて胸に抱いて歩いた。道端の水道を見つけて泥まみれになった小猫を洗うと、見違えるようなきれいな三毛猫になった。

「連れて帰って島で飼おうよ」と誰かが言うと、みんな賛成して歓声をあげた。だが、「お母さんに叱られるよ」と別の誰かが言うと、そのひと言でみんな顔を見合わせて黙った。一匹の捨て猫との出会いが子どもたちの表情を生き返らせた朝だったが、子どもたちの顔はすぐ目が覚めた時の無表情な顔に戻った。

それでもM君は猫を抱いたまま校庭に入った。シャッターを切りながら「連れて帰るの？」と聞くと、「机の中に隠す」と答えた。ともすれば優柔不断な施設の子から聞いた確信めいた言葉に驚きながら、かえって心配になった。

「もし猫が鳴いたらすぐバレルぞ、どうするの」

「K先生は優しいから、叱らん」

M君は小猫に執着し、先生に最後の夢をかけたのかもしれない。カメラマンも状況次第では異常な決心をすることがある。校長から取材を拒否された教室だったが、猫が鳴き出したとき何が起き、先生がどう対応するかを写そうと、僕も決心してM君の後から禁断の教室に侵入した。

彼が机の蓋《ふた》を開けて小猫を隠すと、すぐ担任が入って来た。逃げ隠れできなくなり、優しそうな女性の先生だったので、嘘を言った。

「希望の家から児童と一緒に来ました。ちょっと授業を写させてください」

「どうぞ」と言われて国語の時間が始まり、ホッとした。猫が鳴き出したらどうしようと、ハラハラしながらM君を写し始めた。机の中を気にして彼は授業も上の空だった。カメラを意識した先生が気を利かせてM君に質問したが、彼は答えるどころではなかった。返事もできないで立ち往生しているM君に、教室中がどっと笑った。その途端、大きな声で小猫が鳴き出したので教室は大騒ぎになった。待ちに待った瞬間が来た。

教壇から下りてきた先生が机を開けるよう厳しく命令した。期待したようないいドラマにはならなかった。

「猫を捨ててきなさい、写真を写すのもやめて帰ってください」

ベソをかきながら猫を抱いて教室を出る彼の後から、僕は逃げるように教室を出た。M君は猫を自分の下駄箱に隠したが、盛んに鳴き声を立てていたので下校時に連れて帰れる可能性は少なかった。僕が無断で教室に入ったことが問題にならなければいいが、と心配しながら帰り、すぐに前夜撮影したフイルムを現像した。写っていたのは二枚だけだったが、ほっとした。小猫とM君の写真は登校中まではいい写真ができていたが、教室で小猫が鳴き出したところでストップ。後で聞いたら、下校時にはもう小猫は下駄箱にはいなかったそうだった。

希望の家の国難な撮影はその後数カ月続き、同時期に撮影した母子寮の写真と一緒に、初めての東京展を開催した後、山口県下各地で巡回展を開催した。約束通り各会場で衣類やカンパを集めて施設に送り、いつキャラメルを持ってお別れに行こうかと思っていた矢先、一通の分厚い手紙が届いた。

差し出し人は寮母だった。先日施設に届けた金や衣類の礼状かと思って開封した。便箋《びんせん》数枚に青インクでぎっしり書かれたその手紙には、希望の家を作るのにどれだけ苦労したか綿々と書き綴られ、ところどころ涙で青インクが判読できないほど滲んでいた。作為ではないかと思わせるほどだったが、要約すれば次のような文面だった。

「希望の家を建てるのに私たち夫婦はどれだけ苦労したかわからない。貴方《あなた》にはその苦労はわからないだろう。貴方を子どもたちの味方だと信じ、長い間撮影に協力したのに、あなたは私たちの行為を裏切った。あなたは子どもたちの敵だった」

長文の手紙を読みながら唖然としたが、〝子どもたちの味方と信じていたら敵だった〟の一言には激しい反発を感じた。

僕は初めて施設を訪ねた日から、いつも子どもたちの立場に立って行動していたからだ。その意味では、結果的には施設の敵になっても絶対に子どもたちの敵ではない、と確信を持って言い切れた。怒りと敵意の籠もった言葉に当惑するだけだった。

だがそんなことより、もう仙島の子どもたちに会えなくなることが僕には悲しかった。その執着を断ち切るにはあまりにも子どもたちの身の上を考え続けた三年の歳月だったが、もう諦めるしかなかった。手紙の返事を書く気も、反論する気持ちもなかった。

巡回展を後援してくれた新聞記者の話で、何が起きたのかわかったのは一カ月余り後のことだった。

「県庁の学務課と福祉課の職員が、山口市で開催した『孤児と母子寮』展を見て施設の子どもの取り扱いに驚き、希望の家の寮長を県庁に呼び出して厳しい譴責《けんせき》処分にした」とのことだった。

敗戦後の満州から引き揚げ、逆境の中で仙島に施設を作るには、寮母の涙に滲んだ抗議の手紙が物語るように多くの苦労があったのは事実だろう。しかし施設が公費で運営されている以上、子どもたちには法律が決めた児童福祉の理念に沿って衣食住の最低基準は決められているはずであり、僕も当時民生委員をしてその実務に関わっていたのでその実態は認識していた。施設の設立や運営にどのような苦労があったにせよ、蚊帳がないため収容児童を海辺に寝かせたり、極度の空腹に晒していいはずはない。

取材に協力したのに裏切ったとか、僕が子どもたちの味方かと思ったら敵だったとか、今度島に来たら許さないとか、公私混同も甚《はなは》だしい。そんな人間が恵まれぬ児童の福祉事業に関わること自体が問題なのである。

母と子の戦後

満州事変を契機に始まった一五年戦争の渦中で、頼りにする父親や夫を奪われた母子家庭は三〇万所帯を超えたといわれる。父親や夫が復員した一家は戦争が終わった瞬間、食うものも着るものもなくても、もう毎日空襲警報に怯え逃げ回ることもなく、頭上から爆弾や焼夷弾《しょういだん》が落ちて死ぬこともなく、灯下管制下の暗い夜からも解放され、戦後の窮乏生活を過ごすことができた。だが、戦争で頼りにする父親や夫を失った家族は、その日から生涯終わることのない悲惨な生活を続けた。

太平洋戦争における非戦闘員の死者は約一二〇万人で、焼失家屋は二二八万戸といわれるが、そのほとんどは敗戦の昭和二〇年にサイパンを発進したB29の焼夷弾攻撃によるもので、一千万人近くが住居を奪われ戦後の荒廃の中に投げ込まれた。

徳山市も多くの市民が犠牲になった。敗戦後、徳山市の母子寮「鼓園《つつみえん》」では、戦争や空襲で夫を奪われた妻とその子どもたち、三〇世帯七三名が戦後の混乱とインフレと飢餓に耐えて窮乏生活を送っていた。

頼りにする父親を戦争に奪われた困窮生活は苦しかったが、徳山湾に浮かぶ仙島の「希望の家」の戦争孤児の悲惨な生活に比べたらまだしも幸せだった。鼓園の子どもたちは、貧しくても母親の暖かい愛に包まれて生きてゆくことができたからだ。

四畳半一間と台所だけの狭い部屋だったが、そこには母と子のささやかな団欒《だんらん》があった。仙島の孤独な戦争孤児に比べ、毎朝モンペに地下足袋《じかたび》を履いて仕事場に急ぐ母親と、登校する子が一緒に出かけてゆく明るい生活風景が母子寮にはあった。

わずかな日給と行政からの母子手当で戦後のインフレ時代を生きてゆくのは辛かったが、どの子も自分の母親がどんな仕事をしているか知っていた。その連帯感が母と子の生活を支えていた。

入園者にとって何より幸せだったのは、園長の木原さんの福祉行政に対する見識と優しい人柄だった。実務を超えて入園者の生活相談、健康管理、子弟の進学就職の斡旋《あっせん》にまで日常的に気を配って世話をして、暖かい太陽のような存在だった。

入居者の了解があれば、木原さんは夜間でも撮影をさせてくれ、鼓園の経営方針、入園者の家庭事情なども、普通の施設なら全面的に秘匿しているのに誠意ある説明をしてくれた。僕が鼓園の困難な撮影ができたのも、園長の撮影に対する誠意ある協力と、母と子が撮影に全面的に協力してくれたからである。

養老院「岐山園《きさんえん》」も、戦争孤児の「希望の家」も、母子寮「鼓園」も、徳山市の福祉施設だった。山手にあった母子寮には空襲後、三〇余りの部屋に何十培もの入居希望者が殺到したという。その規模には関係なく、家を焼かれた親子には、とりあえず雨露をしのぐ場所が必要だった。敗戦後の焦土と荒廃の中で予算もなく、施設の規模より必要なものは、それを運営する園長の見識と経営方針であり、それが入園者の幸を決定する不可欠な要素だった。〝福祉は人なり〟といわれた所以である。

鼓園の母子はその意味で、敗戦の混乱の中で「希望の家」や「岐山園」より幸運にも良い園長に恵まれていたのである。全国の空襲被災者にとって二重に不幸だったのは、空襲で街全体が焼かれ、頼みにする親類縁者も一緒に被災し、支援者を失って孤立無縁の窮地に投げ出されたことだった。とくに敗戦後はインフレと食料難の中で、頼りにする夫や父親を戦争に奪われた遺族の困窮は計り知れないものだった。長い戦争で荒廃した世相の中では、金と物しか通用しなかったからである。金が無ければ闇物資もいっさい手に入らず、戦時中よりもひどい欠配続きで飢餓に耐えるほかなかったのだ。

女の細腕一本で生活を支えて生きるのは現代でも困難なのに、〝産めよ、増やせよ〟と軍国主義が号令し、どの家にも子どもが五、六人いた時代で、母親たちは重い生活を背負わなければならなかった。

定職のない入園者の多くは市の失対《しったい》事業で働いていた。当時「失対」と呼ばれた市の「失業者対策事業」は、戦後生活困窮者の失業対策として自治体の建築現場や道路工事などの公共事業の仕事をしていた。焼け跡の整理や市営の建築現場の雑用など、女手には無理な重労働の多い戸外の仕事で、「ニコヨン」（日当二四〇円の日雇い労働者のこと）と呼ばれていた。

「ニコヨン殺すにゃ刃物はいらぬ、雨の三日も降ればいい……」と言われていた通り、雨の日は仕事がなく、収入がなかった。戦死者の遺族には一時金や遺族年金が支給されたが、戦後の闇物資の高騰は受給額を遥かに超えた。品物によっては業者の買い占めで一〇日で倍額にもなり、いったん上がった値段は下がらず、そのまま上昇し続けた。特に主食の米の値段は天井知らずだった。背に腹はかえられず、タンスの引き出しから晴れ着や一生の思い出の婚礼衣装まで農家に運び、平身低頭して米や雑穀と替えた。筍《たけのこ》の皮を一枚ずつ剥《は》ぐように、晴れ着と食料を交換して家族の空腹を凌《しの》いだ困窮生活を当時、「たけのこ生活」といった。

社会の底辺で抑圧されていた農民と、贅沢に暮らした都市生活者の優位が逆転した時代だった。だが空襲で丸裸になった被災者には、雑穀と替える衣類さえなかった。戦時中より敗戦後の食料事情はさらに悪化し、母子寮の母と子の生活は、想像もできぬほど悲惨な状態で、腹を空かせたわが子のために母親たちは必死になって働き続けた。

それだけに週に一度の給料日、仕事帰りに買い物袋を膨らませて家路を急ぐ母親たちの表情は明るかった。冷蔵庫も台所用品も満足にない時代だったが、子どもたちはその日の夕食には大豆や麦の交じった飯を食べさせてもらった。

空襲で家を焼かれたTさんは、小さな綿の打ち替え工場で働いていた。綿埃《わたぼこ》りが立ち込める狭い作業場は薄暗く、一日中マスクを掛けて息苦しい立ち仕事をするのは辛かった。

朝は五時に起き、朝食の支度をして子どもたちに食べさせ、学校へ通う子どもたちと一緒に七時に鼓園を出て夕方の六時まで働き、疲れきって帰園してからも体を休める暇もなく子どもたちの夕食の支度を始めなければならなかった。

施設の庭で七輪《しちりん》で火をおこし、腹を空かせている子どもたちに夕食を食べさせた。後片づけが終わって子どもを寝かせると、毎晩一二時過ぎまで暗い電灯の下で内職の経木編《けいきあ》みを続けた。一巻編んで二〇円で、子どもたちが手伝っても月に五〇〇～六〇〇円の収入にしかならなかったが、毎晩遅くまで夜なべ仕事に精を出していた。

三人の子どもの寝顔を見ながら、ある日Tさんは言った。

「内職してもいくらにもなりませんが、ときには子どもに闇米を買って食べさせ、新しい肌着も買ってやれます」

母親たちのほとんどは夜なべの内職だけでなく、休日も疲れた体を休める暇もなく経木編みや紙箱張りをして生活費の足しにした。焼け残った古いミシンを踏み、毎晩洋裁の内職をして生活費の足しにしている母親もいた。

Nさんの夫は会社も経営していた防護団員だったが、徳山空襲で消火活動中、妻と二人の兄弟を残して殉職し、遺体もわからなかった。殉職しても遺族に対する生活補償はなく、空襲で家も資産もすべて失った。夫が公務で死亡したので母子寮には優先的に入居できたが、母親と二人の子どもが生きるために母親は働かなければならなかった。虚弱体質で失対の肉体労働は無理だったので、園長の木原さんが奔走し、市役所の清掃婦として働き始めた。しかし毎日疲れきって帰り、夕食が済むとすぐ寝床に横になった。

木原さんは生活保護の受給を勧めたが、彼女は頑なに拒んだ。当時はまだ生活保護を受けて〝お上〟の世話になることを恥じる者が多かった。戦時中でも恵まれた生活をしていた彼女は気位も高く、〝清掃婦〟という仕事には生活のためとはいえ屈辱を感じていたようだった。

「今は、子どもが成長するのだけが生き甲斐ですから」と毎日仕事に出たが、次第に衰弱した。木原さんが心配して医師の診断を受けさせると、栄養失調で肝臓障害の治療の必要があることが判明し、無理強《むりじ》いして生活保護申請をさせて医療保護の手続きをし、治療に専念させた。半年後に退院し市役所に復職してから、彼女は母子寮でただ一人「赤旗」を読む母親になっていた。

さらに次の試練が待っていた。長男が一八歳の法定年齢になり、弟も一七歳で二人が寮を出ると、Nさんは在寮資格を失い、寮を退去しなければならない。

「もう、戦争や法律に引き摺《ず》られて生きるのは嫌です」

彼女は長男の退寮といっしょに母子寮を出て、母子で自活を始めた。親子で働き、次男の夢を叶え、理工系の大学に入学させたと聞き、感動した。

僕の民生委員時代の体験からいえば、本当に生活に困っている家庭は、生活保護の受給を勧めても固辞してなかなか受けてくれなかった。生活保護は貧困家庭の更生を援助する法制度で、貧困を丸抱えするためでなく、あくまで自立するための支援を理念とした制度である。そのことを説明して保護を受給させると一生懸命に働き、自立すると自発的に保護辞退を申し出た。

二人目の子どもを妊娠しているときに夫が召集されて戦死したFさんは、まだ小学生の兄妹を育てながら失対で働いていた。まだ二〇歳代で、母子寮では一番若い母親だった。気さくな人だったので、写真を写しながら聞いた。

「今から子どもを育てながら生きてゆくのは大変でしょう。いい相手がいたら再婚する気はありますか」

「一人で兄妹を育てて生きてゆくのに自信を失うこともたびたびあります。そのとき、戦争さえなかったらと思います。もう民主主義時代だから、女も自由に生きてもいいのだと、寮の人もみんな思っています。

『もう男女同権の時代だから、女だけがいつまでも犠牲になって我慢する必要はないのよ。皆さんももっと自由に生き、好きな人がいたら恋愛をして再婚するくらい前向きに生きてくださいよ』と木原先生も懇親会で私たちを励ましてくださいます。戦争で頼りにする夫や家族を奪われ、毎日必死に働いて子どもを育てながら生きている母親たちの苦労をよく知って言っておられるのです。寮の人もそんなに気楽にできたらいいわね、とため息をついています。私もそう思います。でも戦争に負けて時代が変わったからといって、〝軍国の妻〟といわれた私たちがそんな身勝手なことをするのを世間は許しません。それに戦争で男がたくさん戦死し女が余っているこの食糧難の時代に、子ども連れの女と結婚してくれる男なんかどこにもいません」

Kさんは母子寮では唯一大学を卒業した高学歴の母親で、夫は徳山空襲で消火活動中に焼夷弾の直撃を受けて亡くなった。残された子ども二人と三人暮らしだった。夫の建築業で経理を担当していたが病弱な体質できつい仕事はできないので、木原さんの奔走で仕事の楽な図書館の臨時雇いになった。美人で積極的に仕事をする人だったので、来館者の評判もよかった。勤務しながら司書の資格を取り、吏員として正式採用されて寮を出て自立し、二人の子どもと暮らすのが夢だった。

だが就職して間もなく年下の吏員と恋愛関係になり、ときには子どもを残して外泊することもあって、寮の中でも噂になった。図書館長からも寮長に、同じ職場内の出来事なので厳重注意するように連絡があった。木原さんがKさんに事情を聞くと、「出来心ではありません。彼とは結婚の約束もしています。でも先生にご迷惑をかけ申し訳ありません、寮を出てお詫びします」の一点張りだった。木原さんは、

「あなたの夢は、司書の免許を取ることだったでしょう。寮を出るのなら免許を取ってからにしなさい。図書館長には私からよく話しておきます」

と慰留した。

Kさんは翌年司書試験にパスし、木原さんの斡旋で近隣都市の司書に採用され寮を出て親子三人

待望の自立した生活を始め、その後彼と正式に結婚した。施設でこのようなトラブルが発生した場合、当人が責任をとって寮を出ると言えば、そうして問題を隠蔽するのが役所の常套手段であるが、木原さんは「好きな人ができたら恋愛して再婚するくらい前向きに生きなさい」と、苦難を背負った母親たちに夢を与えていた。Kさんもまた自分の意志で夢を実現したのである。

Tさんの夫は復員して職場に復帰し、建設工事現場で働いていたが、慣れぬ仕事で一男三女を残して事故死した。数日前からマラリアが再発し、高熱があるのに医者にも行かず無理をして仕事に出て起きた転落事故死だった。

Tさんは役所に、夫はマラリアが再発しても、金がなくて医者にかかっていなかったのだと訴えた。復員兵には当時恩給があったが、本人が死亡すれば中断された。戦死の場合は遺族年金があるが、復員後の事故死の場合は、たとえ兵役中のマラリアの再発が事故の原因でも、治療中か、そのための事故死だと証明する医師の診断書がなければ受け付けてもらえなかった。

夫を失ったTさんの生活は、たちまち困窮した。縁者はいてもみな空襲で焼け出され、支援してくれる者もいなかった。絶望の果てに親子心中を図ったが、眠っているわが子の顔を見ているうちに、首にかけた紐《ひも》をどうしても絞めることができなかった。どんなに苦しくても生きてゆくしかなかった。

「あなたの夫だけ特別扱いにはできません」と言われたと、Tさんは泣きながら訴えた。戦死者には、天皇への「忠誠度」によって階位勲等や一時金や遺族年金、恩給が支給されていたが、復員した元兵士が戦地でかかったマラリアが再発しても、一枚の診断書がないのを理由に国はそれを認めなかった。Tさんにはそのために恩給も遺族年金も支給されず、一家は敗戦後のインフレの荒波に翻弄され、たちまち飢餓に追い込まれた。

「尽忠報国」、「滅私奉公」を強制し、国家総動員法を発動して国民を戦争に巻き込んで使い捨て、主権在民の民主主義憲法が施行されても、敗戦の総括も戦争責任の追及もせず、一二〇万非戦闘員の死や戦争被害について、「一般国民の戦争被害は補償しない」と言明し、救済責任を放棄した。旧軍人、軍属とその遺族には恩給や遺族年金を支給したが、民間人の空襲被害には目もくれなかった。

「戦時の非常事態の犠牲は国民が均しく耐え忍ぶべきで、その裁量は国家に委ねられる」という戦争犠牲受忍論で、戦後も空襲被害者の国家賠償請求訴訟はすべて却下した。だが、もし平等の原則を主張するのなら、軍人軍属に対する恩給、年金なども廃止すべきだった。軍人も非戦闘員も国家総動員法で戦争に動員され命を奪われたのである。天皇の命も国民の命も、一つしかないかけがえのない命の尊厳は同じである。

Tさんは夫を失って国から見捨てられ、家賃も払えなくなり借家を追い出されたが、藁《わら》をも掴む思いで母子寮に入居を申込み、幸運にも入居することができた。しかし三度の食事にも困り、子どもたちは空腹を訴え続けた。想像を絶する飢餓生活が続いた。木原さんが生活保護の受給を勧めたが、頑なに拒否した。

「一生懸命働いて、自分の子は自分で育てます」

非情な国家に対する一人の戦争未亡人の精いっぱいの意地だった。

失対の最初の給料日までの一週間、Tさんは朝飯も昼飯も食べず仕事をしたという。子どもたちはひたすら学校給食が始まるのを待ち続けた。

その話を木原さんから聞いたとき、僕は改めてこの国の正体を知り、戦争と戦後政治を心底から憎んだ。戦時中二等兵で最下等の兵士だった僕も、人間扱いされたことは一度もない、使い捨ての惨めな特攻隊員だったからだ。

温暖な瀬戸内海岸には珍しい、積雪に埋もれた朝だった。Tさんの仕事場を撮影するために同行した。三〇分余り歩いて仕事場に着いた頃、また激しい風雪になった。海岸の埋立地はたちまち泥《ぬか》濘《る》み、母親たちの地下足袋は足首まで泥塗れになっていた。

「足が冷たいでしょう」とTさんに言おうとしたが、声にはならなかった。見えすいた同情心に気づいたからだ。失対労働者には、半年に軍手三枚と地下足袋が一足特配されたが、スフを混紡した当時の軍手や地下足袋はコハゼやゴム底がすぐ破れ、それをたびたび修理しては使い、母親たちは手や足先にできたしもやけや、ぱっくり口をあけたヒビや赤ギレをいつも痛がった。

Tさんのその日の仕事場は、敗戦後の窮乏財政打開のために徳山市が建設中の競艇場《きょうていじょう》の建設現場で、工事現場に積み上げた建築廃材や残土をその日のうちに三〇メートル離れたトラックまでリヤカーで運ぶ作業だった。雪で泥濘んだ土に埋もれて作業は難渋し、ときおり海から吹き上げてくる身を切るような冷たい突風が、モンペ姿にタオルで頬被りをして仕事をしている頭や肩先に白く積もった雪を吹き散らした。そのたびに母親たちは悲鳴をあげ、リヤカーにしがみついた。

雪に濡れた衣類が凍りつき、手先が動かなくなると、母親たちは作業場の焚火にしゃがみ込んで手足を温めては作業を続けた。やっと昼食になると、雪の中で燃えている焚火を囲んで体を温めながら冷えた弁当を食べ、しばらく体を温めるとまた午後の作業を始めた。普段はときにはお喋りをしながら作業している母親たちも、この日ばかりは雪空の下で凍りついた塑像《そぞう》のように黙々と働いていた。女には過酷過ぎる雪の日の重労働でも、楽な仕事場に回されても、失対の日給は二四〇円だった。敗戦後は工場地帯や都市がほとんど焦土になり、失業者が路頭に迷っていた時代で、失対の仕事でも働く所があれば幸運だった。わが子を育てるために、母親たちはひたすら働き続けたのである。

五時になると雪空はもうとっぷり暮れていた。暗くなった夜道を仕事を終えた母親たちは、疲れきって寮にたどり着いた。

吹雪の中で一日中働き続け疲れ果てて帰った母親たちのために、木原さんはその日、とくに寮の風呂を沸かして待っていたが、仕事着に凍りついた雪を戸口で払い落とすと、Tさんは腹を空かせた子どもたちに、夕食の支度をしながら言った。

「今夜は寒いから雑炊《ぞうすい》にするね。すぐできるからみんな風呂に行っておいで」

敗戦後の国民の食生活は戦時中より悪くなり、闇米が買えない家の主食はいつも雑炊だった。空き地があれば寸土を惜しみ、猫の額ほどの空き地に母親たちは野菜を栽培していた。寮の入り口も四棟ある部屋の中庭も、一面芋や野菜畑になり、屋根には南瓜《かぼちゃ》の葉が繁り、収穫期には熟れた実が色づいて屋根の上だけは豊かな風情だった。

野菜や魚の配給など滅多になく、自家栽培の野菜に配給の押し麦や大豆を少しばかり混ぜた水ばかりの雑炊で飢えを凌いだ。たまに玄米の配給があると一升瓶に入れ、棒で何時間もコトコト搗《つ》いて精米した。子どもや年寄りの仕事だったが、手間をかけて搗いた白米は眩しいほど白かった。

「今日は銀飯だ」と月に一度の盛り切りの〝銀飯〟に狂喜した。後はどの家でも少しずつ雑炊に交ぜて食い延ばした。白い米粒が少しでも交じっていれば、それだけで飢餓から解放されたような気分になれたからだ。母子寮の子どもたちは、その〝銀飯〟にさえありつけなかった。

食事を済ませて後片づけをすると、Tさんは狭い部屋いっぱいに煎餅蒲団を敷きつめ、子どもたちを寝かせてからやっと寮の風呂に入った。

「あー、やっと生き返った」

しばらくして部屋に戻ってくると一息ついて彼女は、子どもたちが雑魚寝《ざこね》をしている蒲団の隅で着ている毛糸のセーターを脱いで解き始めた。丸い毛糸の玉が四つできると、「足ればいいが」と言いながら、しもやけで赤く腫れた指先で編み物を始めた。シャッターを切りながら聞いた。

「何に編み代えるのですか」

「寒くなるまでに子どもたちの靴下を編んでやろうと思いながら、仕事や家事に追われてできませんでした。やっと今日から編む気になりました」

吹雪の中で終日、破れた地下足袋で濡れた足の冷たさに耐えて働きながら、母親はふと「夜なべをして、今夜から編もう」と、素足で冬を過ごしている子どもたちの靴下を編み始めたのだった。敗戦後は綿製品の足袋はなくなり、靴下も闇値でしか買えず、化学繊維の靴下は暖かくなくて一日履けば踵《かかと》や指先に穴が空いた。母子寮の子どもたちはみんな素足で冬を過ごし、ヒビやしもやけで足を赤黒く腫らしていた。

お盆が来るとTさんは毎年、部屋の隅にある夫の位牌《いはい》を祀った仏壇に盆提灯を飾った。仕事から帰ると灯明と線香をたき、しばらく末娘を膝に抱いて仏壇の前に座っていた。彼女にとっては、年に一度だけゆっくり夫に会える日かもしれなかった。

そして早目に夕飯を済ませると、末娘に「盆踊りまでには縫ってあげるからね」と約束した浴衣《ゆかた》を着せた。末娘は髪に赤いリボンをつけてもらい、新しい下駄を座敷の上で履いて僕のカメラに収まった。

家族揃って駅前広場の盆踊り大会に出かけるのは、母子寮の母子にとって年に一度の楽しい夜だった。女の子はみんな浴衣を着て母親と一緒に踊りの輪に加わり、結構一人前の舞姿を見せてくれた。男の子もみんな、園のバリカンできれいに髪を刈ってもらい、揃いの丸坊主で盆踊りや夜店の買い食いを楽しんでいた。

ある日、Tさんは、〝シクシク〟泣き止まない娘を抱き頭を撫でながら、長男を厳しく叱っていた。しばらく母親の叱責《しっせき》に抵抗した後、畳をむしりながら「ごめんね」と兄は謝り、兄妹はすぐ仲直りをして積木遊びを始めた。戦争で父親を奪われ、苦難の人生を歩かなければならない運命を背負った四人兄弟の、それぞれの人生の行方を想像しながら、積木遊びを写し続けた。

母子寮の項を総括するために、いま半世紀前に写した一枚の写真を見ている。Tさんが泣きじゃくる娘を抱き、妹を泣かせた兄を厳しく叱っている写真である。その写真の背景に写っている古い足踏みミシンの踏板の上に、「衛生綿」の小さな紙袋を発見した。撮影時、それがまだ三〇歳代のTさんの「生理用品」だとは気づかなかった。男には無縁の物とはいえ迂闊《うかつ》だったが、母子寮の母親たちのほとんどはまだ生理用品が必要な年齢だったのである。取材のテーマが「福祉」だったので、むしろ避けて通った道だった。今にして思えば、母親たちの抑圧された生理に真向いてシャッターを切っていたら、単なる母と子の苦難の生活だけでなく、もっとリアルなキャンペーンができたのにと思うと、アマチュア時代の稚拙《ちせつ》さが悔やまれる。

〝後悔先に立たず〟。写真はシャッターを切れば簡単に写るものでも、それで完結するものでもない。そのことに気づき、映像の限界を〝補完〟するために八〇歳を過ぎて書き始めた『写らなかった戦後』は文字によるドキュメントだが、体が動かなくなってから過去の写真の映像表現の稚拙さに気づいても、もう遅いのである。活字表現なら書き直せるではないかと思いがちだが、あらゆる表現は写真同様その瞬間文字化しなければ生きたドキュメントにはならない。

五〇年前の写真と記憶をたどり、生身の女性を文字表現することなど到底不可能だということを思い知らされるだけだ。

戦時中の僕はどこにでもいる無知な〝軍国青年〟だった。山口県の漁村の網元の末っ子に生まれ、母親の献身のお陰で戦時中も飢えを知らずに育った。戦中戦後の飢餓は話には聞いたことはあっても、実体験したことのない〝非国民〟だったのである。

天皇一族が、国民の飢餓など無関係に広大な農園や牧場で何百人もの宮内庁職員に食料を作らせ、何不自由なく暮らしていたのとは天地ほどの格差があるにせよ、都市生活者の食生活に比べたら、天皇一家の贅沢を云々する資格はないのである。

「闇犯罪を裁く者が、闇物資を買っては犯罪を裁く資格はない」

と、配給だけに頼り餓死した山口検事の〝美談〟が当時新聞種になったが、都市部の食料難はそれほど深刻だった。開戦翌年の一七年には早くも食料や衣料の配給制が始まったが、遅配、欠配は日常的になった。物資はすべて軍が統括し、〝勝つまでは欲しがりません〟と子どもにまでひたすら耐えることを強制し、国民の胃袋も生死もすべて天皇制軍国主義が支配していたのである。

連合軍が東南太平洋の島々から反撃に転じると、軍部は予備役の年齢を四五歳まで五年延長し、非国民扱いにしていた病弱な「丙種」にも召集をかけ始めた。その上、長年差別支配してきた朝鮮人や台湾人にも、少年志願兵制度や「徴兵制」を適用し、無差別に召集して敗戦に投入し始めた。

ある日〝赤紙〟が舞い込んで一家の主人が召集されても、残された家族の生活を国が補償したのは公務員だけだった。サラリーマンは会社が応召中の給料を負担したが、私企業や農漁業には家族への生活補償はなく、その日から生活に困窮した。農家は土地があれば自給自足できたが、漁民や私企業は夫が召集されれば、妻がその日から自分で仕事を探し、慣れぬ肉体労働や内職をして一家の生活を支えるしかなかった。

〝たけのこ生活〟というのは、前述したように当時の主婦が思い出のある晴れ着を一枚ずつ農家で米と換え、家族を飢餓から守った戦時用語だが、空襲が激化するとすべてを焼かれ、丸裸になり売るものもなくなった。この母子寮のドキュメントも、夫を戦場に奪われ、敗戦間際に空襲で家財を焼かれて辛うじて母子寮で生きていた母と子の生活記録なのである。

遅すぎた学童疎開――児童は政府に殺された

太平洋戦争の敗色が決定的になり、B29の熾烈《しれつ》な本土爆撃が始まってから、一九四四年六月、政府はやっと学童の地方の親戚などへの「縁故疎開《えんこそかい》」を始めた。しかし敗色は既に国民の身辺に迫り、親戚の子を預かる余裕のある家は滅多になかった。八月には無計画な学童疎開を始めたが、遅きに失した決定だった。

まず、東京、横浜、大阪、名古屋など一〇都市の小学三年生から六年生までの児童三五万人を対象に、空襲の心配のない日本海側の農村部への強制疎開が始まった。罪もない児童の上にも戦争は容赦なく襲いかかったのであるが、四五年になると、その範囲を京都、広島などの西日本にも拡大した。疎開児童の荷物は一人三〇キロ以内で、携行できたのは学用品と衣類だけだった。

東京方面から裏日本各地に向かう児童たちにとっては、二〇時間近い長旅で、夜行列車の慣れぬ寒さと食料不足に泣き出す子も多かったという。疎開先での食事は、朝は菜っ葉汁と漬物、昼はすいとん、夕食の主食は大豆、さつま芋、雑穀の交じった盛り飯に汁と漬物だった。食べ盛りの児童は毎日飢餓に耐え兼ね、雑草まで食ったという。

また、農作業の手伝いの草取り、草鞋《わらじ》や縄や、豪雪地帯の冬に備え深い雪の中で履くカンジキを編む写真などを何度も見たが、児童の中に笑顔はなかった。初めて体験する寒さよりも、子どもたちにとって一番辛いのは家族と別れて暮らすことだった。

疎開先の風土や習慣に馴染めない児童も多かった。村の公会堂などにまとめて収容された学童は、随行の教師が施設を学校にして教えたが、少人数で寺や村の集会所や格の古い旅館などに分宿し、地元の学校に通学する子どもたちは通学距離が遠かったり、地域の生活や村の子どもたちと馴染めなかったり、いじめなどの問題も多発したという。

親たちは疎開先の子どもの健康や生活を日夜案じたが、学童たちもまた空襲が激化すると都会に残した家族の安否を毎日心配したという。

教師にとって一番辛いのは、児童の親たちが空襲で死傷したという通知を子どもに伝えることだった。泣きわめいていつまでも悲しみ続けている子もあり、その日から性格が変わったように無口になったり、食事をしなくなる子もいたという。親が空襲で死んでも児童は家に帰ることは許されなかったので、無断で脱走する事件もたびたび起きた。

何千人もの児童が疎開中に空襲で親を失い、敗戦になっても帰る家もなく、そのまま施設に送られた子も多数いたという。前述した「希望の家」の戦争孤児同様の悲惨な人生を送った児童もいるのだ。

戦争が残酷なのは、むしろいちばん弱い人々まで無差別に殺傷される犯罪である事を認識すべきである。それが侵略戦争の結末であることを思えば、救いようもない悲劇にただ暗然とする。

連合軍は昭和一八年一月反撃を開始し、ニューギニア島ブナ、ガダルカナル島などの日本軍を全滅させると、一九年マーシャル群島に上陸し、七月には南方海域の日本軍最重要拠点だったサイパン島を攻撃、三万の日本軍を全滅させ、市民一万人も軍と運命を共にし自決した。戦後累々と転がっている兵士や住民の死骸や、断崖に追い詰められ投身する主婦など、米軍が撮影した記録映画を見て慄然とした。

米軍はサイパン島占領後、すぐ長距離爆撃機Ｂ29の基地を整備、日本本土の軍事基地や軍需産業などの戦略中枢を渡洋爆撃して壊滅させると、全国都市部の焼夷弾攻撃を始めた。Ｂ29は当時世界の爆撃機中最新鋭で敗戦までの九カ月間にサイパン基地から、延べ一万七千五〇〇機を日本本土に出撃させ、爆弾一六万トンを投下した。一般住居に対する無差別な焼夷弾攻撃で、主要都市のほとんどがわずか半年で焦土になった。

当時の日本住宅はほとんど木造で狭い国土に過密都市を作り、焼夷攻撃の格好の目標になった。たちまち周囲に延焼し、ほとんどの都市が一夜にして焦土になった。防空演習のバケツリレーや、各戸に常備された「防火用水」や火叩きなど何の役にも立たなかった。この熾烈な爆撃による被災者は九二〇万人、死者三五万人、負傷者四二万人、全焼家屋二二一万戸という前代未聞の恐るべき空襲被害を受けた。

首都東京は一一二回もの空襲を受け、全市街の五〇％を消失させ、三月一〇日の大空襲では一夜に一〇万人の生命を奪われた。住居を失った都民は一〇〇万人を超え、開戦時の三五区の人口六七八万人が二五三万人に激減した。この空襲による死者は一一万五千人、負傷者は一五万人に及び、東京都は完全に首都の機能を失った。

それにしても学童疎開が遅きに過ぎた。東京大空襲、広島、長崎の原爆被害と、その後の放射能障害で死亡した学童を加算すると、僕の推計ではB29の爆撃で三〇万人近い学童や幼児の命を奪われている。もっと早い時期に学童疎開を実施していれば被害は半数で済んだと思うと、軍や政府の無策を憎むのみである。

硫黄島全滅後、「本土防衛の最後の砦、沖縄を死守せよ」と、局地戦には前例のない勅語が発令され、沖縄、小笠原の学童ら一五〇〇人を本土に疎開させるための対馬丸が米軍の潜水艦が発射した三発の魚雷に撃沈される事件が起きた。事実は学童疎開を利用した多量の重要物資や、七〇〇名の官僚、軍関係者を本土に運ぶための策謀で、児童はわずか八〇〇名しか乗船させておらず、その情報を米軍に探知され、撃沈されたという説もある。

もしそれが事実なら、疎開児童を利用した悪辣《あくらつ》な軍の犯罪行為である。船腹に赤十字マークをつけた輸送船は国際法に基づき、傷病兵、疎開学童以外の戦争物資、兵員の積載を厳禁している。交戦国に航海の目的、航路、積載物、発着日時などを通告する義務があり、了解を得て航海しなければならない。

対馬丸は米潜水艦の魚雷攻撃で撃沈したという情報のほか、機雷で沈没したとする発表もあり、真実は歴史の闇に葬られた。

沖縄戦では住民二万五千名を強制的に義勇兵に徴用して殺した。学生に弾丸や飲料水を運ばせ、「ひめゆりの塔」では女子学生まで野戦病院に動員して負傷兵の看護に従事させ、集団自決させたが、軍はすべて愛国的行為にして責任を放棄している。

太平洋戦争は、国連の支那事変からの撤退勧告を拒否して、真珠湾を奇襲し西南アジア、東南太平洋を一挙に不法占領し、無差別な殺傷や捕虜虐待などの残虐行為を恣にした無法な侵略戦争だった。

東京裁判で裁かれただけで、戦後の政府や国民による戦争責任の追及も放棄された。隣国に対する侵略戦争と、〝石油があるうちに〟と連合軍相手に勝ち目もない戦争に突入してたちまち敗北しても、軍は本土決戦、一億玉砕を呼号して兵士や国民をボロ布のように使い捨てた。学童疎開の悲劇も、子どもの生命など歯牙にもかけない軍の犯罪行為による悲惨な結末だった。

米軍爆撃機B29の本土爆撃を恣にさせたのは、フィリピン敗北後の特攻作戦による航空機と乗員の使い捨てだった。米艦に突入する自爆作戦は海軍が始め、陸軍が追従した戦局を一気に挽回しようとする無謀な作戦で、当初こそ米軍を、「カミカゼ」と恐怖させ戦果も上げたが、たちまち空軍戦力を消耗させた。

東条内閣は空軍戦力を補うため、大学、高等学校などの学徒三万五千人の徴兵猶予を廃止して緊急入隊させ、その出陣壮行会が雨の明治神宮外苑で挙行された。家庭と母親から、まだ遊び盛りの少年や学生まで奪って学業を放棄させ、〝学徒出陣〟と悲壮感を煽って勝算のない戦争に投入したのだ。戦争末期に特攻隊を支えたのは、やっと操縦を覚えたばかりの学徒兵で、操縦も未熟で飛行機も旧式で、目標に突入する前にほとんど撃墜され、整備兵、通信兵など延べ十数万人が戦死したのである。

僕は体が小さく敏捷《びんしょう》だったので、同級生数名と少年航空兵に志願する約束をしたが、中学を卒業し予科練に入らないと空中戦ができず、整備ばかりやらされると聞いて断念した。志願した五人はみんな戦死したので、友達を裏切った後ろめたさをいまでも抱き続けている。太平洋戦争開始の年に二〇歳になり、徴兵検査で「乙種合格」になった。同級生はすぐ入隊したが、僕にはなぜか召集令状が届かず、年内に早くも二〇人余りが戦死した。沖縄戦に出撃し、制海空権を失った航路で輸送船もろとも海の藻屑《もくず》になったと、戦後宇品《うじな》で兵員輸送の担当をしていた兄から聞いた。白木の箱を駅頭に迎えに行くのが辛かった。

一九四四年七年七日、東条内閣は東南アジア、太平洋諸島の敗北の責任をとって総辞職、日本軍の敗色が決定的になったが、陸軍は本土決戦を呼号し小磯内閣が「一億総武装」をスローガンに敗戦に突入していった。国会では中野正剛代議士が反軍演説をして逮捕され、釈放後に割腹自殺。ゾルゲ、尾崎秀美もスパイ容疑で死刑を執行された。上野動物園の象やライオンなどの猛獣も殺され、国民の身辺にも敗戦の足音がひしひしと迫った。B29の軍事施設や軍需施設に対する爆撃が激化し、僕の町も工場地帯だったので連日連夜空襲警報に怯え続けた。

戦局は急速に敗戦に向かい、中学教育の二年制、徴兵猶予の廃止、徴兵年齢一八歳引き下げのほか学徒出陣、女子艇身隊の軍需工場への徴用など、また、家庭から働き手を奪う炭坑や工場への徴用が始まった。劇場、映画館、バーや料亭の閉鎖、歌舞音曲《かぶおんきょく》も禁止、不急の旅行も制限されて敗色が急速に国民の身辺に迫り、東京都は学童疎開の第一陣を東北地方に出発させた。

米軍は一九四五年二月一九日、延べ三〇〇〇機で爆撃と艦砲射撃を続け、七万五千人が硫黄島に上陸、洞窟に立て籠もって抵抗した二万人の兵士が全滅、牛島司令官は自決した。米軍は沖縄に迫り、天皇は局地戦にかつて前例のない、「最後の砦沖縄を死守せよ」との勅語を発令したが、四月一日、米軍は一八万二千の軍隊を沖縄に上陸させた。守備隊は陸海軍七万五千人と住民義勇兵二万五千人が、一〇万人の島民を巻き添えにし、八〇日間の死闘を続けて惨敗し降伏した。

この間、フィリピン戦線では四二一機、沖縄戦では支援機を含め二カ月間に二四六九機の特攻機を消耗しただけでなく、国費を傾けて建造した巨大戦艦大和は片道燃料を積み、沖縄に特攻出撃して撃沈された。この無謀な作戦は、「日本軍にはプロの軍人はいなかったのか」と世界の軍事評論家を唖然とさせた。

二〇年六月、沖縄を占領され、政府内には降伏説が浮上した。海軍は既に戦力も戦意も喪失していたが、天皇とその側近は国体護持に執着し阿南陸相の本土決戦に引き摺られた。B29の爆撃で日本全土が焦土になり始めると同時に各戦線で戦死者が激増し始め、「戦死の公報」が続々と出征家族に届き始めた。

「名誉の戦死を遂げ、一家一門の名誉です。本人も靖国神社に祀られ満足でしょう」

戦死の公報を受け取った遺族は、焼け跡のバラックに正座し、肉親の死に涙一つ見せず毅然として顔を上げて答えた。隣組もマスコミも、軍国の妻や遺族の毅然たる態度を賞賛したが、すべては建前と虚構の世界だった。空襲で家も家財も焼かれた上、頼りにする夫や息子の戦死の公報を受け取って心にもない嘘と虚勢を張り、肉親の死を悲しみ号泣しない遺族が、世界のどこにあるだろう。

当時もし僕が戦死しても、母親は毅然として同じように言っただろう。肉親の死を人前で悲しみ、泣き叫ぶことさえ許されぬ不条理が〝忠君愛国〟と称えられ、戦争で肉親を殺され嘆き悲しむ者は臆病者とか〝非国民〟呼ばわりされたのである。その嘘が天皇制軍国主義を支えたのだ。

新婚早々召集を受けた夫に後顧の憂いを抱かせてはならぬと、自らの命を断って夫を戦場に送った新妻の〝美談〟が新聞に大きく報道されたこともあった。軍もマスコミも若妻の愛国心とその覚悟を賛《たた》え、日本中がその記事に感動し、〝軍国の妻〟の行為を賞賛した。いくら軍国主義青年ぶっていても、本心では戦争で死ぬのが怖かった僕も、その記事に自らを愧《は》じたものだった。

――だが本当にそうだったのだろうか。

最愛の夫を戦争に奪われた新妻は、絶望のあまり心にもない遺書を残して自らの命を断ったのかもしれない。そう思うほうが人間的である。その死や別れがあまりにも無惨で冷酷だったので、日本人は悲劇を見せかけだけの美談にすり替え、自らを欺くことによって戦争の悲劇を際限もなく肥大させたのではないか。

「天皇陛下バンザイ」も階位勲等もすべて虚構で、靖国神社こそは無駄死にした膨大な戦死者を手軽に、〝大量処理〟する施設だったのだ。

朝鮮戦争やベトナム戦争で戦死した米軍兵士の遺体処理をテーマにした、『骨を読む』というドキュメントを戦後読んだことがあった。米軍には必ず医療部隊が同行し、負傷兵の応急手当をして野戦病院に急送し、戦死者を収容して人命尊重と死者や遺族の尊厳を守る。戦死者は「確認票」で所属部隊や氏名を確認、遺体の損傷が激しい場合は専門の整形外科医が本人の写真を見ながら復元して本国に運び家族に渡され、アーリントン国立墓地に埋葬される。そして毎年遺族や大統領以下関係者が参列し、敬虔《けいけん》な慰霊祭が行われるという記述を読んだ。米軍が戦死者と遺族の尊厳を重視するのは、遺体を確認しなければ遺族が納得しないからである。そのため膨大な戦費が必要になるので、戦闘で死傷者を出さぬ作戦を遂行している。

日本軍の戦死傷病者は戦場に放置され、捕虜になるのを禁じられているので手榴《しゅりゅうだん》弾や毒物で自殺し、野晒しにされてきた。もし外国の軍隊のように捕虜になるのを許されるなら、日本兵の二〇％の生命が救えると記述した軍事評論家の記述を読んだこともある。自決や玉砕や特攻隊は、天皇への忠誠心を強制した日本軍の狂気の産物で、兵や武器を消耗するだけの軍隊が戦争に勝てるはずもなかった。

兵士の無駄死には遺族にも決定的な被害を与える。一片の戦死の公報と骨も遺品も入っていない〝白木の箱〟を、「中を見るな」と渡されるのは、骨壺の中に遺骨もなく官姓名を書いた紙片と、何処のものとも知れぬ砂や土が一握り入っているだけだからである。

日本兵の命は、〝一銭五厘〟といわれ、葉書一枚の値段と同じで簡単に使い捨てられてきた。僕が子どもの頃の小遣いは一銭で、飴玉が二個買えた。兵隊の命は飴玉三個分の値打ちしかなく、国民の命は陛下から預かったものとされていた。戦争の勝敗よりも「天皇陛下バンザイ」を叫んで戦死し、靖国神社に祀られるのが軍人の本分だったのである。

「特攻隊」や、「玉砕」が軍人精神の華と評価されたのはそのためで、その死があまりにも無惨だったことの逆説的証明だった。国家に殉じた戦死者を英霊として靖国神社に祀り最高の名誉を与えたのは、明治以来一〇〇年の伝統で、天皇が司祭する国事行為だった。

太平洋戦争は勝ち目のない戦争で、二一〇〇万人をボロ布のように使い捨てた世界戦史に類のない稚拙《ちせつ》な人海戦術だった。

その上天皇裕仁は、正面の大扉に菊の紋章を飾った靖国神社に、「宮司が無断で東京裁判で処刑された一四名の戦犯を合祀した」と怒り、明治の開国以来国家に殉じた英霊を祀る靖国神社への参拝も春秋の例祭の司祭も放棄した。肉親のかけ替えのない生命を天皇に捧げた数百万の遺族にとって、靖国神社の例祭は戦死した息子や夫に再会し、天皇が肉親の霊に頭を下げ、冥福を祈る伝統行事であるのに、それが中断された。

遺族にとっては孤独な老後の心の支えになってきた靖国神社も、天皇裕仁にとっては所詮はその程度の存在でしかなかったのである。彼は、自らの公私混同した行為が、彼に命を捧げた数百万兵士の英霊とその遺族に対する許しがたい裏切りであり犯罪行為であることを、意にも介さなかったのである。その程度の〝国民統合の象徴〟しか持たぬ国に生まれた不運を嘆くのみである。そのような人非人が、自ら命令した戦争でアジア諸国三千万人の命を奪い、その家族まで巻き添えにした戦争責任など、歯牙にかけるはずもなかった。

もし勝算もない太平洋戦争が軍の命令だけだったら、国民はそれでもなお侵略戦争に協力して戦場に屍を晒しただろうか。そう思うとき、「海ゆかば水漬《みづ》く屍、山行かば草蒸す屍大君の辺にこそ死なめ顧りみはせじ……」と、一億玉砕を誓った日本人の狂信的かつ救いのない天皇崇拝の愚かさを悔やむのみであるが、日本人の多くはいまだに天皇信仰に身を任せたまま、一〇〇年に一度といわれるリーマンショックに翻弄され、国家の理念も展望も見失い、一挙に戦前のファシズムに逆行しかねないこの国の危機を傍観しているのである。

敗戦間際、やっと操縦ができるようになったばかりの予備学生を三六〇〇機の特攻機もろとも敵艦に突入させたのも天皇裕仁だった。その数六〇〇〇名、無垢の命が南溟《なんめい》の海に消えた。その命中率は一六％と大本営は発表したが、大本営は米軍に与えた損害を偽って発表していた。その都度、〝全機突入〟と発表したが、エンジンの不調や、目標が発見できず基地に引き返した特攻機は少なくなかった。生還した特攻隊員は生きながら屍にされ、「振武隊」という幽霊部隊に監禁され非国民扱いにされた。米軍の写真展で戦後、特攻機の操縦席にブロックを針金で縛りつけられ戦死している少年兵の無惨な写真を見て背筋が凍った。他人事ではなかったからだ。

敗戦間際、広島の爆心地近くの部隊に召集され、背中に爆雷を背負って蛸壺壕《たこつぼごう》に潜み、米軍戦車に飛び込む訓練を受けた自殺部隊要員だった僕は、原爆投下の六日前の七月三〇日、広島の部隊を出撃、日南海岸で敗戦を迎え九死に一生を得たが、戦争が終わっても同級生の半数は故郷の街に帰ってはこなかった。

仲が良かった同級生の母親は、「せめて遺骨にでも一目会いたい」と白木の箱の中の骨壺を開けたら、息子の官姓名を書いた紙切れが一枚と、何処のものとも知れぬ砂が一摘み入っているだけだったという。

「菊ちゃんよう見てくれ、遺骨もない骨壺をもろうても何にもならん」と畳を叩いて泣き叫んだ。

またある友達の母親は、靖国神社の例祭に招待される籤《くじ》がいつまで待っても当たらぬので、毎月積み立て貯金を始めた。旅費ができたらみんなで靖国神社の例祭に参拝するためだった。

「息子に会うて、天皇陛下さまが拝んでくださる姿を一目見たら死んでも思い残すことはない」と口癖のように語っていたが、例祭が中断されてどうしたのだろうか。

「一将功なりて万骨枯るる」「国破れて山河あり」という諺もある。

歴史に名を残すのは少数の勝者だけで、戦場に屍を晒らすのは無数の名もなき兵卒だが、この国では侵略戦争を命令した天皇が、マッカーサーの占領統治に利用され、戦争責任を免責されて皇位に居座った。世界戦史に例のない異常事態だった。

その上天皇裕仁は、明治の建国以来国難に殉じた英霊を祀る靖国神社も遺族も捨て、日本の都市のほとんどを焦土にして無傷で生き残った。外国との戦争に惨敗しても天皇一族はしぶとく生き残ったのである。

マッカーサーにとってはその選択は奏効したが、日本の戦後にとっては、後世に償い切れぬ悔いを残した。敗戦後のドイツのように国民の意志による戦争の総括や、戦犯の断罪をすべてうやむやにしたため、自民党独裁政権によって戦後の日本は再び戦前に逆行し始めたからである。

いま政局はかつてない崩壊の渦中で泥試合を演じているが、与野党の対決といっても、所詮は分裂した自民党の派閥争いに過ぎない。この猿芝居が、一気に戦前の大政翼賛会同様の事態に暴走し兼ねない危険性さえ孕《はら》んでいる。

ともあれ、政治の犠牲にされるのは常に社会の底辺で誠実に生きている人々である。

僕が敗戦後に老人ホームで撮影した戦争孤老たちの末路も例外ではなかった。同じ病室の老人たちが、〝明日はわが身〟と観念しつつ息を引き取ったばかりの死者の遺体処理をしている姿はあまりにも残酷だった。そこは戦場ではなかったが、戦場よりもっと救いようのない絶望空間だった。

日本兵は、侵略戦争で戦死者の一〇倍以上の被害を中国人に与えた罪の報いを自分の生命で償ったが、老人ホームの戦争孤老たちは何の罪も犯さないのに頼りにする息子の屍を戦場に放置され、死の訪れを待っていた。その孫たちのほとんどは戦争孤児になり、就職差別された挙げ句に自衛隊に入隊した。戦争で親を殺され天涯孤独になった孤児たちによって、憲法違反の軍隊が再生産されていったのである。

その悪循環に身震いがする。戦争で一番残酷な被害を受けるのは、いつも社会の底辺で慎ましく生きている人ばかりだ。

それにしても、敗戦直後の取材のわずかな救いは、戦争に夫を奪われた母親たちが必死にわが子を守って生きていた母子寮の、母と子の貧しくても心の通った生活の取材だけだった。

親愛学園の子どもたち

敗戦から二〇年近く過ぎ、日本が経済成長路線を走り始めた一九六〇年代、そこにはすでに敗戦後の悲惨な戦争犠牲者の陰影はなく、社会環境も収容児童の家庭の事情も、施設の状況も変わっていた。

戦犯として東京裁判で裁かれた岸首相時代の安保闘争の後、池田内閣が出現した。「もはや戦後ではない、貧乏人は麦を食え」と就任演説で放言して国民の顰蹙《ひんしゅく》を買ったが、日本は戦後の総括もせず、侵略戦争との決別を宣言して「所得倍増論」をぶち上げ、米ソの東西冷戦の代理戦争である朝鮮戦争、ベトナム戦争「特需」の波に乗って高度成長路線へ突入した時代だった。

当時、親愛学園という横浜の児童施設が半焼して経営者の園長が遁走《とんそう》し、若い職員と収容児童やその親、卒園生や市民が協力して行政と対立し園を復興し、自主管理をして連日ニュースになっていた事件があった。

『ピカドン、ある被爆者の記録』で、まだアマチュアだった僕が当時の写真界の芥川賞といわれた「日本写真批評家協会特別賞」を受賞し、〝原爆作家〟といわれて食える当てもないのに妻とも別居し、三人の子どもを連れプロ写真家を目指して上京して最初に長期取材を始めたのが親愛学園だった。

都市の施設の撮影は初めてだったが、収容された児童にはもはや戦争孤児たちの救いのない暗い表情はなかった。だがその子たちが、それぞれの家庭の事情で高度成長社会の谷間の落ちこぼれであることは間違いなく、政府や自治体、施設の福祉政策の杜撰さがそのまま露呈されていた。

施設の子たちは、敗戦後の孤児たちとは明らかに違っていた。戦後の民主主義教育が、自己主張をする新しい時代の子どもたちを生み出していたからだった。彼らは、自分たちが施設の子であるという負い目やコンプレックスは持っていたにしても、施設に対しては、言いたいことは言い、不信や反抗をそのまま表現して行動していた。火災後、再建計画も放棄して逃亡していた経営者や行政に対し、彼らは若い職員とともに施設の再建を訴え続けていた。

大人たちが口先では「平和国家」「民主主義」という言葉を弄びながら、戦争の総括も戦争犯罪の追及も放棄し、折からの東西冷戦を利用して日米安保条約に便乗して、米極東戦略の基地としての役割を強制されるがままに自衛隊を増強し、戦前の天皇制軍国主義に逆行しようとする政治の虚構が次第に露骨になっていた。こうした政治の嘘や大人たちの政治犯罪や偽善に、民主主義教育を受けた若者たちが不信を抱き、抵抗しないはずはなかった。当時、「理由なき反抗」という言葉が流行したが、それが政治や大人たちの偽善に反抗する若者たちの反逆の表現だった。侵略戦争の反省もしないままの封建体質そのままの欺瞞と逆行、建て前だけの民主主義をあげつらう政治の虚構や、口先だけの大人たちの嘘に、民主主義教育を受けて育った戦後時代の若者たちや子どもたちの感受性が不信感を持たないはずがなかったのだ。若者たちの反抗には明確な「理由」があった。鈍感な大人たちが気づかなかっただけなのである。

ジェームスディーン主演の映画『理由なき反抗』が若者たちに圧倒的な共感と人気を呼んで爆発的にヒットしたのも、そのためである。若者の反抗をテーマにした著書や演劇、フォークソングなどが続々発行、公開されて若者たちを熱狂させたのも、逆行する時代と大人に対する若者たちの不信の爆発だった。

その鮮烈な時代変革の波は、折から東大医学部の封建的なインターン制度に対する学生の蜂起《ほうき》と連帯して燎原《りょうげん》の炎のように全国のキャンパスに燃え広がっていった。敗戦は民主主義教育によって次の時代を変革しつつあったが、当の侵略者を変えることはついにできなかった。


プロ写真家を目指して上京したばかりの僕は、正直まだ新憲法の条文も読んだこともない旧態依然とした戦中派だった。田舎町の時計屋のおやじで、アマチュアカメラマンだったので、敗戦後から戦争孤児や孤老の写真を撮り、展覧会を開催して救援物資やカンパを集めては届けていた。それは僕が市役所から是非民生委員をやってくれと言われ、三〇歳代のはじめから民生委員を始めて現場の窮状を見兼ねたからだった。

民生委員は当時、町内の年配の有力者の社会奉仕を兼ねた無償の役職だった。僕はまだ〝若造〟で世の中のことも知らないので固辞したが、是非と言われ引き受けたのには理由があった。民生委員の肩書きがあれば、プライバシーの問題で、極端に部外者を警戒する施設にも取材に入り易いし、福祉の実態や専門的な知識も身に付くだろうと思ったからだった。また、民生委員は直接福祉行政に関わり、敗戦後の生活困窮者の更生の手助けをするやり甲斐もある仕事で、今まで写真の被写体としてしか見てこなかった生活困窮者の実態をより深く理解できるだろうと思ったのだ。僕の親愛学園の取材は、単に写真のテーマとしてではなく、こうした基盤の上に立って始めたキャンペーンだった。

親愛学園を取材してまず感じたことは、施設の子どもたちの思考や行動が、敗戦後取材した「希望の家」の児童たちと全く違っていることだった。

孤島の施設と都会の施設との違いはあるにしても、決定的な違いは日本の経済発展で、施設も福祉を支える経済基盤も、社会の施設に対する認識も格段に改善されていることだった。

一番変わっているのは、収容されている児童そのものだった。どの子も明るい個性と自己主張を持ち、施設に追従することもなく、敗戦後のような暗い雰囲気はなかった。

これには一つの時代背景があった。当時の横浜市は後に社会党委員長になった飛鳥田《あすかた》氏が市長に当選したばかりで、革新市政をスローガンにして、福祉面でも若い職員が試行錯誤を試み、児童福祉の成果を上げようとしていた。火災前の「親愛学園」は私設の福祉施設だったが、マスコミからも注目されてきた施設だった。僕にとっては上京して初めての福祉施設の取材だったが、火災後の混乱した状況の中にカメラを持ち込んでも自由に取材させてくれた。

当時、〝理由なき反抗〟という言葉が流行し、戦前と変わらぬ封建的な大人たちを戸惑わせ〝民主主義教育〟の弊害だと大人たちは日教組批判に矛先を向けていた。子どもや若者たちは、新しい時代の夜明けに反応しようともせず、ひたすら物と金に執着している戦後体制と大人たちの無知と無能さに反抗していたのである。

親愛学園の若い職員たちは、火災前から施設の運営に当時としては類型のない発想で子どもたちに真向い、児童を「収容管理」する従来の施設の運営から、民主主義教育を実践しながら、児童自身が当事者として施設を運営するという、当時としては他の施設に類型のない運営を試行錯誤してマスメディアにも取り上げられていた。

僕は火災前の親愛学園の実態は知らなかったが、火災後の混乱の中で取材に入って、親愛学園が他の施設と全然違うことに驚いた。そこには、どの施設にも厳しく立ちはだかっている施設側の厳しい管理体制や、収容児童のいじましい従属的態度がまるで見られなかったのだ。

児童は職員を、「お兄ちゃん」とか「〇〇ちゃん」と友達のように呼んで話しかけ、そこには一般の施設を支配している管理体制が全くなかった。

〝庶民宰相〟といわれた田中角栄内閣が発足し、〝福祉元年〟と大見得を切って発足し、一九六〇〜七〇年代の世相は、敗戦後の窮乏から脱しそうになっていたが、福祉行政は依然として旧態依然とした実態を露呈していた。一口で言えば、〝福祉元年〟は繁栄の時代を迎えた福祉政策の見せかけのスローガンに過ぎなかった。

当時の横浜市政は、社会党のホープ飛鳥田市長が華々しく〝革新市政〟を掲げて登場し、全国から注目されていたが、福祉行政の実態は旧態依然としたままだった。この記述は、当時の横浜市の児童福祉施設の実態のドキュメントである。

当時の僕は〝原爆写真家〟と呼ばれていたが、福祉関係の取材が多く、ある出版社から「世界福祉年」向けの戦後の福祉問題をテーマにした写真集を出版しないかと請われ、東京都下にある数カ所の福祉施設の取材に夢中になっていた。

そんなある日、新聞に横浜市保土ヶ谷の児童福祉施設「親愛学園」が火災で半焼し、四〇数名の収容児童が即日県下の各児童施設に分散収容された、という記事が出ていた。

現地で取材を始めたのは火災から三日後だったが、焼け跡はほとんど手つかずの状態で、若い職員や支援の人々が真っ黒になって後片づけをしていた。園長に面会を求めると園長は不在で、「火災後、一度来て後片づけを指示し、その後顔を出さないので困っています。今後どうしたらいいのかわからず、職員も困惑しています」と職員が答えた。

当初、火災はある収容児童の火遊びが原因だとメディアは報道していたが、むしろ寮側の防火対策に怠慢があるようだった。児童の「緊急避難措置」自体にも決定的な問題があった。その上、火災後の行政側や施設の処置にも多くの問題があった。

・被災児童の移送先が家族にも連絡されず、出火原因を作った児童が拘禁状態にされ、児童相談所に拘置状態にされていた。

・焼けたのは施設の三分の一程度で居住区はほとんど残り、応急処置をすれば児童の生活や通学も可能だったのに、行政と寮は放置したままだった。

・児童に何の説明もなく強制的に各施設に分散移送されていた。
・園長が火災後ほとんど学園に顔を出さず、火災後の再建が放置されていた。
・現場に駆けつけた児童の家族に具体的な施設再開の説明もなく、激しい不安と不信を抱かせ続けていた。
・施設の管理をしている行政が火災後の対策を明確にせず、寮側に適切な指導、監督を放棄していた。

などがその理由だった。

新聞やテレビで親愛学園の火災を知り、子どもの安否を気遣い、名前を呼びながら狂ったように焼け跡を探している母親もいた。

「施設から火災の連絡もなく、子どもがどうなっているのかわからないので仕事を休んで毎日焼け跡に来ていますが、居ても立ってもいられない不安が続いています」と、毎日暗くなるまで帰らない母親もいた。

すべては園長の無責任な言動が引き起こした異常事態だった。

親愛学園には児童福祉に青春をかけた若い職員が数名いて、施設と児童、家族との交流にも配慮して運営している、県下でも注目されていた施設だった。彼らの児童福祉に賭けた夢が文字通り「福祉は人なり」の理想を実践し、折に触れその運営や行事が地方紙に掲載されるほどのユニークな存在だった。恵まれない子どもたちの〝楽園〟が不慮の火災に遭い、園長の無責任な態度が収容児童の生活を一変させたのである。

失火で火災原因を作ったM君（中二）は、出火原因も究明されないまま児童相談所に三カ月も監禁されて通学の自由も奪われていた。いたいけな少年を犯罪者扱いにして教護院送りにしようとしている児童相談所長に職員たちが再三抗議しても、「前向きに善処するつもりです」と答えるだけで、毎日M君は犯罪者なみの厳しい取り調べを受けて精神状態にも変調を見せている、とのことだった。

新聞にその事実が発表されると、児童相談所は急遽M君を遠隔地の施設に移したが、移送先でも厳しく監視折檻され、毎日反省文を書かされて、自由を拘束された生活を送っていると聞いた。児童の失火に対する処分としてはあまりにも無法で常軌を逸した〝処置〟だった。本来火災予防については、責任をもって児童の生活空間に適応する充分な防火設備や緊急対策や防火訓練などの日常活動を、不時の災害に対応できるように施設側に義務づけているはずである。職員によれば、施設にはスプリンクラーの設置もなく、防火訓練など一度も実施したことはなかった、とのことだった。

施設の監督官庁の責任も問われるが、基本的な事柄をいっさい解明しようともせず、児童の過失責任だけを詰問し、犯罪者扱いにして不当な監禁や暴力的な制裁まで加えるのはあまりにも不条理な処置である。

親愛学園の職員や卒園生たちは、その不当な処置の実態を飛鳥田市長に直訴し、「仮住居があれば学園再開を許可する」との内諾を得た。多くの市民の協力で延焼を免れた三分の二の建物の補修と整備を完了したが、学園長、理事会側は、収益本意の施設の運営を考えるだけで、そのままの状態で売却しようとしているとの情報さえ流れ、施設の再建に苦慮してきた若い一部の職員たちを一方的に不当解雇するという無法な処置をした。

この不当行為に反対して、残った職員が園内で抗議の座り込みを始めると、学園長、理事会側は建物不法占拠の訴えを起こした上、さらに学園閉鎖の届け出をして、自己の利益を守ることのみに汲々として姑息《こそく》な処置をとり続けた。しかしマスコミの厳しい批判を受け、ついに児童を見捨てて雲隠れしてしまった。

横浜市の福祉課は、実務に携わったこともない名ばかりの利益追求のみの悪徳園長を擁護して事態を隠蔽し続けるばかりで、各地に分散され見知らぬ施設で差別されている児童を野晒しにし、園児のことを真剣に考えている若い残留職員や卒園生たちを犯罪者扱いするだけだった。「児童福祉法」は、言うまでもなく恵まれぬ児童のために存在するものであるが、親愛学園の火災がその現場で露呈したものは、建て前だけの福祉国家と福祉行政を温存しようとする行政の怠慢と事なかれ主義だけだった。

職員と卒園生はとりあえず、監禁状態にされ犯罪者扱いされているM君を救出しようと児童相談所や市役所と交渉を重ねた。M君の母親は焼け出されたわが子がどこにいるのか所在もわからず、心痛のあまり入院して働くこともできなくなり、家賃も滞納して家を追い出されていた。このような膠着状態の中で、〝放火犯人〟にされたM君を救出するのは緊急事態だった。急遽、関係者で「M君を救い出す会」が結成され、行政との交渉が始められた。

母親と子どもが一緒に暮らす環境ができれば子どもを母親に渡す、と行政は言ったが、それは本来福祉行政側の責任において整備されなければならない役割だった。支援者の中に弁護士もいたので、母子が一緒に暮らせる家庭環境を作って親権を主張する裁判を起こすために、市民にカンパの要請をして、職員や卒園生も金を出し合って入院生活を続けている母親に家を借りて法的環境を作り、やっとM君を奪還して、母と子は一緒に生活できるようになった。

児童の移送を家族に知らせないのは、行政側の〝親権〟を無視した違法な行為であり怠慢である。日本の福祉行政が国民のためにしてきたことは、被爆者問題、引揚者問題、高度成長期の大気汚染などの環境被害、森永ひ素ミルク事件、さらに水俣病やエイズ禍などの薬害など、一つとして被害者サイドで問題解決を計ったことはなく、企業や体制寄りの犯罪的な問題解決を強行してきたのである。

交通事故で夫を失い、働かなければ生活できなくなったある母親は、泣きながら訴えた。

「バイトで生活は苦しくても、今までは週に一度は子どもに会いにきていました。月に一度の父兄会に来るのも、皆さんといろんな話ができて楽しみにも励みにもなりました。やっと移送先の連絡があったので安心しましたが、今度は遠い街の施設に入れられたので会いに行くのも一日がかりで電車賃もかかり、めったに会うことも、連絡をすることもできなくなりました。新聞に書いてください」

火災後の緊急避難的な措置であるにせよ、児童の家庭の事情などまるで無視して家族にも何の連絡もなく強制的な移送が強行されたことは強権的で、逆境に耐えて生きている恵まれぬ母と子たちのわずかな絆さえ無情に断ち切る犯罪的行為だった。


問題は移送先でも起きていた。新しい施設暮らしに馴染めず、親身だった親愛学園の職員を慕って「親愛学園に帰してください」とハンストを始めた子もいた。

電話を使うことも禁止され、収容児に与えられる月額三〇〇円のわずかな小遣いを全部使い、通学路の赤電話から毎日のように「早く親愛に帰りたい。助けてください」と電話で訴える子もいた。


最悪の事態が起きた。移送先の施設の厳しい監視体制に耐え兼ねて、ついに自殺未遂事件が起きたのだ。その後、状況は予想もしない事態に発展した。各地に分散収容された児童たちが、問題児扱いされて施設の中で差別され孤立し始め、抑圧と孤独の生活に耐え兼ねて、親愛学園で過ごした楽しい日々と優しかった若い職員を慕い、通学路から次々に親愛学園に脱走し始めたのである。

この事態に驚いた行政と各学園側は、児童に慕われる職員たちの教唆《きょうさ》によるものと一方的に断定し、さらに監視体制を強化した。だが各地に移送された児童が次々に親愛学園に逃亡し始め、そのことが連日新聞やテレビで報道され始めると、「親愛学園問題」は一挙に社会問題になった。

僕がアマチュア時代に写した徳山市の戦争孤児施設「希望の家」や母子寮、「鼓園」など地方の施設は、問題があっても地方特有の封建性から表面化することは珍しく、そのうちにうやむやになるのが普通だが、プロになって初めて取材した「親愛学園」の福祉問題に対するマスコミや市民の反応の明解さや激しさには正直驚いた。

親愛学園問題はほとんど毎日新聞やテレビで報道され、反応した市民が支援に駆けつけ、労働提供をし、焼け跡の片づけや児童の相手をした。学用品や、施設に必要な調度品、カンパが続々届けられた。

市民の協力に、わが子の身を案じて施設通いをしていた母親たちも急に元気づけられ、毎日仕事帰りに施設に立ち寄っては支援の人々と一緒に食事の支度や掃除や洗濯までして、終電車で帰っていった。遠距離から来る母親たちは宿泊して、翌朝施設から出勤した。いつのまにか施設にはそのような自由な雰囲気ができ、僕も取材に行くと二度に一度は学園に泊めてもらった。

ある夜児童たちと雑魚寝をしていると、一人の子が話し始めた。

「移送先の施設に持っていった母親に買ってもらったローラースケートを取り上げられた。スケートもしてみたい」

ちょうどスケートにはまっていた僕は、取材でいつも世話になっているので、希望者を品川のスケートリンクに連れて行った。全員が半日で結構滑れるようになり、滑ったり転んだり食事をしたり、みんな大喜びだった。ちょっと金はかかったが、その日から僕は〝ふくちゃん〟と呼ばれ、学園の子どもたちの仲間になった。

親愛学園の児童の行為や訴えを掲載した新聞報道などで事態はにわかに緊張し、福祉課長に取材に行くと、彼は被害者面をして答えた。

「親愛学園の職員は以前から児童を放任し、放課後同級生の家に遊びに行くのを許可するなど、誤った指導が問題視されていた。子どもを甘やかし過ぎた指導方針の過ちが今度の事態の原因で、児童の側に立ったマスコミの報道にも迷惑している」

僕のスケートリンク行きもマークされていた。皮肉めいた口調で批判されたが、あきれた福祉課長もいたものである。彼の言い分は子どもの立場をまったく無視した管理一辺倒の論理で、なぜ福祉課があるのかという基本的な理念さえ理解していない、硬直した態度だった。

逆説的にいえば、民主主義教育を受けた若い職員たちが社会的に抑圧された児童の自由や自立を求めて指導した成果こそが、児童に親愛学園を慕わせ、解雇された職員の座り込みまで支援しているのである。施設と児童の絆と信頼関係をこれほどまでに明確に見せてくれた出来事は、日本の福祉行政史上かつてないことだった。

行政側は想像もしなかった事態の拡大と、幼い子どもたちの反乱に狼狽し、現場に警官の派遣まで要請して一気に事態の解決を計ろうとした。移送先から児童を連れ戻しにきた指導員が、「帰りたくない」と泣き叫ぶ子を無視して強引に連れ去り始めたのである。それもマスコミの目を避け、申し合わせたように夜になって引き取りに現われた。

M学園の指導員は平然として、「写真を撮るなっ、甘やかすと癖になる。泣こうが喚こうがおれは無視する」と、警官に守られ闇の中に引き立てていった。

まっすぐ顔を上げ、微笑みながら焼け跡から出てきた子がいたので、正面からフラッシュを浴びせると、顔馴染みだったその子は「ふくちゃん、僕は何度でも逃げて帰ってくるよ」と笑いながら手を振って連行されていった。思わず「頑張れよ」と後ろから声をかけた。

「拉致現場」を撮影した数枚の写真はすぐ雑誌に発表した。どの一枚を見ても、怒りが突き上げてきた。悪事を働き、手錠をかけられて連行される犯人なみの無法な処置だったからだが、彼らの行為は「希望の家」では見たこともない明確な意志と行動に支えられていた。泣きながら連行される子さえ、はっきり「嫌だっ」と叫んで激しく抵抗し、連行者の手に噛みついたり地べたに座りこんで引き立てられるのを拒否しようとした。安保闘争を経験した若い職員たちの恵まれぬ子どもたちに託した新しい福祉への夢と情熱が、子どもたちをここまでたくましく成長させたのだった。

児童の逃亡はその後も続き、事態は、〝逃亡教唆〟と〝建物等不法侵入〟容疑で、座り込んだ職員三名と卒園者たちが逮捕される事態にまで緊迫した。僕も三日に一度は現場に泊まり込んで取材したが、そのため一味徒党とみなされたのか、園の周辺を警戒する私服警官に何度も住所氏名や取材目的などを聞かれた。

そのことがかえって取材姿勢を明確にさせてくれた。親愛学園の紛争は、マスメディアの取材が集中するに従い、次第に児童たちの苦境と、職員、卒園生、母親たちのひたむきな姿に目が向けられ始めた。そして社会問題に発展して支援の輪が広がり、混乱の渦中で本格的な再建が始まった。

卒園生の中には勤務先を退職して駆けつける者、給料から毎月定額のカンパを寄せる者が一〇数人もいた。母親たちの中には仕事の帰路、園に駆けつけて交代で食事の準備や雑事を担当する者もいた。

火災から四カ月後の一二月には、学園関係者と市民で希望する者はだれでも出席できる「運営委員会」が結成され、親愛学園再建の具体的な計画が決定された。

園長、職員、理事の選挙、会計の公開、社会差別に晒されている卒園生に対する厚生年金制度などが決定されたが、驚くべきことが起こった。理事は運営委員会が選挙することになったが、直接学園を運営する園長、職員の選挙は児童が投票し、リコール権まで持ったのである。日本の福祉史上空前絶後のことだった。三名の職員と園長の立候補演説に対し、児童たちの質問や提言が集中した後で投票が行われ、児童に圧倒的に信頼され、「ダテッチョ」とニックネームで呼ばれている伊達青年が園長に選出された。硬直した福祉行政の中に、なんと夢のある施設が誕生したのである。マスコミもいっせいに前代未聞の〝快挙〟を報道した。

建設関係の大工や左官職の卒園生を中心にした再建作業が始まり、周辺市民も再建に協力を申し出た。基本的な設計や工事を担当する建設業者も再建に参加、再び火災が起きないような構造設計と工事を担当、ある鉄工業者は二階に上がる頑丈な階段を担当、別の土建業者は焼け跡の廃材をトラックで運んだ。作業する人々の食事は駆けつけた母親たちが作り、黙々と手伝いをしている著名な新聞人の姿もあった。

建物の工事が完成すると、市内の電気工事業者が配線と照明設備いっさいを無償で担当した。すべては善意の市民の無償の行為で、親愛学園は急速に再開体制を整えた。だが、最大の難関は前園長が廃園手続きをした親愛学園の新規認可と予算措置を伴う横浜市との折衝だった。

半月がかりの交渉の結果、各地に移送された児童たちは一日だけの〝訪問〟を許された。クリスマスツリーが飾られた、木の香りも新しい学園で久しぶりに全員が顔を合わせ、支援者たちも顔を揃えて楽しいクリスマスの夜を迎えることとなった。

バスの窓から移送された児童が手を振りながら到着すると、園の前で出迎えた職員や父母、市民たちがいっせいに「お帰り」と歓声を上げて出迎えた。バスを降りると父親や母親に走り寄って抱きつき、泣き出す子がほとんどだった。別々の施設に移送されていた姉妹は両腕で母親に抱きしめられ、母子が一塊になっていつまでも大声を上げて泣いていた。親のいない子は、それぞれ職員や顔馴染みの卒園生や市民に手を取られて、クリスマスツリーが飾られた会場に入っていった。

半年振りに全員が顔を合わせてクリスマスパーティーが始まると、子どもたちは長い忍苦と迫害の日々も忘れたようにはしゃぎ回り、語り合い、母親たちと市民グループが丹精込めて作ったご馳走や差し入れに舌鼓を打った。

室内には新しい灯がつき、遅くまで子どもたちの賑やかな笑い声が止まなかった。新しい蒲団に入っても、子どもたちはなかなか眠れなかった。

夜が明けて迎えの車が来たとき、事件は起きた。子どもたちが各々の施設に帰るのを拒否したのである。それだけではなく、このまま親愛学園で暮らせるように横浜市役所に自主交渉に行こうと、全員で市役所に押しかけたのだ。

市側ははじめ、「クリスマスの夜一晩だけの許可だ、約束が違う」と退去命令を出したが、児童は座り込んだまま日が暮れても動こうともしなかった。極寒の夜の市役所玄関に児童が座り込んだ異常な情景にマスコミの取材が群がると、市側は人数を制限して交渉に対応すると妥協した。

しかし、子どもたちは毅然と抵抗した。

「全員を交渉に参加させなければ、夜が明けるまで一歩も動かない」

主客は完全に転倒した。それにしても、子どもたちはいつの間にこんな戦術を身につけたのだろうと驚いた。

子どもたちが「市長に会って僕たちの話を聞いてもらいたい」と要求すると、対応した吏員が叫んだ。「子どもにこんなことができるわけがない、誰が連れてきたのか責任者を出せ」

即座に子どもたちが叫んだ。

「責任者は僕たち全員だ。これほど言うのになぜ信用しない、市役所こそ責任者を出せ」

子どもとも思えぬ見事な応答だった。火災以来、不条理に抑圧されていた子どもたちは、したたかに成長していたのだ。

そのまま対峙して硬直した時間が続き、時間はすでに夜の一〇時を過ぎていた。見かねた数人の市民や取材記者が市側に迫った。

「飛鳥田市長は革新市政をスローガンに立候補して市民の票を集めて当選し、全国に革新市政を評価されているのではないのか」

「いま何時と思っている。子どもたちはまだ夕飯も食べていないのを知っているだろう」

「相手が子どもだと思って無責任に扱っていると革新市政が泣くぞ。子どもたちが要求しているように市長を出席させ、生の声を聞いたらどうなのか」

その言葉に役所側が扉を開け、役所内の広い会議室に児童を入れて、しばらくすると市の民生局長が顔を出した。だが依然として「話が違う」「責任者を出せ」と繰り返すだけだった。

「僕たちが責任者です。僕たちの話を聞いてください」と子どもたちは次々に起立して発言し始めた。

「連れていかれた施設では〝親愛の子〟と言い、名前を呼んでくれない。親愛の子と言って差別されるから親愛に帰りたいのに、なぜ親愛に帰れないのですか」

「親愛の職員は腐った奴ばかりと学校の先生まで悪口を言いますが、親愛学園の先生のほうがみんな優しい」

「親愛の子には気をつけろ、と言われているので、学校でも施設でもみんなから相手にもされなくて毎日寂しい。早く親愛に帰してください、お母さんも心配しています」

「お母さんや親愛に手紙や電話をすると叱られる。何をしてもみんな告げ口される」

「毎日、反省日誌を書かされる。書かないと殴られる。上級生も親愛の奴は生意気だと言って蹴ったり殴ったりする」

「手紙が来ても開けて読み、渡してくれない」

「お母さんが買ってくれたローラースケートや、いい洋服を取り上げられた」

「小遣いが親愛の半分しかなく、万引きをする子が多いので嫌だ。飯が少ないので腹が減る」

「親愛では自由に友達の家に遊びに行けたのに、外出ができない。消灯時間が早く、夜勉強ができない。騒いだり走ったりしたらいちいち叱られる」

「テレビに鍵が掛かり、許可されたものしか見られない。先生がみんないばっている」

「妹と別れ別れになって寂しい」

「遠くの施設に入れられ、母さんが会いに来れないのが寂しい」

泣きながら「早く親愛に帰してください」と訴える女の子もいた。子どもたちは何度制止されても、不当に抑圧され続けている怒りや悲しみを一気に爆発させたように発言を止めなかった。自由の拘束、いたいけな子どもたちに対する非道な差別や暴行、通信の自由の侵害、所持品の検査強奪、食事の不足、肉親との隔離、施設だけでなく通学する学校や先生までが親愛学園の児童を差別、要注意扱いにし、クラスの生徒にまで親愛学園の子に注意するよう悪意の教唆までしていたのである。

子どもたちの口から吐き出される、血を吐くような怒りや悲しみの言葉を聞きながら、僕は「希望の家」の子どもたちのほうがまだマシだと思った。仙島の「希望の家」は、施設が劣悪であるだけでなく運営そのものに問題があったが、行政が直接児童を抑圧しているわけではなかった。

親愛学園の場合は、児童の敵は施設ではなく、行政そのものだった。子どもたちが必死に抵抗しているのは、その敵が常識では考えられない無法な制裁を日夜加えていたからで、その不条理な実態を直接児童たちの口から聞きながら激しい怒りをおぼえた。

わが子の身を案じて駆けつけた一〇数名の母親たちも、思いつめた表情で次々発言した。ある母親はわが子を抱きしめ、流れる涙を拭おうともせず訴えた。

「夫が亡くなり、生活できないので子どもを二人預けて働いていますが、手紙も電話も来なくなり心配で夜も眠れません。早く子どもを返してください、お願いします」

「市長さんは施設が復興すれば子どもを返すと約束されたので、毎日仕事場帰りに一生懸命みなさんの食事作りをしました。施設はできたのに、どうして子どもを返さないのか答えてください。横浜市は子どもたちを殺す気ですか」と泣き崩れる母親もいた。

時間はすでに午前二時を過ぎていた。どの子も泣きながら訴えた。総務部長の前に手をつき、「早く親愛学園に帰してください」と泣きながら哀願する母と子までいたが、部長はくわえ煙草のまま、「移送先の施設に帰れ」の一点張りだった。その顔を真正面からクローズアップで写していた僕は、ついに我慢しきれなくなった。

「子どもたちが夜中まで泣いて頼んでいるのに、くわえ煙草でその態度はなんだっ」

叫びざま、部長のくわえ煙草をもぎ取り床に叩きつけた。取材カメラマンに許される言動ではなかったが我慢できなかったのだ。

部長は一瞬、威圧的な表情で僕を睨みつけ、「何をするかっ」と叫んだが、その顔にさらにフラッシュを浴びせると目を伏せた。僕の行為が発火点になり、児童がいっせいに立ち上がり、部長の机に詰め寄った。市民も立ち上がり、「子どもたちに責任のある発言をしなさい」と声を上げ、会場は騒然となった。

「市民は福祉優先を叫ぶ飛鳥田さんに一票を投じたのに、親愛学園の処理は詐欺《さぎ》ですよ」

「市長は、施設の条件が整えばすぐ親愛学園の認可をすると約束したではないか。あんたでは話がわからん、市長を出しなさい」

「いい加減になさい。こんな夜中まで子どもを泣かせておくのが横浜市の福祉行政かっ」

子どもたちも部長を取り囲んで叫び始めた。

「なめるなっ、僕たちだって人間だぞ」

「もう騙されない、何を言っても信用もしない、僕らは自分のことは自分でやるよ」

「みんな親愛学園に帰ろう」

その声を最後に一二時間も続いた長い座り込みが終わり、子どもたちはいっせいに会議室から立ち去った。親愛学園の児童たちは、自らの悲しみと社会差別に耐えることで、児童福祉本来のあり方を無能で硬直した行政に叩きつけ、「自分のことは自分でやるよ」と宣言したのである。そのことは日本の児童福祉の歴史にかつてない〝子どもたちによる、子どもたちのための〟歴史的な蜂起だった。

子どもたち一人ひとりの訴えを聞いているうちに激しい怒りが突き上げて僕がやった行為は、明らかに取材者のモラルを逸脱していた。自分が火をつけてしまった会場の混乱と怒号の結末に狼狽し、僕はその場に立ち竦んだ。自分が過去に福祉行政の当事者だった時代を振り返り、受け身の子どもたち自らが蜂起して福祉行政に異議申し立ての一揆を起こした勇気に、感動さえおぼえた。

親愛学園の児童たちは、火災までの自由な環境から一挙に悲嘆のどん底に突き落とされ、長い苦しみと悲しみの果てに自らの意志と行動で彼らを支配した権力に立ち向かい、見事に自分たちの明日を勝ち取ったのだった。

その一部始終を撮影しながら僕は、マスコミ面をした取材がいかに事実を伝えることに無力であるかを思い知らされた。岐山園から始まった僕の取材は、こうして次第に施設の子どもたちの孤独感や悲しみや寂しさを理解し、何を要求しているか知っていったのである。そのことは戦争の犠牲になった児童が日夜最も希求していたことであり、また福祉行政が最も欠落させてきたことだった。民生委員在職中は、まだ福祉の変革というような大仰なことではなく、個人的に我慢できなくなり、岐山園や希望の家とのトラブルを生み、児童福祉の困難さを痛感して絶望的になっていたが、プロ写真家になって親愛学園にカメラを向けた日から、僕は児童福祉に新しい夢を持つようになった。そしてカメラマンも取材対象と怒りや悲しみを共有すべきだと考えるようになったのだった。部長のくわえ煙草をもぎ取り、床に叩きつけたのも、彼の行為が常識を逸脱し、児童たちの悲しみや怒りを逆撫でする許しがたい傲慢な行政態度だったからなのだ。

写真家も人間である。状況次第では被写体の喜怒哀楽をそのまま映像表現するために、怒りに震えながらシャッターを切り、涙を流しながらシャッターを切っているのだ。

もし政治が無法な権力を行使するなら、ジャーナリストもまたその暴力に反撃するのを躊躇してはならないのである。「マスメディアの主張」は常識や借りものの言葉を駆使することではなく、自己の良心や見識や怒りを自らの言葉で表明することである。言い換えれば、それがマスメディアの所在であり尊厳なのである。

もし、子どもたちの純真な気持ちがマスコミ報道に何かを期待するとしたら、その一点だけで、施設や支援者や読者に信頼されるのもそれ以外ではなく、マスコミはその期待と要求に応えることができる所在でなければ、所在する意味もないのである。

プロカメラマンになったばかりの僕は、子どもたちの感動的な言動に心打たれながら夢中になってシャッターを切り続け、深夜の歩道に出て市役所を振り返って「ザマアミロッ」と叫びながら子どもたちと親愛学園に帰り、疲れ果てて雑魚寝をした。

この不祥事はすぐ総合雑誌三誌に「福祉国家沈没」と題して、後に社会党委員長になった飛鳥田横浜市長への公開状を添えて発表したが、市長からの応答はなかった。

福祉行政の理念が問われた〝親愛学園紛争〟は、民主主義教育の本質や理念に関わる基本的な問題に発展し、一気に政治問題ともなった。その結果、学園は市が運営する施設になり、子どもたちは通いなれた元の学校に通学できるようになった。

こうして親愛学園は半年ぶりに子どもたちが自由闊達に生きるユニークな施設になったのである。

III

朝鮮人は人間ではないのか

在韓日本人妻の訴え

その数三〇〇〇人以上といわれる「在韓日本人妻」の場合は、中国残留孤児よりさらに悲惨な運命に晒された。戦時中、朝鮮人を侵略戦争に動員するために「皇民化政策」が強制され、日本女性と朝鮮人の「内鮮結婚」が奨励された。満蒙開拓団と同じように、主に東北方面の農家の娘が標的にされ、全国的に内鮮結婚が奨励された。その結婚式には町村長、学校長、警察署長まで列席して祝辞を読み、「国策の花嫁」と賞賛されたという。

敗戦後、彼女らは韓国社会に同化しようとしたが、夫の祖国は必ずしも彼女らを歓迎してはくれなかった。戦後独立して解放された韓国社会は、日本の長年にわたる過酷な朝鮮支配への怨念から、日本に強制連行されて酷使されながら幸運にも祖国の土を踏んだ帰国者さえ、「日帝の協力者」として差別したからである。

日本人とわかれば、「チョッパリ」（豚の爪、という日本人に対する差別用語）と差別迫害されるので、日本人妻である身分をひた隠し、言葉もわからぬ韓国社会の底辺で苦難と忍従の半生を生きることを強いられたのである。

彼女たちの異国での悲劇をさらに決定的にしたのは、一九五〇年六月に始まった朝鮮戦争だった。南北を分断した悲惨なこの戦争は米ソの代理戦争でもあり、戦争放棄を国是とした平和憲法を持つ日本の運命も変えた戦争だった。マッカーサー元帥が、「日本国憲法は自衛隊を否定せず」と声明し、日本政府に七万五千名の「警察予備隊」の創設を指令、旧軍人幹部三二〇〇名の追放を解除し、五一年の日米安保条約の締結とともに自民党は強行採決で「破防法」や「公安調査庁」を発足させ、自治体警察を中央に集権して悪法・秘密保護法を強行採決し、五四年にはついに自衛隊と防衛庁を発足させて一気に右傾化の道を疾走し始めたからである。

離散家族一千万人といわれ、朝鮮半島を二度縦断した悲惨な戦争の中で、多くの日本人妻たちは頼りにする夫や子どもを失い、戦火の中に投げ出されて放浪の旅を続けた。女の身一つで戦乱の異郷に捨てられ、孤立無援の生活に耐えながら彼女たちはひたすら帰国できる日を待ちわびたが、中国残留孤児同様、祖国からの救援の手は差し伸べられず、戦乱の後の焦土と荒廃の中に取り残された。彼女たちの祖国である日本は、米軍の朝鮮戦争特需で〝漁夫の利〟を占め、破綻した戦後経済の復興をとげて経済成長時代を迎えても、国策の生け贄にした〝軍国の花嫁〟たちを救おうとはしなかったのである。

一九六五年の日韓条約締結後、韓国との往来が盛んになって日本人妻の存在とその悲劇の実態が知られるようになった。中国残留孤児同様、少数のボランティアが身元引受人になり細々と引揚げが続いていたが、その悲惨な生活をマスコミが取り上げ始め、厚生省が重い腰を上げて正式に引揚げ業務を始めたのは八一年からだった。

ボランティアが主体になった緊急避難的な引揚げで、現地の日本大使館が引揚げ条件を提示した後、一行一〇数名はわずかばかりの家財を売り払って帰国の準備をし、ある者は着のみ着のまま関釜連絡船で下関に着いて、出迎えた支援者と列車で東京駅に到着した。

中国残留孤児と違って、日本人妻の場合は出身地も身分も判明し、日本語も話せるので言葉の壁はなかった。出迎えたボランティアの人々と駅頭で抱き合ってやっと祖国にたどり着いた喜びに浸っていたが、同伴した一〇歳代の子どもたちは韓国人として育てられ、ハングルしか話せなかった。幼な子たちにとって、初めて見る日本は言葉も風俗も違う〝異国〟で、母親の腕にしがみつき、思いがけぬ歓迎に不安気に体を硬直させていた。日本に到着後の身の振り方は簡単だろうと想像していたが、日本人妻を迎えた祖国の対応はあまりにも冷たく、その前途には中国残留孤児以上の困難な事態が立ち塞がっていた。

一行のリーダー役を務めていた西山さんは、戦時中は小学校の教師で、積極的に国策に協力し、朝鮮人と結婚した。敗戦後渡鮮し、朝鮮戦争に遭遇して夫と子どもを失い、異郷で日本人であることを隠して孤独な生活を送っていたが、身寄りのない日本人妻たちの精神的支柱になり、第一回引揚げの中心的役割を果たしてきた人だった。

東京駅に出迎えたボランティアの先導でバスが外務省に到着して入国手続きが済むと、一行は一時間以上ロビーの外に待たされたままだった。西山さんとボランティアが、故郷より仕事が多く働きやすい東京で暮らしたいと懇願するのを外務省が受け付けず、「それぞれの故郷に帰れ」の一点張りだったからである。

日本人妻の懇願には深刻な理由があった。故郷の身内が、必ずしも彼女たちの帰郷を歓迎していなかったのだ。

「朝鮮人と結婚した者に、今さら子どもまで連れて帰ってもらっても人目が悪い」、「生活の面倒を見る者がいない」、「財産分与の人数が多くなる」などが主な理由で、身元引受人になるのを拒む身内さえいた。戦後三五年間の歳月の無為の空白は、日本人妻の帰郷さえ温かく迎えようとはしなかったのである。故郷の町や村社会には、それぞれの因習や家庭の事情があるにせよ、満身創痍《まんしんそうい》の帰国をした日本人妻に対する対応はあまりにも冷たかった。

その上、状況の如何に関わらず、中国残留孤児と同じように、日本語のできない子どもたちの扶養と教育の問題も初老の彼女たちの疲れ果てた肩に重くのしかかっていた。すでに古希に近い人々が、生まれ故郷に帰って肩身の狭い生活をするより、働きやすい東京に生活基盤を作って子どもを育てながら自立して生きてゆこうと願うのも当然である。

追いつめられた日本人妻の逆境を理解しようともせず「故郷に帰れ」の一点張りの外務省の態度に、前途を見失って困惑しきっている母親の姿を子どもたちは不安気に見上げているだけで、何かに怯えたようなその表情が不憫だった。

一行を待たせて省内で引揚者の窮状を訴え続けていた西山さんは、外務官僚の頑なな態度に我慢できなくなり、ついにテーブルを叩いて叫んだ。

「あなたたちは、ここで途方に暮れている孤立無援の女たちを故郷に追い返して苦しめ、首を吊れとおっしゃるのですか」

その血を吐くような言葉にも二人の外務官僚は横を向いたまま馬耳東風《ばじとうふう》で、〝どうしようもない奴らだ〟というような顔をして部屋を出ていった。

しばらくしてバスが来て、一行は厚生省に連れて行かれた。ここでもまた部屋に通されたまま一時間余り待たされ、疲れ果てた一行がテーブルに顔を伏せていると、二人の事務官が出てきて、外務省とは連絡済みらしく威圧的な態度で言い放った。

「すぐそれぞれの本籍地に帰りなさい。帰国の前提条件です」

「田舎に帰っても仕事があるかどうかわかりません、どうか就職条件のいい東京で生活させてください。日本語の教育施設がある東京のほうが子どものためにもなります」

「うるさい田舎には帰りたくないです。東京で働き、自分で子どもを育てたいのです。どうか東京で働かせてください、お願いします」

一人一人が涙を流しながら訴えたが無駄だった。西山さんが立ち上がって役人を睨みつけ、白髪を振り立てながら叫んだ。

「私たちの最後のお願いを聞いていただくまではここから動きません」

その声を聞き流し、二人の役人は「勝手にしろ」と言わんばかりの態度でさっさと部屋を出ていった。しばらくして女の所員が、下関からの旅費と、額面二〇〇円の弁当券を一枚ずつ配って何も言わず部屋を出ていった。その弁当券を撮影しながら、怒りがこみ上げてきた。窓の外に日照時間が長くなった五月の日暮れが迫っているのに、日本人妻たちはまだ朝から何も食べていなかった。だが、額面二〇〇円の弁当券で何が食べられるというのだろう。

肉親捜しに夢を繋いでまだ見ぬ祖国を訪れ、その夢も破れ失意を抱いて帰国した中国残留孤児には、まだしも彼らの帰国を待っている故郷があり親がいたが、三五年振りに同じように祖国にたどり着いた日本人妻には、もはや帰る故郷もなかった。

一行はすでに、これ以上頭を下げて厚生省に陳情する気持ちも、官僚の独善的な態度に対する怒りも、涙さえも失っていた。机に顔を伏せ、身動きもしないその悲歎の姿を写すのは辛かったが、夏の夕暮れの寂寥が忍び寄っている室内の救いのない状況にカメラを向け、シャッターを切り続けた。朝から見続けてきた不毛な戦後政治に対する怒りが、「仇はこのカメラできっととってあげますから」と叫ばせていたからだった。

そのまま、また一時間余り時間が過ぎた。やがて日が暮れると、またバスが迎えにきた。今度は東京都差し回しのミニバスだった。厚生省の前の暗がりで、屠場《とば》に引かれる羊の群れのように黙々とバスに乗り込んだ一行が日の暮れた東京の雑踏を走り抜けて着いた場所は、彼女たちが想像もしていない所だった。そこは上野公園の裏手の木立ちの中にある古い木造建てで、写真を撮るために一番先にバスから飛び降りた僕は、いきなり殴りつけられたような衝撃を受けた。入り口に、「東京都上野公園一時宿泊所、住吉寮」と書かれた大きい木の門札がかかっていたのだ。

外務省を追い出され、厚生省で見捨てられ、東京都に盥《たらい》回しにされた日本人妻とその子どもたちが着いたのは、上野公園の木立ちの隅の暗がりにある〝浮浪者〟の一時宿泊所だったのである。

彼女らを〝戦争花嫁〟に仕立て、皇民化政策の生け贄にして悲惨な敗戦に直面させた上、離散家族一千万といわれる朝鮮動乱の中に投げ込んだまま三五年間も異郷に放置した上、少数の善意のボランティアに救われ、疲れ果てて祖国にたどり着いた人々を厄介者扱いにし、政府自らの手でまるで紙屑のように上野公園の「浮浪者の一時宿泊所」に投げ捨てたのである。

夜の上野公園は物音もなくひっそりと静まり返っていた。天上からうす暗い裸電球が一つぶら下がったガランとした大部屋に入れられると、部屋の片隅にシーツも掛けていない煎餅蒲団が積み上げられていた。テーブル一つない部屋だった。

帰る家も家族も捨てて上野公園にたむろする浮浪者が、それでも体制に反抗して社会復帰するのを拒んで生き、いっせい取り締まりの網に引っかかって強制的に連行され、恩恵的な一膳飯を与えられて空き腹を満たして一夜を過ごす住吉寮である。その仮の宿の煎餅蒲団の上で、彼女たちは祖国での最初の夜にどんな夢を見るのだろうと、胸を引き裂かれる思いがした。

日本人妻の一行は、そこでもまた長い間待たされた。所詮使い捨てるのに、それでも待たせるのがこの国の棄民政治の常套手段だった。話し声を立てる者もなかった。ささくれだって汚れた畳を見つめ、肩を落として俯いて一塊になっている母と子を、墓場の夜のような止まった時間が覆っていた。九時過ぎ、アルミの盆に並べたドンブリ飯にサバの煮つけを添えただけの遅い夕食が運ばれ畳の上に並べられたが、お茶もなかった。誰一人箸を取る者もなく、育ち盛りの子どもさえ食べようともしない貧しい夕食だった。

シャッターを切りながら胸を抉《えぐ》られた。ともすれば指先の力が抜けそうだった。岐山園、希望の家、親愛学園と戦後の福祉施設をたどる長い旅を続けた僕のカメラは、あまりにも非情な情景にうつろに軋んだ高い音をたてた。その音が一行の傷ついた心をさらに掻き毟っているのではないかと怯えた。カメラを投げ出したくなるのを堪え、また、「この仇は必ずとってあげますから」と奥歯を噛み締めながらシャッターを切り続けた。

日本人妻の撮影が終わり、写真原稿を入稿したら、僕は東京を捨てて瀬戸内海の無人島に入植することに決めていたのだが、シャッターを切り続けているうちに突然、写真家であることを辞めようとしている自分の計画が許しがたい〝敵前逃亡〟ではないのかと気づき、愕然とした。ファインダーの中の重い映像が僕を責め続けた。「この人たちは、明日からどうするのだろうか」と胸が痛いほど疼き続けた。

やがて、誰からともなく蒲団を敷き始め、がらんとしていた部屋いっぱいに蒲団が敷き詰められると、異様な臭気が部屋に充満した。それでも母親たちは先に子どもを寝かしつけ、着のみ着のままで汚れた蒲団に顔を埋めて静かになった。

やっと待望の祖国にたどり着いたのに、国からも家族からも見放された。明日からどう生きて行けばいいのかわからない人々は、五月の夜の蒸し暑い息苦しさに反転していた。眠りに落ちている者は一人もいなかった。生きたままの人間がそのまま埋葬されている墓場のような恐ろしい気配が、闇の中からひしひしと伝わってきた。最終の電車で取材を終え帰宅する予定だったが、その場に釘づけになったので住吉寮に泊まることにし、部屋の隅に汚れた固い蒲団を並べて横になった。生まれて初めて〝浮浪者〟になったような異様な体験だったが、息もできないような異様な臭気が鼻を衝き、朝まで一睡もできなかった。

長い人生の間に僕はいろんな夜に出会った。二歳のとき父が亡くなり、女手ひとつで網元を継いだ母が破産し、家も売り払って隣部落の小さな借家に引き越したとき、母が「おまえも知っての通りじゃ、どうにもならんようになった。時計屋と下駄屋の口があるから好きなほうに奉公に行ってくれんか」と泣いて頼むので、僕は小学校を卒業するとすぐに防府《ほうふ》市の時計屋に丁稚奉公《でっちぼうこう》に行った。

最初の夜、店の昼間職人や兄弟子が時計を修理するわずか二畳ほどの間に煎餅蒲団を敷いて眠った夜のことを思い出した。親元を離れ一人になった心細さと寂しさに急に嗚咽が込み上げ、蒲団の中に顔を埋めて長い間泣いた。〝もうここで一生懸命に仕事を覚えるしかないのだ〟と観念すると涙は納まったが、今度は店に掛けてある何十という柱時計の振子の音と一時間ごとにいっせいに時を打つ凄まじい音に朝まで眠れなかった。

三年ほどその店で辛抱したが、徒弟制度の不条理に耐え切れず東京に出奔した。専門学校検定試験を受け、高等文官試験にパスする決心だった。東京駅で新聞広告を見て本所深川の新聞販売店に住み込んだ最初の夜、想像もしないことが起きた。南京虫に責められ一晩中体を掻きむしり、全身が火のように火照《ほて》り気が狂いそうになった。朝見たら腹や首筋がまっ赤に腫れ上がっていた。先輩の苦学生が、「南京虫は新しい血に集まる。君は当分この家の全部の南京虫から狙われるよ。一カ月もすれば慣れるよ」と笑ったが、初めて出会った南京虫の襲撃に震え上がり、もう駄目だと思った。毎朝二時半に起床、広告を挟み込むと九時から始まる神田の予備校の授業に遅れぬために二時間余り走って配達を終えた。四時から始まる夕刊の配達は目方が軽く楽だったが、帰路九時まで別の予備校に通い、近所の飯屋で一食八円の定食で済ませて店に帰ると、仲間と雑魚寝をしている南京虫の巣窟で、寸暇を惜しんでみかん箱を机にして自習した。毎日の生活は苦しく、雨の日は新聞を濡らすと苦情を言われ、冬の夜明けの配達は衣類もないので寒かったが、それでも最初の二年間は夢も生き甲斐もあった。

二年目も受験するのでがんばったが、日中戦争が始まると、予備校通いなど〝非国民〟扱いにされ工場に勤労動員される日のほうが多くなったので、徴兵検査で帰郷したのを機に苦学生活に見切りをつけた。子どもの頃からやろうと決めたことを途中で止めたことは一度もなかったが、戦争は無惨に僕の夢を奪った。青春の夢を奪われたのは僕だけではなかった。東条内閣は大学、高等学校などの徴兵猶予を停止、三万五千人を徴兵、〝学徒出陣〟を強行したのだ。

神宮外苑を埋めた五万の学生に東条首相の甲高い激励演説が響き、雨の広場を学生服に銃を背負った出陣学徒三〇〇〇人が行進した。その悲壮な姿は今も国難に赴く若者の崇高な姿として顕彰されているが、戦争の犠牲にされて学問の府を追われて死地に赴く子羊たちの姿に過ぎない。侵略戦争はこうして国民のすべてを戦争に巻き込んでいったのである。予備校生が戦争の役にも立たぬと非国民扱いにされて工場に動員されたのも、内鮮一体をスローガンに内鮮結婚が奨励され〝日本人妻〟が生まれたのも、学徒が銃を肩に出陣して特攻作戦に投入されたのも、誤った戦争の生け贄にされて戦場に棄てられた子どもたちが〝中国孤児〟になったのも、すべて過《あやま》った侵略戦争の報いであり、天皇をはじめ誰ひとり戦争責任をとる者がいなかったからなのだ。

徴兵検査で一時帰郷した僕は体が小さいので甲種になれず、第一乙種合格になった。国際連盟が日本軍の中国侵略を非難し撤退要求をしたが、日本は連盟を脱退したために石油や鉄鉱が禁輸され米英との開戦が叫ばれていた時代だったので、第一乙種は甲種合格より早く徴兵検査直後に召集されていた。同級生には次々に召集されるのに、なぜか僕には赤紙が届かず、そのうちに早くも中国戦線で戦死した友達の〝白木の箱〟を駅頭に出迎えに行かねばならなくなった。

そのたびに、生き残っているわが身を恥じながら、刻々身に迫る死を恐れる自分との葛藤が際限もなく続き、ひとり戦争の時代から取り残された孤独感と無為徒食している疚しさに身の置場がなくなり、リュックを背負っては阿蘇山系を彷徨い歩いて硫黄臭い火口壁の避難小屋に眠った。昼間は感じない遠雷にも似た地響きと火口の硫黄の臭いが、わずかに戦場の擬似体験させてくれるからだった。待ちに待った召集が来たのは太平洋戦争が始まった直後の一九四三年の夏で、それから悪夢のような軍隊生活が始まった。

しかし〝日本男児〟の僕の戦争体験など、女の身で異郷の凄惨な内戦に巻き込まれて民族差別され、やっと祖国にたどり着いて予想もしない冷遇に絶望し、息を潜めて祖国での最初の夜を迎えている在韓国日本人妻の絶望と辛苦に比べたら、問題にもならなかった。

彼女らは異国で悲惨な戦争に巻き込まれて夫を失って放浪し、三〇年も過ぎて、物と金が溢れるバブルの時代の祖国に帰ってきながら、非情にも繁栄の谷底に投げ捨てられたのである。僕の目の前にあるのは、無法な〝国策〟に人生を奪われた人々を葬り去った陰惨な墓場だった。この国でもう何を考え、何を主張し、どう行動しようと、すべては〝ごまめの歯ぎしり〟なのだと思いながら、それでも僕はシャッターの音が彼女たちの絶望を引き裂くのではないかと怯えながら撮影を続け、夜が白み公園の鳥が鳴き始める声を聞きながら、ようやく眠りに落ちた。

太陽が輝く五月の朝が明けても、僕の気持ちは晴れなかった。

障子を開けると、廊下にアルミの盆に盛ったどんぶり飯と昨夜の残り物らしい鯖の煮つけを一皿添えた〝浮浪者食〟が並び、大きいアルミの茶瓶が置いてあった。「食べたければ、勝手に部屋に運んで食べろ」と言わんばかりの役所仕事だった。

子どもたちはさすがに腹を空かせて箸をとって食べ始めたが、母親たちは誰一人手を出そうともしなかった。

その後、日本人妻たちは三、四人ずつまとめて廊下の片側にある小部屋に移された。このまま住吉寮で浮浪者扱いにする〝処置〟だったが、驚いたことが起きた。みんなすぐ部屋の掃除を始め、身一つで関門海峡を渡ったときに両手で持ってきたわずかな衣類や身の回りの荷物を、いつもの朝のように整理し始めたのだ。二度の戦争の中を生き抜いて生還した女たちの、目を見張るような生命力だった。

一息ついて昨日買った新聞を読み始めた西山さんが、苛立ったように舌打ちをして吐き出した。

「もおー、いい加減にしてよっ」

「何の記事ですか」

彼女は返事もしなかった。その表情の険しさにそれ以上聞くのを止めたが、後でその記事を見たら、日本人妻が外務省で引揚げ手続きをした、という短い囲み記事だった。西山さんがその記事になぜ怒ったのかわからなかった。

その新聞をもらって帰りの電車の中で読み直し、ハッとした。見出しの「日本人妻」という大きい活字に目を奪われたのだ。日本に帰っても、まだ〝日本人妻〟と呼ばれていることに西山さんは怒ったのだと直感した。誰がそう呼び出したのか知らないが、文字面と語意の簡潔さから、わかりにくさを信条とする官僚用語ではないのは確かだった。まだ大きい記事にもなっていないのでマスコミの造語だろうと思った。

その記事をもう一度読んだら、西山さんの怒りが伝わってきた。彼女たちは、外務省で入国手続きを終えた瞬間から、〝在韓〟でも、〝在日〟でもない、紛れもない〝日本人〟であるはずだった。「日本人妻」は固有名詞として不正確な上、その言葉の背後には朝鮮支配を政治的にも観念的にも清算していない、屈折した民族差別感情が潜んでいた。当事者の西山さんが怒るのは当然だった。

Kさん（当時五六歳）は、戦時中徴用されて日本で働いていた夫と、国策になった〝内鮮結婚〟を薦められて結婚し幸せに暮らしていたが、空襲で家を焼かれ、敗戦後夫の祖国に帰った。だが、夫の国での生活は予想もしない過酷なものだった。帰国した在日朝鮮人は日帝の協力者として差別迫害されて定職にもつけず、生活が困窮した。その上日本人妻とわかれば〝チョッパリ〟と差別迫害され、言葉もわからず絶望的になり、猫いらずを飲んで自殺を図ったこともあった。そんな状況の中で、悲運にもさらに朝鮮戦争に遭遇した。

彼女は、その悲惨な戦争で頼りにする夫と子どもを失い、孤立無援の逃亡生活をしながら各地を放浪して二度目の自殺を図った。しかし死に切れず命が助かったとき、死んだつもりで日本に帰ろうと決心してやっと釜山にたどり着き、幸運にも支援の人に巡り合って帰国することができた。

同行の女性たちも例外なく、焦土になった異国を放浪して祖国にたどり着いた人々だった。

住吉寮でのある日、片隅に煎餅蒲団が積み上げてあるせまい部屋で、彼女は膝の上に小さな日の丸を広げていつまでも見つめていた。畳の上にも、僕が出征したとき寄せ書きをしてもらったような大きい日の丸が広げてあった。肌身離さず苦難の旅路をともにした日の丸の赤い色は、三〇数年の流浪の歳月の間にすでに色褪せ、白地は汗にまみれて黄ばみ、二、三カ所に血の跡さえ残っていたので聞いた。

「その日の丸はどうしたのですか？」

彼女はしばらく俯いて黙っていたが、「よかったら話してくれませんか」ともう一度促すと、俯いたまま語り始めた。

「結婚式のとき床の間に飾った日の丸と、校長先生からお祝いにいただいたのを戦争が終わって韓国に渡るとき荷物の中に入れて持って行った日の丸です」

韓国での生活は彼女が予想もしないほど苦しかった。日本人とわかると、過酷な朝鮮支配の怨念の仕返しを受けた。戦後の韓国では日本人と日の丸は絶対にタブーだった。人に見られたらどうなるかわからないので、彼女は二枚の日の丸を豆を貯蔵している瓶の底に隠した。韓国での生活があまりにも辛かったので日の丸だけが頼りで、どうしても処分できなかったのだ。

一千万人の離散家族を出した骨肉相食む凄惨な朝鮮戦争が始まり、夫と子どもを奪われ、身一つで戦火の中を逃げ惑ったときも、それでも二枚の日の丸だけは肌身離さず持ち歩き、唯一の生きる頼りにした。そして、「お前と一緒に日本に帰りたい」と言って死んだ夫の形見にして、もし帰国できたら一番先に二枚の日の丸を持って宮城にお参りしたいと思い続けてきました、と彼女は話した。

その言葉が僕の胸を突き刺し、思わず考え込んでしまった。非道な国家に何度残虐な処遇を受けても、使い捨てられても、殺されても、疑問も不信も憎しみも持たず、ひたすら追従することしか知らない日本人とは何だろうと疑問を持った。

戦後の日本人は際限もなく喋るようになり、その言葉はますます早口になって、僕の耳にはテープの早送りのようにしか聞こえなくなった。その上テレビのワイドショーも、自分の思いつきしか放言しない野次馬論議で、国家や国民の本質や前途に関する論議や自己の尊厳や所在に関わる真摯な発言はほとんど影を潜めた。

たとえば放漫な国家財政が一千兆近い累積赤字を作り、少子高齢化社会を迎えてすでに国家財政が破綻しているのに、政治家も国民もその緊急事態を放置し、「俺はそんな国に税金なんか払わないぞ」と宣言する者は一人もいず、不況による自殺者が三万人を超え、子どもたちが毎日のように殺されても、いじめられ自殺していても、みんな責任逃れに終始し、誰も当事者と真向かおうとしなくなったのである。日本人は戦後、むずかしいことはいっさい先送りし、誰も責任を取ろうとしない怠惰な国民になってしまった。

安倍元首相のあの早口言葉も党内からさえ指摘されているように、内容が空疎で僕の耳には甲高い〝うがい〟にしか聞こえない。

侵略戦争で殺され放題に殺されても、ゴミのように使い捨てられられても抗議一つできなかった日本人がそのまま存在し、侵略戦争の総括もできない無能な自民党に迎合し、マッカーサーに「一三歳」と言われても、大宅壮一に、「一億総白痴」と引導を渡されても、長いものには巻かれろの日和見、事なかれ主義に終始し、日本人は完全に国家の倫理も個人の尊厳も投げ捨ててしまった。僕の中にもある同じ血を恐れる。

侵略戦争に利用されて人生を破滅させられ、異郷の戦火と焦土の中に捨てられて家族とも引き裂かれ、やっと日本にたどり着いたら人間扱いにもしない祖国に不信も憎しみも持たず、一途に天皇に忠誠を捧げようとしている一人の女の存在が、僕には信じられなかった。

その言葉は、「天皇陛下バンザイ」を叫んで死んだ兵士の最後の言葉同様、あまりにも重く救いのない言葉だった。それは僕自身の軍国主義青年時代の姿そのままの、思考を停止した〝無知の典型〟だったからだ。自民党一党支配の戦後の実態をKさんに知らせなければと思った。すでに半月あまり行動をともにして気心もわかった相手なので、僕は昭和天皇の〝戦争責任発言〟を話し始めていた。

「私は、そのような言葉のアヤについては、文学方面を研究していませんから、よくわかりません」

また、天皇制護持のため無条件降伏を遅らせたために広島と長崎に原爆を投下されたことについての質問には「原爆投下は戦争だから仕方なかった」と昭和天皇が答えたのを知っていますかと尋ねると、彼女は俯いたままだった。僕の言葉の意味が理解できないのではと思ったが、彼女だけでなく、マスコミは天皇問題はタブー視し、日本人のほとんどは天皇発言に無関心だった。言わずもがなのことを言ってしまったと思ったが、東京駅に日本人妻を迎えて以来、政府の残酷な処置に怒りながらシャッターを切り続けてきただけに、祖国に捨てられた彼女までが同じ日本人であることに疑問を持ちながら言葉を続けた。

「その言葉は不遜で、天皇のために死んだ国民の死をすべて〝犬死に〟にしただけでなく、天皇に忠誠を誓って悲惨な戦争を戦った、すべての日本人を裏切った言葉だったのですよ」

彼女は依然として沈黙したままだった。しばらく間をおいて聞いた。

「……Kさんは、天皇の言葉をどう思われますか」

「そんなむずかしいことは私にはわかりません」

当惑した表情で重く閉じた口から漏れた言葉はそれだけだった。自分を悲惨な戦争の生け贄にした国家を疑おうとも憎もうともしないその言葉に唖然としながら、もうこの話は止めようと思った。Kさんを追い詰めるだけだと気づいたからだ。そんな論議より、彼女たちには〝明日からの生活をどうするか〟が緊急な問題だった。

「いらぬことを言ってごめんなさい」と詫びたが、鉛のように重い疑問は残ったままだった。

他の帰国者はこの問題をどう思っているのか知りたかったが、僕は住吉寮に捨てられた日本人妻の窮状を撮影に来たのであり、彼女たちと天皇制の議論をするために来たのではなかった。リーダーの西山さんは明確な意識の持ち主なので、落ち着き先が決まってから彼女に聞いてみようと思った。

「早く宮城に行きたいでしょう、明日にでも僕が案内しましょうか」と言ったが、Kさんの表情は一瞬動いただけで、「お願いします」とは言わなかった。僕が天皇を批判したのを不愉快に思い、案内を拒否しているのかもしれなかった。

「行きたいときには、いつでもご案内しますから言ってください」と言い残し、居づらくなって部屋を出たが、僕の脳裏にはすでに一つの映像ができ上がっていた。

二重橋を背景に、二枚の日の丸を玉砂利の上に広げ、皇居にひざまずいて帰国の報告をしているKさんの老いた姿だった。その写真は日本人妻の残酷な生涯と日本の戦後を物語る決定的な写真になり、この撮影を最後に無人島に入植する写真家としての僕の最後を飾る、記念すべき写真になるはずだった。

次の日も、その次の日も住吉寮にKさんを訪ねたが、沈黙したままだった。その次の日は彼女の部屋の障子を開ける勇気がなくなっていた。僕を避けているようだった。気が焦ったがどうすることもできなかった。その後何度か住吉寮の撮影に行ったが、もうKさんを撮るのはあきらめていた。撮れぬ無念さより、僕のいらざる一言がKさんの長い苦難の旅にかけたひたむきな想いを妨害したのではないかと恐れた。もし宮城に行くのをやめたとしたら、僕は彼女の最後の夢を奪ったことになる。そう思うと居たたまれなくなり、彼女が僕に黙って宮城に遥拝に行ってくれるのを祈った。

無人島への旅立ちの日が迫っていた。止むなく撮影を中断し、総合誌二誌と、連載「日本の戦後をみる」を掲載していたグラフ誌に計一八頁分の写真を入稿し、雑誌の発行日も待たず、逃げるように東京を捨て、僕の人生の最後の荒波の中に飛び込んだ。

だが、怒りに震えて日本人妻の帰国にシャッターを切り続けながら、僕は「この仇は必ずとってあげますから」と心の中で叫びつつシャッターを切り続けてきた。その約束と彼女たちの期待を裏切って、僕は敵前逃亡をしようとしているのだった。重い撮影だったが、同じ戦争の時代を生きた者同士がそれぞれ違う人生をたどり、明日はどうなるかわからぬ苦難の門出を上野公園の同じ住吉寮で迎えたことは、ただの偶然の出会いと敵前逃亡には終わらなかった。島での自給自足の生活の中で一〇年がかりで制作した「写真で見る戦後」(二〇テーマ、三三〇〇点、全国五六〇都市を巡回)の中に中国残留孤児と日本人妻の写真も構成できたからだ。

次項に記述する朝鮮人・宋斗会、台湾人・林景明など、戦時中の皇民化政策で強制的に日本人にされて使い捨てられた人々の記録もこのシリーズに加えて全国を巡回することができ、さらに二五年後に活字によるドキュメントとして再録することができた。

その撮影をしていた僕自身も当時、中国残留孤児や日本人妻と同じ運命に遭遇していたこの国から見捨てられた初老の日本人だった。敗戦後、写真に夢中になり、家業を潰し、妻と別れて三人の子どもを連れてプロ写真家を目指して上京して以来、反体制写真家として文芸春秋や中央公論など、月刊総合雑誌数誌のグラビア頁を中心に年間一五〇頁以上のドキュメントを発表しているうちに二〇年過ぎ、金と物しか通用しない消費万能のバブル時代が到来していた。

企業やサラリーマンが、好景気の中で二言目には〝生き残り〟を叫んで金権社会を煽り立てている世相だった。体制批判のドキュメントなどいつの間にか無用の長物になり、仕事も収入も三分の一に激減していた。気がついてみたら、繁栄の谷間に取り残されて孤立していたのである。幸い三人の子どもは成人して家を出て自立し、経済的な負担からは解放されたが、目の前には〝老後をどう生きるか〟という人生の終末に追い詰められていた。

プロ写真家だから、仕事を選びさえしなければ食い繋ぐことはできたが、その日暮らしの写真を撮ってまで人生の晩節を汚したくはなかった。それに東京での二〇年間、この国の政治社会の深部にまでカメラを向けてきた僕は、完全にこの国に絶望し、〝日本人〟である屈辱に耐え切れなくなっていた。国籍を投げ捨てこの国から脱出することも考えたが、子どもを三人育て上げた後には貯えもなく、それに中国残留孤児が中国語しかできないように、日本語しかできなかった。残された選択肢は一つしかなかった。日本人が嫌なら誰もいない無人島で一人で生きるしかなかった。

漁師の子で海辺で生まれ育ったので、海でなら何とか生きられそうで、その才覚くらいは身に付けているはずだった。半月余り現地踏査をして、偶然瀬戸内海の真中の、伊予灘と周防灘の狭間に「片山島」という周囲四キロ余りの池まである美しい無人島を見つけた。中国残留孤児と日本人妻の撮影を最後に八二年中にその島に渡り、自分で井戸を掘り、家を建てて自給自足の生活を始めるプランもできていた。経済的、体力的な不安は付きまとったが消去法で一つ一つ切り捨て、夢だけを掻き集めて構築した無謀な計画だった。この国と完全に関係を断つため、三〇数年掛けた国民年金も掛け捨てた。腐り果てた国で惨めな人生を終わるより、その美しい島の自然の中で野《の》垂《た》れ死にしようと覚悟していたからだった。

その経緯は前著『写らなかった戦後2　菊次郎の海』に詳しく記述したが、僕にはなお断ちがたい疚しさがあった。あの戦争で同級生の半数が無惨な死を遂げたのに、自分が生き残っている疚しさだった。この厄介な心情は明治時代の遺物らしく、戦後読んだ多くの戦記の中でも散見した古風な人間性だった。

職能としての写真を捨てることについても同じ疚しさから逃れることができなかった。上京以来二〇年間、月刊総合雑誌のグラビアに年間一五〇頁以上のドキュメントを発表し、グラフ、専門誌などを加えると六千点を超え、写真集も一〇冊、撮った写真はテーマ別に全部個展で発表し、作品としても評価されてきた。仕事を干された八〇年代には幸運にも三一書房から、「公害日本列島」、「叛逆の現場検証」、「リブとフーテン」、「天皇の親衛隊」の四部作の写真集を出版することもでき、一人の報道写真家の最後の仕事になったが釈然としなかった。僕が手がけたテーマはすべて未解決で、仕事を完結したという確信が持てないからだった。

戦争の結末や、戦後の不条理な自民党政治の犠牲にされて苦しんでいる人々の状況を変えようと自民党体制に反逆して闘い続けて血を流し、殺され、逮捕され、見せしめ刑を受けて戦後社会から抹殺された若者たち、今なお闘い続けている人々が僕のレンズの前に立ってくれた。その渦中で、一度も逮捕されたことも、無法に裁かれたことも、血を流したこともなく、無傷で生き残ってしまった後ろめたさが断ち切れなかった。もし僕が写真家だったことで日本の戦後がわずかでも改善したのならまだしも、状況は悪化しただけだった。その上、最後の仕事になった中国残留孤児と日本人妻の撮影もそこそこに、僕は〝敵前逃亡〟しようとしていたのだ。

過去に途中で仕事を投げたことは一度もなかっただけに、苦しい決断だった。原爆問題は二〇年間、三里塚闘争は反対同盟結成の日から一五年間、「学生運動」も「公害日本列島」も「自衛隊と兵器産業」も五〜一〇年間執拗に撮り続けた。状況が終わらない限り写真だけが完結するはずもなかったからだが、僕もこの国から有害無益なカメラマンとして使い捨てられた怨念からだった。

それに僕にはもう残された時間がなかった。想像を絶する困難な状況が、無人島で六二歳の初老の男を待っていた。体力があるうちに入植し生活基盤を築かなければならなかった。

一人の報道写真家として自民党政治を告発してきたという理由だけで、僕も中国残留孤児や日本人妻と同じようにこの非道な国から追い詰められ、使い捨てられたが、泣き言だけは言いたくなかった。それは僕の人生の最後の選択であり、自分を〝流罪〟にして野垂れ死にすることで自己の疚しさを清算しようとしていたのだった。

せめて二〇歳代で命を奪われ、戦場に骸《むくろ》を晒した同級生と同じように、野垂れ死にがしたかったのだ。

ハルモニたちの嘆き

墨で書かれた虚言は血で書かれた事実を隠すことはできない

血債は同じ量の血で返さなければならない
支払いが遅ければ遅いほど利子は増えなければならない

この文章は、在日朝鮮人運動家・宋斗会《そうとかい》の「日本人への遺書」からの抜粋である。罪を犯した者はその罪を忘れることができるが、殺され、傷つき、奪われた者とその子孫は決してその苦しみを忘れはしない。

その実態を再確認するために、戦時中樺太《からふと》に強制連行され、想像を絶する苦難に遭遇し、殺され、傷つき、使い捨てられた人々や、その家族の戦中戦後の苦難に満ちた生活を被害者自身が残した希《まれ》な手記や、敗戦後の困難な状況下で被害者自身から聞き書きした韓国人や日本人のライターが出版した数少ないドキュメントから転載し、僕がプロ写真家になって取材した実態を加筆することで、残忍な強制連行の悲劇の一端に迫ってみたい。

敗戦後、日本と日本人が朝鮮半島に対する植民地支配の原罪の解決を故意に避け続けてきた怠惰の結果である。この問題の解決なしには朝鮮半島と日本の恒久平和はあり得ず、なおも無責任に放置すれば戦争の火種にもなり兼ねない状態にまで状況は逼迫《ひっぱく》している。

長い朝鮮支配の歴史の渦中で、日本人は彼らを支配、収奪、蔑視するのみで、まったくその苦境を直視しようとも救済しようともせず使い捨ててきた。受難者である南北四千万朝鮮民族の辛苦の生活を顧みようともしなかったのである。子ども時代の僕も〝チョウセンジン〟を蔑視した。その現実は戦後になっても依然として続いている。

引用文献は次の二冊で、いずれも本棚の隅で埃をかぶりカビ臭くなった二〇年前に購入した蔵書で、今回再読し、歴史教育不在の国から完全に抹消された残忍な負の歴史にたじろくばかりだった。

三田英彬著『棄てられた四万三千人』（一九八一年、三一書房刊）

高木健一編著『待ちわびるハルモニたち』（一九八七年、梨の木舎刊）

現代史出版会『朝鮮人強制連行の記録』（一九七四年、朝鮮人強制連行真相調査団編）によれば、一五年間続いた侵略戦争で日本は朝鮮人にも徴用令や徴兵制を適用して強制的に徴用徴兵しただけでなく、「いい仕事がある」などと就労条件を偽って集めた人員のほか、朝鮮全土の街頭や野良、夜間寝込みを襲って無差別に朝鮮人一五〇万人を無法に拉致、日本に連行した。そしてタコ部屋に監禁し、寝食も給金もろくに与えず、炭坑や港湾で長時間強制労働させた。その上多くの労働者を現地に放置した。

敗戦後、日本は侵略戦争の総括を放棄したため、その存否だけが論じられてきたが、強制連行の実態は不明で、数少ない被害国の資料に頼るほかない。

日本は残虐行為を隠蔽するために、不利な関係記録をすべて焼却し、「資料がないから事実もない」と卑劣な責任回避を続けた。

しかし、日本には「資料」がなく加害者である国民も〝沈黙〟して犯罪行為を隠蔽したつもりでも、事柄が国際問題である限り、相手国には資料も被害者も存在し、次のように侵略戦争の実態を公式にメディアで訴え続けている。二誌からの抜粋記録を掲載する。

◇李斗勲さんの怒り

一九四一年一月（昭和一六年）、李斗勲さんの父親が突然拉致され生き別れたのはまだ三歳のときだったので、当然その日の記憶もなく父親の顔も知らない。李さんの戦争は彼が死ぬまで終わらないのである。樺太に強制連行され、想像を絶する苦役を強いられた父親が、ひたすら家族との再会を夢見ながら、ふたたび祖国の土を踏むこともなく孤独な死をとげたのを李さんが知ったのは一九七三年で、別れてからすでに三〇年の歳月が流れ、李さんは三五歳になっていた。父の死を知ったのは何カ月も後に届いた一通の手紙だった。

「サハリンで父が死んだら日本人を二、三人殺して自分も自殺するつもりだ」

と父親の安否と所在を捜し続けながら、日本政府の役人に詰め寄ったこともあった。それだけに顔も知らぬ父への哀惜は強かった。その死が現実となったとき、「樺太残留家族の会」を結成し、やり場のない怒りを拉致問題の究明と、身寄りのない同胞の救援活動に注ぎ始めた。

敗戦前小学校一年生のとき、四カ月ほど李さんは日本語を強制されたが記憶にあるのは、

「オイコラ」

「チョット、コッチヘコイ」

「バカヤロー、コノヤロー」

日本人教師が毎日生徒に投げつけていた言葉だった。他の言葉はみんな忘れても、日本人教師が朝鮮人生徒に投げつけた差別用語だけは、はっきり脳裏に刻みこまれていた。家族会の仕事をはじめとする救援活動を始めてからも、日本の支援団体からの招待を二度断った。日本への閉ざされた気持ち以外の何ものでもなかった。直情径行型でスポーツマンの陽気な彼が、日本と向き合った途端に心を閉ざしてきたのは、それだけ日本人への不信感が強かったということだ。

李斗勲さんは長い救援運動の中での思いを『待ちわびるハルモニたち』の中でさらに述べている。

「善隣友好をいくら口先で言っても、事実として目に見えない問題を一つひとつ解決しなかったらすべて虚言ではないですか。

被害を受けた国民は必ず、その被害を語り続けます。いくら日本が隠してもそれは駄目ですよ。日本政府は、『日韓会談』ですべては解決済みだと主張しますが、政府間でどんな話し合いがなされようと留守家族にとってそんなことは関係ないですよ。祖国に帰りたくても帰れない父親や夫が現実にサハリンで生きており、その対極に帰りを待ちわびている家族の悲しみと貧困があるかぎり、問題は何も解決しないのです」

彼の分析によると、留守家族のうち、経済的に中流が一五%、それ以外はすべて極貧家庭である。独り暮らしの老人の介護、父親がいないために学校にも行けぬ子ども、年老いた母親の老後の問題は深刻である。「家族会」の小さな事務所の壁には一九八九年四月三〇日の「現状」を細かく記入した黒板が掲げてある。

サハリン居住者　六万名　　　確認者＝三万六〇〇所帯

死亡者　一二五二名

北朝鮮帰国者　六四所帯

ソ連移住者　一八九所帯

大まかな数字しか把握できないところに、国交のないソ連と韓国の一家族会との折衝の困難さと家族の苛立ちがある。この会の奇三朝さんは夫がサハリンに連れ去られた後に子どもを亡くしたが、夫からの手紙と写真をただ一つの形見に肌身離さず持ち歩いている。

家族会はサハリン残留者の七〇年以前の国籍を下記のように発表している。

ソ連二五％、北朝鮮六五％、無国籍一〇％と考えていたが、七〇年以降は、ソ連国籍七五％、北朝鮮二〇％、無国籍五％とみている。いつまでも祖国に帰れない現状に見切りをつけサハリンに永住しようとあきらめた人が増えているのだが、樺太に強制連行した日本政府が責任をもってロシア政府と交渉し、解決すべき課題である。

家族会がサハリンから受け取る手紙は八九年一二〇通で、韓国からは三〇一通がサハリンに送られている。四〇数年も経過すれば当然死亡する者も増えているはずなのに、なおこれだけの数の手紙が日本経由で交換されている。家族を結ぶ絆の強さが、親から子へ、子から孫へと、日本への骨肉の怨みを綴りながら連綿として続いている。いまだに無国籍者が五％もいるのは、帰国をあきらめていない人々の数で、驚くべき望郷の念の強さである。

韓国に帰ることだけを夢見て、ソ連国籍も北朝鮮国籍も取らずにいる五％の人々、奇三朝さんの夫もその一人だったが、最近は帰国の夢も切れ切れになり、酒を飲んでは自暴自棄の生活を送っているとの手紙が妻に届いた。年老いた遺族の絶望的な姿を見るにつけ、李さんの老いの焦りと苛立ちは日々激しさを増すばかりである。

李さんも苦心して自分で作った名簿を頼りに残留家族の実態調査を続け、自らも老いの日々に鞭打ちながら遺族の慰霊行脚を続けている。以下はその記述から要約引用したものである。

◇田も畑も夫も奪った日本

全州の田舎で農業を営みながら夫婦と夫の母親、息子の四人で慎ましく暮らしていた金さん一家に動員命令が来たのは四三年一一月のことだった。日本政府は夫だけではなく田畑も奪った。妻は一人息子を餓死させないために近所を歩き回りながら、「台所仕事をしますから一食たべさせてください」、「畑仕事をしますから一食べさせてください」と仕事をもらい歩く惨めさに耐えた。村に兄弟が住んでいたが、一家の面倒を見る余裕はなく、母は息子の身を案じながら亡くなった。夫の母を看取り義務を果たし、妻は金州に出て息子と部屋住まいを始めた。

「もうどれだけ乞食のような生活をしてきたことか、苦労話を一つひとつしていたら本一冊にも書き切れないね」と言われて、李さんは言葉を失った。

解放前は何度か手紙が来た。

「元気でいる。絶対韓国に帰るから待っていろ」と書いてあった。一度小包で毛布を送ってくれたこともあった。夫は生きていた、よかった。金さんはひたすら夫が帰ってくる日を待ち続けた。夫の遠縁も二人、サハリンに強制連行されていた。六年前その弟から家族に来た手紙に一行、夫の死が書いてあったと知らされた。享年六八歳。

「死んでも韓国に帰りたい。白骨になっても韓国に骨を埋めるんだ」という一心で現地で結婚せず独身を通した李治明さんは二度と故国の地を踏むことなく、妻や子どもを残し極寒のサハリンで一人寂しくこの世を去ったのである。三八年間恋しい夫を待ち続けた妻は一目会うこともできず、「夫に会いたい、夫を返してくれ」と泣き叫んだ。

◇父だけでなく、日本人は子どものスプーンまで奪っていった

李宰俊さんは五〇歳。三歳のとき父親を奪われ、父の思い出を語りたくても記憶がない。自分に襲いかかった運命がどんなに過酷だったのかもわからないのだ。自分は食うや食わずでも息子にはひもじい思いをさせまい、なんとか学校に進ませたいと、夜明けから夜中まで働き続けた母親。ある日母は手足に菜毒《さいどく》ができ、母だと見分けがつかないほど体が腫れた。村には病院もなく、医者に行く金もなかった。解毒作用があるという薬草の在処を教えてもらったが、昼間大人でも一人では行けない村の奥の墓地だった。恐かったが、七歳の少年は一人雨の中を泥んこになって薬草を採りに行き、その薬草が効いたのか母の腫れ物は治った。

新聞やテレビでサハリン残留者の報道を見て初めて父親のことを知り、日本に対する怒りが沸いてくるのをどうすることもできなかった。戦時中、日本は釜など金属でできているものは全部奪っていった。ある日、裏口から入ってきた日本人が家中荒らしたがもう金物は何もなかったので、日本人は少年が握っているスプーンまでもぎ取った。

「当時は幼かったから何もできなかったが、今だったらそいつを殺していただろう」と、宰俊さんは堪えていたものを吐き出すように、膝の上に置いた握り拳を震わせて語った。

◇胸が潰れるほど泣いた夫との別れ

朝鮮半島の東海岸に沿う地区が慶尚南道《キョンサンナムド》で、その東海岸に造船、自動車、肥料、石油産業などが集中する蔚山《ウルサン》工業団地がある。その雑踏を過ぎると何の変哲もない田舎町が続き、やがてゆったりとした山並みが続く。その山裾が、林成年さんが住んでいる小さな村である。辺りでも目立って小さい林さんの家の門は蝶番が壊れて横になり、木の枝に洗濯物が二枚干してあった。ところどころ土壁の剥げ落ちた小さな入り口を体を屈めて中に入ると、床の周囲を壁で囲っただけのオンドルも入っていない土間もないせまい部屋で、天井は低くビニールの衣装ケースのほか家具らしいものは何もなかった。泥塗れの毎日の労働で顔も手も真っ黒に日焼けした林成年さんは、かん高く抑揚のある独特の訛りのある言葉で話し始めた。林さんは一八歳のとき許徳出さんに嫁ぎ、夫の両親、妹と暮らしていたが、貧しくても優しい夫との結婚生活は幸せだった。しかし、その幸せも一年と続かなかった。令状が来て、夫はそのまま連行されていった。一九四二年七月だった。町まで見送りに行きたかったが、たとえ夫であれ男性と一緒に歩くのは〝はしたない〟行為だとされていたので、部屋の中で胸が潰れるほど泣いた。

姑は一人息子を奪われたショックで気が狂って息子の名前を呼びながら村を彷徨い歩き、舅は「息子が帰ってこなければ家が絶えてしまう」と嘆き、口惜しさと張り裂けんばかりの怒りに、息子の名を呼びながら六二歳で息を引き取った。夫の両親が死に、子どものいない林さんは天涯孤独の身になった。農地もない貧しい村では、ご飯もろくに食べられなかった。草や木の皮などで作った、米も麦も入っていないお粥を時たま口にするだけで、いつも山で摘んだ草を食べて命をつないでいた。

その貧しさは今も変わらず、他の家の仕事を手伝ってご飯を食べさせてもらっている。目から大粒の涙を流しながら林さんは言った。

「私はずーっと貧乏で何も持っていない。今までどうして生きてこられたのかさえ思い出せない。解放前に一度手紙が来たが、それ以後は来ない。それでも戦争が終わったら夫は帰ってくると信じていたが、いくら待っても生きているのか死んだのかわからず、心細くなっている」

やっと便りがあったのは、朝鮮戦争が終わって数年過ぎたころだった。「そよ風が吹き始めたら私たちは会える」と書いてあったが、その後便りはまた絶えた。手紙は全部で三通来たが、朝鮮戦争で逃げるうちにいつのまにか紛失した。

そんなある日、日本女性と結婚したため帰国できた人がサハリン在留者の手紙を持って村に来た。しかし夫からの手紙はなく、頼みの糸も途切れたままである。林さんはいま六〇歳。ハルモニと呼ぶほど高齢ではないが、苦境に耐えることで身につけた逞しさや強《したた》かさよりも、何も知らぬ娘のような純真で愛らしい印象に、欲や打算がいっさい感じられない初々しさがかえって痛々しい。

「もし夫が死んでいたら、私はどうなるのでしょう」と言って涙ぐみ、林さんは続けた。

「サハリンに残された夫が一人で不便に暮らしているより、結婚して子どもを持ち、幸せに暮らしているほうがいいに決まっているでしょう。なぜ夫まで一人で苦労しなければならないのですか。こんな苦労は私一人で充分です。せめて夫だけでも幸せでいてくれたら、と思います」

どこまでも夫思いの優しい人だった。

◇納める遺骨のないお墓

金貴植さんは八〇年三月、サハリン裁判の証人として日本の法廷に立った。夫の死を知った直後だった。

「お前たちは、勝手に連れてゆき、労働力として酷使した夫を置き去りにした。私は病気になった夫に薬一つ渡すこともできず死なせてしまった。どうしてくれるんだ。夫を返せ。遺骨を返せ」

興奮して叫び、証言台を倒して裁判を二〇分中断させたが、そんなことで気が済むはずもない。胸につかえた怨みが晴れることはない。息子は去年父親の墓を造った。だが中は空っぽである。写真でもあれば入れておくが、それもない。遺骨はどうなっているのだろう。死んだ姿も遺骨もこの目で見たわけではない。

サハリンに残された夫や父の死亡を確認するのは難しい。連絡が来ても死亡申告はできない。死人は永久に生きているのだ。

「そういう意味では、千年も万年も永久に生きているのだから日本に感謝しなければいけない」

皮肉たっぷりに言う李斗勳さんもサハリンで父を亡くして一五年、いまだに死亡申告をしていない。李斗勳さんは拳を震わせながら語った。

「誰でも、自分の立場に置き換えればわかる話だろう。韓国人に共通しているのは、祖先に対する絶対的な物の考え方です。親の死を看取ること、祖先を祭ることは絶対的なものです。自分の苦労より、父親の死を看取れなかったことのほうがもっと辛く、胸が痛いのです。遺骨のない祭事は空しいものです。祖母や父は補償を望むかもしれませんが私は違う。骨だけは何としても返してもらわなければなりません」

◇すぐ帰ると言ったのが別れになりました――趙小敬の場合

私は一九二一年五月、慶尚北道高霊郡星山面千谷洞の農家で生まれ、弟は三歳年下で三代続いた一人息子で、一八歳で白東基に嫁ぎました。夫が連行されたのは二二歳のときでした。

忘れもしません。一〇月一六日の早朝、鶏が鳴いていました。誰かわかりませんが腰に刀をさげた男が私たちの寝ている部屋に入ってきて夫を連れてゆきました。夫に「どこにゆくのですか」と聞いたら「すぐ帰ってくる」とだけ言いました。私は幼い娘を抱いていましたので外に出られませんでしたが、あのときもう帰ってこないと知っていたら夫に抱きついて死んでも離さなかったでしょう。

夫はお金はおろか、着のみ着のままでした。たまたま遊びにきていた弟も一緒に連れて行かれました。私は妊娠していて、夫が連れて行かれた二週間後に二人目の娘を出産しました。

夫から手紙が来たのは二、三カ月後で、樺太にいるのがわかりましたが、樺太がどこにあるか知らないのです。朝鮮戦争が起きて避難し、帰ってみたら家は全部焼け、畑も灰になっていました。その跡に小さな藁葺きの小屋を造り、家族が一緒に暮らしています。この怨みをどうしたらいいのでしょうか。私は刀も剣も銃も恐くはありません、あんた方が連れて行ったのだから、一日も早く夫と弟を返してください。返さないのなら、私を殺してください。

日本にも戦前「貞女《ていじょ》二夫に見《まみ》えず」という諺があったが、ハルモニたちの悲劇をさらに複雑にしたのは韓国社会の「烈女は二夫に見《まみ》えてはならぬ」とする儒教思想の戒律と伝統だった。〝烈女〟とは節操堅固な女性のことで、儒教を国教とした李朝時代には、数百年にわたって「再婚」が処罰の対象になっていた。一九世紀末期になり、さすがにそんな封建的社会制度は風化していったが、現在でも韓国女性を律し拘束し続けている。

そのことは朝鮮戦争を回顧する毎年の集会で「烈女賞」が選考授与されていることからも窺われ

る。夫の生死も不明なままでは再婚も許されず、孤独と辛苦の生活に苛まれながら子どもを育て上げたハルモニを顕彰する行事は韓国社会では美風だが、誰が彼女たちを「烈女」に仕立てたかが厳しく問われなければならない。

以下は、前述した稍小敬さんのその後の話である。

日本が敗戦を迎え、祖国が解放されたと喜んだら朝鮮戦争が始まり、戦火の中を逃げ惑って義弟を成人させ、ホッと一息ついて気がついてみたらサハリンからの手紙も絶えていた。サハリンでも戦争が起き、夫は戦死したのかもしれないと思った。婚家も夫の生存をあきらめ、必死に働いて改築した家には義弟が入り、男の子がいない嫁はその家から出てゆかなければならなかった。夫が戦死したのなら日本に遺族年金を申請して食べてゆこうと思った。

サハリンから再び消息が届いたのは、二一年後のことだった。夫も弟も生きていたが、同封された写真には夫に寄り添う妻と六人の子どもが一緒に写っていた。稍さんは足下が崩れたように、気が動転して何日も何日も泣いて過ごした。これで婚家に戻る望みは断たれたのだ。

稍さんは夫を奪われた後で自分がたどった苦しい日々は、もう報われることなく終わったのだと思い知った。

李斗勲さんは『待ちわびるハルモニたち』を憤怒の言葉で結んでいる。

「もう何十年も、何百人という日本人に樺太に捨てられた朝鮮人の悲惨な生活を訴えてきたが、ほとんどの日本人は何の関心も示さず、〝知らなかった〟と言うだけだった。日本人はみんな〝知らない振り〟をしているのだった。この怨みを晴らして死なない限り、日本人たちを食いちぎっても気がすまない」

朝鮮半島が古来から、日本文化の先進国、天皇家や日本民族の渡来地として一衣帯水《いちいたいすい》の隣国であることは歴史の定説である。その父祖の地に、古くは朝鮮沿岸を荒らし回り海賊行為を働いた倭寇《わこう》、また豊臣秀吉の朝鮮征伐。各藩が功名争いをして、多数の朝鮮人を殺傷し、その証拠に数万の耳を切り取って塩漬けにして日本に送った〝戦果〟を残した「耳塚」を宋斗会に案内してもらって撮影したことがあった。

「耳を塩漬にした樽の数を増やすために、住民の耳まで無差別に切り取った。お前に朝鮮人の怒りと屈辱がわかるか」と彼に詰問され、絶句した。

盧武鉉《ノムヒョン》元韓国大統領が、〇五年三月独立記念日の演説で拉致家族問題に言及し、拉致問題に対する日本の怒りは充分に理解するとしながら、「日本も強制連行から従軍慰安婦問題にいたるまで支配時代に数千、数万倍の苦痛を受けたわが国の怒りを理解しなければならない。政府は韓国民の個人補償を前向きに検討し、過去の真実を究明して謝罪、反省し賠償して和解すべきだ。それが、全世界が行っている歴史精算の普遍的やり方だ」と決意表明をした言葉が、日本人の耳には入らないのである。今、強制連行や従軍慰安婦問題について各地の裁判所で謝罪と補償を求める訴訟が起こっているが、従軍慰安婦問題は東京裁判でも問題となり、その後支援団体が提訴したが、「証拠がないから事実もない」と退けられ、〇二年、数少なくなり老齢化した従軍慰安婦自身が各地で謝罪と補償を求める裁判を起こすと、「女性らを強制的に拉致監禁し、旧日本軍が連日強姦を繰り返す事実があった」（判決原文抜粋）と犯行を認めながら、「旧憲法下での国の行為の責任を問うことはできず、損害賠償を求める期間も過ぎている」、「韓国は戦勝国でないから賠償請求権はなく、日韓条約で請求権を放棄している」などと訴えを退けた。

〝旧憲法下の国家犯罪の責任は問えない〟とは驚いた法治国家である。この判決は内外から厳しい批判を浴び、日本の国際的評価を決定的に失墜させた。

僕は敗戦後、復員してすぐ下松駅前に時計屋を開業していたのだが、毎日のように復員してきた同級生が立ち寄った。以下は彼らから直接聞いた、戦争体験ならぬ〝強姦体験〟である。

・戦闘が終わり村を占領したら、すぐ隠れている女を探してやった。
・朝鮮ピー（慰安婦）は金がいるし、新兵の間は古兵が恐ろしく慰安所は嫌だった。
・朝鮮ピーより生娘《きむすめ》をやるほうが楽しかった。
・俺は一六人やって殺したが少ないほうだ。みんなもっとやっていた。
・女なら腹の大きい女でも、婆さんでも、子どもでも、みんな探し出してやった。
・明日の命も知れん戦地で考えるのは女のことだけだ。
・戦闘が終わると、顔に鍋墨を塗って隠れている女を探し出してみんなで輪姦した。
・やった女は〝証拠隠滅のためみんな殺せ〟と命令されていた。

・戦友が戦死した作戦では、敵討ちに同じ人数ほどやって殺した。

「福島、アメリカ兵が入ってきたら女はみんな強姦されるから女房は隠しておけ」と忠告する友達もいた。僕は後日、その話をまとめて出版しようと思ったこともあったが、証拠のない話で、それに同級生が話してくれたことを暴露する後ろめたさを超えることができず、ついに断念した。

日本兵の残虐行為は戦時中からすでに国際問題になり、急遽《きょ》軍が調達したのが従軍慰安婦で、女性国会議員の調査救援の会の調査によれば、その数八～二〇万と諸説があるが、数よりも、敗戦後すべての慰安婦が現地に放置され悲惨な最後を遂げた現実のほうが重大問題である。

一日に何十人もの日本兵の相手をさせられて現地に捨てられ、幸運にも生き残った慰安婦が今、悲惨な過去を訴え、日本の裁判所に謝罪と補償を求める訴訟を続けているが、地裁レベルではすべて敗訴し、高裁に上告中である。九州の地裁で訴えを却下されたある慰安婦が「朝鮮人は人間ではないのか」と大地を叩いて泣き叫んでいるテレビ映像を見ながら、愕然としたこともあった。

侵略戦争は国家の意思で始まったが、実行したのは一人ひとりの兵士である。二五〇〇万人のアジア諸国民を殺戮、収奪暴行の限りを尽くして敗戦後復員し、過去に口を閉ざして何の心の痛みも感じなかったとすれば、国家犯罪以上に恐ろしい。僕は二度召集され七カ月余り軍隊にいたが、幸運にも戦地に行かず、銃の引き金も引かず、人も殺さなかった。だが、「もし戦地にいたら」と思うと背筋が凍る。

強制連行――樺太に捨てられた四万三千人

現代史出版会刊行『朝鮮人強制連行の記録』によれば前大戦中日本は、野良や街頭や寝込みを襲って一五〇万人の朝鮮人を強制連行拉致し、寝食、給与もろくに与えず酷使、敗戦後は現地に置き去りにして悲惨な運命をたどらせた。この間、事故、暴行などによる死亡率が二〇パーセントを超えたという記録を見ても、強制連行の実態がいかに残酷だったかがわかる。その上、敗戦時サハリンには四万三千人、南方海域にも多数の朝鮮人労働者を置き去りにした。その非人道行為をできるだけ正確に表現するために、三田秀彬著『捨てられた四万三千人』(三一書房刊)から、その一部を要約転載する。

◇皇国のための産業戦士

呂正烈は朝鮮忠清南道に生まれ、少なくとも太平洋戦争が始まる直前までは平穏に暮らしていたが、一九歳の秋に南洋群島へ軍属として徴用された。二年後彼は幸運にも故郷へ帰り、間もなく妻を娶《めと》った。これ以上戦争に駆り出されることはないと思ったからだった。間もなく妻がみごもり、兄が徴用を受け不安な年が明けた。まだ冷え込みの激しい三月の夜明けのことだった。家の戸を激しく叩く音で目を覚ました。彼はすぐ、すでに近隣の部落で頻発している〝朝鮮人刈り〟だと直感した。

「裏から逃げろ」母が叫んだ。

「駄目だ、裏口にも日本人が立っている」裏口を覗いた父が叫んだ。

「父さん、俺はもう一度行くから、いいんだよ」正烈はそう言いながら立ち上がって表戸を開けた。途端に巡邏《じゅんら》と木刀を持った日本人が入り込んできた。

「皇国のためだ、すぐ来るんだ」

巡邏が肩章をいからせながら、徴用礼状らしいものを見せ、正烈を外に連れ出した。

「俺の義務は徴用でもう済んだはずでしょうが」と抗議したが取り合ってはくれず、肩口を掴んだ。

「抵抗するかキサマ」木刀が肩に飛んできた。激痛に耐え兼ね、その場に倒れた。

「夫を連れて行かれたら私たち食べて行けなくなります。やめてください」妻が哀願した。

「だめだ、もう決まっているのだ。俺たちは大日本労務報国隊のものだ」

正烈はその場から、家の前に止めた幌つきのトラックの荷台に追い上げられた。着替えどころか顔を洗う間も、家族と別れの言葉を交わす暇も与えられなかった。荷台にはすでに七、八人の男たちがいた。眉間を割られ血まみれになって呻《うめ》いている者もいた。途中でさらに同様な方法で四、五人が駆り出され、着いたところは五キロ離れた警察署の裏だった。その日のうちに近在から一〇〇人近くが駆り集められた。

「聖戦完遂のため産業戦士として、身を挺して働いてほしい」

出発前の署長の訓辞はひどく白々しいものにしか聞こえなかった。ふたたび幌つきのトラックで駅に運ばれた。霜解けの田舎道の後を女や子どもが泣きながら追い、口々に父親や夫の名を呼んでいた。駅に着くと木刀で尻を小突かれながら引き込み線に待機していた有蓋《ゆうがい》貨車に追い込まれ、外から〝ピーン〟と錠が下ろされた。牛馬以下の扱いだった。貨車の中には筵が敷かれ、隅には板を渡したションベン樽《だる》が二つ置いてあった。

列車は釜山に向かい、関釜連絡船で下関に着き、布袋のような国防色の作業着を着せられた。逃亡を防止するためだった。行く先は教えてくれなかったが列車は夜を日についで北上した。各車両の入り口には木刀を股の間に挟んだ土建屋風の見張りが二人ずつ座り、いちいち文句を言った。夜明け方、うつらうつらしていると突然叩き起こされて殴られ、半長靴で蹴り上げられた。

「キサマ便所の窓から逃げようとしやがって」


成釋根の場合は釜山に近い慶尚南道金海郡の生まれで、彼も貧しい農家の三男だった。一六歳の春、大邱《テグ》市に出て働いていると親方から「日本で稼いでみる気はないか、ここよりよほどいい日給で三円五十銭になるぞ」と聞き、南朝鮮ではこんないい賃金はない、とその気になった。親方は自分の息子に募集の割り当てが来ていたので成釋根に勧めたのだった。それが彼の運命の分れ目で、その後の半生を狂わせることになってしまった。大邱駅から汽車に乗せられたのは七二人で、途中で一人脱出に成功したが、連行先は樺太西海岸の三菱《みつびし》炭坑だった。

一般的にいわれている「強制連行」は一九三九年（昭和一四年）に始まった。当時最重要資源だった石炭産業の労働力不足を補うためだった。前年施行された「国家総動員法」がその後盾になった。朝鮮半島でははじめ「徴用」とはせず、企業による「募集」という見せかけで労働力を集めたが、次第に警察権力による強制連行に代わった。

樺太では、炭坑の八〇％を三井、三菱系で寡占《かせん》していたが、これらの企業や下請けの組（タコ部屋）の男たちが、〝俺たちの炭坑に何人よこしてくれ〟と言えば、総督府の支援で必要な人数を各郡に割り当て、逃亡防止のため警察の協力でその場から強制連行した　昭和一四年代、慶尚北道で親戚の家に遊びに行こうと田舎道を歩いていた一七歳の少年が、後ろから追い付いたトラックに日本人と朝鮮人通訳の手で無理矢理乗せられた。

すでに二〇人余りの男が乗せられ、汽車で元山に連行され、家族とも連絡もとれないまま北海道長《おしゃまんべ》万部の飯場に入れられ、敗戦まで七年間強制労働に従事させられた。こうして、その手口は急速に凶悪化した。昭和一八年には東条内閣によって「半島人労務者活用法」が閣議決定され、強制連行が実施されて人狩りを専門の仕事にする「朝鮮労務協会」が設立され、法的根拠を得てアフリカの奴隷狩り《どれいが》同様、公然と朝鮮人狩りが始まった。

息子をかばって裏山に逃がし、初老の父親が身代わりになったり、母子家庭の一人息子が駆り出されたり、釜山では新婚初夜に新郎が連行された例もあった。昭和一八年頃になると働き盛りの男が少なくなったので、「労務報国隊」は村里まで入って朝鮮人狩りを始めた。

以下は当時の非人道行為を恥じ、敗戦後韓国各地に謝罪旅行を続けた吉田清治という〝報国隊員〟の慚愧の手記の一部である。

「地元の朝鮮人巡査も交えた一〇人ほどの男たちが、てんでに木刀を手にして護送トラック二台に分乗しては早暁部落を包囲し、家を一軒一軒調べ、男がいれば家族の哀願も無視して木剣を突きつけ、逆らう奴は殴りつけ尻を木剣で叩いて護送車に追い立て、トラックが一杯になると地元の警察に運び、窓一つない有蓋貨車に詰め込んで錠を下ろして下関に護送した」

こうして本土や南方戦線、樺太や千島にまで強制連行された数は、『朝鮮人強制連行の記録』によれば三九年から敗戦の四五年にかけ七二万四七八七人に及ぶと明記されているが、そんな小さい数字ではないと吉田清治氏は告白している。

「私らも、敗戦直後記録になるような書類はすべて焼却した。全国どこでもそうでした。それにさまざまな手段で連行し、記録自体が不完全なものでした。実情は満州（中国等北部）、朝鮮北部の工業地帯への国内動員まで含めれば、根こそぎ動員で一千万人と言ってもいいでしょう。戦後焼却を免れたわずかな資料による人数を遙かに上回っているはずです」

朝鮮半島全域にわたり働ける男は根こそぎ拉致、強制連行されたのである。労働力だけではなかった。一八年八月には「女子艇身隊令」が発令され、女性国会議員の慰安婦問題研究会の調査では、五万〜一三万人（一説には二〇万人）の朝鮮人婦女子が従軍慰安婦として中国戦線をはじめ南方海域の島々、千島や樺太の最前線にまで連行されて皇軍の性奴隷にされ、敗戦後は現地に使い捨てられた。

◇死神と同居、樺太の強制労働

呂正烈が強制連行されたのは樺太の豊原市近くの幌内軍用飛行場建設用地だった。なだらかな湿地帯には、まだ雪が降り積もっていた。

幌内飛行場建設には朝鮮人ばかり二千数百人が強制連行されていたが、ほとんど日本語が話せず、朝鮮文字も書けない文盲《もんもう》が多かった。軍属として徴用され二年の経験があった呂正烈は、日本語の読み書きができるので一〇〇人編成の小隊長を命ぜられた。小隊長といっても何の権限もなく日本人労務係の伝達係に過ぎず、同胞との板挟みの苦痛に晒されるだけだった。

二日目の朝の点呼から、日本語でまごつく者はたちまちビンタを食らい、鶴嘴《ツルハシ》で腰を殴られた。飯場《はんば》から建設現場への道は二列縦隊で軍歌を斉唱しながら行進し、歌い方がまずいとコン棒が飛んできた。朝鮮語の使用はいっさい厳禁された。見渡す限り雪原で、娯楽施設もなく、仲間と語り合うことが唯一の慰めだったが、話をしていると逃亡の相談ではないかと殴りつけられた。

一日二交代、一二時間勤務の突貫工事だった。毎日五合飯を食わせる約束が、量も半分で大豆と高粱《コーリャン》で、ひどいときには大豆粕だけで下痢が常習化した。疲労しきって這うように作業場から帰ると家畜の餌のような飯を食ってそのまま倒れ込み、夜が明けると叩き起こされツルハシを握る地獄のような毎日だった。日曜、祭日もなく酷使された。過労と栄養失調で倒れる者が続出しても、焼きを入れられ作業場に追い立てられた。

教官たちの〝焼き道具〟は、ツルハシの柄、木刀、革バンド、ストーブで真赤に焼いた火かき棒だった。呂の苦痛は焼きを入れるのを見ぬ振りをするだけではなく、制裁にまで加担させられることで、同胞に制裁を加えるのは耐えがたい苦痛だった。給料も日給五円と聞かされていたが、半分の二円五〇銭しかもらえなかった。呂がみんなを代表し、「約束が違う」と言うと教官がビンタを食らわせ、「朝鮮から樺太までの旅費が差し引いてあるのだ」と怒鳴りつけた。強制連行の旅費まで巻き上げたのである。その上、食費が八〇銭と一日でボロボロになる軍手や地下足袋代まで差し引かれ、残りは強制貯金させられた。ただ働き同然の過酷な労働を強制されたのである。飛行場は七カ月後に完成したが、約束通り一行は朝鮮には帰してもらえず、二〇〇〇人は憲兵や特務機関員がピストルで威嚇してさらに千島列島に連行され、呂の隊員一〇〇名は悪名高いタコ部屋として知られている三井系の川上炭坑に強制連行された。

樺太の地形の、蝶鮫《ちょうざめ》の尾鰭《おひれ》のほぼ中央の多古恵岳の山中にその炭坑はあった。一〇月末、今にも雪が降りそうに空はどんよりと曇っていた。呂たち一〇〇人は、酷《ひど》さでは道内一と恐れられていた遠藤組の配下の安部組のタコ部屋に入れられ身震いした。朝鮮人は六棟ある「報国寮」という寮の一つに入れられた。日本人労働者は三〇〇人ほどで、社宅に住んでいたが、朝鮮人は六棟ある「報国寮」に二〇〇〇人収容され、労働は飛行場建設よりもさらに過酷なものになった。呂は隊長ではなく、坑道先端の現場監督として毎日地底に入った。ここでも休日はなく、逆に徹夜の連続作業が多かった。

食事は大豆に石油臭い南京米が少し交じった盛り切り飯一杯だけ、弁当も同じだった。大豆の代わりに玉蜀黍《とうもろこし》が交じっていることもあり、葉っぱが一切れ入っている味噌汁が一杯と塩蔵鰊《にしん》とタクアン一切れ。ときに南瓜が付く程度で仲間はボロ雑巾のように疲れ果てて倒れていった。日本人の支柱夫が仕事が辛く手抜きをするので落盤事故が多く、毎日のように四、五人ケガ人が出て、毎日五、六人死んだ。

　雪は電柱の頭だけ出して降り続いていた。正月が来ても関係なく栄養失調で浮腫《むく》んだ体に作業衣を着て飯場から雪で凍った階段を何十段も這い上がり、息を整える暇もなく坑内に追い立てられた。頭痛がしても熱があっても、「休ませてくれ」と言えば、「仮病だろう」とビンタを食らいコン棒で殴り倒された。ある日腹痛を起こし、「日本人住宅の残飯を拾って食ったのだろう」と殴りつけられ血だらけになって雪の中に放り出された仲間がいた。残飯が凍りついているのでこっそり拾って帰り、湯で溶かし、みんなで食べた。それほど飢えていた。怪我をして診療所に行っても軍医上がりの医者に放り出されるだけだった。給料も一銭もくれなかった。金を持たせると逃亡するからだった。炭坑では毎日のように逃亡者があり、便所の汲み取り口からも脱走した。自警団が見張っているのですぐ捕まり、連れ戻されると、三日も続けて殴られ、生きたまま埋められた。

　タコ部屋からは毎日のように、「アイゴー、アイゴー」と泣き声や悲鳴が聞こえた。朝鮮人は辛ければ大声で泣く。これを日本人は、〝朝鮮泣き〟と笑っていた。そんな声が聞こえた翌朝は、決まって死体が運び出された。


　以上は、『捨てられた四万三千人』からの一部引用である。日本政府は拉致された人びとが裁判に提訴した補償と謝罪に対し、日韓条約の請求権放棄条項を盾に却下の判決を下し、同じ提訴について、企業を被告にした提訴には未払い賃金などの支払いを命じている。法のもとでの平等に対するこの恥知らずな態度は、侵略戦争の被害国民が提訴している「強制連行問題」や「従軍慰安婦問題」など、過去の朝鮮半島に対する植民地支配や侵略戦争中の残虐行為に対しても、〝そのような記録はないから事実もない〟などと、国際問題でさえ到底相手が納得するはずもない不条理な答えをして擦り抜け、そのたびに不信や怨念を激化させてきた。信じられないことだが、戦後の日本が敗戦国でありながら、侵略戦争の総括も戦争責任の断罪も放棄したため、戦争に負けたという認識を欠落させた国民が少なくない。特に、天皇裕仁がマッカーサーの占領統治に利用され戦争責任を免責され、戦後も〝国民統合の象徴〟として皇位に居座ったため、戦争体験者でも〝戦争に負けたのだ〟という認識を欠落させ、特に官僚、政治家の多くは敗戦後も依然として戦前そのままの人種差別意識を持ち続けたからである。

とくに北朝鮮に対してはいまだに国交がないため、「拉致問題」を奇禍《きか》に、過去の朝鮮支配には素知らぬ顔で報復的に国交を断絶し、国連やアメリカ政府にまで被害を訴えている身勝手さである。

中国では日本企業と軍が中国人労働者や住民数万人を拉致し、水銀や鉛、マグネシュウム鉱石などの危険な鉱山などで酷使し、鉱毒や事故で負傷した数千名の犠牲者を巨大な洞穴に生き埋めにした。戦後中国政府が遺骨が累々と折り重なる現場を発掘し、「万人抗」と命名し一般にも公開している。

文部省は五〇年代まで歴史教科書に侵略戦争の記述として現場写真まで掲載していたが、日の丸・君が代の法制化とともに、事件は中国政府の捏造《ねつぞう》だと「教科書検定」の槍玉《やりだま》にあげ、歴史教科書から削除した。日本の教科書から抹殺すれば世界史から隠蔽できると思ったのは文部官僚の浅知恵で、以後「万人抗」はドイツ軍のアウシュビッツ虐殺事件同様、最悪の虐殺事件として世界中に知られた。

この非人道的な虐殺事件を知らないのは歴史教育不在の日本人だけで、中国だけでなくアジア諸国の不信と怨念を増大させ、日本外交を孤立させせてしまった。

日本の官僚政治の犯罪は、明治政府が天皇を〝現人神〟と神格化し、政治官僚を天皇直属組織としたため、昭和時代が始まると日本をアジア盟主と過信して大東亜共栄圏の実現を夢想してアジア侵略を始め、ついに第二次世界大戦に突入して連合軍と戦い、敗北した。敗戦後の日本はマッカーサーによって民主主義国になったが、ＧＨＱが官僚組織までは変革しなかったため政治中枢に生き残り、戦後の政党政治を恣に支配し始めた。

血税を浪費し返済不能の一千兆円の赤字国債を乱発したのも、天下りの為に公社、公団、独立法人六〇〇〇社を乱造、国家経済を破綻させたのも、すべて官僚政治の犯罪である。

その果てのリーマンショックによる、〝百年に一度〟といわれる世界恐慌、貿易の不振。破綻した日本経済がこの難局を乗り切る条件は皆無である。何よりも急激な人口の減少と少子高齢化が、まずこの破局の前に立ちはだかる。人類が自然破壊を恣にして自らの生存を脅かし、日本人は〝絶滅危惧種〟の実験動物になっているのである。

日本がいま直面している最大の危機は、明治の開国以来の官僚支配の腐敗がもたらした回復不能の結末なのである。〝自業自得〟という言葉がある。

朝鮮人は人間ではないのか——朝鮮人被爆者、孫振斗の訴え

在日朝鮮人の戦後について、僕が取材した範囲で宋斗会への日本政府の処遇の不当性と彼の主張を次の章で述べるが、ここでは戦後の日本人の〝平和の原点〟になってきた原爆被害で、在日朝鮮人がどのように処遇されたかを記述したい。

敗戦時の一九四五年、強制連行や徴用、徴兵のために日本にいた在日朝鮮人は約二四〇万人といわれている。その中には日本の植民地政策によって土地や職業を奪われ、生きるためにやむなく日本に移住した朝鮮人家族も含まれている。

一九四五年八月六日、原爆が投下された広島にいた朝鮮人は一六万人ともいわれ、そのうち八〜一〇万人が被爆した。うち約五万人が爆死、生き延びた者のうち、現在約一万五千人が韓国で、約一万人が在日韓国人として日本で生活している。概算が多いのは、日本政府が正確な調査を怠り、特に北朝鮮については戦後も敵視政策を取り続けていまだに国交が回復せず、その実態すら把握されていないからだ。

韓国人被爆者は、六七年「韓国原爆被害援護協会」（七七年に「韓国原爆被害者協会」と改称）

を設立し、約六四〇〇名が登録されているが、韓国では原爆症に対する専門的な検査、治療はほとんどできず、日本政府はその現実を無視して責任を回避し続けている。

日本人被爆者に対しては六八年「原子爆弾被害者に対する特別措置に関する法律」(九四年に「被爆者援護法」)「原子爆弾被害者に対する援護に関する法律」が制定されたが、朝鮮人被爆者に対しては、六五年に強行採決された「日韓条約」によって、請求権放棄条項を盾に朝鮮人被爆者に対する医療も補償も一方的に拒否し続けてきた。一九五七年「原爆医療法」によって、日本国内に滞在していれば外国人被爆者にも被爆者健康手帳が交付されたが、日本に渡来しなければ認定申請もできず、たとえ被爆者と認定されても、実際は被爆者援護法による医療もわずかばかりの恩恵的経済支援も受けられない不備なものだった。

被爆後帰国し、離散家族一千万ともいわれた悲惨な朝鮮戦争に遭遇した上、韓国社会の底辺で貧苦と病苦にあえぎながら生きている朝鮮人被爆者が、わざわざ日本にまで来て認定申請ができるはずもないのである。〝助けてもらいたければ日本に手続きをしに来い、金が欲しければ毎年韓国から受け取りに来い〟と言わんばんかりの、戦前そのままの体質である。

孫振斗は一九二七年、苦しい生活の活路を求めて日本に来た父・孫龍祚、母・交黄又の四男として大阪に生まれたが、仕事を求めて各地を転々とし、一六歳のとき広島で被爆した。戦後、家族は帰国したが、孫振斗は一時帰国したものの体の具合が悪くなり、原爆症を疑って治療のために日本に密航して逮捕された。その後、大阪、京都でパチンコ店員などをして生活したが、韓国に帰った父親はふたたび職を求めて渡航し、原爆症のために大阪で死亡した。

一人の朝鮮人被爆者が、なぜ日本に生まれたのか、なぜ広島で被爆して悲惨な人生をたどったのか、なぜ何度も強制送還されながら密航を繰り返したのか、日本と日本人が彼をどう処遇したのかを明らかにする必要がある。四六年に孫振斗が逮捕され、「特別在留許可申請」をしたとき添付した書類の要約を転載する。

（資料1）「孫振斗さんに治療と在留を」　孫振斗を守る東京市民の会編

戦時中私の父、蜜山岩久こと孫龍祚は、広島市南観音町昭和新開二三五番地にある芸陽製紙所に勤務していましたので、父母と私の家族四人は製紙工場内のバラックのような社宅に住んでいました。戦時下の金属供出のため工場の機械のほとんどを供出して工場が閉鎖されたため、仕事を失いました。その後電信電話局に勤務し、私も父の仕事を手伝いました。父は正規の雇用でしたが、私は臨時工で、家族は引き続き社宅に住んでいました。局の仕事場は皆実町にあり（爆心地から一〇キロ）私は毎日そこで仕事をしていました。

八月六日の朝、私はいつものように仕事をしていました。倉庫は木造平屋建てで屋根はトタンでした。八時一〇分、突然頭の上に倉庫が崩れて下敷きになりました。辺りが真っ黒になり、意識を失い、どれくらい時間がたったかわかりませんが、気がつくと体のあちこちにケガをして血が出ているのを辛抱し、倉庫から這い出して夢中で逃げました。皆実町付近の建物ほとんど全壊でした。御幸橋まで来ると川に死体が四〇～五〇人浮いているのを見てびっくりしました。裸で自転車を押してきた三〇歳くらいの男が、私を見て「助けてくれ」と叫びました。体のあちこちが痛むのを堪えて爆風で曲がった電車道を逃げました。道路沿いの家は全部倒れ、道路にはたくさん人が倒れていました。

艇身隊の中学生や女学生も群れになり倒れていました。道を歩いている人はほとんど裸でした。一時間くらい歩き江波の家に帰り着くと、私の家も近所の家もみんな壊れていました。母が心配して待っていましたが、家の前にある電柱のトランスが燃えて落ちた火で足に大火傷《おおやけど》をしていました。

社宅の人が走ってきて赤チンで傷の手当てをしてくれました。一二時過ぎに父が帰ってきました。倒れた電話局の下敷きになり、やっと這い出して逃げてきたのですが、体のあちこちに大ケガをしていました。帰ってすぐ父は食べたものを全部嘔吐《おうと》し、翌日頭髪が全部抜け、顔が黄疸《おうだん》のように黄色くなり口の中が全部化膿しました。昼過ぎに女学校から三菱工業に艇身隊に行っていた妹も帰り、家族で傾いた家を直しました。

翌日、江波駅近くに医師と看護婦が来て救護所ができたので、半月くらい、父と赤チンで治療してもらい、包帯がないので家にあるボロで包帯しました。被爆の三、四日後、救護所に憲兵が来て「罹災証明書」を書いてくれました。「昭和二〇年八月六日戦災被害により被災したることを証明す。広島地区警備司令官」と書いてありました。

大阪で罹災し、父を頼って広島に来て西観音町に住んでいた従姉《いとこ》が行方不明になっていたので、私は毎日焼け跡を捜し歩きました。あちこちに死体が山のように積み上げてあり、兵隊がコールタールをかけて焼いていました。被爆の二、三カ月後から急にめまいがしたり、原因不明の熱が出たり、嘔吐が続きました。そのとき以来、少し働いてもすぐ体がだるくなり、それは今も続いています。

以上相違ございません。

昭和四六年一〇月一日　　孫振斗

（資料2）「朝鮮人被爆者孫振斗裁判の記録」（中島竜美、在韓国被爆者問題市民会議）

四五年　八月　広島に原子爆弾投下、孫振斗一家四人被爆。生活と身体に壊滅的打撃を受ける

　一〇月　在日朝鮮人の引き揚げ始まる。孫さん一人残り一家帰国

四八年　四月　生活のため再渡航した父龍祚、大阪で原爆症で死亡

五一年　七月　孫さん、外国人登録未登録で逮捕され、強制送還

　一一月　孫さん、韓国で生活できず止むなく日本に密航。逮捕、強制送還

五四年　四月　孫さん、生活のため止むなく再度日本に密入国、大阪のパチンコ店などで働く

六九年　二月　孫さん、外国人登録法違反で逮捕され、三度目の強制送還

七〇年一二月　孫さん釜山第一病院で白血球減少の診断を受ける。原爆症治療のため密入国逮捕。唐津日赤病院で「精密検査の必要なし」と診断されたが、広島市民の会派遣森医師、唐津警察で孫さんを診断、「検査結果に異状、精密検査の必要あり」と報告

七一年　一月　原爆症の疑いは薄く密航ブローカーの疑い濃厚と、懲役一〇カ月の判決
　　　　六月　佐賀地裁唐津支部控訴審棄却、福岡刑務所に収監
　　　　九月　外国人登録証取得。被爆手帳申請するが却下、処分取り消し訴訟を起こす
七三年　一月　孫さん福岡東病院から広島原爆病院に転院、原爆症検査を受ける
　　　　五月　刑の執行停止を取り消され、広島刑務所に収監
　　　　八月　刑終了出所、そのまま二年間大村収容所に収容
七四年　一月　被爆手帳裁判第七回公判、四証人が原爆症の症状、被爆者の実態を証言
　　　　三月　被爆手帳裁判勝訴「不法入国者であっても原爆医療法は適用すべし」
七六年　一月　孫さん肺結核悪化、仮放免。福岡東病院に入院、五月退院。下宿して通院
七八年　三月　退去令控訴審第五回、最高裁退去令上告棄却、孫さん勝訴
　　　　四月　申請時に遡って孫さんに「被爆者手帳」交付さる

宋斗会は強烈な個性で国家権力と対決して自由に生き、「戸籍確認訴訟」を最高裁まで闘い抜いたが、孫振斗は政治意識はほとんどなく、原爆症の治療をするために密航を繰り返し、約一〇年の歳月のほとんどを〝犯罪者〟として隔離され、少数の日本人の支援で「外国人登録証」と「原爆手帳」取得のための長い裁判と、刑務所生活のために費やした。その間、裁判の根拠になる被爆の事実さえ疑われ、〝密航ブローカー〟などと論告され不当な判決を受けたばかりでなく、収監中病状が悪化し、福岡東病院から広島原爆病院に検査入院したときには、〝スパイ、犯罪者〟などと医療

とはまったく筋違いな処遇さえ受けた。

当時、被爆者の撮影で頻繁に広島原爆病院を取材していた僕は、「孫振斗、原爆病院に入院」のニュースが流れるとすぐ東京から原爆病院に飛んだ。

原爆病院はアマチュア時代から院長の取材協力を得て、〝面会謝絶〟の病室でも自由に取材できていたので、孫さんに直接取材しようとしたが拒否された。孫さんの入院が政治問題になり、病院側が「福島さんだけ病室に入れるわけにはいかない」と規制したためだった。

院長に孫さんの病状を聞くと、意外な返事が返ってきた。

「彼には密航歴や逮捕歴が何度もある。密航ブローカーで信用できん男じゃが、マスコミが騒ぐから仕方なく原爆病院に入院させてやった。それにあの男はスパイじゃけん」

耳を疑うような言葉だった。少なくとも医師の口から聞く「医学的」な説明ではなかった。日本人社会ではガサが入り、〝警察が来た〟というだけで社会差別され、冤罪が明白になっても名誉回復をするのはほとんど不可能である。ましてや朝鮮人で密航者、闇ブローカー、スパイなどと偏見を持たれれば決定的である。スパイ説がどこから出たかわからなかったが、そこまで情報が錯綜していたのである。

原爆病院への入院は、マスコミと世論をかわすための緊急避難的な入院ではないかと思ったが、アマチュア時代から特別な協力を得てきた人なので、それ以上聞けなかった。発言があまりにも荒唐無稽だったこともあり、自主規制して発表しなかったが、その言葉は、滓《おり》のように耳の奥に残っていた。

その日から三〇年過ぎ、八〇歳を過ぎて過去の写真の欠落部分をノンフィクションに書き始め、〇三年初めて出版した『ヒロシマの嘘』についに書いてしまった。その理由は、文字通り、〝ヒロシマの嘘と虚構〟を告発するためであり、原爆問題が僕自身を含めタブーにしてきた事柄に決着をつけるための著書だったからである。そのために『ヒロシマの嘘』では、平和都市ヒロシマが侵略戦争の原罪を〝キノコ雲〟の陰に隠蔽し、被害者意識一辺倒の反戦平和のシンボルにしたことが日本の戦後を過《あやま》らせたと断定し、僕が見たヒロシマの実態にメスを入れるために、院長の発言も敢えて公開した。

原爆病院の取材については、大恩ある院長だけにその言葉を批判することに迷い抜いた。だが、これは朝鮮支配の原罪の根底に巣食う問題だけに、苦渋の選択をせざるを得なかった。院長は原爆病院に着任するまで、当時僕が召集を受けて入隊していた山口四二連隊の軍医だったことを含め、その発言の中に戦後になっても日本人が払拭できない民族差別の断ちがたい血肉が潜んでいるのを見たからである。

軍人は朝鮮人差別の急先鋒だった。朝鮮王朝の閔妃《ミンビ》虐殺事件や、残忍な植民地支配、強制連行、従軍慰安婦など、すべては軍部が率先して朝鮮民族を支配して使い捨てた犯罪行為で、院長とて例外ではなく、僕自身を含めた日本人総体の中に潜んでいる度しがたい血肉だった。

しかし、『ヒロシマの嘘』は現地広島に予想もしない波紋を投げた。〝聖地を冒涜した〟、〝原爆作家といわれながら広島を裏切った〟など、〝非国民〟呼ばわりしたものまであった。なかんずく院長批判には直接抗議の電話やファックス、手紙が集中した。

「お前は食うために原爆病院を利用した」
「原爆医療に生涯を捧げ、被爆者から慈父のように慕われた院長を裏切った」
などの筋違いな攻撃もあった。返事を求められたが絶句するだけだった。彼らにとってヒロシマは文字通り天皇制と同じ〝聖地〟であり、その尊厳を犯す者はすべて〝非国民〟だからである。戦時中この言葉を恐れ、すべての国民が侵略戦争に協力した。僕もその一人だった。

当時の子どもは、大人を真似《まね》て面白がって朝鮮人差別をした。下校時、朝鮮人部落を回り道して、「ヨボ、ヨボ、チョウセンジン」と囃《はや》し立て石を投げて走って逃げた。僕が戦前ニンニクを食べなかったのも朝鮮人差別からだった。日本人社会の底辺で暮らす在日朝鮮人の職業もまた闇屋、ドブロクの密造などの底辺の仕事で、一年に何度か密造摘発のニュースが大きく新聞に載り、さらに朝鮮人差別を肥大させた。定職も財産も持たない一時滞在者の孫さんが、訴訟と刑務所を往復して日本で暮らすためにすぐできる仕事は、〝犯罪的〟な仕事しかなかったのである。

引用した「孫振斗、朝鮮人被爆者関係年表」は九七年四月八日、小泉厚生大臣、沈載烈さんの再審査請求却下、七月一五日東京都、広島被爆した朱甲儀さんに軍籍証明書だけで被爆者手帳交付、で終わっているが、孫さんの記述は、その一八年も前の七八年四月三日、孫さんに「被爆者手帳」交付される、で突然終わり、その後の消息は不明である。

外国人登録証と被爆者手帳が交付されたことで、孫さんは原爆症からも外国人登録証の問題からも解放され、日本で幸せな生活が保障されたのだろうか。

日本人の目や耳には、侵略戦争の犠牲にされた朝鮮人の慟哭《どうこく》や怨嗟《えんさ》の声はもう届かなくなり、そのような人間的心情を〝自虐史観《じぎゃくしかん》〟などと表現して片づけようとする荒廃した世相になっている。それでも僕が、受難者たちの声を聴こうとしているのは、日本人の良心的所在に語りかけようとしているからではない。末期に迫った自らの旅立ちのための、一筋の明かりがほしいからなのである。

朝日新聞社刊『被爆韓国人』（一九七五年）は、三名の韓国人被爆者の共著による被爆体験記であり、韓国人から日本人に向けたメッセージでもある。その一部を要約し、朝鮮半島が日本に突きつけた〝請求書〟として、問題提起したい。

◇「父子二代、体と心を奪われて——柳春成の記録　　郭貴勲

「柳さんが危篤らしい」

七二年六月、ソウルの韓国原爆被害者援護協会からの電話だった。柳さんは、湖南支部の会員で、車で一時間もかかる井巴郡新泰仁巴に住んでいた。数年前ソウルの協会事務所で会ったときには元気だった。

韓国の被爆者のほとんどは極貧生活をしているので田舎に住んでいたが、柳さんは登録した住所にはいなかった。村内を訪ね回り、やっと彼の家を探し当てた。家といっても土造り、藁葺の農家の脇にある三畳ほどの部屋で、一家五人の住まいだった。部屋の戸を開けると、真っ暗闇の中から

うめき声が聞こえてきた。汗臭い臭いが鼻を刺したが柳さんの姿はない。

部屋に上がりしばらくすると、横になった柳さんの姿が見えてきた。枕元には男の子が膝を抱えて、うめく父親の姿を見つめてじっとうずくまっていた。柳さんは意外に意識はしっかりしていて、私の顔を見ると痩せ細った手を伸ばして私の手を握り、被爆体験と症状を語り始めた。

柳さんは一九一七年新泰仁巴生まれで、日本名は柳沢春郎といった。四四年三月日本に徴用され、海軍施設部測量隊で働いていた。あの日、出張を命じられ、仲間の申泰龍さんと八時に広島駅に着いた。駅前で出張先の人と待ち合わせるはずだったが、その人はまだいなかった。腕時計を覗き込んだ瞬間、目の前が光り熱を感じた。「大変だ」と思いシャツを脱ぎ捨て、死にもの狂いで駅裏の双葉山に走り続けた。構内のレールや鉄柵に足をとられながら走り出て、気がつくと申泰龍さんの姿はなかった。

山の麓にたどり着き、救護のトラックで海軍病院に運ばれて火傷した顔に油を塗ったガーゼを当てて寝ていたが、二、三日してウジがわき出した。〝顔に残ったアバタはウジが這い出した跡だ〟と聞いたことがあった。火傷は一カ月ほどで治り、柳さんは一五〇〇円の退職金をもらって四五年九月、祖国に帰った。

帰国してからは疲れやすく、よく病気をした。しかし、生活のため木材ブローカーや穀物商をして体にムチ打って働いた。一時はソウルに住んで手広く商いをした。五〇年頃から喀血、血便が続くようになった。医者に診てもらうと白血球が異常に多かった。「原爆のせいではないか」と韓国原子力院を訪ねたが、「原爆症かどうかはっきりわからない」との返事だった。六八年頃、柳さんは野菜の商売に失敗して生活が苦しくなった。微熱と頭痛が続き、咳が止まらなかった。

柳さんはキリスト教に救いを求めて熱心に教会にも通った。膝が冷え、足が痺れて歩けなくなることが多かったが、病院を訪ねる勇気はなかった。医師に「原爆症のために死ぬ」と宣告されるのを恐れたからだった。七〇年のある日、柳さんは山のようにボロ切れを家に持ち込んだ。家族の話では、この頃から行動がおかしくなり、病気もひどくなったという。

七二年七月、私は再び柳さんを訪ねた。病状は急激に進行していた。真っ暗い部屋に柳さんは痩せて幽霊のように横たわり、蝋《ろう》のように白い顔、伸び放題になった髪と髭は死期の近いことを示していた。一分ほどの間をおいては発作が起こり、手足と全身をよじりながら苦痛に耐え、噛み締めた歯をギリギリと軋らせた。私は目の前の柳さんを正視できなかった。発作が止むと、焦点を失った瞳で周囲を見回した。混濁した意識の中で何かを捜し求めているようだった。

私が誰かもわからず、もつれる舌で何かを訴えるのだが、聞き分けるのはむずかしかった。家族も途方に暮れ、「もう死ぬのを待つしか仕方がない」と話し合っていた。こんな状態になるまで一度も栄養のあるものを口にできず、医者を呼ぶこともできなかった。枕元に、村で薬局をしている親戚からもらったという鎮痛剤が置いてあった。部屋の隅に食べ残した麦飯があったが、キムチすらなく、しょう油だけだった。これが病人食の全部だった。私が「何を食べたいか」と聞くと、柳さんはやっと、「肉を食べたい」と言った。私はその後二、三回柳さんを訪ねたが、病状は悪化するばかりだった。

韓国で祖先の祭りや墓参をする秋夕の陰暦の八月一五日の三日前に見舞いに行くと、柳さんの家の屋根の上に白いチョゴリが置かれていた。死人の出た家の習慣だった。柳さんはとうとう死んでしまったのだ。見舞いは葬式に代わった。「仲間がまた一人この世を去った」と思うと、やりきれない気持ちに襲われた。家族の話では、柳さんは私が訪れた前日に亡くなったという。私たちの国では、秋夕の前日に死人が出ると誰も葬式を手伝いに来ないという習慣がある。柳さんは死んだ後まで家族に迷惑をかけまいと、死に急いだような気がしてならなかった。それが徴用と原爆で自分の人生と家族の生活を奪われた柳春成さんの、最後の選択だったのだ。

柳春成さんには、男二人、女一人の子どもがあった。東秀君は柳さんが帰国後一〇年して生まれたが、両足が不自由で下半身はまったく発達せず、いざることもできなかった。小児マヒと診断された。父親は原爆のせいではないかと恐れていたが、韓国には原爆専門の医者もいないので確認できなかった。柳さんは韓国被爆者の取材に来た中国新聞の平岡敬記者にも何度も「原爆症は子孫に遺伝するか」と聞いている。

東秀君は半身だけの人生を歩む子だったが、頭はずば抜けて明晰だった。国民学校も中学校もトップで卒業し奨学金を受ける秀才で、成績表には「体育を除き万能に近い」とあった。三年後に三男が生まれたが、下半身が小さく頭だけは普通の二倍も大きい奇形児で三カ月で死亡した。東秀君は「いくら勉強ができても将来に希望が持てない」と悩み続け、家族とも口をきかなくなり、勉強のとき以外はいつも父親の側でうずくまり、病状を見つめていた。学年が進むにつれて悩みはいっそう深まり、「もう嫌だ」と中学三年のとき学校にも行かなくなり、三度も自殺をはかった。父親が死んだときは遺体にすがりつき、葬式が済むと部屋から出なくなった。その後何度も訪問して進学を説得したが、放心したように私の顔を見つめるだけで何も答えなかった。七四年に日本の宗教団体が韓国の被爆者に二〇〇万ウォン寄付したので、東秀君に車椅子を買ってあげようと連絡したら、母親の李礼鐘さんは泣きながら話した。

「東秀はすっかり気がおかしくなり、何も食べないで枯れて死んだのですよ」

不幸は重なるものだとつくづく思った。韓国では被爆者の医療と救済は何一つ行われていない。ましてや被爆二世については、その実態や病状調査は皆無で、関心すら示されていない。それだけに何の罪もない被爆二世の将来を思うと、私は「だれがこの不幸を作り出したのか」と怒りをおぼえるだけである。

郭貴勲さんは結びの言葉で述べている。

「韓国併合後の、農作物の強制的供出重税などの徹底した収奪で、ほとんどの朝鮮人が父祖伝来の土地を追われ、活路を日本に求めざるを得なかった。一九四四年、敗戦前年の内務省警保局の調査では、広島市に居住する朝鮮人は強制連行を含め八万一八六三名で、軍人軍属を併せると一〇万人を超え、民間人を含め侵略戦争のために働かされ、その半数の五万人が爆死し、二万人以上が戦後韓国に帰国、原爆症の犠牲になった。

「広島にはなぜ一〇万人もの朝鮮人がいたのでしょうか。韓国慶尚南道陜郡には集中的に四千人もの被爆者がいます。たまたま広島に渡って豆腐製造業を始めて成功した姜さんという人が故郷の人々を呼び寄せて面倒を見たのが悲劇の発端になったのです。さらに戦時中、軍需基地として発達した広島に強制連行された人々が被爆したのです。植民地下の在日朝鮮人の過去は、こうして日本という土地を切り放しては語れないのです」

郭さんはさらに続ける。

「考えてもみなさい、非人道的な朝鮮植民地支配と戦争で、日本人以上の被害を与えておきながら、有償無償併せて五億ドルくらいのはした金で、三六年間の血なまぐさい朝鮮支配の清算ができたと思ったら大間違いです。世界の人々に笑われますよ。五万人を超える朝鮮人被爆者のことを韓日条約のどこで触れているか捜してみてください。日本の戦後の平和運動、核禁運動など、聞こえのいい言葉ですが、隣人の韓国人被爆者を見殺しにして何が平和ですか。とんでもない錯覚に陥ってはいませんか。日本は平和主義だとか、人道主義だとか言っていますが、韓国人から見ればみんな〝たわ言〟です。平和公園の慰霊碑に『安らかに眠ってください、過ちは繰り返しませんから』と誓っているのも真赤な嘘です」

『被爆韓国人』は、七五年三月、「私が死んだら棺を日本大使館の前に晒してください」と遺言して亡くなった李南洙さんの言葉で終わっているが、この本の書評を読書新聞から依頼された僕は、初めて読んだ朝鮮人被爆者の手になる原爆体験記に絶句するだけだった。当時、集中的に総合雑誌や写真展で原爆のキャンペーンを展開していたので〝原爆写真家〟と呼ばれていたが、一読して言葉を失い、再読して二〇数年続けてきた自分の原爆取材の集積が音を立てて崩壊してゆくのを感じた。被爆後帰国した韓国人被爆者を取材する言語や、時間、経済的余裕がなかったからだが、決定的に欠落していたのは原爆を国内問題としか見ていない僕の視野と、韓国被爆者に対する歴史認識だった。僕の原爆写真も日本の反核運動同様、所詮は日本国内にしか通用しない代物だったのである。

在韓被爆者が帰国後、〝日帝の協力者〟と祖国から疎んじられ、さらに離散家族一〇〇〇万人といわれた朝鮮動乱の戦火に晒され、その上に原爆医療も政府の支援もない孤立無援の悲劇に晒されている実態はある程度認識していても、現地取材もしない写真家が『被爆韓国人』を読んでも評論など書けるはずがなく、横面を張り倒されただけだった。その衝撃が、長年続けてきた被害意識一辺倒の原爆報道に厳しい総括を迫り、書評を書く資格も見識もないのを思い知らされるばかりだった。止むなく、指定された字数だけ原文を引用し、最後にこう綴った。

「〝原爆写真家〟などと言われいい気になってきたが、今まで取材してきた膨大な原爆取材の集積が音を立てて崩れてゆくのを感じた」

「今日限り原爆写真家の虚名も返上する」と書評にも本音を掲載した。

その後僕は日本人被爆者の撮影を止め、侵略戦争で日本が使い捨てた韓国人と被爆二世の取材に専念し始めた。

『被爆韓国人』は、その意味で僕にとっては、〝頂門《ちょうもん》の一針《いっしん》〟になり、一〇年後に写真集『原爆と人間の記録』、さらに二〇年後にノンフィクション『ヒロシマの嘘』を出版する動機になったが、原爆問題は何一つ解決していない。放射能障害は依然として不治の病魔で、被爆者は〝自らの死〟によって原爆症から解放されるしかないのだ。

三千万のアジア人を殺傷し、収奪暴行を恣にした過去の侵略戦争を、文部科学省の「新しい歴史教科書」は臆面もなくアジアへの〝進出〟と表記する一方で、ソビエト軍の敗戦時の満州への侵略を〝進出〟、また元寇《げんこう》の役《えき》の博多湾侵攻は、被害者意識たっぷりに〝侵略〟と明記している。『待ちわびるハルモニたち』に記されたその血の絶叫を、日本の「拉致家族問題」を考える一助にしていただければ幸いである。

宋斗会の警告を再度記述して、この章を終わる。

「墨で書かれた歴史は血で書かれた歴史を消すことはできない。その決済は同じ量の血に利子をつけて返済しなければならない、返済が遅れれば遅れるほど増え続ける」

Ⅳ 祖国への道は遠かった

捨てられた日本人

敗戦前日の八月一四日、日本政府が在外公館に送った暗号電報の中に、こんな通達があった。

「敗戦後残留した居留民は、できる限り現地定着の方針をとる」

「ポツダム宣言」受諾の条件として、日本の主権は本州、北海道、九州、四国と、周辺の島に限定された。軍隊は武装解除の上、早急にそれぞれの家庭に復員する。敗戦で食料危機に襲われている領土の狭くなった日本に、軍人だけでも三五〇万人も復員したら（六〇〇万人派兵し、うち二一〇万人戦死、戦死率三〇％）、日本はさらに飢餓に襲われる。その対応策として政府は、驚くべき通達を海外各公館に送ったのだ。

軍も侵略戦争の中で、稚拙な作戦でボロ布のように兵士を使い捨てたが、政府、官僚も海外に移住した無防備の国民を女、子どもまでゴミのように使い捨てたのである。引揚時の侵略戦争への報復的な略奪暴行、ソ連の突然の宣戦布告と満州、北朝鮮への進入、さらに中国の蒋介石の国民党と毛沢東の共産軍の内戦の渦中で、軍に置き去りにされた居留民の惨状は筆舌に尽くしがたいものだった。生命の危機と暴行と飢えの中、それでも祖国にたどり着いた人々は幸運だった。

開拓民のうち満州だけで七万二千人が死亡、生死不明の未帰還者の大半は死亡したものと想像されている（一九六六年『満州開拓史』満州開拓史刊行会編）。その動乱と悲劇の中を、米国の援助で幸運にも故国にたどり着いた軍官、一般引揚者は下記の通りである。

戦後、占領地域からの引揚者

満州	一二七万一四八二名	中国	一六二万四三六二名
本土隣接諸島	六万二三一八名	沖縄	六万九四一六名
北朝鮮	三二万二五八五名	韓国	五八万六四五四名
香港	一万九三四七名	ベトナム	三万二三〇三名
東南アジア	七一万一五〇六名	台湾	四七万九五四四名
フィリピン	一三万　一二二名	インドネシア	一万五五九三名
オーストラリア	一万三八四三名	ニュージランド	七九八名
太平洋諸島	一三万〇九六七名	ハワイ	三六五九名
千島、樺太	二九万三五五九名	ソ連	七万二九三七名

（昭和四〇年一二月三一日〈厚生省援護局統計〉合計　六三八万八六六五名）

敗戦を海外で迎えた日本人は六四〇万人を超え、軍人、一般人ほぼ同数でその範囲はアジア全域に及んだ。引揚げは敗戦からほぼ五年間で一九六〇年頃まで続き、約一〇〇万人が帰国した。軍人は優先的に復員したが、未組織の一般人は内戦の中に取り残され、略奪暴行を受けながら半死半生の態で、着のみ着のまま祖国にたどり着いた。引揚げは、戦争がもたらしたもうひとつの悲劇だった。

長春では中共軍が国民党軍を包囲して兵糧《ひょうろう》攻めにし、一〇数万人の餓死者が出た。多数の引揚者が巻き添えになり、一二〇〇人が戦後も残留したという新聞報道もあり、同じような惨事が各地で起きて引揚者が犠牲になり、集団自決もあった。

三〇〇万居留民を敵地に放棄すれば、当然凄惨な報復を受けるのは必定なのに、政府は軍人は早期に復員させ、一般引揚者は内戦の中に放棄したのである。

一九四五年九月二日、日本はポツダム宣言の降伏文書に調印したが、満州と朝鮮半島では治安が悪化して、すでに予想されたように帰国を待つ居留民に対する報復の悲劇が始まっていることが新聞で報道され始めていた。

「満人が集団で襲撃」、「略奪と放火暴徒が襲撃」、「婦女子籠城引揚げは困難」、「日本人狩りに賞金」などである。

〝東洋鬼〟と恐れられた日本軍民に対する報復的な暴行が、敗戦時に日常化していたのである。

完全に戦闘力を失った日本に、ポツダム宣言が無条件降伏を勧告してきたのは七月二六日だったが、政府は国体（天皇制）護持を条件に拒否したため、八月六日広島、九日に長崎に原爆を投下され、八月一五日、政府はポツダム宣言を受諾、無条件降伏をした。

この混乱期直前の八月八日、ソ連が突然日本に宣戦布告して満州、南樺太、北朝鮮侵入、居留民の生命財産の保護を拒否したため事態は一挙に危機状態に陥ったが、最も被害が大きかったのは、〝国策〟として送り込まれた満蒙開拓団だった。「根こそぎ動員」で四万七〇〇〇人が現地召集され、残った二二万三〇〇〇人の大半は老人と婦女子だった（『満州開拓史』）。当時の朝日新聞は、「ソ連に近い奥地から着のみ着のままで満州国の首都新京やハルピンに流入した避難民一七万人が、〝凍死と餓死に直面〟している」と報じている。

その中の一人、長野県の斎藤さと志さんは記事の中で語っている。

「ソ連領近くの開拓団に妹と二人で暮らしていたが、ソ連軍に追われて南下、一月後にやっと遼陽にたどり着いた。厳冬下の床にゴロ寝し、ゴミ捨て場で野菜クズを漁っているうちに発疹チフスで倒れ意識を失った。ある中国人が妾《めかけ》にしようと引き取ったが、体力を回復すると逃げ出した。妹は収容所から騙されて連れ出され行方不明になった」

斎藤さんは妹を探すため中国人と結婚したが、永住帰国できたのは五三歳のときだった。

当時の新聞は日本難民の惨状をたびたび記事にし、親に死なれ、混乱の中で生き別れになった孤児たちの惨状も報道していた。（朝日新聞「検証・昭和報道」）

軍人や官吏はこのような悲惨な状況の中でいち早く帰国したが、やっと中国各地の港にたどり着いた残留民を輸送する船舶はなかった。

満州、北朝鮮、樺太、千島の残留日本人一八〇万人を帰国させたのは米軍だった。大型上陸用舟艇母艦を動員し、緊急輸送を始めて軍人を救出し、その後は約二〇〇隻の商船を日本に貸与して各地からの引揚げに協力し、四六年末までに合計五〇〇万人以上の引揚者を帰国させた。だが帰国途中で消息を断った未帰還者は二万二八七人いた。

未帰還者の法的な扱いを定めた特別措置法が五九年に交付され、七年以上の消息不明者の戸籍を抹消できる「戦時死亡宣告」制度ができ、六四年までに一万六九七六人の手続きがとられた。

こうした戦後処理は他方、生きていても帰国できない〝亡き者〟にされた人々を生み出した。一方中国政府も、中国人が養い親になっている日本人孤児の一部一万八九八人を把握していたが、「あの戦争で生き別れた親子が、まだ二万数千人中国に残されている」とする報告もある。

日本政府や軍隊は、国民の命を守らなかっただけでなく、残留者まで野晒しにしたのである。樺太の居留民は米軍の船舶で緊急退去したが、戦時中強制連行し炭坑などで酷使した四万三千人の朝鮮人は放置した。日本政府は戦後もその救済措置を放棄したままで、残留朝鮮人のほとんどは、望郷の念を抱きながら極寒の異郷で客死し、生存している者も老齢化して侵略戦争の闇に埋没しようとしている。

だが、居留民は全部生還したわけではない。敗戦直前の八月八日、突然日本に宣戦布告し、満州に進入したソ連軍は、武装解除した日本兵五六万人を帰国させると騙し、極寒のシベリアに連行して強制労働に従事させた（五万三千人死亡）。ソ連のスターリンは日本が無条件降伏した八月一五日の三日後に、トルーマン米大統領に北海道占領を拒否され、その腹いせだったとの説もあるが、蒋介石政権が日本軍国主義の再起を恐れ、その復活を阻止するために五〇～六〇万将兵を捕虜にし、シベリアに抑留するよう要請した、との説もある。抑留中五万人が強制労働や飢餓や極寒で死亡したが、歴史はまさに想像を絶した因果応報の舞台劇なのである。

敗戦時、混乱の中を逃げ惑った残留民たちの悲劇は無惨の一語に尽きるが、侵略戦争で三〇〇万アジア人を殺戮《さつりく》し、略奪暴行の限りを尽くした原罪を棚上げにして被害だけをいくら訴えても、所詮は国内にしか通用しない。国家に見捨てられ、侵略戦争の報復に中国人民や朝鮮人に追われ、数知れぬ居留民が殺傷され、略奪、強姦された上に追いつめられて集団自決した人々は、侵略戦争に協力して、天皇制軍国主義に殺されたのである。その責任は戦争を命令した天皇と、その実行犯である軍部にあるが、無法に追従し協力した国民も同罪であるといえるだろう。

しかし、戦禍の中で無差別に殺され、異郷に置き去りにされ、殺され、餓死した多数の子どもたちには何の罪もない。

満州事変に始まった一五年間にわたる侵略戦争で、日本軍は二五〇〇万アジア諸国民を殺戮、略奪暴行を恣にし、三二〇万同胞を犠牲にし、悲惨な敗戦を迎えた。その戦争の元凶である軍人・官僚などには、天皇への忠誠度に従い敗戦後の破綻した窮乏財政の中からいち早く軍人恩給、遺族年金などを支給した。だが「国家総動員法」の発動、〝一億玉砕〟命令によって戦火に晒され、一二〇万人の非戦闘員を殺され、二三〇万戸の家を焼かれ、傷つき焦土の中に投げ出され、戦中戦後の飢餓の中に野晒しにされて辛苦に耐えた国民に対しては、「個人の生命財産は保障しない」といっさい保障はしなかった。

それにしても、一般国民は戦争が終わったその日から、空襲に怯えることもなくなり、生命の危険だけはなくなったが、親を失った戦争孤児は寂しく困難な生活を、広島と長崎の原爆被爆者は放射能障害による悲惨な闘病生活を始めなければならなかった。さらに太平洋戦線のサイパン島、沖縄などで日本兵とともに〝玉砕〟した悲運な同胞、またスパイ容疑で日本兵に殺され、自決を強要された沖縄島民、戦時中満蒙開拓団に志願し極寒の地で辛酸を嘗めた上に敗戦時、関東軍に置き去りにされて戦火の中を逃げ惑い、侵略戦争の報復で殺傷された在留邦人は、敗戦後も孤立無援の異郷で悲惨な生活を続けなければならなかった。

中国残留孤児——遅すぎた肉親捜し

「中国残留孤児」とは、戦時中に満州国の建設のために国策として動員された少年志願兵や、〝満蒙開拓団〟に国策として動員された人々、敗戦時の混乱の中で日本に引き揚げる残留日本人の親たちが、前途への絶望や不安から戦火の異郷に捨てた多数の一〇歳未満の子どもたちである。悲惨な運命を背負わされた子どもの数は数千人とも数万人ともいわれているが、その実数は明らかではない。

一口に「残留孤児」といわれているが、一〇歳未満の子どもが自らの意志で「残留」するはずもなく、国民を保護する軍隊にも国家にも親にも見捨てられ、幸運にも中国人の養い親に拾われ、ある者は転売され異郷で成長した子どもたちで、日本の戦争孤児とはまったく異なった運命を背負った〝戦争の落とし子〟たちだった。

戦時中、略奪暴行の限りを尽くした日本人を、中国では〝東洋鬼〟と恐れていた。その日本人の子とわかって激しい差別や虐待を受けるのを恐れ、〝養い親〟も日本人の子であることを隠し、中国人として育てた。

彼らが自分を〝日本人〟だと知ったのは、成長後、養い親が生い立ちを告白したからで、養い親が身元を明かさず、一生中国人として生きている中国残留孤児も少なくない。

自分の出生の秘密を知った彼らが、帰国願望を募らせたのは当然のことだった。

一九七八年、田中内閣による日中平和友好条約締結で両国の交流が始まり、少数のボランティアの手による中国残留孤児の引揚げが始まったが、厚生省が正式な肉親捜しを始めたのは、敗戦からさらに三五年も過ぎてからだった。マスコミが騒ぎ始めて問題が表面化し、やっと重い腰を上げたのである。もしその動きがなかったら、中国残留孤児は永遠に歴史の闇に葬られたことは確実だろう。遅きに失した戦後処理で、その空白が肉親捜しを極端に困難にし、悲劇を拡大させた。

肉親捜し第一陣が羽田空港に到着したのは八〇年三月で、中国残留孤児たちの幻の祖国は桜が満開の季節だった。出迎えたのは支援の人々とマスコミだった。羽田空港ゲートから、人民服を着た姿を現わした孤児たちは盛大な拍手とフラッシュを浴びながら、意外にも無表情だった。

歓迎の握手が交わされても言葉がなかった。中国で育った孤児たちは日本語が話せず、幻の故国は彼らにとっては〝異郷〟で、不安のほうか強かったのである。日本に着いても肉親が判明するかどうかわからず、たとえ肉親が見つかり幸運に帰国できても、政治情勢や物の考え方、生活慣習も違う。三五年間も自分たちを放棄した祖国で生きてゆけるかどうかわからないからだった。

出迎えの人混みの中で、中国名で「張辛英」と書いた幕を持った、歓迎ムードとは場違いな暗い表情をした夫婦の姿に僕の目は釘づけになった。二人は新聞やテレビの肉親捜しの記事や経歴や写真の中に、心ならずも敗戦時戦乱の中に捨てた三五年前のわが子の成人した姿を発見し、翌日から始まる肉親捜しが待ち切れずに羽田まで捜しに来たのかもしれなかった。わが子に会う喜びと、捨てた悔恨と、再会することの恐怖におののいている夫婦は、切迫した複雑な表情をしていた。

二人を凝視したのは、肉親捜しの報道がマスコミを賑わせ始めた日から、ある疑問を持ったからだった。敗戦時の惨状の中であれ、かけがえのないわが子が果たして捨てられるものだろうか、という重い疑問だった。

敗戦の混乱の渦中で、わが子を守るために命を犠牲にした親も、追いつめられわが子を道連れにして自らの命を断った親も、祖国にたどり着く希望さえ持てず一縷《る》の望みを〝もしかしたら誰かが拾って育ててくれるかもしれない〟という最後の夢に託して戦乱の渦中にわが子を置き去りにした親たちも多数いたかもしれない。

父親らしき人は思いつめた表情で、ゲートから出てくる孤児一人一人を凝視し、幕の片側を持った母親は目を伏せ、辺りをはばかるように俯いたままだった。二人がその日の思いを何か語ってくれるのではないかと期待し、シャッターを切りながら近づいた。

「お子さんが帰られるのでしょうか」

ハッとして僕を振り向いた二人は、一瞬表情を強ばらせて人混みの中に逃げた。

肉親捜しは代々木の政府施設で幕を開け、桜の花を胸に飾った孤児たちに対する挨拶と肉親捜しの要領の説明が日本語で始まった。孤児たちは呆然として長い挨拶と説明を聞いていたが、その後で中国語に通訳された。なぜ最初から中国語で説明されなかったのか疑問だった。『やさしい日本語』という小冊子が一冊ずつ配られたが、その文字も日本語で、誰一人手にとって見る者はいなかった。多くの孤児は中国社会の底辺で暮らす人々で、中国語さえ読み書きできない者もいるのだ。すべては厚生省主導だった。その程度の配慮さえ欠落させた引揚げ業務だった。中国語に通訳されたとき、初めて全員の顔に生気が蘇った。

広い会場に並べた机に、一〇人余りの孤児と通訳が肉親と向かい合って座り、当時のわずかな記憶を頼りに、捨てられた場所、体の傷や着衣の特徴、その中に忍ばせた名前や形見の品、すでに色褪せているたった一枚の写真を頼りに肉親捜しが始まった。互いに見つめ合い、記憶の糸を手繰《たぐ》り寄せ、必死になって戦後三五年の空白を埋めようとしていたが、記憶も物証もあまりにもとぼしく、わが子の幼い日の面影だけが頼りの肉親捜しはほとんど絶望的でさえあった。

それでも着衣に親が残した氏名や特徴のある形見の品などで、初日は三名が肉親だと認定され、記者会見場で待ち構えたマスコミのフラッシュを浴び、テレビのマイクに囲まれてインタビューが始まった。固く抱き合ったまま涙に咽《むせ》ぶ親子もあれば、車椅子に座ってテレビのライトを浴びた半身不随で言語障害のある父親は、妻に体を支えられてわが子の手に自分の手を重ねたまま涙さえなくただ呆然としているだけだった。マイクが執拗にその親子に再会の喜びを語らせようとしていた。

劇的な再会にも、言葉の壁が立ち塞がっていた。幸運にも巡り合った親子は、手を握り合っても再会の喜びを伝えることもできず、通訳する者は会場には不在で、終始頷いているだけだった。肉親捜しの最初の日に四組の肉親が判明してマスコミの眩しいライトやフラッシュを浴びたが、期待した面接で確証が得られず、悄《しょう》然と会場を後にした親たちがほとんどだった。

肉親に会えぬ孤児たちの悲歎はさらに深かった。二人面接したのに手がかりが得られなかった孤児の女性は夕食にも手をつけず涙を押さえ、同行した孤児たちが慰めても俯いたままだった。悲喜こもごもの四日間が過ぎ、肉親と再会できたのは数名だけだった。だが、その後にまだ血液検査があり、親子の医学的確証が得られなければ日本に帰国できず、肉親捜しが徒労に終わったケースもあった。

面接を求める幻の肉親がついに会場に現われず、祖国への夢を断たれて失意の帰国をする者、期待した面会者はあっても肉親ではなかった者、肉親と再会できて羽田に向かうバスから身を乗り出して手を振る者、そして座席に顔を埋めて泣き崩れている女性も多数いた。悲喜こもごもの人間模様を乗せて、第一次の肉親捜しは終わった。

以後毎年、桜の季節に行われるのが慣例になった。マスメディアが連日孤児の写真や経歴、当時の経緯を大々的に発表したが、肉親がすでに死亡した者、わが子と酷似した面影や経歴を新聞やテレビで発見しても、引揚げ後の再婚その他の事情で会いたくても会うことができず断念する者もいた。

また町や村社会の噂になるのを恐れ、会うのを忌避する者など、しだいに来日する孤児も肉親の数も減少していった。無為に流れた三五年の歳月が、肉親捜しの最大の障害になっていたのである。

戦後三五年、当然取るべき責務を放棄してきた政府、厚生省の怠慢と責任が問われる問題だった。その上、肉親が判明しても、孤児には来日するまでに様々な難関が待ち構えていた。身元引受人がなければ帰国できず、日本語ができなければ就職もできず、日本人社会に通用する専門職を持つ者はほとんどいなかった。

戦時中〝国策〟として中国大陸に送り込んだ開拓民や居留民である。身元引受人がなければ国が引受人になるべきである。前述したように中国残留孤児は自らの意志で中国に残留したのではなく、敗戦時の混乱の中で国家に捨てられたのである。その戦争の落とし子たちを、なぜ国が責任を持って救済できないのか。

一九八一年、三人の子どもを連れて帰国した除名さんは、帰国後の血液検査の結果、父親だと名乗り出た肉親と血液型が違っていたため「日本国籍」が取得できず、東京地裁に就籍申立て訴訟を提起していた。夫を中国に残し、生活保護を受けて三人の子どもと六畳一間のアパート暮らしをしていたが、訪れた僕を新聞記者だと思って泣きながら訴えた。

「自分が生まれた国に帰るのに、なぜ裁判がいるのでしょうか、一日も早く夫を呼び寄せ、三人の子どもと一緒に暮らしたいのです、新聞に書いてください」

東京の下町にある六畳一間のアパートでは、石油ストーブが燃えているだけの家具もないガランとした部屋で、日本語のできない三人の子が母親にまとわりついていた。

敗戦後も現地に残留し、中国人と結婚して戦後生まれた子どもも日本国籍を認められなかった。「残留孤児」ではないという、それだけの理由だったが、わが子を中国に残し、どうして母親だけ日本に帰国できるというのだろう。硬直した引揚対策は、たとえ中国残留孤児が日本に帰れても、現地の家庭まで崩壊させたのである。

ほとんどの帰国孤児が生活保護に頼ってその日暮らしの生活をしていたが、見知らぬ日本人社会の中に投げ出され、風俗や生活慣習の違う中国人の夫や妻、日本語の話せない子どもたち、さらに老いた中国の養い親まで同伴しているので、住宅と生活保護を与えれば問題は解決するという簡単な問題ではなかった。日本語ができなければ、就職も日本人社会に生活基盤を築くことも、子どもたちの将来に親としての責任を果たすこともできなかった。

厚生省の杜撰な引揚対策は、その上に当事国中国にまで問題を波及させた。新聞などで、「貧困の中で孤児を育て老齢を迎えた養い親の恩義に報いるべきである」という論調が高まると、厚生省は世論に押されて中国の養い親に慰礼金を送った。だが、その金額が常軌を逸した六〇万円という涙金だったため、中国政府が〝不快の念〟を公表し、肉親捜しを一次中止するという事態にまで波及した。中国社会の目をはばかりながら、〝東洋鬼〟の捨て子を三五年間育てた謝礼がわずか六〇万円とは、論外な金額である。

肉親捜しの会場で、厚生省の役人が「子どもはすぐ言葉を覚えるから心配ない」と挨拶したが、驚くべき放言である。満足な日本語教室一つない受け入れ体制の中、日本語がすぐ覚えられるとでも思っているのだろうか。引揚児童専門の初等教育をする学校は、当時全国で江戸川区に複式授業をする教室がわずか一教室しかなく、三〇名余りの児童を二名の教師が担当しているだけだった。

中国残留孤児の引揚げ開始後六年過ぎた八六年、文部省は「全国の小中学校に在学する引揚者の子女は当時二三〇〇名で、特別授業を実施している学校は全国でわずか七％に過ぎず、生徒の九〇％以上が授業に支障を訴えているが、語学の特殊授業を実施している学校はわずか七％に過ぎない」と、人ごとのように発表しているのである。日本語が容易に習得できないため、引揚家庭の経済力や学力不足で、高校に進学できる生徒はほとんどなく、「臭い」、「汚い」、「中国に帰れ」と格好のいじめの標的にされ、登校拒否や非行化の原因になり、深刻な社会問題になっていった。これが厚生官僚の楽観論と怠慢の結末で、日本人社会の中に、中国人でも日本人でもない「国際難民」が増えていった。

江戸川区の日本語学級は予算がないので、二人の若い教師が通学する二〇名余りの児童のために教材まで手作りし、授業に専念していた。教科ごとに児童が問題を理解するまであきらめずに入念な授業を続け、黒板を真っ白にしていた。児童が疲れると運動場に出て、友達のように一緒に走ったりレスリングをしたりして児童をリラックスさせては、また授業を始めていた。

児童たちから友達のように親しまれ、信頼されている二人の若い教師の情熱と温かい教室風景に、僕はいつも教育の原点を見ているような気がして夢中でシャッターを切り続けた。

ある日、「大変ですね」と労をねぎらうと、彼は意外なことを話し始めた。

「誰にも内密にしていましたが、僕は在日朝鮮人二世です。そして自分が日本人社会の中で、日本からも韓国からも差別されている、日本人でも韓国人でもない国際難民であることを知っているので、この子たちの姿に僕と同じように差別されている人間の姿を見ています。日本はこの子たちにとって冷たい外国になり、この国でその子たちが、日本人でも中国人でもない人生を生きてゆくことを強制されているのです。学習内容を超えた人間形成のための授業もしてやりたいと、毎日一生懸命になっているのです」

重い言葉だった。その見識と思いやりの中に、中国残留孤児に対するかけがえのない救いを見ることができた。

得がたい教師だったが、東京都教育委員会に江戸川日本語学級についての取材に行ったとき、担当吏員の発言に驚いた。

「二人の若い教師が引揚児童を甘やかしているので困っています。あれでは子どもを増長させ、問題児が増えるだけです」

アマチュア時代に撮影した離れ島の「希望の家」の管理体制そのままの発想が、半世紀過ぎてもまだ日本の首都東京で横行しているのだ。民主主義教育に逆行した〝お家芸〟の教育指導要項を学童に強制し、日の丸・君が代を強制し、反対する教師を〝非国民〟扱いして処分し続けている教育体制下の教育委員会だけのことはある。

逆境の中の恵まれぬ引揚児童の前途に希望を与えようと日夜努力している若い教師の夢が、ここでもまた、無見識に抑圧されている。教育現場の荒廃を見るだけだった。

教育指導要項で引揚児童の教育ができ、不幸な子どもたちが救えるとでも思っているのだろうか。文部省も厚生省も中国残留孤児二世を厄介者扱いしていたのだ。

引揚者住宅に住む人々のほとんどが、「中国より住みにくい住宅を一日も早く出て、自由に生きたい」と訴えているのに驚いた。ともすれば管理者の差別的な処遇を受けているからだった。

だが、寮を出て自立するための資金を稼ぐには、必死になって働かなくてはならない。日本語のできない中国残留孤児は就労差別され、給料も普通の労働者より低く、雑用や補助的な仕事ばかり押しつけられて働き甲斐のある仕事はさせてもらえなかった。

Mさんはやっと念願のアパートに入居し、それぞれ仕事を持った二〇歳代の四人の息子と暮らしていた。

「長男と次男の嫁を探していますが、日本の娘さんは中国残留孤児など見向いてもくれません」とMさんは嘆いていた。たとえ仕事を身につけても、結婚して日本人社会の中に生活基盤を作ることもできなかったのである。

同じ引揚者住宅を出てアパート住まいをしているKさん母娘は、メッキ工場で働いていた。終日マスクをして劇薬を使う立ち仕事をしていたが、

「同じ仕事をしても日本人の半分の給料しかもらえません。二人で日曜日も出勤して働いても、家

賃と食費で精いっぱいです。もし病気になったらどうしようかと不安です」

と語った。日本語ができないという理由だけで引揚者が差別され、不当に働かされている現状に、都の担当者は平然とうそぶいた。

「仕事があるだけでも感謝すべきです」

劣悪な就労条件にあえいでいる引揚者に対するケアにも、工場に対する労働管理にも、全く無関心だった。教育指導要項は強制しても、すでに中国語を習得している引揚二世の子弟に特別教育を実施し、将来日中の交流に役立つような人材を育成する、というような発想はこの国の政府には皆無なのである。

引揚者対策が、教育現場で差別やいじめを触発させ、児童の非行化を拡大させ、そのことがまた差別を生む深刻な悪循環を進行させて、日本社会に定着できぬ多数の落伍者を作っていた。日本に定住するのを断念して中国に再帰国する者も少なくなく、日本人社会の底辺で抑圧され続け、生活基盤を築くこともできぬ中国残留孤児たちの悲惨な戦争は、いつ果てるともなく続いていた。


日本政府は、ひたすら侵略戦争の被害者が死滅するのを待って、その原罪と道義的責任を歴史の闇に葬り去る日が来るのを待ちながら、平然と人間の尊厳を陵辱し続けているのである。

こうした非人道行為と道義性の欠落は、中韓の度重なる抗議を無視して続けられた小泉元首相の傲慢な、「靖国参拝」で頂点に達した。だが、アジアの一員である日本が侵略戦争の尻拭いも放置し、何が〝国際貢献〟だろう。中国に残された養親もすでに老齢化し、日本に移住したくても体力的に困難である。たとえ訪日しても言語や生活習慣の違いや、帰国した孤児が日本社会の底辺で生活に困窮していることも知っている。

こうした日本側の不誠実な態度が、過去の侵略戦争の怨念を捨て切れない養い親たちの感情を不必要なまでに刺激し悪化させている、という現地からの報道もある。中国残留孤児の養い親は、中国社会では侵略戦争の協力者と批判されているからである。それぞれ理由は違っていても、孤児が帰国した後に中国社会の底辺に残された養い親たちは生活困窮者がほとんどなのである。

ＮＨＫテレビで、日本の篤志家が中国の養い親のために建てた施設のドキュメントを途中から見たが、手塩にかけて育てた孤児が日本に帰国した後、粗末なベッドのほか家具ひとつない、がらんとした部屋で一人で暮らしている養い親の老いた姿を初めて見て胸が痛くなった。

一人残された養い親たちがどんな動機で、またどんな暮らしの中で孤児を育てたのか、そして孤児が日本に帰国した後どんな暮らしをしているのか、残り少なくなった中国各地の養い親の実態を聞き取り取材した『異国の父母―中国残留孤児を育てた養父母の群像』（浅野慎一、佟岩《とうがん》共著、岩波書店）から一部紹介したい。

◇

養い親、王雲香さんは一九二二年吉林省長春市の農家に生まれ、学校にも行かず縫製、製靴女工として働き、二二歳で結婚した夫は八一年に死亡。長春市に在住、現在八一歳。

――敗戦時、解放軍とソ連軍が来て国民党は市内に閉じ込められて食料もなく餓死者がたくさん出ました。夫が長春から脱出しようとしたとき、日本女性が服を掴み、「一緒に連れて逃げてください」と言いました。自分も逃げられるかどうかわからないので持っていた豆をあげて断わりました。関門が開いて大勢の人がドッと逃げ出すと、後ろから国民軍が銃撃しました。先ほどの女性も射たれて倒れたが、まだ息がありました。〝子どもをお願いします〟と言うので夫は仕方なく背負って逃げました。当時まだ子どもがないので育てることにしましたが、六年後に娘が生まれました。息子は四年間小学校に通い鋳物工になりました。近所の人も会社も日本人と知っていましたが、誰も批判はしませんでした。肉親捜しや永住帰国についても、親戚は見つかりませんでしたが、中国の公安局に証拠があり、八八年ごろ妻や子どもを連れて帰国しました。

　誰でも親や故郷が恋しくなるでしょう。息子が帰国したいなら帰国してもいいと思っていました。いま私は娘（五二歳）といっしょに住んでいますが、病気で百貨店をリストラされ、娘の夫はタクシー運転手で収入は不安定で、一〇〇〇元ほどの月収に頼って暮らしています。娘も失職し生活は苦しいです。私は高血圧で心臓が悪く、リュウマチで足も弱いのですが、医療保険もお金もなく病院にも行けず、売薬で何とかしのいでいる状態です。日本政府の養父母扶養費はもらいましたが、一度だけ（一万八千元）で全然足りません。借金を返したり、生活費に使ったりですぐなくなりました。

　私たちが住んでいる中日友好楼はＫさんという日本人が自分の金で建ててくれました。家賃は五一元でしたが、Ｋさんが亡くなった後は年間高額な暖房費を払わなければ暖房を止められます。

冬はすごく寒く、暖房を止められると凍傷になってしまいます。
一昨年は日本の訪問団が来たので実情を訴え、日本で一所帯一〇〇〇元の寄付を集めていただき、去年も日本のボランテイア団体に寄付をいただきましたが、冬が近づくたびに今年は暖房が入らなくなるのではと怯えています。いま楽しみといえば、中日友好楼の前で近所の養父母たちとおしゃべりをすることだけです。

◇それでもあの子を育ててよかった

除貴祥さんは一九二一年、農家に生まれ、学校に行かず読み書きはできない。一六歳の頃長春で毛皮をなめす仕事につき、一八歳で映画撮影所の台車移動の仕事につき二〇歳で結婚。五八歳まで働き現在八一歳、長春市郊外の農村に在住。

――四五年のある日、「子どもはいらんか」と同じ村のWさんが家に来ました。ゴミ拾い場で黒龍省の開拓団から歩いて逃げてきたある日本人家族と出会い、奥さんはセメントの上に横たわり死にかかっていました。「妻はもう駄目だ、この子は助けたいから養子にしてほしい」と頼まれたのです。私たち夫婦は結婚して三年たっても子どもがいなかったので、「とりあえず連れておいでよ」と言いました。

Wさんと一緒にボロボロの服を着た日本人が子どもを抱いてきて、「命を助けると思ってこの子を引き取ってください」と頭を下げました。子どもはセメントの上にずっと寝ていたので真っ黒に汚れ、皮膚は魚の鱗のようになっていました。すごくかわいそうで、〝見捨てられない何とかしなければ〟と思いました。Wさんも言いました。

「この親も助からない。いつ飢え死にするか、凍死するかわからない。子どもは助けてやりたい」

妻がすぐ子どもを風呂に入れて洗ってやりました。水は三回換えても真っ黒になりました。私は日本人の子に玉蜀黍の粉を食べさせてやりました。彼は涙を流しながらお礼を言って立ち去りましたが、その娘は泣く力も失っていました。数日後、彼は長春を去る前、子どもに最後の別れを告げに来ました。子どもの顔を見つめて泣いていました。そうしなければ子どもが生きられないとはいえ、気の毒でした。

子どもの母親は亡くなったそうで、娘の名前や住所を書いた紙を置いていきました。私たちには読めませんでしたが、その紙を大事に保管しました。

娘の父親だけでなく、敗戦当時逃げ惑う日本人はとてもかわいそうでした。偉い人はいません。皆、開拓団の農民ばかりです。遠くから逃げてきて路上に寝て、大人も子どもも皆皮膚病にかかり、見るに耐えませんでした。子どもの死体や墓もたくさん見ました。

娘を引き取ってから五人の実子が次々に生まれました。娘は中学校を卒業して、ガラス工場の労働者になりました。彼女がいつ肉親捜しを始めたか覚えておりませんが、私に尋ねたので本当のことを教えました。

娘は二度目の肉親捜しで伯父が見つかり、「日本に永住帰国したい」と言いました。反対はしませんでしたが、娘とはいい関係でしたから嬉しいわけはありません。娘が行ってしまうのは悲しいし気持ちは沈みました。でも娘のことを考えれば、そのほうがいいと思ったのです。日本で幸せになれるなら。それに娘はもう結婚しているから夫や子どもと相談して決めればいいと思いました。八九年頃、娘一家は日本に永住帰国しました。妻は悲しみのあまり見送りにも行けず、ずっと家で泣いていました。

私は今、長春郊外の農村に長男（五二歳）と二人の孫と一緒に住んでいます。長男は足が悪く、靴の修理をしていますが月に一〇元も稼げず、私の月額五四〇元の年金と、又貸ししている友好楼の家賃六〇〇元の収入だけで、私たちの生活は乞食より少しましという感じです。食べるだけがやっとなのに米の値段も上がり、もう二、三年したら本当の乞食になるかもしれません。最近いつも目眩がしますが、金がないので病院にも行けず売薬で済ませています。

中日友好楼にいた頃は養父母同士で話もできましたが、いまの私には悩みを相談する相手もなく、とても孤独で寂しいです。娘の夫は日本で亡くなり、いま月六万円の生活保護で暮らしています。二人とも日本では仕事につけませんでした。

日本に行った頃二、三度手紙が来ましたが、娘との連絡はいま途切れています。二、三度中国に帰ったこともありますが、ここ数年全く連絡もつきません。日本に行くまで私たちはとても仲が良かったのですが、だんだん疎遠になってしまいました。二年前に養母が亡くなり、電話で知らせても娘は帰ってきませんでした。私の実子の中には、「育ててもらった恩も忘れ親孝行もしない、養育費を請求してやれ」と怒っている子もいますが、そんなことは絶対にできません。娘との関係は断ち切れていますが、それでも私はあの子を育てて良かったと思っています。娘は成長し仕事も見つかり結婚もし、日本に帰ることができたからです。私は養父母訪日団で日本に行ったとき、娘の家にも五日間泊まりました。日本の町はとてもきれいでした。娘の生活もまあまあで、中国よりずっといいと感じました。娘の実父の墓前で言いました。

「私が預かった責任はこれで終わりです、あなたに渡します」

墓の前で娘たちも皆泣いたのですが、娘はどうしたのでしょうか。日本政府も中国政府も残留孤児にいい生活環境を作り、孤児たちが老いた養父母の面倒を見るために自由に中国に帰れるようにしていただきたいです。最後に一目娘に会いたいです。

◇子どもを捨てた日本人は賢明だった（命は助けなければ）

敗戦で日本人が逃げた後、娘は道端に捨てられていました。そんな子がたくさんいて知り合いのRさんが引き取り手を探し、私の家にも来ました。最初引き取りたくありませんでした。目が見えないようだし、高熱で息が荒くとても育つと思えませんでしたから。でもそれだからかわいそうで、それに妻は男の子を亡くしたばかりで母乳が出ていました。

捨てるのは簡単ですが、でも命は助けなければと、その子のことを考え育てることにしました。私は子どもを捨てて逃げた日本人を冷酷だとは思いません。捨てなければ間違いなく死んでいたでしょう。

親が捨てたからこそ子どもは生きられたのです。侵略戦争で我々はいろんな被害を受けたので日本人の子に抵抗がなかったわけではありません。日本人が食料を奪い、中国人はひもじい思いをしてたくさん餓死しました。私も強制連行されて働かされ逃げて帰りました。それでもいろいろな葛藤を超えて、この子の命を救ってやろうと思ったのです。どの国の子でもその気持ちは同じです。娘を育てるにはいろいろ苦労がありましたよ。しばらくの間は食料の確保がたいへんでした。

国民党が長春市を占領し、周囲を共産党が街を包囲して食料もなくなり、多くの餓死者が出ました。娘の目を治療するのも大変で、病院でもらった「鬼子紅」という薬を塗り少しずつ治りましたが、ずいぶんお金がかかりました。それに娘を引き取った後で五人も子どもが生まれ、家は貧しく一日二食で皆ご飯抜きで学校に行きましたが、長女だけは体が弱かったので朝飯を食べさせました。長女は勉強が好きだったので師範学校に進学にさせ、妻が稲刈りや草縄を作る辛い仕事の手伝いに行き学資を稼ぎました。

文化大革命時代には、外国人を育てているという噂が広がり家の壁やドアに外国のスパイだと壁新聞が張られ、思想改造のため〝農村に行け〟と言われました。娘には〝私たちが生んだ子だ〟と言い聞かせましたが七二年、中日国交が正常化されると娘は肉親を探し始め、八〇年代に第二回の訪日調査で行きました。実父が見つかり八九年頃娘は永住帰国しましたが、そのことを私たちに言い出せず悩んでいました。それで私たちは「日本に帰りたいなら帰りなさい」と言ってやりました。実父や親戚がいて日本で幸せに暮らせるなら行かせてやろう、と思ったからです。妻は本当の子として育てたので娘の帰国が決まってから泣きどおしでした。いま、私たちは友好楼で暮らしていますが妻（八四歳）は認知症で寝たきりで、生活は苦しいです。長男はオートバイ事故で亡くなり、四人の娘はリストラされ無職です。日本政府から養父母扶養費（一六万四二〇〇円）はいただきましたが、生活費に使いました。この金額は子どもの養育費としても老後の生活費、医療費としてもあまりにも少なすぎます。

帰国していた娘はたまには小遣いを送ってくれます。中国では教師をしていましたが、日本では就職活動をしても仕事にはつけず、娘も生活は苦しいのです。同伴した夫（六〇歳）も日本でコックをして働いていましたが、もう年で退職しています。日本に行けば皆金持ちになるように言いますが、お金を稼ぐのはどこでも簡単ではないのです。

娘は帰国して一〇年間に二度帰国しただけです。お金がかかりますからね。残留孤児たちはなかなか帰れず、養父母たちは皆寂しがっています。日本政府はもっと頻繁に中国に帰れるようにしていただきたいです。養父母たちはみんな高齢だから、もしかすると二度と会えなくなるかもしれません。私も子どもや孫が、日本でどんな暮らしをしているか見たいです。以前日本政府が旅費を出してくれる養父母訪日団に誘われましたが、行けば金がかかり、私の年金をすべて出さねばならないので行けませんでした。

娘はいつも「何か欲しいものはないか」と言ってくれますが、「何もいらないよ」と答えています。生活が苦しいのを知っているからです。

まだ中国に残っている多くの残留孤児がいます。去年出会った残留孤児も衣類もまともに持っていない貧しさでしたが、日本政府が残留孤児であることを認めないので帰国できないのです。私たちから見ても彼女が残留孤児であるのは間違いないのに、日本政府はなぜ認めないのでしょう。

引用が長くなったが、途中で割愛したり中断することができなくなり、込み上げてくる嗚咽を呑み込みながら文章を再録させていただいた。

これだけでもぜひ日本人に読んでもらいたいと思ったからだ。

◇

在日朝鮮人・宋斗会の反乱

僕が十数年交際した在日朝鮮人であり、反日運動家だった宋斗会との出会いは、行きずりの取材から始まった。そのうちに友人になり、僕が無人島に入植後も島に訪ねて来た。

彼は僧侶としての学識と見識、在日活動家としての枠《わく》を超えた権力を恐れぬ言動だけでなく、日本の虚構や日本人の平和運動の短絡さを厳しく糾弾《きゅうだん》した。人間の尊厳や思想、生き様について多くの示唆《しさ》を与えてくれた得がたい友であり、人生の先達でもあった。僕の知るかぎり、当時在日朝鮮人で唯一、歯に衣を着せず日本と日本人を告発し続けた気骨の男だった。

一九七三年夏、法務省の前で白髭《ひげ》の痩せた老人が、灯油の入ったビニール袋の中に入れた「外国人登録証」を割り箸で摘み出し、ライターで火をつけた。めらめらと赤い炎と黒い煙が立ち昇ったので門衛が駆け寄ったが、「邪魔をするなっ」という老人の怒声と周囲に群がりいっせいに撮影を始めたマスコミに気圧され、慌てて逃げた。

炎と老人の毅然とした表情に圧倒されながら、僕は登録証が燃え尽き灰になるまでシャッターを切り続けた。その後、老人はポケットから抗議文を出し、外務省の正門で宣言した。

抗議

私は日本国総理大臣、ならびに法務大臣に対して右のごとく抗議します。

私、宋斗会及び日本に住み、また住もうと望む朝鮮人、台湾人、中国人、なかんずくかつて或る日時まで、確かに日本国籍を保有し、日本政府においても認めている者達、(私自身は、只今現在でも尚引き続き日本国籍を保有していると信じているが)及びその子、孫に対して外国人登録法に依って登録証の常時携帯を強制し、登録に当たって指紋を採取する等、日本に在住し、生活を営むことを恩恵的に許可し、入管令によって国外退去を強制するなど、如何なる理由に鑑みても、日本政府がそのような権限を有するとは認めることができない。以上のごとく抗議する。

一九七三年七月十七日　　　宋斗会

日本国総理大臣殿　日本国法務大臣殿

宋斗会はさらに、すべての在日朝鮮人、中国人、台湾人にも同じ趣旨で外国人登録法の適用を拒否し、登録証を一括して焼くように提起し、単なる問題提起に終わらせないために自らの登録証を焼き捨てた、と宣言した。

この日の午前中、東京高裁で「金嬉老《きんきろう》事件」（朝鮮支配の怨念から警察官を射殺し、宿泊客を人質にして寸又峡《すまたきょう》の旅館に立てこもり、日本中に衝撃を与えた）の控訴審が開かれていた。宋斗会はこの裁判を傍聴するために全国から集まった朝鮮人に対して、裁判終了後、「これから法務省の玄関前で登録証を焼き捨てる」と宣言、裁判の取材に集まった多数のマスコミを伴ってそれを実行し、大々的に報道された。

宋斗会こと「日本人・木村竜介」は幼時に父親と日本に渡航し、京都本覚寺の養子になって日本人として育ち、戦時中は日蓮宗の碩学《せきがく》として旧満州で布教活動を行った。敗戦後帰国したが、入管法違反で一度逮捕され、六五年に懲役一カ月の判決を受けた。出所後、「日本国籍確認請求訴訟」を係争中の在日韓国人だった。

かつて出会ったどんな日本人よりも日本と朝鮮の歴史に詳しく、日本語に精通し、正確な日本語を話した。登録証を焼き捨てた宋斗会は持参した荒縄を手にかざし、取り押さえようとした守衛に向かって叫んだ。

「日本人と認めないならこの縄で首を絞めて殺せ」

日本人として育ち、日本人として生き、日本語しか話せない宋斗会は、母国では生きることができない、創氏改名を強制された「日本人」だった。登録証を焼き捨てた後、宋斗会は当時、反体制集会が頻繁に開催されていた渋谷の山手教会の狭い通路で無期限のハンガーストライキに入ったが、マスコミも通行人も無視した。宋斗会はハンストで疲労しきった体で、日本と朝鮮人の歴史と、外国人登録証を焼き捨てた理由を書いた「日本人への書簡」を各メディアに配ったが、これもマスコミは無視し、街頭で「日本人への書簡」をもらった通行人も例外なく無関心だった。

二人連れの若者に感想を聞くと、さっと見て笑い捨てた。

「何を書いたのかよくわからん。文句があるならぐずぐず言わず朝鮮に帰ればいい」

日本と日本人は宋斗会の「日本人への書簡」には目もくれなかったのだ。朝鮮半島情勢が険悪化している今、その全文を掲載し、隠蔽された「日朝問題の過去」を知るための資料に供したい。宋斗会の意見と見識は、すべての朝鮮人の日本の過去の原罪に対する厳しい告発と怨念だからである。

日本人への書簡　一

私は大正四年六月八日、朝鮮慶尚北道漆谷群北三面という所で生まれました。私の父は宋源之、母は沈相源で、その第四子三男であったと覚えている。四歳の時母が死亡、父は二人の兄と姉を連れて内地（日本）に出稼ぎに来ました。六歳のとき父が迎えにきて私の現住所になっている京都府網野町に住み、はっきり覚えていないが小学校に上がる前、同町にある日蓮宗本覚寺に小僧としてもらわれ、網野小学校には日本人・木村竜介として同寺から通学し、成長して僧侶になった。

一九四五年八月一五日、大日本帝国は連合国側に無条件降伏をした。そのことは、日本帝国主義の崩壊を示すもので、同時に朝鮮の解放を意味するものだった。言い替えれば、約半世紀にわたる朝鮮に対する植民地支配に終止符が打たれたということだ。「解放」とは、国との間で争われている「日本国籍確認請求」訴訟の中で、しばしば国側の書面に現れている言葉で、その中で日本は〝朝鮮に対する対領土、対人主権を放棄することだ〟と言っているが、解放とは「今までいろいろ不自由おかけしましたが、これからはどうぞご自由に」ということであり、「今日まで加え続けた抑圧は絶対にいたしません」ということの筈だ。民族としての朝鮮が、日本帝国主義からの解放と独立を勝ち取ったことをよろこびながらも、私宋斗会は自らの自由な意志を持ってポツダム宣言を受諾し、敗戦国となった日本の国民になることにしたのだ。このことは私宋斗会はすでに朝鮮人・宋斗会の実体を完全に失い、日本人以外の何者でもないということを自ら認めたことでもある。

「外国人登録法」と入管法の適用を終始私は拒否し続けてきた。その趣旨は〝私は何人《なにじん》かと聞かれれば朝鮮人と答えるが、それは種としての朝鮮人という意味であって、主観的にも実体的にも日本人以外の何者でもないと思っているし、少なくとも日本国と宋斗会との関係においては、完全に大日本帝国から日本人であることを強制され、そして完全に日本人以外の何者でもない者になった私が、そして、日本の中で、日本人としてしか生きて行けない私が、また、それ以外の生き方をするつもりもない私が、誰からか、（それが何者であれ）回りの人たちと異なる法の規制を受けなければならないということを、私は受け入れるわけにはゆかない。

私は、日本国というそれが何であり、日本国という団体に対して、私は貸し方ではあっても絶対に借り方ではない。そのことは日本と朝鮮との百年の歴史をどんな踏まえかたをしても変えることはできないと思う。私は日本国に対して私自身の持つ債権を請求するつもりはないが、ありもしない債務を支払うような意味での外国人登録法、入管法への適用を許すことはできない。また外国人登録法によって登録証の常時携帯を強制し、登録にあたって指紋を採取するなど、日本に在住して生活を営むことを恩恵的に許可し、入管法によって国外退去を強制する等、いかなる理由に鑑みても、日本政府がそのような権限を有することは認めることができない。

一九七三年七月一七日　　宋斗会

日本人への書簡　二

私は理論家でもなければ弁舌家でもない。また組織的に勉強したこともないので、組織的理論的に記述することもできないから、私が日頃思っていることを羅列的に述べたい。

私は目下日本国を被告として訴訟を行っている。私は朝鮮人でありながら、〝私は日本人である〟と訴えている。一見矛盾した訴えだと私自身も思っている。常識的に考えれば、日本が戦争に負けた結果、朝鮮が独立した。現在南は韓国、北は朝鮮民主主義人民共和国と二つの国に分断されているが、日本から独立した。だから日本にいる朝鮮人、普通に在日朝鮮人と呼ばれている者達は、日本と日本人から独立した。だから日本にいる朝鮮人、普通に在日朝鮮人と呼から、おとなしくして、周囲の日本人から嫌われないようにするのは当然である。外国人登録法とか、出入国管理法とか、外国人を取り締まる法律の適用を受けるのは当然だ、と考えられる。普通大多数の日本人、というよりもほとんどの日本人がそう思っている。政府もそう宣言している。

日本人になりたければ帰化すればよい、できれば朝鮮人は全部帰ってくれたほうが好ましい。日本に居たければおとなしくすることだ。相対的なことだが、朝鮮人はみんな貧しいし、犯罪率も高い。あまり大きな声では言い難いけれども、本当のことを言えば日本におって貰わんほうが良い。等々が大多数の日本人の本音だろう。朝鮮人のほうもそう思っている者が少なくない。

だが、ちょっと待って欲しい。今日、俗に朝鮮人と呼ばれている者の数は約七〇万、ある人の推計によると二〇〇万近い朝鮮人、朝鮮人の子、朝鮮人の孫、何らかの形で朝鮮人の血を引いている者、朝鮮人に繋がるとして親のことをあまり明らかにしたがらない者もいる。この後者の人々は、自分が朝鮮人の血を引いていることで格別悪いこともしていないのに、日頃肩身の狭い思いをして生きている。この人達は特に芸能界に多いと言われている。とにかく、現在の日本では、朝鮮人であること、朝鮮人の血を引いていることは、生きて行く上に不利益が多い。少なくとも得になることは一つもない。だから朝鮮人の子弟の中には自暴自棄になるものも少なくない。

これが犯罪率の高さになって現れ、さらに朝鮮人差別を激しくしている。現に都会でアパート一つ借りようにも、〝朝鮮人には貸さない〟という条件がつけられている。〝朝鮮人には娘はやれない〟ということになる。だから朝鮮人のほうは、なるべく朝鮮人であることを隠して生きてゆこうとする。若い朝鮮人は自分が朝鮮人であることに絶望して、親が自分を朝鮮人として生んだのを恨む者までいる。朝鮮人の友達のいる大多数の日本の青年は、ふつう〝自分が朝鮮人に生まれなくてよかった〟と思っている。

これが、普通の日本人の、朝鮮人に対する精神構造だろうと私は思っている。ここで、「ちょっと待ってくれ」と私は開き直る。差別とか抑圧は、受ける者にとって苦痛であるよりも、より本質的に差別し、抑圧する者に於て、屈辱的であり破廉恥なことです。

日本全国の日本海側の海岸や瀬戸内海岸の国立公園の風光明媚な海岸だけでなく、九州方面の海岸にまで、二〜三キロ毎に看板が立てられています。

「怪しい者を見たらすぐ警察に連絡しましょう」と書いてあります。この醜悪な看板は、朝鮮からの密入国者を密告するように付近の人達や、通りがかりの人々に呼びかけているのです。密入国の朝鮮人を一人密告すれば警察は五万円くれます。一人につき五万円ですよ。要所要所には、毎月四〜五千円の手当を警察から貰っている監視人もいます。この醜い看板は何を意味するものでしょうか。朝鮮人蔑視と入管法を意味する以外の何ものでもないのです。……青い空、蒼い海、日本の美しい自然とこの看板は、あまりにも対照的で皮肉ではありませんか。朝鮮と朝鮮人に対する日本国の犯罪を告発して私は京都府知事、ならびに府警本部長に対して、この看板の撤去を要求します。国立公園にこんな看板を立てていることは花園に豚の死骸を置いているようで観光にもよくありません。日本人の心情の卑しさを宣伝しているようなものです。観光客の心も暗くします。この看板のすぐ近くで寝起きしている私にも我慢ができません。

宋斗会

「日本人への書簡　二」は、宋斗会が京大熊野寮の住人になってから発信したものである。六〇年代、学生運動が燎原《りょうげん》の火のように全国のキャンパスに燃え広がった。機動隊の一万発のガス弾の滅多撃ちと、極寒の季節の放水の攻撃で学生運動の拠点だった東大安田講堂に立てこもった学生全員が逮捕された。この事件を契機に、全学共闘会議（全共闘）は分断され、セクト争いと過激行動に移行するが、多くの若者はこれらの過激な運動に距離を置き、原爆問題、反戦運動、水俣問題、三里塚闘争などに活路を求めて分散した。そして宋斗会の体制批判を基調にした朝鮮問題提起の集会にも当初、多数の若者が参集した。教条的な従来の学生運動にはない、朝鮮人・宋斗会の妥協のない性格と爽やかな告発が若者の関心を集め、急速に支持者が増えて、東京都下で頻繁に開催される集会はいつも二〇〇～三〇〇人の参加者を集めていた。

しかし、日本人の朝鮮問題への認識の浅薄さと差別体質から、しばしば意見と行動の齟齬《そご》を来たし、支持者は二、三カ月で脱落して運動は次第に低迷していった。

宋斗会にとっていちばん我慢できないのは、若い学生たちが朝鮮問題を単なる反体制意識の通過儀礼にして、朝鮮人自身の認識や怨念にまでは決して踏み込んでこない欺瞞《ぎまん》的態度だった。宋斗会は支援者を得ることにより、かえって日本人に対する不信と侮蔑を深めていったのだった。

宋斗会が法務省前で登録証を焼いた七三年、ベトナム戦争で破壊された米軍戦車を修理する相模原の工場から積み出される戦車の阻止闘争を取材中のことだった。市民運動のテントに顔を出した宋斗会が、若者たちと日本軍の婦女暴行や従軍慰安婦問題で議論を始めた。

「君たちに姉妹がいるかどうかわからんが、もし僕が君たちの姉妹を強姦して殺したら君たちはどうする」

一人の若者が当惑しながら応えた。

「困っちゃったなー。相手が朝鮮人の宋さんでは、僕はやっぱり泣き寝入りするよ」

「馬鹿野郎っ。てめぇ、そんな言い訳で略奪強姦、無差別殺人を欲しいままにされた側のくやしさが本当にわかっているのか。相手が宋斗会であろうが誰だろうが、おまえの恋人や姉妹が強姦されて殺されても、それが朝鮮人・宋斗会だから云々とは何だ。くやしかったら『この野郎っ、朝鮮人が何を言うか』と殴りかかるのが本当じゃないのか。まだその被害者と家族が生きているのだ。おまえには家族はいないのか、この馬鹿野郎。みんな革新面《ヅラ》をしているが、お前たちも自民党そのままではないか」

若者たちはみんな沈黙した。この決定的な状況に、宋斗会にも座り込みの若者たちにも僕はカメラを向けることができなくなった。映像で表現するにはとうてい不可能な、意識下の問題だからだった。宋斗会は怒気鋭く続けた。

「お前たちは、日本軍がベトナム（当時の仏領インドシナ）に『進駐』したとき、収穫したばかりの米をみんな『接収』して三〇万人の餓死者を出したのを知っているのか。はっきり返事をしてみろ」

暗いテントの中で気まずい沈黙が続いた。

「そんなことも知らないで、よくもベトナム戦争反対などとかっこ良がっておれるなっ」

テントの中が白けた。窮地に追い込まれたとき、日本人の属性はひたすら沈黙に逃げ込むか、以後相手を執拗に忌避し続けるかである。

「何とか言ってみろっ」

宋斗会の震える声に反応はなかった。彼はこの夜、また多数の若者の支持を失った。彼と同行し写真を撮っていた僕にも、同様の〝制裁〟が加えられるはずだった。

当時こんな話があった。社会党のベトナム訪問団が親切に「何か私たちにお手伝いできることはありませんか」とホーチミン書記長に言ったところ、「自分のことは自分でします。あなた方はベトナム戦争でアメリカの支援をしている自民党政権を倒してください」と切り返され、一同が黙り込んだという笑い話である。ベトナム戦争反対、平和都市ヒロシマ、国際貢献などなど、日本の平和運動のご都合主義は、狭い島国にしか通用しないのである。

宋斗会と親しくなるにつれ、僕もしばしば彼の言葉に自己の足下をすくわれ地べたに叩きつけられて、彼が恐ろしくなり何も言えなくなった時期があった。日本の反体制運動の中で安易に通用している主張や常套語《じょうとうご》など、彼にかかったら三文の値打ちもなかったからだ。僕の写真展を知らせても、彼は一度も会場に顔を見せたことはなかった。

あるとき案内状を渡し、「宋さん、一度くらい見に来てよ」と言ったら、タイトルだけチラッと見て机の上に投げ出し、「週刊誌の吊り広告と同じ。日本人の写真展なんかタイトルを見ただけで、わざわざ会場に見に行かんでもわかるよ」と言われてムッとした。しかし、よく考えてみれば僕の写真でなくても、日本の戦後政治も、日本人の平和運動も、まことしやかな論争も、侵略戦争の被害国に説得力をもって通用するものは皆無なのだ。彼の言葉が核心をついているだけに、良心や自信さえ根底から揺らいだ。くやしかったが言葉もなかった。僕に向かってそんなことを言う人間はいなかったので、思わず「朝鮮人が生意気を言うな」と思い、血肉化した差別意識を押さえ込むのに往生した。

あるときには、「あんたいつも反体制面をしているが、わしはあんたを普通の日本人とは違う日本人とは思っていないよ。何を言ってもどんな面をしていても日本人はみんな同じで、中国や韓国で通用すると思ったら大間違いだよ。あんた、一度でもそのことを真面目に考えたことがあるか。『侵略戦争は天皇制軍国主義の罪で、国民に罪はない』という侵略戦争の被害国民の外交辞令をいいことにして能天気になってたら大間違いだぞ」と迫られ、絶句したこともあった。その言葉に反論することもできなかった。

彼は僕に、日本人の一過性、安易さ、狡猾《こうかつ》さ、無責任さ、日和見《ひよりみ》的な属性を徹底的に思い知らせてくれた唯一の得がたい友人だった。僕の思っていることや仕事など、侵略戦争の被害者から見れば、狭い日本にしか通用しないマスターベーションにすぎないことを思い知らされることがたびたびあったからだ。

それは、自分とその仕事を律する暗夜の一筋の灯台の灯のように、一人の写真家である僕の前途を照らす人生の指標になってくれた。もし彼に出会うことがなかったら、僕の今日の人生も仕事もなかっただろうと思えるほど、僕を覚醒し続けてくれたのである。彼の僕に対する歯に衣を着せぬ言葉は、そのまますべての日本人に向けた言葉でもあり、日本人・宋斗会が同胞として日本人と理解し合うために、必死で叩きつけてくれた言葉だったかもしれない。もし宋斗会に出会わなかったら、僕は救いがたいほど頑迷固陋《がんめいころう》な日本人から生まれ変わることも、日本の写真界から脱皮することも、隣人としての朝鮮半島の人々と出会うこともできなかっただろう。

彼には鍛えられたという実感と充実感が僕にはあるが、日本の市民運動家は彼の論旨が核心を衝いたものだけに、僕同様反論もできず、「ぶち壊しの宋斗会」と忌避し、彼は次第に孤立していった。

日本人社会に投げた石はあまりにも小さかったが、〝朝鮮人・宋斗会〟は「在日」からも日本人社会からも孤立無援の生活をしながら、日本で生きる原理原則と権利を主張し、法務省前にマスコミを集めて、外国人登録証を焼いたのだった。

国側から見れば、彼は日本に住む権利を失った不逞《ふてい》在日朝鮮人で、許しておくわけもなく、国は報復的な迫害を加えたのである。

彼が初めて逮捕されたのは、一九五〇年代、外国人登録法違反だった。彼が養子になった本覚寺住職が身元引受人になり、運良く釈放された。二度目は六〇年二月、やはり外国人登録法違反で逮捕され、七日間留置ののち起訴され、懲役一カ月の判決を受けた。それでも彼は外国人登録法の適用を受けることを拒否し続けた。

三度目は八三年五月、東京・日比谷署に逮捕されて期限いっぱいの三週間勾留され、罪はだんだん重くなり、懲役三カ月の判決を受けて小菅刑務所に送られた。このときは宋斗会自身、初めはなぜ逮捕されたのかわからなかった。この日、友人の公判を傍聴して東京地裁を出て地下鉄乗り場で料金表を見ていると、突然数人の私服警察に取り囲まれ、「銃砲刀剣類等不法所持」の現行犯で逮捕された。裁判傍聴の前、受付にカバンを預けた際に小さい折畳みナイフが入っていたのを通報されたのだった。

宋斗会は柿が好きで、秋になるといつもカバンの中に柿の皮を剥《む》くためにそのナイフを入れて持ち歩いていた。柿の季節に裁判傍聴に行ったのが不運だった。登録証を焼いたままで不所持だった罪も加算されたのだが、柿の皮を剥くために持っていた折畳みナイフが銃砲刀剣類等不法所持罪で懲役三カ月とは驚いた。理由は何でもよく、お上に歯向かう不逞の輩を痛めつけるのが目的なのである。

こうして東京での運動も警察権力の監視下に置かれて次第に困難になり、ガサ入れ（家宅捜索）

を恐れて支援者も見る間に離反してゆき、宋斗会は運動の拠点を東京から京都に移すことになった。京都での運動拠点は京都大学の大学寮「熊野寮」で、取材に行って二度ほど泊めてもらい、夜明けまで話し込んだこともあった。この頃の宋斗会は、僕の取材対象というより同年輩で共通の思想基盤を持つ友人になっていたが、僕はほとんど彼の話の聞き役だった。彼は朝鮮問題というより、〝人間の生き様〟について僕の良き師だった。

彼はその後、「宋斗会の遺書」を少数の友人に送ったのを最後に運動を投げ出し、隠遁《いんとん》した。僕の得がたい師だった彼の遺書から、忘れがたい言葉のいくつかを記述してこの項を終わる。

◇

私は普通の日本人より流暢に日本語を話すし、日本の高校の教師よりも日本語に精通し日本の歴史について精通しているが、私は紛れもない朝鮮人だった。朝鮮語も、朝鮮の歴史も、風俗も、習慣も、全く知らない。そして、俺はちょっとそこらにはいない男だという自惚《うぬぼ》れが自分を支えてきたが、その自惚れが崩れたときの狼狽と焦りはどうしようもなかった。

在日朝鮮人は原則的には日本人として生きてゆく権利、日本国籍を持っている。誤解されては困るが、日本には現在市民権という法概念がないので、便宜上国籍というもので争っているわけである。基本的にはすべての在日朝鮮人は日本との関係においては日本国籍保有者である。国民として市民として一切の権利と国の政策決定に参加する権利を保有している、というのが私の主張で、それを行使するかしないかは一人一人の朝鮮人が決める事柄である。

日本人の朝鮮人を見る目はなぜか頑なで歪み、氷のように冷たい。ベトナムに同情し、インドやパキスタンなら素直に同情するが、朝鮮人となるとそうは行かない。日本人にとっての朝鮮人はあまりにも身近で、うっかり朝鮮人のことを身近に考えると、自分自身がいたたまれなくなり、自分が何か失わなければならないことを本能的に感じるからだろうか。

労働者のデモが叫びながら通り抜けて行く。ベトナム人民とともに闘うぞーとわめきながら……。誰を敵にして、どんな闘いをしてきたというのだ、フザケルナ、日本人が「誰とともに闘う、連帯する」なんて言うのはおこがましい。自分が自分のために闘うのでなければ意味はない。

朝鮮人が日本人に向かって、「助けてくれ」と言えば、「おう気の毒に」と言うだろうし、居丈高に告発すれば「生意気な」と反発するか、頭を下げて黙ってしまう。私の場合は「気の毒な日本人」とは言えないので、面食らって狼狽する。いずれにせよ、日本人にとって朝鮮人の本当の声は、快く耳には響かない。日本人に何か訴えても聞こえない振りをして答えず、聞こえていても、「私は忙しい」と言う。そしてすぐ忘れてしまう。

俺は正常だ、と思っている日本人たちが、わが物顔に横行しているこの国は危険である。何が正常で、何が間違っているのか判断ができなくなっているからである。日本人の朝鮮人に対する意識は、朝鮮支配の過去を反省する良心的所在を、「自虐史観」などと言っているほど狂っているのである。……人間の姿をしていても人間の心を失った者を、〝人非人〟というのを知っているのだろうか……。

墨で書かれた虚言は、血で書かれた事実を隠すことはできない。血債は必ず同じ量の血で返さなくてはならない。支払いが遅ければ遅いほど利息は増えなければならない。一九一〇年に行われた日韓併合が、朝鮮と朝鮮の利益のために行われたものではなく、「大日本帝国と日本人のために行われた」ものであることは、今日誰一人疑うものもない歴史的事実である。

日韓併合の結果として、たとえそれが屈辱的なものであったにせよ、「日本人としての法則への地位（国側の用語、すなわち国籍）」を有することになった朝鮮人・宋斗会が、引き続きその権利を有することが生活上便利と考える限り、大日本帝国の後身である日本国からその権利を否定されることは絶対ない。そのことは宋斗会の朝鮮人としての誇りとか、思想性を理由として日本人からそれがたとえ左翼であれ右翼であれ、非難される筋合いは全くない。朝鮮人の人間としての尊厳を認めることもできないような日本人が、どこで、誰に向かって人間の尊厳を主張しようというのか。恥知らずな馬鹿め。人間のような面をするな。
一方的に差別と抑圧があり、無法を法として押しつけ、偏見を無意識的なところまで定着させておいて、偏見を偏見と思わせないこの状況がある限り、日本人は人道とか正義とか、平和とかを口にするのはナンセンスだ。自分の周囲で朝鮮人がどんな状態を強いられているか見ようともせず、朝鮮人がいくら叫んでも聞こうともせず、何を強いられても口もきけない。おまけに記憶まで失っている。

アイヌに何をしたのか、沖縄に何をしたのか、朝鮮に何をしたのか、中国に何をしたのか、どうして戦争をしたのか、なぜ負けたのか、誰も覚えてはいない。思い出そうともしない。たまに糾弾の声が微かに聞こえたり、チラリと見えたりすると、ただ戸惑って聞こえない見えない振りをする。そしてときどき貪欲《どんよく》で凶暴な豚になる。哀れで、恥知らずで、憎むべき者たち。もし神さまがいらっしゃるなら、彼らを何とかしてください、できればこの地上から日本人を抹殺してください。

私は日本人だ、という主張はもう撤回する。私が朝鮮人であることは大日本帝国によって奪われ、もう朝鮮人を回復することは不可能である。また、そうしてまで長らえようとも思わない。もうどこで会っても声をかけないでほしい。私はもう誰にも答えない。それでももしも朝鮮民族の礎《いしずえ》を固めるために、もっと大量の青年の血がいるなら、悲しいことであっても惜しまずに流さなくてはなるまい。私のような老いて濁《にご》った血は役にたたないから、きれいな若者の血が必要なのだ。不潔な日本人の血など間違っても一滴も混入すまい。もう二度とこんな詩は書くまい。一九七五年某月某日、宋斗会は絶望して死んだ。……さようなら。

□宋斗会との再会と葛藤、そして決別□

宋斗会は壮絶な言葉を遺して僕からも音信を絶った。

数年後、僕も彼と同じように自分が生まれた国に絶望し、写真家であることも日本人であることも拒否し、瀬戸内海の真ん中の安芸灘《あきなだ》と周防灘と伊予灘の境界線に浮かぶ無人島に入植して自給自足の生活を始めた。他人のことなど懐かしむ余裕もない過酷な生活が続き、彼のことも脳裏から消えた。

そして一〇年余り過ぎたある日、畑仕事をしていると、バス停から僕が住んでいる蜜柑《みかん》畑の中の一軒家に通ずる細道を一人の老人が飄々《ひょうひょう》とした足取りで登ってくるのが見えた。一瞬目を疑ったが、痩身白髪の老人は紛れもない宋斗会だった。

「宋さんじゃないか、もう死んだものと思っていた。どうしてここがわかったのよ」と驚いて叫ぶと、「無人島に入植したまま連絡もないので、わしもあんたはもう死んだと思っていた。九州に講演に行って『戦争責任展』を見て驚き、主催者からあんたの消息を聞いて京都に帰る途中寄ってみた」と言った。

二人で手を取り合って再会を喜び合い、彼は数日、島に滞在することになった。

しかし、予想もしなかった出会いは東京時代よりさらに重いものになった。それは僕が日本人であり、彼が追いつめられた在日朝鮮人であるかぎり避けがたい宿命だったのだろう。一別以来一〇年近い歳月が流れて、僕の生活も決定的に変わり、日本と朝鮮半島の状況がますます悪化、錯綜《さくそう》し続けている政治状況とも無縁ではなかった。

彼は酒も飲まず少食だった。新鮮な地魚を釣って食べさせても旨《うま》いとも言わず、島を訪ねてくる友人がみんな羨ましがる自給自足の有機農業にも何の関心も示さなかった。手のかからぬ客だったが、もてなしようがなく困った。唯一お茶が好きで、京都から持参した香りのいいお茶を絶え間なく飲んでいた。

私生活を話題にしない男なので、一〇年間会わなかった間に宋斗会がどんな生活をしていたのかを知る由もなかったが、超然としたその風貌と、日本の政治と社会をさらに厳しく論断する気迫を剥き出しにした歯に衣を着せぬ言葉は変わらなかった。国籍確認訴訟を続けていた東京時代は、それでもまだ日本人であることを頑なに主張していた宋斗会は、寄る年波とともに、この国に託していた願望、執着をすべてかなぐり捨て、厳しい言葉や表情の中にも深い孤立の影を宿していた。最初に聞いたのもこのことだった。

「どんな判決が出ようが、わしにはもう関係ない。この国を法治国家と認めず、もう日本人だと主張する気もなくなったからだ」

突き放すようにこう言っただけだった。一言一句はさらに過激になっており、一別以来の動静を懐かしむ隙も見せなかった。

在京中は僕の写真に見向きもしなかった宋斗会が、戦争責任展を見て島を訪ねてくれたのかと喜んでいたが、東京時代よりさらに辛辣《しんらつ》に僕の写真と生き様に迫ってきた。当時東京から訪ねてきて僕の家で畑仕事と戦争責任展の事務を担当してくれていた女性が挨拶の後で、「趣味でハングルを学習しています。暇があれば一度韓国にも行ってみたいと思っています」と自己紹介した途端、宋斗会の顔色が変わった。

初対面の女に抱いた彼の険しい感情が僕にはすぐわかったが、突然の来訪だったので、彼女に宋斗会の生活状況や人柄を伝える暇もなかった。

「趣味でハングルとは結構なことで。わしは幼時、父親と日本に来て寺の小僧から僧侶になったので、ハングルが話せず、日本語でしか朝鮮支配の歴史を知らん。あんたが日本語でどれだけ日帝の朝鮮支配の歴史を理解しているか知らんが、いま日本の男たちは売春観光にうつつを抜かしているのに、女たちはハングルを習って親善旅行とは、結構なことで……」

僕には聞き慣れた辛辣な言葉だったが、初めて聞く者には耐えられなかった。彼女はその場に居づらくなって台所に逃げた。しかし、宋斗会が投げつけた言葉は個人に向けた感情的なものではなく、日本人総体に叩きつけたもので、かつて不条理に奪われた母国語が観光用語にしかされていないのが我慢できなかったのだ。

青年時代の僕は、残虐な国家の正体も知らず忠君愛国を叫んで戦場に夢を賭けた愚かな青年の一人だった。同級生の半数は戦争が終わっても故郷の村に帰ってこなかったが、僕は幸運にも生き残り、戦後は田舎町の時計屋から、プロ写真家を目指し四二歳のとき上京した。遅すぎる人生の再出発だったが、ドキュメント写真を志向したため、カメラを通じて初めて侵略戦争と日本の戦後政治の実態を知り、二〇年間夢中になってシャッターを切り続け、その道程で宋斗会と出会った。

青少年時代は〝人種差別〟の対象でしかなかった一人の朝鮮人との出会いは、僕にとって衝撃と覚醒への出発点だった。地位も財産もなく徒手空拳の生活が、この国の正体と汚辱に塗れた日本の歴史を教えてくれた。彼は僕がかつて出会ったどんな日本人よりも博識な行動家で、いかなる権威権力をも恐れず、侵略戦争の原罪と戦後の日本を告発し続けている唯一の〝日本人〟だった。一人のプロ写真家は宋斗会と出会うことによって初めて日本人と日本の朝鮮支配の歴史を知ったのである。無思慮で日和見で権威権力に迎合し続けた救いがたい民族性が、僕の骨肉にも潜んでいるのを思い知らせてくれたのも彼だった。

もし宋斗会に出会わなかったら、僕の人生は体制に迎合して使い捨てられるだけの惨めな結末に終わっていただろう。その意味で彼との出会いは、僕が中年を過ぎて初めて本来の人間形成とジャーナリズムの道を歩き始め、「歴史と人間」についての考察を始めたことを意味する。老いた一在日朝鮮人が、日本が朝鮮人から奪った人間の尊厳と、この国で生きる権利を要求し、孤立無援の法廷闘争を続けている姿に目を見張り、そのことを訓《おし》えられたのである。

日本でしか生きられない運命を背負った在日韓国人は、日韓併合によって強制的に生活と財産だけでなく、言語、氏名、宗教まで奪われて「日本人」にされ、生きるためにやむなく日本に渡航して、戦後も社会の底辺で朝鮮人差別と貧苦の生活に耐えてきたのである。「敗戦国日本」が、謀略的に締結した日韓条約を盾に取り、今度は「日本人」である権利を剥奪して朝鮮人を使い捨てた。その非人道的行為を告発して、宋斗会は単身、外務省前で外国人登録証を焼いた。そして、「日本人であることを認めないのなら、この縄で俺の首を絞めて殺せ」と、一人の人間としての尊厳と生きる権利を要求したのである。その毅然たる態度は、「国籍確認訴訟」を提起してからも一貫して変わらず、基本的人権と人間の尊厳を堂々と主張する態度と論理は国家権力に対して一歩も譲らなかった。その上、終始検察の無法を衝《つ》き、裁判長の法廷指揮権を翻弄し、「法治国家日本」の虚構を白日の下に晒した。宋斗会の「国籍確認訴訟法廷」を傍聴するたびに、僕は自分が生まれた国の非道さと無法さを目の当たりに見て、次第に政治不信を募らせた。

物心がついた頃から「忠君愛国」や「滅私奉公」を刷り込まれた僕に、宋斗会は、もし国家が憲法で保障した国民の権利を侵害するのなら、国民もまたそのような国家に従う一片の義務もないことを確信させてくれ、国家と国民の概念を根こそぎ破砕し、人間のあるべき姿を教えてくれたのである。

その日から僕は、戦後も依然として横行している国家犯罪と対決し、夢中になってシャッターを切り始め、年間最低でも一五〇ページの反体制キャンペーンを「中央公論」「現代の眼」「文藝春秋」などの総合雑誌に掲載し続けた。こうして東京での二〇年間はあっという間に過ぎた。その歳月は、僕の人間としての自立と仕事を確立した歳月だったが、同時に無法な国家権力に一人のカメラマンがいかに反発、抵抗しようと勝てるはずもない無力さを思い知らされた、屈辱と失意の歳月でもあった。

全共闘運動をはじめ反体制的な運動は機動隊の暴力で次々と潰され、僕の手元に残ったのは六千点に及ぶ写真だけで、しょせんは紙の上の仕事だった。状況は何も変わっていないばかりか、急速に右傾化への道をたどり始めた。

だが宋斗会はあくまで初志を貫き、執念のように自民党政治に反逆し続けたのだ。

過ぎ去った一〇年の歳月が、二人の厳しい生活をさらに遠く隔絶させていた。僕が起死回生をかけて制作し、宋斗会と再会させた「戦争責任展」を糾弾し始めたのだ。

「東京から姿を消し、死んだと思っていたので九州で写真展を見たときには懐かしかったが、写真を見ているうちにまだこんなものを撮っているのかとがっかりした。あの程度の写真でよくもマスコミ面ができるものだ。写真を見て涙を流している物知り顔の女もいたが、日本人がどんな目に遭おうが自業自得だ。あの写真展を韓国や中国でやってみろ、石を投げつけられ、つばを吐きかけられるのが落ちだろうよ。あのパネルの中に三五年間支配されて血と涙を流した朝鮮人や、二〇〇〇万人も殺された中国人の屍が一体でもあったか。答えてみろっ」

思わずカッとして「宋さんはそんなくだらん写真展をやっている男になぜ会いにきたのか」と叩きつけたが、彼は僕の私生活まで糾弾し始めた。

「日本人は陰では、〝朝鮮人〟と差別用語を使うが、わしの面前で〝朝鮮人〟と言うのはあんただけだった。気に食わんやつだと思っていたが、写真展を見ていたら懐かしくなって京都に帰る途中寄ってみただけだ。どんな生き方をしているのかと思ったら、若い女と結構調子よくやっているので『こいつもただの日本人だったのか』と思っただけだ。嫌なら帰るよ」

　僕の面前で思うことを何でも言えるのはこの男だけで、いつも組み敷かれてきたが、一〇年過ぎても主従の座は不動のままだった。僕も直情径行で思ったことを誰にでも言ってしまうが、宋斗会だけは例外だった。彼の言うことはいつも正当で抗弁の余地がなかったからだ。東京時代の悔しさを思い出したら、なぜか潮が引くように怒りが解け、「せっかく来たのだからゆっくりしていけよ」と引き止めた。しかし、制作中の「写真で見る戦後」展の話を始めると、みなまで聞かず吐き捨てるように言った。

「いい加減な写真を作って侵略戦争の歴史を隠蔽するのはもうやめろ。日本人がいくらきれいごとを並べてもアジアの人々はもう誰も信用はしない。もう一度原爆を食らっても、いや何発食らってもわかるまい」

　しかし、僕には僕の必死の生き様があった。僕にできる最後の仕事を足蹴にされて黙っていられなかった。

「いらざるおせっかいだ。俺が俺の良心でやっている仕事に口出しをする資格は何だ」

「やるなと言っているのではない。理非をわきまえろと言っているだけだ。侵略戦争に頬被りして、日本人同士が被害者面をしていくら傷の嘗め合いをしてみても、あの程度の写真に朝鮮人や中国人が日本人と同じ涙を流すとでも思っているのか。ちゃんと返事をしてみろ、貴様っ」

投げ返された言葉の激しさに、言い返すこともできず怯んだ。一五年戦争の犠牲にされたアジア諸国の悲しみを口先ではそれらしくしゃべってきたが、その痛みや流した血の色など、一度も真剣に考えたことはなかったからだ。肺腑をえぐられてたじろいだが、宋斗会はさらに続けた。

「わしの言っていることがわかっているのか。ちゃんと侵略戦争の総括をした展覧会をやれと言っているだけだ。被害国民が納得できないような写真を並べていくら正義面してみても、戦時中の『大本営発表の嘘』の上塗りではないか、いい加減に目を覚ましたらどうだ。そんな国がいくら国際貢献を叫んでも、誰も信用しないぞ。特攻隊を持ち出して涙を流せば侵略戦争が美化され、帳消しになるとでも思っていたら大間違いだ。自己陶酔もいい加減にしろ。人殺しは所詮人殺しにすぎないのだ。いくら被害者面をして傷を嘗め合って涙を流しても、そんな汚れた涙は被害国には絶対に通用しない。思い上がるのもいい加減にしろっ」

戦争責任展の写真の中には、彼に糾弾されるまでもなく、アジア諸国で日本軍に無惨に殺された無辜《むこ》の民の写真は一枚もなかった。日本人には「反戦写真展」に見えても、侵略された国民が見たら過去の残虐行為を完全に隠蔽した開き直りの戦争写真にしか見えなかったろう。反論する余地はなかった。「経済能力もなくハングルも話せず、現地取材ができなかった」と見えすいた弁解をしても、宋斗会が納得するはずもない。プロ写真家だから朝鮮半島を取材しようと思えばできたのに、僕は「侵略戦争の現地を取材しなければ」とは考えもしなかったのだ。ジャーナリストとしての資質と資格を問われる問題だった。それがたとえ僕の能力を超えた無理な仕事だったにしろ、殺した者と殺された者を同じパネルに並べないかぎり、戦争の悲劇の全貌を伝えることは不可能だ。

日本で孤立した闘いを続け、刀折れ矢尽きた宋斗会の目に、僕の写真は戦前のジャーナリズムが雪崩を打って大政翼賛報道に終始したマスコミと同様、犯罪的にしか見えないのだった。東京時代から写される者と写す者との関係だけでなく、反体制運動が激化していた時代を共有していた同志だっただけに、僕の裏切り行為が許せなかったのだ。

宋斗会には、彼がいくら「日本人」であると主張しても、「国籍確認訴訟」が最高裁で敗訴すれば犯罪人、不法滞在者として韓国に強制送還される運命が待っていた。母国語であるハングルも話せず、生活習慣も違い、韓国政府の対米従属を厳しく批判している彼と、在日朝鮮人を「日帝の協力者」と差別している祖国で、彼が敗残の老後を安泰に生きてゆく道が果たして遺されているのだろうか。警察官を射殺し刑期を終えた金嬉老は「抗日の英雄」として祖国に迎えられたが、日本に在住して在日朝鮮人の人権を訴え、不法滞在の罪で強制送還される一人の老人を、祖国は果たして暖かく迎えるだろうか。日韓の国家エゴに挟撃《きょうげき》された宋斗会の老後には、安住の地はない。

僕たちは反体制の〝同志〟として二〇年間も「日本の戦後」を共有してきた。しかし朝鮮人の彼は僕より格段に日本という国を知り、この国を変えようとする情念に燃えていた。そのことが彼の唯一の行動原理であり生き甲斐だっただけに、日本に対する絶望感は僕の比ではなかったことだろう。

しかし、僕は宋斗会の妥協を知らぬ攻撃に少々辟易《へきえき》していた。「宋さんも〝俺は日本人だ〟と主張するのなら、少しはこの国の現実にも目を向けてもいいではないか」と言った途端、彼はイスを蹴って立ち上がり様に吐き捨てるように言った。

「この俺に、何をしろと言うのか。日本政府は俺を無理矢理に日本人・木村竜介にし、戦争に負けたら使い捨て、日本人とは認めていないのだ。お前には日本人の身勝手さが何もわかっていないのか。甘ったれるなっ、お前を見損なっていたよ。……邪魔したな」

二〇年付き合った彼の最後の言葉だった。あわてて引き留めようとしたが、なぜか金縛りに遭ったように体が動かなかった。声も出なかった。そして宋斗会は蜜柑畑の中の細道を見え隠れしながらバス停に降りていった。その姿を呆然として見送った。

——俺も多くの日本人のように宋斗会を裏切ってしまった。

痛恨が胸に衝き上げてきた。僕は完膚なきまでに宋斗会に打ちのめされた。南北朝鮮が同民族でありながら戦後六〇年間、近親憎悪を燃えたぎらせて血肉相食む死闘を続けてきた歴史の延長線上で、同じ反体制の戦を共有しながら、僕たちも近親憎悪を剥き出しにして決別してしまったのだった。

その後、「草の根通信」の松下竜一さんが「戦争責任展」を地元で開催し、講演を依頼されて北九州に行ったとき、会場に宋斗会がいたので挨拶をしたが、彼は黙殺して素知らぬ顔をしていた。彼と僕はその会場では少なくとも同じ戦列の同志だったが、彼はいったん決めたことは絶対に変えない男だった。蛇に睨まれた蛙のように僕は会場に立ち竦んでしまった。その屈辱が僕を反発させた。二人の頑迷さが悲しかった。

謝って友情を取り戻そうとしたが、彼も僕も人に頭を下げる事のできない頑固者だった。とくに彼に拒否された「戦争責任展」を展示した会場で和解を求めるのは筋違いな気がした。「戦争責任展」は再び彼の前で展示してはならない写真で、それは彼に対する侮辱だったからだ。

講演会の後、懇親会があって一泊して帰島する予定だったが、彼と同じ会場で同席しているのがたまらなく苦痛になってきた。「急に体調が悪くなった」と嘘を言って、そそくさと会場を逃げ出し、夜行列車で島に帰った。僕は完膚なきまでに宋斗会に叩きのめされ敗北した。

宋斗会との音信はその後途絶え、彼は東京での四面楚歌の闘いに破れ、痛恨の「宋斗会の遺書」を残して都落ちし京都大、熊野寮に再び住み始めたと聞いたが、詳しいことは音信も絶えたのでわからなかった。二人がそれぞれの人生の果てにたどり着いて築いた最後の砦は、互いにその所在は知らなかったが、地図の上では瀬戸内海の西端にある周防灘と伊予灘の合致点を隔て、コンパスの針先でわずか一五〇キロ余りしか離れていない狭い日本の中だった。しかし二人の距離は、すでに音信も届かぬ遠いものになっていた。

あるとき、知人から送られた『宋斗会の詩』を読み、僕の心に変化が起きた。彼の最後の詩に託した思いは、かつて伺い知ることものできなかった人間・宋斗会の実像だった。その温もりに引き寄せられるように、僕は失った友情を惜しみ、矢も盾も溜まらず衝動的に恐れていた宋斗会に会いたくなった。国家や政治や差別問題でなく、人間について彼と話がしたいと思った。そして不思議なことに、僕は何のためらいもなくアドレス帳の彼の電話番号を見ながら熊野寮に電話していた。『日本人宋斗会』の第一稿を書き終えた〇七年一月のある夕方のことだった。

「宋さん、意地を張って僕が悪かった。東京時代のようにもう一度交友を温めたい」と申し込むつもりだった。ふと、老齢なのでまだ生きていればいいが、と微かな不安がよぎった。

電話に出たのは若い女の声だった。

「この部屋におられた宋斗会という人は二、三年前にもう亡くなられたそうです。それ以外のことはわからないそうです」

彼はもうこの世の人ではなかった。ショックだった。

一瞬、遺骨はどこにあるのだろうか、と思った。自分の骨には執着なかった僕が、なぜ宋斗会の遺骨の所在が気にかかったのだろう。今まで気づかなかったが……僕は宋斗会に惚れていたのだ。

この国がどんなに嫌いでも、僕は生まれた国で死ねるが、宋斗会には生まれた国はあっても、〝死ぬ国〟がなかった。たとえ生まれ故郷に帰れたとしても、知った人もなくハングルができない彼は、冥府《よみ》で話をすることもできないのだ。

異郷で孤独な長い闘いを続けた一人の朝鮮人は、いまどこをさ迷っているのだろうか。

□三人の韓国留学生との対話□

一九九九年、下関市に写真資料館を開館したとき、下関国際大学に留学していた韓国人学生が三人、展示写真が変わるたびに来館してくれた。その内に顔馴染みになり閉館後話しに来て、ビールを呑みながら深夜までざっくばらんに「日韓問題」を話し合う仲になった。韓国人の対日感情については新聞や雑誌メディアで知る程度だったので、彼らとの対話を通じ、韓国青年の対日感情にありのままに触れることができた。

下関市は朝鮮半島への門戸で、歴史的にも韓国と友好関係の深い土地柄であり、韓国の若者にはほとんど抗日意識はないと聞いていた。ある日サッカー談義が始まり、想像もしない話を聞いて驚いた。

日本に夢を託して留学する各国の学生が、卒業する頃にはほとんど〝反日〟になって帰国する、という情報は東京時代からよく聞いていた。その原因は日本人社会の閉鎖性と、本音と建て前を使い分ける偽善性、根強い民族差別によるものだった。写真資料館に来館していた学生は義務教育課程からすでに日本の朝鮮支配の歴史を学習し、日本の戦後史への関心から熱心に写真を見てくれたが、日の丸と君が代には異常なまでの拒否反応を見せた。一人の学生は、

「スポーツ放送を見ていても、日の丸掲揚と君が代が始まるとすぐスイッチを切る。とくにＮＨＫの放送終了時の日の丸・君が代には激しい敵意を持つ」と表情を険しくした。僕も日の丸・君が代が出るとすぐスイッチを切る。理由は生理的拒否反応からだが、韓国学生が〝敵意〟からスイッチを切ると聞いて背筋が寒くなった。

「日帝」という言葉は学生運動以後日本人は使わなくなったが、韓国の学生たちは日本のことを当たり前のように日帝と言った。義務教育課程からそう教えているからだが、韓国で教えている天皇制軍国主義の侵略行為を、日本の義務教育では隠蔽しているだけでなく、「新しい歴史教育」教科書では正当化している。これでは両国の前途に理解も協調も絶対に始まる可能性はないのである。

韓国の若者たちは、日本の産業構造や経済、教育でも日本の若者たちより遥かに正確な知識と認

識を持ち、韓国がすでに日本を追い越していると自負していた。

「かつては日本に強いコンプレックスを抱いていたが、ニートチルドレン三〇〇万人といわれる日本の若者たちの閉塞状態にむしろ同情さえ感じている。韓国の学生はみんな自分の国と未来に誇りを持って生きている。日本が過去の朝鮮支配の清算を行わない限り、日本との真の連帯は生まれないだろう」と明確に断言した。

墨で書かれた虚言は、血で書かれた事実を隠すことはできない
血債は必ず同じ量の血で返さなくてはならない
支払いが遅ければ遅いほど利息は増えなければならない……

宋斗会の「遺書」はそのまま韓国青年たちの意志であることを、ここでも確認してしておきたい。

「日帝の支配時代から半世紀以上すぎ、韓国の若者たちはもう過去のことは問題にもしていない」という言葉を聞いて、それでも外交辞令だろうと疑っていた僕は、一年間ざっくばらんに話し合っているうちに彼らが、抗日意識だけでなく、日本人が朝鮮人を民族差別していたように、〝日本人の人間性や品格〟を蔑視し、戦後の日本が完全にアジアから取り残されて孤立しているのを知って愕然とした。拉致問題一つにしろ、日本人が北朝鮮に対して抱いている敵意、報復手段、怨念は身勝手で、外交の通念さえ逸脱した支離滅裂で硬直したものである。僕も自分の子を亡くした経験が

あるから、肉親の心情はわかり過ぎるくらいわかっている。その苦悩がわかるなら、自分の国が侵略戦争で犯した原罪にも気づくべきである。

「日本の拉致家族の心情は十分理解できるが、戦時中その数千、数万倍の朝鮮人が拉致され、強制労働や従軍慰安婦にされて使い捨てられ、韓国民が受けた被害を日本は忘れるべきではない。韓国政府は今後その補償を要求してゆく」という韓国の大統領の拉致問題に関する発表に、翌日の朝日新聞は社説で、「韓国政府はもっと腰を低くして……」と臆面もなく論評した。〝言葉を慎め〟という態度だが、日本のマスコミのこの尊大な論評は、資料館に来る三人の韓国学生の心情も逆撫でした。

韓国の若者たちとの友好は〇二年、柳井市に写真美術館を開館して終わったが、お別れの宴で彼らに言った。

「今日は日本人に言いたかったことを全部僕に聞かせてくれない？」

「エッ、本当に何を言ってもいいのですか？」

「今日が最後だから、本当のことを聞いてさよならしたい」

「僕は日本に留学した当時は日本にコンプレックスを持っていた部分もあったが、今は違う。ニートチルドレン三〇〇万人というような社会状況は韓国にはない。日本の学生は親のスネを噛って大学に資格をもらいに行っているが、韓国の学生はみんな本気で勉強している。少しでも怠けたら卒業できない。韓国の学生は自分の国の将来に誇りと期待を持って勉強しているが、日本の学生は自分のことしか考えていない。朝鮮支配の歴史についても、知識も関心もない。日本が朝鮮支配の総括と精算をしない限り、僕たちは日本人が何を言ってももう信用しない」

「日韓問題で韓国の学生が、人間の良心を見失った日本人にこれ以上屈辱的な和解を求めることはもうないでしょう。日本の学生は朝鮮支配の歴史を知ろうともせず、興味も関心も持っていないから、話し合うことも理解し合う接点もないからです。学生としての生き方も違うので、寮の生活でも教室でも本当に話し合える相手はいません。僕たちは知識や技術を習得するために本気で勉強していますが、日本の学生は卒業する単位を取るための勉強をしているだけです。人間的にも何の魅力もありません」

「僕たちが写真資料館に一年通ったのは日本の社会や歴史を知りたかったからですが、日本の学生は韓国社会や歴史のことには全く興味も関心もありません。日帝の侵略戦争や、朝鮮戦争のことを知っている学生は一人もいません。日本人が何をしたか僕たちはみんな知っていますが、日本は歴史教育をしないので、彼らは何も知りません。それだけに僕たちは父祖の怨念を忘れることはできないのです。日本人が過去を精算しない限り、僕たちが日本人に心を開くことはないでしょう」

宋斗会や、後述する「北朝鮮引揚げ」の取材では、直接僕に突きつけられた対日批判だった。資料館に友好的に毎月写真展を見にきた三人の学生から初めて聞いた対日感情も、「やはりそうだったのか」と驚いた。驚くほうが認識不足だったが、米軍の極東戦略の中では同盟国である日韓関係も、所詮はアメリカのための友好国関係でしかないことを痛感させられた。日韓関係さえどうなるかわからないのに、日本人である僕が韓国人学生に北朝鮮に対する認識を聞くこと自体、迂遠《うえん》過ぎることだったが、質問に対する回答は北朝鮮だけでなく日本にも波及してきた。

他人の足を踏んだ者はそんな些細なことはすぐ忘れるが、踏まれた者はその痛さを忘れないという諺《ことわざ》があるが、相手の立場でものを考える思考力を喪失した日本人が、相手から信頼されるはずはなく、急速に国際社会から脱落、孤立してゆくほかないのだろう。

宋斗会は言った。

「日本人は原爆を何発食らってもわからんだろう」

血債を支払うまでもなく、すでにこの国は音を立てて内部崩壊しているのである。自民党政治や荒廃した社会状況が、日々のニュースでその終末現象を際限もなく垂れ流し続けている。

「現在は経済万能社会だから、経済交流があれば国際関係は維持できる。そのうち世代が変われば日韓関係は好転するだろう」程度の対韓認識では、ここまで屈折、崩壊した日朝・日韓関係に恒久的な和解が実現する可能性は、日本が誠実な「過去の清算」をしない限り永久に不可能だろう。なぜなら、経済のみに依存するのは非常に危険だからである。経済状況ほど不安定なものはないからで、現在では好景気が一〇年も続くことは希有のことだからである。その上、国際経済の崩壊は往々にして戦争の最大原因にさえなってきた。戦後の奇跡といわれた日本経済も、朝鮮戦争やベトナム戦争特需に依拠した多民族の犠牲の上に築かれたもので、中国の驚異的な経済発展もすでにバブルに突入している。

頼れるのは算盤づくの経済関係ではなく、誠実さと、相互信頼に基づく国際関係だけである。一日も早く〝過去の歴史〟を清算し、敗戦後のドイツがＥＵ社会に構築したような安定した国際関係をアジアにも構築しないかぎり、日本は世界の潮流から取り残された「世界の孤児」になるしかないだろう。その上、繁栄と消費の増大がもたらした急速な地球の温暖化は、何も戦争が始まらなくてもすでに人類の生存さえ脅かし始めている。

また、資源や食料の大半を海外に依存している日本の足元に迫っている危機状況は、過去の侵略戦争の原罪を棚上げにして、「韓国や中国は反日教育に終始している」程度の身のほど知らずな歴史認識で、戦後六〇年間アメリカに追従して、アジア諸国と誠実な国際関係を構築しようともしなかった怠慢と傲慢さのツケを支払わなければならない日が刻々と迫っているのである。

僕は下関市に写真資料館を開館していた一年間、韓国の学生たちが来館するときに持参する韓国のミニコミを読んでもらうたびに、戦後日本から解放された韓国人と韓国社会の自立を目指した成熟ぶりにいつもコンプレックスさえ感じていた。その意味では、日本で発表されている韓国情報は依然として情報の偏向や硬直化がひどく、韓国社会の実態はほとんど伝わってはいない。いまだに横行している民族差別が韓国社会の高揚、発展ぶりから故意に目塞ぎし、かつて支配した韓国人社会が優位に立つことを忌避してきたからである。

三人の韓国学生が僕に託した韓国側からの〝日韓関係〟は、その意味では僕に彼らの母国の実態を知る大きな役割を果たしてくれた。そのことは、かつて抱いてきた僕の朝鮮人差別の病根を根底から払拭してくれ、宋斗会に対し持っていた畏敬と反発の錯綜した気持ちさえもきれいに清算させてくれた。

三人の韓国学生たちは、日本の青年たちより誠実、知的で、人間的にも自立していることに、ある種の羨望さえ感じさせた。それは爽やかな〝敗北感〟でさえあった。在日朝鮮人をいまだに人種差別している日本の偏狭ナショナリズムは、国家としても、一人一人の人間としても戦後六〇年の間にもはや韓国に挽回不能とさえ言える後れをとってしまった。

お別れ会の最後に、僕はその日までタブーにしていた質問をした。韓国の国内問題で、金大中《キムデジュン》大統領の「太陽政策」と、北朝鮮の将軍様・キムジョンイルに対する韓国青年の意識と対応だった。三人の〝対日感情〟についても聞いた。答えはそれぞれ違っていたが、それは、戦後六〇年過ぎても解決しがたい出口のない日韓問題そのものの実態を示すものだった。キムジョンイルと共産主義にはみんな反対だった。彼らは日本の学生と違い、朝鮮戦争についてもちゃんと学習しているからだった。

「南北朝鮮が統一しない限り、朝鮮半島に平和は実現しません。そのために太陽政策は絶対必要です。韓国がアメリカに依存している限り、北朝鮮は和解に応じないのでは。一日も早く自立してアメリカの軍事支配から脱却すべきです。その役割は僕たち青年が担うべきです。日本は信頼できない無責任な国です」

「太陽政策には賛成ですが、韓国野党が反対しています。野党支持者は統一に反対していますが、統一できなければ朝鮮半島には平和は訪れません。僕にはどうしたらいいかわかりませんが、韓国も北朝鮮も同じ民族ですから、いつまでも分断抗争しているのは不幸なことです。日本人は本音と建て前を使い分ける得手勝手な国民です。韓国人は誰も信用してはいません。祖父一家は朝鮮戦争で共産軍に殺されて離散家族になり、父母は僕を育てるのに苦労しました。キムジョンイルは自分の政権にしがみついても、国民を苦しめ続けています。太陽政策は彼に利用されるだけだから反対します。彼は日帝同様、朝鮮民族の敵です」

学生の口から初めて、〝日帝〟という言葉を聞いたとき、今まで僕には遠慮して使わなかったのだと知り、みんな結構〝大人だったのだ〟と知ると同時に、そのこと自体が日韓の宿命的な障壁だと思った。最後に聞いた。

「日本が南北の和解に積極的な役割を果たすことを期待していますか」

「日本は統一を警戒しているから、そんなことは絶対しない」

三人は異口同音に答えた。日本の〝国際貢献〟は米国の意思と戦略の代行で、日本人が一つ覚えのように国際貢献を叫ぶのは、憲法違反の自衛隊を海外派兵で正当化しようとしているからだ。侵略戦争の清算をしない限り、アジア諸国はもう日本を見限っているのである。

当時の朝日新聞の「日韓共同世論調査」によれば、日本の韓国に対する前大戦の被害についての謝罪と補償については、八一、一％の韓国人が「不十分」と明確に答えている。「日本は嫌い」が六九％、好きはわずか「六％」に過ぎない。また従軍慰安婦問題については、九七％の韓国人が「日本は誠意がない」と回答している。韓国人のほとんどが日本に激しい不信感を投げつけている。

これに対し、〇六年、日本の内閣府が発表した韓国での世論調査は多分に〝大本営発表〟的だが、それでも「日韓関係が良好とは思わない」が過去最高の五七％に達し、「良好」は三四％で過去最低だった。その理由は、戦時中の強制連行や従軍慰安婦問題に日本政府が依然として不誠実な対応を続けていることや、靖国神社参拝に対する厳しい反発と不信を持ち続けているからである。韓国人がものを言えば、「生意気だ」「腰を低くしろ」などと恫喝《どうかつ》的な言辞を弄する日本の戦後政治やマスコミの差別意識に対する批判や反発が、反日感情を逆撫でしているのである。

朝鮮半島への植民地政策の過酷な収奪、侵略戦争で使い捨てた強制労働者や従軍慰安婦などに与えた非人道的行為、さらにその家族に与えた苦難、犯罪行為についての日本人の贖罪意識は皆無と言ってもよく、その無神経さは日韓条約に見事に集約されている。有償、無償併せて五億ドルと引き換えに、〝請求権放棄〟を明文化したが、有償三億ドル、無償二億ドルというのは、当時の為替レートを三六〇円と見ても、雀《すずめ》の涙ほどの賠償金である。

東西の冷戦が激化する状況下で、アメリカが極東戦略のため、米日韓の軍事同盟強化のために締結させた日韓条約は、韓国政府も国民も全く納得しがたい国際常識を逸脱した屈辱的な条約だったのである。

日本政府が、その後の強制連行や従軍慰安婦裁判で、「請求権放棄」条項を盾にとって提訴を却下し続けている非人道行為の経緯はすでに周知のことで、もし日本と韓国の立場が逆転していたら、即座にこの条約の不条理が判明するはずである。日本の戦後政治に対する韓国民の不信は、これらの非道な行為で極点に達している。もし日本がこの上、誠実な「過去の清算」を放棄し続けるなら、韓国人民の日本人に対する不信は永久に氷解することはないだろう。

そのような非道な戦後政治は、侵略戦争が生んだ同胞の犠牲者さえ見殺しにし続けてきた。侵略戦争が国策として動員して犠牲にした中国残留孤児や朝鮮人日本人妻まで残酷に使い捨てたのである。苦難の果てにやっと故国にたどり着いた人々に、「中国人や朝鮮人と結婚した女に、いまさら帰って来られても困る」と肉親縁者までが差別し、その悲劇をさらに拡大させた。前述したように、日本人妻は日本人社会の中に捨てられ、中国残留孤児は日本人社会に同化することもできず、中国人でも日本人でもない、祖国のない〝国際難民〟になってしまったのである。

戦争中は児童に忠君愛国を教えて戦場に送り出し、ボロ布のように使い捨てた。空襲の炎の中を逃げ惑って親を失い、学童疎開で孤独と飢餓とシラミに晒され、やっと戦争から解放された子どもたちに軍国主義教科書の墨塗りをさせ、新憲法が制定されると、「……日本は正しいことを、ほかの国より先に行ったのです。世の中に正しいことくらい強いものはありません……」と教えて、児童に自信と誇りを持たせたのである。

そしてわずか三年後に、アメリカ軍と軍事同盟を結び、近代兵器を装備した一四万の軍隊を持つ〝自衛隊〟を発足させただけでなく、学校では日の丸・君が代を強制し、ふたたび戦前に逆行しているのである。

国家や教師が次の世代を背負う児童を公然と騙すのは、地上のどんな罪より重い大罪である。ひとたび子どもに真向かって訓《おし》えた〝正しいこと〟を裏切れば、子どもたちは国家も学校も、親さえも信じなくなるからである。子どもたちが国家や親を信じなくなるということ自体、国家の破滅を意味するのだ。戦前の軍国主義教育を受けた子どもたちは、侵略戦争を背負って国を過《あやま》らせたが、「生きて帰るな」と教え子やわが子を戦場に送り出した教師や親たちの罪は重い。

僕たちの世代がその証言者だが、日本の戦後はその重罪を再び繰り返そうとしているのである。政府自らが児童に戦争の悲惨さを訴え、戦争の放棄を約束したことを、わずか三年後に破り、軍隊を保有したのだ。嘘は諸悪の根源である。とくに子どもを欺くのは大罪で、戦後の日本は自らの国家の尊厳を崩壊させてしまった。

嘘に嘘を重ねて〝大本営国家〟は惨敗したが、戦後もその体質は変わらず、理念も展望もない乱世を作ってしまった。戦争はなくても国民は収奪され続け、一千兆円もの返済不可能な国債を国民に背負わせ、自殺者三万人という貧困社会や、氏名不詳の国民年金五〇〇〇万件という異常事態を現出させた。この国はもはや法治国家ですらないのである。騙す政治も、〝主権者〟という名の騙され続ける国民も、同罪である。そのツケを次の世代に背負わせ、わが子を殺し続けるからである。

台湾人　林景明の訴え

太平洋戦争勃発後、「高砂《たかさご》義勇隊」数千名がニューギニアの密林作戦で大活躍した新聞記事を学校で回し読みした。「特別志願兵制度」が敷かれ、二〇万人以上の台湾人が「皇軍兵士」として南方海域の山岳戦で奮戦、三万人が戦死し、一九四四年レイテ島の米空軍基地に突入して玉砕した。また「高砂空挺隊」の壮絶な最後は、太平洋戦史にその勇名を残している。だが日本政府は敗戦後、日本兵同様の勲功に報いる正当な補償をすることもなく、朝鮮民族同様に使い捨て、遺族の困窮を顧みることもなかった。

「皇軍兵」として中学時代に日本軍に集団志願させられた林景明《りんけいめい》は敗戦後、台湾民族独立運動に参加したため、蒋介石《しょうかいせき》（毛沢東《もうたくとう》の共産軍に敗北して台湾に逃れて臨時政府を樹立）の台湾政権に追われ、逮捕を免れるために一九六二年、日本に留学した。だが、「特別在留許可」が切れるとすぐ入管法違反で逮捕され、もし台湾に強制送還されれば「国家反逆罪」で逮捕、処刑される運命が待ち構えていた。

林景明は各政党に救助を求めたが、米国に追従し蒋介石政府を承認した自民党政権も革新政党も、元日本兵の林景明を救おうとはしなかったばかりか、パスポートの期限切れを理由に台湾に強制送還しようとした。やむなく少数の市民団体に守られ、「日本国籍確認訴訟」を起こして逮捕を免れたが、二度にわたり「外国人登録法違反」で逮捕され、大村収容所に収監された。祖国の独立運動に身を投じた「元日本兵」の救出を放棄したのは明らかに国際法違反で、人権問題の上からも厳しく批判される行為だった。

僕が林景明の取材を始めたのは、彼が宋斗会の運動と共闘していたからだ。彼は不法逮捕と強制送還に怯えながら、裁判所と東京入管を往復している毎日だった。一人の台湾人が孤立無援の生活の中で反権力闘争を続けている行動力と精神の強靭さに、僕は目を見張った。

当時の僕が初対面から林景明に親近感を持ったのは、小学校時代から中国人や朝鮮人に対しては

〝チャンコロ、チョウセンジン〟と蔑視していたが、台湾人には好感を持っていたからだった。林景明の誠実で行動的な人柄に魅《ひ》かれた。

宋斗会が強引なまでに自己主張する運動家だったのに比べ、林景明はむしろ自己抑制型の学究タイプで、当時すでに台湾の風土や歴史、民族運動などを記述した著作もあった。一冊贈呈されて彼の人間性を知り、台湾に関する初めての知識も得た。林景明は日本に留学後、池袋にあった台湾政府の光華寮で暮らしていた。

最初取材したとき、なぜ日本国籍を欲しがるのかと質問した。

「台湾に強制送還されたら、蒋介石政権に逮捕され間違いなく処刑される。逮捕を免れるため緊急避難的に日本に留学したが、滞在期限が切れると強制送還されるのでやむなく国籍確認訴訟を続けている。日本政府は戦時中、台湾人を『皇国民』にして戦争で使い捨てた責任を取るべきです。僕を取材して雑誌に発表し、運動に協力してください。お願いします」

そう訴えられ、その生真面目さに打たれた。宋斗会が自らの祖国韓国に対してむしろ批判的で、「日本人」であることに異常なまでに執着していたのに比べ、林景明は祖国の再建に人生の夢を賭けていた。その意味では、宋斗会があらゆる権力と真っ向から対決したのに対し、林景明は日本と台湾の二つの国家権力に追いつめられた「逃亡者」だった。

当時の彼は光華寮で自炊生活をしていたが、留学資金も打ち切られ、他の寮生ともほとんど没交際だった。国籍確認裁判や街頭運動に明け暮れている彼は、光華寮にはふさわしくない人間として寮生から敬遠されていたからだった。日本では定職もなくアルバイトで生活していたが、健康が心配なほど質素な生活をしていたので、取材のたびに差入れをした。

一人の台湾青年が侵略戦争の犠牲にされた上、日本に亡命し苦難の生活に耐えている姿はしかし、僕にはむしろ羨ましかった。高度成長の波に乗り、金と物しか通用しない日本人社会の荒廃に、彼は厳しい覚醒と警鐘を打ち鳴らし続けていたからだった。

そしてある日偶然に、一人の主婦が街頭で林景明の訴えを聞き、一枚のチラシをもらって読んだのが発端になり、彼の運動を全面的に支えることになった。

原民子さんは、台湾で精糖業を経営していた一家と敗戦後に帰国した。台湾時代の事業は順調で戦時中も何一つ不自由なく暮らし、日台の歴史にも現地住民の困窮生活にも関心はなかった。日清戦争の賠償として清国から奪った植民地で豊かな生活を楽しみ、その生活が台湾人の犠牲の上に成り立っていることなど考えたこともなかったのだ。

敗戦後、台湾で築いた事業のすべてを失って引き揚げた原さん一家だが、それでも他のアジア諸国からの引揚者とは異なり、日本政府がいち早く蒋介石の台湾政府を承認して友好関係を結んだため、帰国後に事業を再開して比較的恵まれた生活を続けていた。

そんな生活の中での林景明との出会いが過去の台湾支配の実態を知る動機になり、贖罪《しょくざい》のために「林景明を救う会」を発足させ、裁判闘争や運動の全面的支援に余生を投じた希有《けう》な女性だった。敗戦後の女性の社会進出は、新憲法が保障した男女平等の理念だけではなく、女性自身の覚醒と意識変革をもたらし、教条的な社会通念を超えた市民運動に発展していったのである。

女性の社会進出は、戦後民主主義の唯一の成果だったともいえる。僕が取材した範囲だけでも、国家の前途に直結する六〇年安保闘争への積極的な参加や、自衛隊違憲訴訟、高度成長下で噴出した公害問題、食品問題、薬害問題など、生活の周辺の問題から社会問題、さらにベトナム反戦運動へと戦争と平和の問題にまで連動していった。もし戦後政治への女性の参画がなかったら、日本の戦後は七〇年代には早くも現在のような荒廃した世相を現出していただろうと思えるほど、女性の意識変革と社会進出は目覚ましかったのである。侵略戦争で国を滅ぼした上、戦争の総括も戦後処理も放棄して戦後の日本まで崩壊させ戦前に逆行させたのは、すべて無思慮な男たちの仕業であることを思えば、戦後の女性の意識変革とその運動展開は、まさに「革命的」な偉業だったと評価しても過言ではない。女性が自立し、無能な男たちを躊躇《ちゅうちょ》なく捨て始めたのは、戦後唯一の成果だったと評価してもよい。

ともあれ、「林景明を救う会」の取材を始めた最初の日、集会入り口の黒板に書いてある「緊急告知」を読んで、市民運動に参画する女性たちの緊迫した問題意識に圧倒された。

「九月一日、突然林景明さんに出されていた退去強制命令が取り消され、三カ月の特別在留許可が出されましたが、三カ月経過した時点において再び不法在留として退去令を発令し、今度は訴訟に取り上げる暇を与えず即刻送還を強制するという（柳文郷氏の前例がある）手段に出られる恐れがあります」

その日の集会には十数人の女性メンバーが集まって対応策を協議していたが、即刻的な運動展開は見出せなかった。僕が驚いたのは、それでも一同が散会後に東京入管と外務省へ陳情、山手線各駅で林景明救助のアピールを続けて終電車でそれぞれの家庭に帰った熱意だった。陳情組は外務省と東京入管でいずれも門前払いされたが、この種の陳情に所轄官庁が誠実に対応することは皆無だった。それでも、翌日は朝から再度陳情することを決定して散会した。

当時は学生運動の高揚期で、林景明は連日都下の各地で行われているセクトの集会で支援を求めたが、発言もめったに許可されなかった。機動隊と激突し連日大量逮捕されていた学生たちには、台湾人の人権問題や独立運動の支援をする余力も関心もなかったのである。彼は駅前で台湾問題をアピールし続けていたが、運動の前途に展望はなく、苦悩と焦燥を深めていた。日本の裁判所で国籍確認裁判で勝訴し、在日朝鮮人や台湾人の人権が認められた判例など皆無だったからである。彼を取材しながらいつも感じたのは、不条理な国家エゴがかつての「皇国民」を使い捨てた残酷なシステムだった。

救援運動を通じてその実態をさらに克明に知り取材することができたが、カメラを向けるのも次第に気が重くなった。僕にできるのは、国家権力に追いつめられていく在日朝鮮人や台湾人の過酷な現実を取材して雑誌や展覧会で発表し世論に訴えることだけで、ともすれば無力感に襲われた。

その窮地から脱するために、彼が好むと好まざるとによらず、触れてはならないプライバシーや心の深部にレンズを向ける必要があったが、人間の苦悩や恥部にカメラを向けるのは重い困難な行為で、いつも拭いきれない疚しさが付きまとった。取材対象の心に土足で踏み込まなければならないからだ。また映像表現はリアルで、不用意にシャッターを切れば相手の人格や感情まで傷つける。そのタブーを背負い、乗り越えるのが写真家の宿命だとしても、取材する側の独断で解決するような簡単な問題ではなかった。

その不文律を不用意に犯し、林景明をひどく傷つけてしまったことがあった。

取材を始めた当初、お茶の水駅周辺で国籍確認訴訟のアピールとビラ配りをする彼を半日取材した。その日はうだるような真夏の炎天下で、呼吸もできないほど蒸し暑い日だった。署名も街頭カンパもほとんど集まらず、林景明はそのうちに顔面が蒼白になり、息切れがして立っておれなくなった。しばらく日陰で休息しても容体が回復しないので、夕方のラッシュが始まる前に電車で寮に帰り、タオルで頭を冷やしてベッドに横になった。一休みした後で言った。

「朝夕、剣道の素振りをするのが日課になっている。子どもの頃から日本の武道に憧れ、東京に来てからも運動に自信を失った日でも激しい練習をすると気持ちが落ち着き、すぐ立ち直れる」

彼は竹刀を持って屋上に出て、鋭い気合いとともに激しい素振りを始め、たちまち生気を取り戻した。目を見張らせるような激しい動作だった。だが、シャッターを切っているうちに急に彼の体から力が抜け、竹刀を投げ出し仰向けに倒れて、屋上に大の字になった。額から脂汗が流れ、虚ろに見開いた両目が東京の濁った空を見据え、激しい息づかいが胸を波打たせていた。

急に具合でも悪くなったのかと駆け寄り、「大丈夫？」と声をかけると、力なく頷いて目を閉じた。真っ赤な太陽が空を灼《や》き、その真下に果てしなく広がった東京の街が陽炎《かげろう》のように燃えていた。物音一つない死んだような風景だった。その風景の中に、僕は現実には見たこともない東京空襲の凄惨な地獄を見ていた。一九四五年三月一〇日の夜、B29の大編隊が首都東京を襲い、焼夷《しょうい》弾《だん》の無差別爆撃を加え、炎の中を逃げ惑った一三万ともいわれる人々が一夜にして焼死した修羅場を現出した。かつての悲劇の前景に、林景明は倒れていた。

その姿を目にした瞬間、僕はグラビアページに予約して数日中に総合雑誌に入稿する予定だった林景明のキャンペーンのトップ写真に、その情景を使おうと決めた。すかさずシャッターを切った。念のために二、三枚、駄目押しのシャッターを切り、さらに真っ赤な太陽を入れて写そうと身構えたとき、彼の体がピクッと痙攣《けいれん》して目を開いた。その視線はすぐカメラに向けられた。自分の醜態を写されているのに気づいた彼は、慌ててカメラから逃れようとした。「こんな姿を撮らないでくれ」と弱々しい瞳が哀願しているようだった。僕の行動に対する不信の色が、その顔色の底に潜んでいた。慌ててカメラから手を離した。林景明は安堵したようにまた目を閉じた。真っ赤な太陽が東京の街を灼いて沈もうとしていた。

その寂寥《せきりょう》とした風景の中で、僕はシャッターを切るのを自己規制した自分を悔やんでいた。太陽を入れた写真のほうがトップ写真には圧倒的に迫力があったからだ。写真家にとってシャッターを切るのを自己規制するのは敗北以外の何ものでもないのだ。目の前の状況が何であれ、「写真」は執拗にシャッターを切ることだけを要求する。たとえその行為が、カメラマンのモラルという使い古された戒律を犯す〝犯罪行為〟であろうと、人間の心に土足で踏み込む行為であろうと、シャッターを切るのをためらってはならない。その写真を使うかどうかは後で決めればいいことで、写そうと決めた対象を記憶の網膜にとどめておくだけでは一生悔いを残すことになる。意識世界に残されただけの残像は、写真でも記録でもない。文章なら後で加筆できるが、写真はその瞬間シャッターを切らなければ永久に存在せず、シャッターを押さなかった悔恨だけが死ぬまで付きまとうのである。映像表現であるドキュメント写真は、本来歴史の証言者であるために冷酷でエゴイストであることをも要求される。

満身創痍《まんしんそうい》の林景明が屋上に倒れた姿に非情なレンズを向けシャッターを切らせたのは、カメラマンが背負わなければならない残酷な宿命だった。僕はカメラなど無視していた宋斗会にはいっさい了解もなくカメラを向けていたが、林景明には運動を取材して発表してくれと懇願されているにもかかわらず、シャッターを切るのを逡巡《しゅんじゅん》することがあった。

ドキュメント写真は、写す者と写される者の相互関係が決定する。プロ写真家になって過去の侵略戦争の原罪にレンズを向けるようになり、宋斗会も林景明も運命的に僕のカメラが遭遇した被写体だった。彼らは侵略戦争の犠牲者であり、僕は内心「仇は取ってやる」と約束していた。僕のカメラが二人を執拗に追ったのはそのためだった。

だが林景明が混濁する意識の中でシャッターの音を聞き、カメラの狂気を拒否すれば、それが彼の運動やグラビアページにどれだけ有効な写真になろうと、撮影を中断するほかない。写される者はいかなる場合にも「主権者」だからであり、その主張を侵害することは許されない。

プロ写真家はそれ自体獰猛《どうもう》なパパラッチで、撮りたいものは何でも切り撮る能力を持っている。だが、その刃は写される者の人権まで侵害することは許されない。とくに林景明は宋斗会とは異なり、四面楚歌《しめんそか》の異国で反体制運動を続けるにはあまりにも誠実・繊細な感性の持ち主で、その人柄こそが彼の魅力で支援者を集めていたのである。僕も彼のナイーブな性格と、いつも何かに怯えているような存在感から一人の台湾人運動家の実態に肉薄してシャッターを切り続けた。

これ以上強引にシャッターを切ったら彼の体から真っ赤な血が噴き出すのではないかと恐れたほ

ど、彼は誠実だった。僕が林景明に傾倒したのは、日本人がすでに失った、そんなハラハラするような真っ正直な感性や人柄の誠実さに魅かれたからだった。その意味で彼は、荒廃した日本人社会に警鐘を打ち鳴らし続けている貴重な存在であると同時に、僕の人生の指標であり、宋斗会と同じ得がたい友人だった。二人に真向かい、激しい自己葛藤を繰り返しながらシャッターを切っているときの衝動や緊迫感は、見慣れた日本人にレンズを向けているときの無力感や停滞感とは異次元の手応えを実感した。

同じ反体制の戦列の中で共闘していたが、二人が背負った重い現実に比べたら、僕の仕事などまるで遊びだった。僕は自分が生まれた国に反逆して生きていても、一人のジャーナリストとして一応の人権も言論も保障されていた。不法に逮捕されることも、国外に追放される怖れもなかった。僕の安易な生活と比較したら、彼らの毎日はつかの間の平穏もない地獄の日々だった。二人にレンズを向けているとき、否応なく感じるのは祖国を失い流浪の旅を続けている国際難民の孤独と寂《せき》寥《りょう》の陰だった。

それだけに、何も考えず安易な生活を送っている日本人とは比較にならない目的意識や人間的な執念が悲嘆と絶望の日々を支え、無法な国家権力と対決できたのである。その不屈な姿にレンズを向けながら、僕はいつも彼らが羨ましかった。

二人の行動原理こそ、まさしく、人間の尊厳を守り抜こうとする日本国憲法の理念であり、主権者のあるべき姿だったからだ。日本人が捨てた憲法理念を、日本に捨てられた二人の「元日本人」が死守している現実こそ、この国の歴史の倒錯と荒廃を浮き彫りにしたもので、日本の進路が厳しく問われていた。僕はいつも、もし彼らが日本のような凶悪な侵略国家に遭遇しなかったら、自らの祖国をどんなに豊かに構築していただろうと想像し、僕の国が犯したアジア諸国に対する犯罪行為を怖れると同時に憎しみ続けていた。

「過去の過ちを反省しない者は同じ過ちを繰り返す」という言葉を国家再建の理念にして、敗戦後のドイツは徹底的にヒトラーの侵略戦争を総括、清算してヨーロッパ社会に復帰したが、日本は再び同じ過ちを犯そうとしているのである。残された道は太平洋戦争に突入した当時の破局への危険な道程だけである。

僕は九〇年近い生涯の中で、同じ過ちを繰り返す国家をもう一度体験することになりそうだが、宋斗会と林景明に出会ったことは唯一の救いだった。写す者と写される者との乖離《かいり》を完全に埋めて相互理解できたとは思わないが、もし二人に出会わなかったら、少年時代からアジア人を蔑視し、青年期には侵略戦争に加担した無知で凶悪な日本人そのままの姿で憲法改正に加担し、性懲《しょうこ》りもなく同じ過ちを繰り返して恥じなかったろうと思うのである。

二人を十数年撮り続けて日本の雑誌メディアに発表したのはわずか五回、三五頁だけだったが、彼らの姿は「戦争責任展」や「写真で見る戦後」に写真巡回展として再編され全国六〇〇都市を巡回し、今も巡回し続けている。二人の期待に充分沿えたとは言えないが、僕なりに全力を傾倒したという実感はある。

林景明とも一九八二年、僕が瀬戸内海の無人島に入植したのを機に音信は絶えた。僕もまた彼を裏切り使い捨てた日本人の一人で、この国からの「逃亡者」の一人になってしまった。慚愧《ざんき》の思いは断ちがたく、僕たちの国が犯した原罪は生易しい罪状ではないが、二人の朝鮮人、台湾人とはどんな日本人よりも誠実に付き合ったという思いがわずかに僕を納得させてくれる。

朝鮮半島だけでなく、侵略国家日本はアジア太平洋海域の広大な地域で殺戮《さつりく》、収奪をほしいままにし、「皇国民」を使い捨てた。フィリピンでは占領中六〇万の日本軍が食糧を〝現地調達〟という名で強奪し、各地で現地住民を徴兵して米軍と戦わせ、十数万人を殺したというドキュメントをつい最近、NHKテレビで見た。仏領インドシナ（ベトナム）では収穫貯蔵した食糧を日本軍が略奪し、三〇〇万人が餓死したという。

一九七〇年代に一七名のミクロネシア元日本兵が来日、外務省前に戦死者の卒塔婆《そとば》を建てて僧侶を呼び法要を営み、数百名の戦死者と遺族に対する補償交渉を申し入れたが、外務省は実態が把握されていないと拒否した。戦時中の旧悪の実態を隠蔽するために故意に調査していないのが実情で、フィリピン同様、日本政府の常套《じょうとう》手段で太平洋の小島の住民の生命など歯牙にもかけなかったのである。来日した元日本兵はみんな日本語を話し、「さらばラバウルよまた来るまでは……」と軍歌を歌い、上手に箸《はし》を使って食べてみせ、取材するマスコミを喜ばせた。

日本の言語、風俗習慣を身につけていること自体、過酷な植民地政策の実態を物語る証明だった。太平洋の島々で日本軍は現地人を皇民化し、戦争に動員して使い捨てただけではない。広大な太平洋海域の島々にまで従軍慰安婦を拉致して皇軍兵士の性欲のはけ口にした。

元日本兵一行は当時若者に人気のあった作家、平岡正明の支援を受け、都内数カ所で連日カンパ活動をしたが、彼らの補償要求に関心を示す通行人はほとんどおらず、取材した写真も二誌が掲載しただけだった。

一九六〇年代は、池田内閣が〝もはや戦後ではない〟と所得倍増論を振りかざして高度成長の波に乗り、金権万能社会を実現させた時代だった。敗戦後マッカーサーに「一三歳」と嗤《わら》われた日本人は、飢餓と物不足の窮乏時代から、同じアジア人を犠牲にした米国の朝鮮戦争とベトナム戦争特需景気で一挙に金まみれの高度成長時代に突入し、戦争責任の追及も被害国への補償も投げ出し、ひたすら高度成長に溺れ、酔いしれていたのだ。

裏切られた北朝鮮帰国

一九五三年、アラビアを取材するために初めてパスポートを取ったとき、世界で唯一渡航を禁じられた国が明記されているのに驚いた。「朝鮮民主主義人民共和国」だった。当時の北朝鮮はまだ金日成《キムイルソン》時代で、一九五六年には日ソ国交回復、七二年には田中内閣が日中平和条約を締結するという、共産主義圏との雪解けの時代だったからである。

戦時中日本は国際連盟の勧告を無視して中国を侵略し、ついに連合軍と戦って悲惨な敗戦を迎えた。戦後、韓国民の帰国と自由往来は認めたが、北朝鮮国民の帰国は許可しなかった。国際世論の批判を受け、一九六〇年国際赤十字による帰国が始まるまでの一五年間、日本は二十数万の北朝鮮国民を無法に「拉致《らち》」し続けたのだ。

その理由は第二次大戦後の東西の冷戦だった。北朝鮮が共産主義国家だという理由だけでアメリカに追従したのである。そればかりではない。戦後、米ソの代理戦争である朝鮮戦争が勃発し、日本は戦争放棄の平和憲法に違反して米軍に武器弾薬などを提供する特需景気で〝漁夫の利〟を占め、敗戦後の経済破綻から立ち直ったが、朝鮮民族は離散家族一千万といわれる悲惨な戦争被害を受けたのである。

一九六〇年八月、日朝赤十字社が初めて「帰還協定」を結び、以後八年間にわたり帰国事業が継続され、九万三〇〇〇人が帰国した。この中には戦時中、皇民化政策の犠牲にされて朝鮮人と結婚した一八三〇人の日本人妻がいたが、彼女たちはその所在さえ隠して異郷に旅立った。僕も引揚船を取材しながら、その所在さえ知らなかった。

日本人妻は帰国後、金正日《キムジョンイル》体制下で予想もしない悲惨な運命に遭遇したが、放置されたままである。前々章で戦争孤児などの悲惨な状況を記述してきたが、政府は戦争の犠牲者を延々と殺し続けている。空襲や戦闘で人間が殺される戦争とは異相の、敗戦後も終わることのない戦争の爪痕《つめあと》に、北朝鮮への帰国問題の取材を始めた僕は驚きの目を見張った。

僕が北朝鮮帰国の取材を始めたのはプロ写真家を目指して上京した一九六〇年代だったが、日朝両政府の取材規制が厳しく、わずかに新潟港の北朝鮮帰国風景が撮影できるだけだった。日朝問題の核心に迫るためには、宋斗会や林景明の取材と並行して在日朝鮮人の生活や、朝鮮大学など周辺の問題も取材することが必要だった。総合雑誌に写真を発表するうちに、朝鮮総連の取材協力も受けられるようになった。

上野駅から引揚列車に同乗し、帰国状況をつぶさに取材できたのは七〇年一二月だった。関東、西日本各地から二五〇名の引揚者が上野駅に集合した。新潟に向かう夜行列車は、まだ見ぬ故国に向かう人々の多彩なチョゴリの晴れ姿と、帰国を見送る人々との喜びと悲しみが交錯する異様な興奮に包まれていた。

かつてこれほど晴れやかな在日朝鮮人の笑顔を見たことがなかった。帰国列車に同乗して新潟に到着するまで、夢中になってシャッターを切った。北朝鮮赤十字社の取材許可も得ていたので撮影を拒否する引揚者もなく、前回の引揚げ取材に比べ、自由に撮影できた。

ピンク色の派手なチョゴリを着て、生後半年あまりの乳児を抱いた若い母親は、カメラを向けると赤ん坊をあやし、並んで座っている若い夫を見ながら語った。

「ずいぶん待ちましたがやっと帰れます。日本で生まれ、日本の大学を卒業して結婚し、大阪でパチンコ屋をしている父の仕事を手伝っていました。北朝鮮には娯楽施設が少ないので、帰国したらピョンヤンで娯楽関係の店を持ちます」

二カラットほどの大粒のダイヤの指輪が光っていた。パチンコ業界や金属回収業が朝鮮資本に独占され、北朝鮮経済と在日朝鮮人の生活を支えているのは周知の事実で、引揚者の中に富裕層が多いのに改めて驚いた。昭和初期の不況時代、日本国民は〝故郷に錦を飾る〟ことだけが唯一の夢だったが、在日朝鮮人は差別と貧困の中で必死に働くだけでなく、北朝鮮経済まで支えていたのである。どの車両も、網棚の上には帰国後の新しい生活に使う電化製品や近親縁者への土産物が山積みにされていた。

　だが、引揚者の中には戦前、土地を収奪され仕事を求めて日本に渡航した人々やその二世、戦時中の強制収容で日本に拉致されそのまま日本社会の底辺で貧困と差別に虐げられて生きてきた人々も少なくなかった。引揚列車は悲喜《ひき》こもごもの思いを乗せて新潟に向かっていた。

　上野駅から乗車したとき、各車両を回って僕は赤十字の人に紹介してもらい、取材意図を説明して撮影の了解を得ていた。北朝鮮関係の取材にはトラブルがつきものだと聞いていたからだが、乗客のほとんどが労働者だった二両目の撮影で、その憂いは早くも現実になった。

　顔半分と右腕にケロイドを残している被爆者らしき六〇歳代の労働者風の引揚者にカメラを向けシャッターを切ると、彼はすごい剣幕で怒鳴り、胸を小突いたりした。その後、酒に酔った男が「何で写すかっ。この野郎、ぶっ殺すぞ」といきなり殴りかかってきた。周りの帰国者が止めたので危うく難を逃れたが、僕を睨みつけた眼が怒りに燃えていた。一両目の帰国者はみんな気持ちよく撮影させてくれたので、迂闊《うかつ》にも了解も取らずシャッターを切ったからだった。

「すみませんでした」と謝ったが、彼の怒りは収まらなかった。

「お前ら、いい加減にせんかっ。いつまでも朝鮮人が思いどおりになるとでも思っているのかっ」

　何と言われようと、言い訳もできなかった。それは不条理な植民地統治に対する朝鮮民族の日本人総体に叩きつけられた怒りと怨嗟《えんさ》でもあった。強制連行された人々が血みどろな日々をどう耐えてきたのか、当時の僕はまだ詳しく知らなかった。新潟に向かって疾走している夜行列車の狭い空間の中で、残忍な朝鮮支配に対する積年の怨念の標的にされ、僕はなす術もなく立ちすくんでいた。

「いまさら調子のいいことを言うても、もう誰も信用しないぞ」

「俺たちがどんな苦労をさせられたか、お前知っちょるのか」

「お前、写真を撮って金儲けをするだけじゃろう」

集中攻撃を受けて絶句しながらも答えた。

「いいえ、強制連行で苦労された皆さんを撮って発表し、その労苦を訴えるためです」

「嘘つけ、調子のええことを言うな。お前は誰が俺たちを炭坑に連れてきたか知っちょるのか。タコ部屋で何を食わせ、炭坑で何人殺したか知っちょるのか。知っちょれば言うてみろっ」

当時の僕は、まだ強制連行のことは詳しくは知らなかった。雑誌に発表するのは嘘ではなかったが、彼らの怒りが収まるはずもなかった。僕の狼狽を見透かしたように、周りの帰国者が詰め寄った。

「いい加減なことを言うな、いまさら何を言っても俺たちは信用しないぞ」

事態はさらに険悪になった。しかし罵倒された今なら本音が聞けると思った。メモを出して、

「日本を離れる皆さんに、今日は本当のことを聞きたいのです。そのまま雑誌に載せることを約束しますから、全部ぶちまけて聞かせてください」

「いまさら聞いてどうする。俺たちの言い分を一度でも聞いたことがあったかっ」

「ちゃんと答えてみろ、チョッパリ」

「お前、チョッパリとは何か知っているか」

「……いいえ、知りません」
「そうか、知らんか。後で誰かに聞いてみるがいい」
侮蔑を込めた笑い声がドッと車内に起こった。チョッパリとは朝鮮語で、最も品性下劣な人間を侮辱する言葉だとは知っていた。帰国列車の中の日朝の歴史はすでに完全に逆転していた。朝鮮支配の残虐な原罪の十字架を背負わされた哀れなカメラマンは、問答無用の民衆裁判にかけられ、裁かれるべくして裁かれていた。朝鮮支配の長い屈辱と怨念の十字架を背負わされて立ちすくみ、「俺の罪ではない」と言い逃れをしようとした。だが、突然脳裏をかすめた少年時代の遠い記憶がその無様な言い訳を微塵《みじん》に砕いた。

下校時、数人の友だちと町外れの朝鮮人部落に回り道をしては、「ヨボ、ヨボ朝鮮人、ニンニク臭いど朝鮮人」とはやし立てて軒の低いバラックが密集している狭い路地を駆け抜け、丘の上からおもしろがって石を投げた。青洟《あおっぱな》をたらしたガキまでが朝鮮人差別を楽しんでいた、そんな遠い日の思い出を突きつけられたからだった。軍国青年時代には朝鮮人を人間扱いにもしなかった。反抗することも、怒りの叫びを上げることもできず、彼らは屈辱の涙を噛み締めながら我慢するほかなかったのだ。

大正生まれの僕は、戦後の民主主義時代を迎えても血肉化した朝鮮人差別が払拭しきれず、自分が〝チョッパリ〟と辱められ、初めて自分が犯した罪を思い知らされてその屈辱を飲み込んだ。四千万の朝鮮民族が、それでもなお日本と日本人を信頼するだろうか。苦難の拉致生活の果てに、やっと祖国を目指す帰国列車の中で、彼らは〝最後の怒りと憤懣《ふんまん》〟を僕に叩きつけてきたのである。受けるべき当然の制裁を受けるしかなかった。僕は日朝の歴史の残忍な針のむしろに座らされたまま観念した。長い人生の中で、これほどの屈辱と良心の呵責の葛藤に晒されたのは初めてだった。

何か言わなければならなかった。僕は青少年時代に朝鮮人を差別したことを告白し、車中の帰国者に頭を垂れ、「私は間違っていました。お許しください」と心から謝った。そして、戦後は反体制写真家として総合雑誌の仕事をし、日本の反動化を告発するキャンペーンを続け、在日朝鮮人や朝鮮大学の取材をしたこともあり、その延長で帰国列車の取材をしている経緯も説明した。

意外なことが起きた。殴りかかった帰国者が、僕の顔を見すえて言った。

「わかった。お前が本当に俺たちの言ったことをそのまま発表すると約束できるのなら、写真を写してもいい」

「僕は自分の自由意志で写真を発表し、解説ができるフリーのカメラマンです。聞いた話は写真と一緒に発表できます。約束します」

わかったと頷いて、彼は話し始めた。

「二九歳のとき結婚し畑仕事をしているとき、女房と生まれたばかりの赤ん坊を残してそのまま日本に連行された。炭坑で毎日こき使われ死ぬ思いをさせられたが、飯も満足に食わせず給料もくれなかった。長崎で被爆した後は具合が悪くろくなことは一つもなかったが、日本政府は治療もしてくれず一緒に連行された仲間の半分が死んだ。その上、戦争が済んでも北朝鮮には帰してくれなかった。いまさら帰国しても家族の行方も生死もわからない。仕事は将軍様が探してくださったが、五〇歳を過ぎ体も弱り、いつまで働けるかわからん。お前、俺の話をちゃんとチョッパリの奴らに伝えてくれ」

メモを取って、その後何人か撮影した。その肉声にたじろぐばかりだった。「もし立場が変わり、自分や家族が同じ目に遭っていたら」と想像し、全身が凍りついた。

「知らなかった」で済むことではなかった。当時の僕は、朝鮮総連が帰国に果たした役割も、〝地上の楽園〟と称して帰国者の夢を駆り立て帰国させたのも金や膨大な土産物を収奪するための手段だったことも知らなかった。一人の無知なカメラマンは、日本が朝鮮半島で犯した「残忍な過去」への認識さえないまま帰国列車に迷い込み、受けるべくして歴史の審判を受けたのである。

三両目は若者が多かった。二両目のトラブルに萎縮し、いちいち了解をとって撮影した。朝鮮大学を卒業し、教師をしていたという若い女性は目を輝かせて語った。

「私たちの祖国はいま、次の時代を背負う若者を必要としています。帰国したら学校の教師になることが決まっています。日帝の植民地政策に長い間収奪、差別されて生きてきましたが、朝鮮民主主義人民共和国は金日成将軍のおかげで素晴らしい『地上の楽園』に変わっています。帰国したら祖国の発展のために一生懸命働きます」

日本の朝鮮支配に対する怨嗟が支配していた二両目とは違い、異様なまでに祖国への高揚感にあふれていた。夜が更けても、あちこちの座席で若者たちが語り合っていた。話の内容を知りたかったが、彼らはもう日本語を捨てハングルで話し合っていたので、内容が理解できないのが残念だった。

帰国列車は駅に着くたびに混乱した。どの駅も帰国者を見送る人波で埋まっていたが、警察官が厳しく列車と群衆を隔て、車窓を開けるのも禁止していた。「窓を開けさせろ」と叫ぶ怒号や罵声が各駅で渦巻き、割れるように車窓を叩く音が深夜の構内を騒然とさせた。犯人の護送列車ではない。日本政府は駅頭の別れに、せめてもの〝最低の礼〟を尽くすことも忘れ、帰国者と見送りの人々の対日感情を最後まで逆撫でし続けた。たまりかねて警備の警察官に聞いた。

「なぜ窓を開けさせないのですか？」

「あんたはどこの新聞社か？」

胡散臭《うさんくさ》そうに僕を見た警察官は、まず身元を詮索してから答えた。

「自由に窓を開けさせると、あいつらは密輸品を渡すからだ」

同胞との最後の別れさえ無神経に遮断する過剰警備が、帰国者と送迎する人々をどれだけ傷つけるか考えようともしない。朝鮮統治時代そのままの傍若無人《ぼうじゃくぶじん》な規制だった。

帰国列車が新潟駅に到着すると、監視はさらに厳しくなった。帰国者たちは数台のバスに追い立てられ、新潟市内を走り抜けた。やがて新潟埠頭《ふとう》の一角に寒々とした残雪を残した冬景色の中の倉庫のように低い屋根を並べた「新潟出入国管理局」に到着した。ここでもまた、周囲を鉄条網で囲んだ施設をさらに厳重に警察官が囲んでいた。帰国者たちが想像もしなかった荒涼とした〝旅路の果て〟だった。

バスを降りた一行は、雪にぬかるんだ道をその建物の中に追い込まれた。帰国のための晴れ着や縁の浅い朝鮮靴が汚れるのを気にしながら歩く女性や、両脇を家族に抱えられてとぼとぼ歩く老婆を、「早く歩いてっ」と無慈悲に警備員が急き立てた。シャッターを切りながら一緒に中に入ろうとして、また「どこの新聞社か」と門衛に制止された。取材許可証を見せ、無言で通り抜けた。

出入国管理局は、日本に出入国する外国人の法的な手続と、不法出入国者を一時拘束するための「代用監獄」で、新潟、東京、大村港などに所在し、とくに北朝鮮帰国者は〝犯罪者〟扱いにしていた。一行は列を作って冬の隙間風が舞い込む火の気もない三つの大部屋に、家族連れ、労働者、若者と部屋割りされ、入り口に積み上げた「一人四枚限り」と指定された毛布を持って、それぞれのグループごとに板の間に敷きつめて一塊になって座り、やっと落ち着いた。

朝から北国の固い粉雪が舞っていた。視界は白一色の雪景色になり、灰色の新潟出入国管理局はその実体を白一色の寒々とした雪景色に変えた。その雪の中で一人の帰国青年が、鉄条網を隔てて数人の見送りの若者と別れを惜しんでいた。そのうちに若者が鉄条網の隙間を潜り抜け、外に出て肩を取り合って話し始めると、たちまち監視員が走り寄り、見送りの若者たちを追い散らした。

「なぜ外に出る、早く中に入れ」

怒鳴りながら鉄条網の中に連れ戻し、雪の中に蹴り倒した。僕はシャッターを切った。

「写真を撮るなっ」今度は僕に掴みかかってきた。引揚者たちは施設から外に出ることさえ厳禁されていたのだ。追い散らされた若者たちが雪の中から激しく抗議し、雪礫《ゆきつぶて》を投げ「馬鹿野郎っ」と罵声を浴びせて抵抗した。「早く帰れ、騒ぐと逮捕するぞっ」と監視員は脅したが、若者たちは逃げようともしなかった。

雪を珍しがって建物から出て雪投げをして遊んでいた一〇歳ばかりの姉妹が、肩を抱き合い怯えながらその状況を見つめていた。母親と一緒に車中で撮影した顔見知りだったので、シャッターを切りながら近づいた。

「寒くない？　早く船に乗って帰れるといいね」

その瞬間、恐ろしいものでも見たかのように姉が怯えて手に持った雪を投げ捨て、妹の手を引っ張り建物の中に逃げ込んだ。汚れのない姉妹の目には、僕まで監視員と同類の〝チョッパリ〟にしか見えなかったのではとショックを受けた。日本での最後の日に見た恐ろしい情景を姉妹は生涯忘れないだろう。一瞬のその情景が、二人の少女の人生にどんな影を落とすか想像もできなかった。そして、すべての帰国者と送迎の人々は、最後まで「囚人扱い」された不条理な屈辱を決して忘れないだろう。

国家権力の醜い姿を覆い隠すように、雪は視界を閉ざして絶え間なく降り続いた。火の気もない凍りつくような部屋の中では、明日の乗船を前にした話し声と熱気が溢れていた。間もなくブザーが鳴り、隙間風と一緒に粉雪が舞い込む火の気もない食堂で昼食が始まった。長いテーブルにアルミ容器に盛った食事が並んでいた。たくあんを二切れ添えた盛り飯、焼いたシシャモ二尾、野菜の煮転がし、アルミコップには冷えた味噌汁が注がれていた。帰国者を迎えた歓迎メニューは、受刑者が食べる一日一二〇円の食事と同じだった。労働者風の男たちが一番先に食べ始めたが、冷えて固くなった昼食に箸をつけた引揚者は半数もいなかった。僕の食事までは出なかったので余った食事に箸をつけてみたが、正直喉を通るようなものではなかった。

夕食が終わると、帰国者たちは暖房もない氷点下の大部屋で薄い毛布にくるまって寒さに耐えながら、誰一人眠ろうともせず日本での最後の夜を語り明かしていた。長い苦難の果ての帰国であるだけに、祖国の前途に託したそれぞれの夢は語り尽くせないほどあるのか、部屋のあちこちでいつまでも会話が続いていた。

年老いたある夫婦は、薄暗い裸電球の下で体を寄せ合って毛布を被り、わずかばかりの金を板の間に並べて数えていた。

「北朝鮮に日本円を持ち帰って使えるのですか？」

「親類へ土産物を買うたら残った金はこれだけになった。老後の生活は将軍様が見てくださるから心配はない」と、老いた妻の顔を見て安堵《あんど》したように笑った。

わが子にハングルを教えている母親もいた。歳を聞いたら指を立てて四歳だと答えた。坊やは母国語で初めてアボジ（父）、オモニ（母）、チョソン（朝鮮）とまだ見ぬ祖国の名前を書いて父親から誉められ、嬉しそうに両親の顔を見上げてもっと書きたいとせがんだ。

「坊やはハングルが話せますか？」

「帰国が決まって毎日教えています。北朝鮮は教育制度も充実していますから、帰国しても小学校に入ればすぐ覚えるでしょう」と愛しそうにわが子の顔を見た。母と子の心はすでに日本海の暗い海を越え、夢にまで見続けた祖国に飛んでいるのかもしれなかった。この一家の前途にどんな生活が待ち受けているのだろうかと思った。

列車の中でもほとんど眠らないでシャッターを切り続けていたので、どっと疲れが出た。大部屋の入り口で残った毛布四枚を小脇に抱え、家族部屋の隙間に敷いて横になったが、いつまでも冷えきった体と足先が温まらず、寒さで眠れなかった。

それにしても、「朝鮮併合」以来百年にわたり、朝鮮民族を使い捨てた犯罪行為の償いに、日本での最後の夜をせめて旅館に宿泊させ、寛《くつろ》いでもらう思いやりさえ新潟の小役人にはなかったのか。それが無理なら、せめて広間くらい暖かくして、折詰弁当にコップ酒くらい振舞う人間らしい思いやりさえなかったのである。

しばらくしてまた起き上がり、カメラを持って凍てつくような廊下に出た。暗い深夜の廊下を歩いていると、薄明かりの漏れている小部屋があった。

入り口に「霊安所」と書かれた古びた木札が打ちつけてあるのを見て息をのんだ。帰国者の誰かが亡くなったのかと思ったからだ。扉を少し開けて中を覗くと、がらんとした部屋に粗末な祭壇が置かれ、白布に包まれた遺骨が並んでいた。

新潟までの帰国列車の中には、胸に遺骨の箱を抱いた帰国者が何人かいた。乗船するまで遺骨は霊安室に安置してあるのだろう。人の気配もないので扉を開けて入り、祭壇の正面に立って改めて一柱ずつ凝視した。

祭壇は荒削りの杉板が三段に組まれ、汚れた白布にそのまま包まれた骨壺《こつつぼ》もあれば、四角い木の箱を包んだもの、金襴緞子《きんらんどんす》で飾った豪華な骨袋に入れられたものもあった。日本での過去の生活や階級を示すものでもあった。ほとんどの遺骨は骨壺を入れた白木の箱に入れられ白布で包まれていたが、そのまま退色して黄色になった白布で包まれ、出生地と氏名だけ書かれたものや、氏名だけのものが六柱あった。おそらく強制連行され、異郷で無念の死を遂げた身寄りのない犠牲者たちの遺骨と想像された。

一つ一つの骨壺に秘められた受難の生涯は知る由もなかったが、残忍な朝鮮支配や悲惨な強制連行など在日朝鮮人の歴史から見れば、平穏な人生を終えて客死した人は一人もいないだろう。心を凍らせながら数えてみたら二七柱あった。いちばん下段中央に、大人の骨壺に守られるように小さな骨壺が三つ並んでいた。朝鮮人差別の中で生まれ、幼くして亡くなった子どもたちは、まだ知らぬ祖国でどんな冥府《よみ》の日々を過ごすのだろう。

祭壇に並んだ遺骨は永遠の沈黙を守っていたが、死者たちが平穏であるはずもなかった。隙間風に揺らぎながら薄暗い霊安室に立ち昇る細い線香の煙や、燃え尽きそうになったろうそくの炎が、非業の死を遂げた死者たちの怨念のように揺れていた。

「撮影しておかなければ」と思ってギョッとした。

誰もいないと思った霊安室の祭壇の前に、毛布をかぶった老婆が一人、石のようにじっと座っていたのだ。列車の中で枯れ木のように細い両腕で遺骨を抱いている姿を写させてもらった老婆だったが、何を聞いても応えてくれなかった。

「列車の中ではすみませんでした。火の気もないのに寒くはないですか」

老婆は目を閉じたまま返事もしなかった。眠っているのかもしれないと思い、そっと近づいてシャッターを切った。

「写すなっ」

驚くような大声だった。怖じ気づいて、その後のシャッターは切れなかった。憤怒に燃えた瞳が僕をにらみつけていた。その怒気に気押され、無様にも言い訳をした。

「すみません、眠っておられるようだったので」

老婆は石のように黙ったままだった。その重い沈黙に耐えられなくなり、どうにか話の糸口を掴もうと焦った。

「どなたが亡くなられたのでしょうか、迷惑でなければ話を聞かせてください」

老婆は頑なに沈黙を守り続けていた。

「祭壇の前で写真を撮らせていただけませんか」

「チョッパリッ、わしがどんなに嫌がっておるのかお前にはわからんのかっ」

激しい拒否の言葉が僕に叩きつけられた。憤怒に燃えた眼が僕を見すえていた。

「すみませんでした」

平謝りに謝ったが、老婆は許す気配はなかった。その場に立ちすくんだ。

「はよう出ていけ、と言うとるのがわからんのかっ」

異郷で無惨な生涯を果てた受難者たちが、最後の夜を過ごしている霊安室は、侵略者が土足で踏み込むのを許さぬ、朝鮮民族の〝聖地〟だったのだ。僕は老婆から完膚なきまで叩きのめされ、裁かれて、追い出されるように霊安室から逃げ出した。無惨な敗北だった。負け犬の肺腑を激しい慚愧の鞭が叩き続けていた。

撮影を続ける気力も失って大部屋に戻り、毛布にくるまって横になったが、慚愧の思いと寒気に転々として、夜が明けるまで眠れなかった。

夜も更けると、さすがに話し声は聞こえなくなったが、帰国者たちもほとんど日本での眠れない最後の夜を過ごしているようだった。

この日の取材は、僕にとって非常に重かった。この日に聞いた「強制連行」当事者の話を、ここに紹介する。

両手の指先を第一関節から切断した老人がドンブリ飯を手のひらで口に運んでいた。隣の仲間が冷えた味噌汁を吸わせてはタオルで口元を拭いてやりながら語った。

「一緒に北海道の炭坑に連れて行かれ、発破《はっぱ》で両手の指を吹き飛ばされて治療もろくにしてもらえず、キサマのような役立たずは出て行け、と飯場を追い出された。戦争が終わっても北朝鮮の者は帰してくれず、大阪のドヤ街に放り出された。ある日、街でクズ箱の食い物を漁《あさ》っているのを仲間が見つけて連れて帰り、一緒に暮らしているうちに呆《ほう》けてしもうた。連れて帰れば将軍様が面倒をみるから心配ないが、可哀想よのう」

面倒をみる者もみられる者も、強制労働の果ての満身創痍の帰国だった。だが、行く手には、

〝地上の楽園〟と優しい家族や近親縁者が待っていてくれるはずだった。

向かいの座席に、白布に包んだ遺骨を抱いた少年と、盲目の父親が座っていた。シャッターを切りながら聞いた。

「どなたのご遺骨でしょうか」

盲人は、見えぬ目で少年が抱いた遺骨に視線を落として答えた。

「死んだ女房じゃ、わしの目が見えんので苦労ばかりかけた。もう二年生きてくれたら一緒に帰れたのに可哀想なことをした。女房のお陰でわしら親子は生きられたが、急に血を吐いてそのまま寝ついてしもうた。町内会長さんが心配して原爆病院に連れていったが、手帳がない朝鮮人は診てくれなかった。会長さんが怒って抗議したが、スラムの者は相手にもせんので街の医者に連れていった。ろくに診てもくれず薬もくれなかった。原爆症は血を吐いたら助からんじゃろう、と言われ途方に暮れた」

見えぬ目が涙に濡れていた。話を聞きながらシャッターを切っていた指先が硬直して動かなくなった。「平和都市ヒロシマ」の原爆スラムに対する医療差別の実態を改めて思い知らされたからだった。強制連行されて盲目になり、原爆スラムで生きた受難の父親と、母親の遺骨を抱いて傷心の帰国をする息子の姿こそ、強制連行と原爆スラムの朝鮮人蔑視《べっし》と朝鮮人被爆者差別の、三重苦を背負った最後の証言者だった。確実に取材しておかなければ、とカメラを持ち直した。

「奥さんの遺骨を入れて家族写真を撮らせてください」

「ちゃんと写して、女房とわしら親子をこんな惨い目に遭わせた奴らに、よう見せてやって」

厳しい呵責のない言葉だった。片方だけ白く濁った見えぬ目が僕の心の底まで見据えていた。その視線に怯《ひる》みながら重いシャッターを切った。僕は冗舌で重圧から逃げようとした。

「広島のどこで被爆したのですか」

「わしは被爆者ではない。九州の炭坑に強制連行され、爆発事故で失明して追い出されて按摩《あんま》を習うて原爆スラムで仕事をしていた」

原爆スラムは僕が敗戦直前召集された爆心地近くの、西部第一〇部隊の焼け跡にできた部落だった。僕は入隊後、本土決戦の特攻隊要員に編入され、連日背中に爆薬を背負い米軍戦車に飛び込む激しい自爆訓練を受け、原爆投下で隊が炎に包まれ消滅する六日前、本土決戦要員として日南海岸に出撃し、間一髪命拾いした。その焼け跡だった。

人類最初の原子爆弾が、広島全市と二〇数万市民を一瞬に消滅させ、生き残った被爆者は住む家もなく、基町《もとまち》の第十部隊跡の公有地である大田川河川敷に無断でバラックを建てた。焦土の広島に最初の生活の煙を上げ始めた人々は〝勇気ある人々〟と賞賛され、公有地であるために河川敷にバラックを建てて住むのを黙認されたので、家を焼かれた被爆者が殺到し、瞬く間に一〇〇戸余りの集落となり、朝鮮人被爆者のバラックが強制収容されて原爆スラムに流入した。こうして原爆スラムは一九五〇年代末には、狭い河川敷に八九二所帯、三二〇〇人が住む日本一の過密地帯になり、二四〇戸が生活保護所帯で「平和都市ヒロシマの恥部」と市民から差別されるようになった。

敗戦後復員して、原爆で一瞬に炎になり消滅した部隊跡に出現した原爆スラムの撮影に夢中になったのは、「もし八月六日に原隊にいたら……」と思ったのと、あの無惨な戦争の傷跡がそのまま焼け跡に刻まれていたからだった。

原爆スラムでは朝鮮人被爆者を集中的に取材した。北朝鮮の「朝鮮総連」と韓国の「民団」は朝鮮戦争後に仇敵関係になったが、原爆スラムの朝鮮人は、市民から日常的に差別されていたので、広島市の行政の差別に対し、日本人のスラム住民とともに、差別に対して「共闘」していた全国でも例のない地域だった。

原爆スラムは、前述したように一時人口の過密が日本一で、バラックがひしめき合い、火災の頻発地帯だった。広島市は消防車が入る道路整備も、上下水道の設備もしなかった。住民は総連や民団と連帯して設置運動をしたが、広島市は原爆スラムを撤去して跡地を平和公園外郭の緑地帯にする都市計画を立てていた。

そのために、被爆して家を焼かれた人々が緊急避難的に河川敷に住み始めたのを許可しておきながら、避難民が増えスラム化して、「ヒロシマの恥部」と言われ始めると、原爆スラムのバラックがすべて違法建築であるのを理由に立ち退きを迫り、住民の要求を無視して上下水道などの生活施設をいっさい施行せず、悪質な追い出し策を謀ったのだ。

一雨降れば部落はたちまち水浸しになり、火災が起きても消防車が入れないためにバラックの密集地帯は見る間に延焼し、多数の住民が被災した。また、日本人居住者は、「朝鮮人と一緒に住んでいる」という理由て、不当な医療差別や結婚差別まで受けていた。

僕は原爆スラムに対する、行政や広島市民のいわれなき差別も告発するキャンペーンを総合雑誌に連載していたので、町内会長や住民には信頼され、撮影に協力し、差別の実態を話してくれた。

「町内会長さんは、福祉のことで市役所とたびたび交渉してくれた。免許がなくて按摩の看板が出せず仕事が少なかったが、客を紹介してくれた。その上、仕事が多くなると『一人では何かと不自由じゃろう』と、わしのような者に女房まで世話してくれた。亭主が原爆で死んでスラムで一人暮らしをしている女で、わしのために一生懸命働いてくれた。ありがたいことじゃったが、この子を残して去年原爆症で死んだ。もう少し生きていれば一緒に韓国に帰れるのに可哀想なことをした。わしはチョッパリを憎んじょるが、原爆スラムの日本人だけは朝鮮人と人並に付き合うてくれた」

残忍な強制連行の思い出の中で、盲目の犠牲者は原爆スラムの日本人だけは信頼し、その当時の日々の暮らしを懐かしむようにスラムの人々との思い出を語ってくれた。

「原爆スラムにはいつも撮影に行っていたので、どこかで会っていたかもしれませんね」

「わしは盲人じゃから会うていてもわからんが、そうじゃったのか。町内会長さんを知っておったのか」

町内会長さんの知人で、スラムの取材をしていた、というだけで僕を信頼してれたようだった。原爆スラムと町内会長さんが、広島では一度も会ったことのない二人を会わせてくれ、朝鮮支配の重い過去に奇跡的な取材の活路を開いてくれたのである。

この取材では、有産階級は穏やかに取材に応じてくれたが、お座なりな対応に終始するだけだった。長い残忍な朝鮮支配に耐えてきた人々が、宿敵である日本のカメラマンに心を開いて真実を語ってくれるはずもなかったが、一度も会ったこともない二人に共通の知人がいたという偶然が、その重い歴史の壁を超えさせ、微かな信頼感を抱かせてくれたのだった。

北朝鮮引揚げの取材で初めて強制連行の犠牲者に遭遇した僕は、彼と原爆スラムを共有していたことが取材の緒を作ってくれたこのチャンスを逃したら、もう強制連行の核心に迫る取材はできないだろうと思った。

「あなたが強制連行されてから今日までのことや、日本人に対する憤懣《ふんまん》を全部僕に叩きつけ、少しでも気持ちを楽にして帰国してくれませんか。明日は皆さんと一緒に新潟入管に宿泊する許可を取っています。列車の中は騒々しいので、明日の夜ゆっくり話を聞かせてくださいませんか。お願いします」と頭を下げた。

彼はしばらく見えぬ目で走る列車の暗い窓を見つめていたが、静かに口を開いた。

「お前が赤十字に紹介された後でみんな『チョッパリの言うことは信用ならん、何を書くかわからんから気をつけろ』と言うておった。朝鮮人はもう誰も日本人の言うことは信用しておらん。お前は知っているのか」

「わかっています」と答えたが、それは嘘だった。駆け出しのプロカメラマンには、「北朝鮮問題」という錯綜した国際問題は、まだ、〝身の程知らず〟な取材だったのである。だが偶然、強行連行当事者に出会ったチャンスを逃すわけにはいかない。

その嘘を見透かすように彼は話し始めた。

「わしの目は片方開いていても何も見えん。じゃが、見えんこの目でわしは長い間日本人の正体を見てきた。お前らは朝鮮人を一度も人間扱いにしたことも、一度も本当のことを言うてくれたこともない。わしらがどんなに困っても何もしてくれなかった。お前らが、今さら何を言うても、朝鮮人はもう誰もチョッパリを信用する者はおらんぞ。わしにはお前の顔は見えんが、話せというのなら話してしてやろう。

わしらがどんなにひどい目に遭うたか、お前がそのまま新聞に書いてくれるなら話してやる。町内会長さんの仕事を助けてくれていたカメラマンなら信用しよう。わしの名前は、『李』じゃ、覚えておいてくれ。お前らがわしにつけた名前は、『金山一郎』じゃ。お前らには名前を奪われることがどんなに惨いことか、わからんじゃろう。そのこともはっきり書いてくれ。お前らがわしにつけた名前は今日限り叩き返す。ちゃんと受け取れ」

その時だった。前の席に座っていた痴呆の老人を連れた引揚者が、僕のほうを向き直って言った。

「これも書いておけ。わしらは将軍様にお願いし、いつかきっとお前らの名をみんな朝鮮語にしてやる。そうでもしなければ、お前らは朝鮮人にどんな惨いことをしたかわからんからじゃ。よう覚えておけ」

彼も痴呆の老人も強制連行の犠牲者だった。二人の言葉は静かだったが、激しく燃え盛っていた。うなだれて聞くほかなかった。返す言葉もなかった。肌が泡立ち血が凍った。二人の言葉を列車の騒音の中で、一言も聞き漏らすまいと耳に刻んだ。朝鮮支配一〇〇年の歴史の闇に、絶対埋没させてはならない、血を吐くような叫びだった。

黙っているのに耐えられなくなり、白布に包まれた母親の遺骨を抱いて俯いて父親の話を聞いていた少年に歳を聞いた。一六歳だと答えた。

「お母さんと一緒に帰れたらよかったのにね。朝鮮に帰ったらどんな仕事がしたいの？」

「僕は日本語しか話せない。朝鮮に帰れるのは嬉しいが、言葉も話せず、字も書けなくては何もできない。帰国が決まってハングルを覚えようとしたが、父も友達もみんな日本語しか話せないので習う者がいなかった。小学校にも行かなかったので勉強の仕方もわからない。朝鮮に帰っても話もできず、字も書けんでは何もできん。帰ってどうなるのか心配で夜もよく眠れない」

予想もしない言葉を聞いて驚いた。帰国者でも有産階級や知識階級はハングルを習得しているようだったが、強制連行された者や、労働者、日本で生まれた少年と同じ境遇の者たちはみんな同じ問題と不安を抱えているはずだった。

詳しく前述したが、敗戦後中国に放置され、〝養い親〟に育てられ帰国した「残留孤児」たちも同じ問題に直面していた。彼らは中国語は話せても、母国語である日本語は話せなかった。就学率と識字率を世界に誇る日本政府が、すでに三〇歳代に達した孤児に対する日本語教育を無視したため、帰国後の就職、生活に困窮し、ほとんどの引揚者が生活保護に頼って生きるだけで、日本人社会に定着することができず、自民党政府の無策が日本人でも中国人でもない、多数の〝国際難民〟を生み出したのである。

当時の北朝鮮は国交もなく反日的で、秘密のベールに包まれ、「地上の楽園」と宣伝されていたが、帰国者が中国残留孤児や日本人妻と同じ運命に投げ込まれる恐れは充分あった。その上、韓国に引き上げた在日朝鮮人さえ帰国後、〝日本帝国主義の協力者〟と政府や韓国人社会から疎外されたからである。日本の朝鮮支配への怨念や不信はそれほど根深いのである。

戦争を始めるのはたやすいが、戦争の後始末は想像もできぬほど難しいのである。

次の夜、李さんは僕の求めに応じて、強制連行が彼の一生をどのように破滅させていったか一部始終を語り始めた。

オモニ（母）と畑仕事をしていたら、突然兵隊に引きたてられ、トラックに投げ込まれた。「アボジ（父）が病死したばかりで、息子を連れて行かれたら困ります、どうか助けてください」オモニはそう哀願して兵隊の足にしがみつき泣き叫んだが、その場に蹴り倒され、銃で殴られそのまま動かなくなった。それがオモニを見た最後の姿で生死も確認できなかった。

トラックには村の者が七人捕まっていて、銃で殴られ顔が血まみれになっている者もいた。日本兵は、あちこちに車を止めては銃剣で脅し、泣き叫ぶ農民や通行人まで無差別にトラックに投げ込み、そのままどこかの港に直行して五〇〇人くらい船に詰め込んだ。北九州の港に強制連行されて、タコ部屋に三〇人ずつ押し込まれ雑魚寝をした。

朝晩は、大豆と押麦に外米がわずかに混じった飯がアルミ椀に半分しか入っていない盛り切り飯で、坑内で仕事の合間に食う昼飯は握り飯一個だけだった。腹がへって我慢ならんので、草や虫まで見つけ次第食った。

ろくに飯も食わせず、保安設備もない坑内でこき使われるので、毎日ケガ人が出たが、治療もろくにしてくれなかった。仕事が辛いので逃亡する者が絶えなかったが、すぐ捕まって半殺しになるまで棒で殴られた。

わしらも逃げたがすぐ捕まって半殺しにされ、一人なぶり殺しにされた。日本人従業員の隣組の女や子どもまで朝鮮人を馬鹿にし、逃亡者の監視や逮捕に協力したので、一度逃げて暴行されると二度と逃亡する者はなくなった。

朝鮮人が強制労働させられる坑内では、落盤や発破事故が毎日のように起きた。二年目に落盤事故で、一緒に仕事をしていた仲間六人がみんな生き埋めになり四人死んだ。わしは両目をやられたが、ろくに手当もしてくれなかった。片目は開いていたが、人の顔も見分けがつかず、字も読めんようになった。日が暮れ薄暗くなると何も見えんようになった。やっと傷が治ると、「きさま仮病だろう」と殴られては無理強いに坑内に引き摺り込んで働かされたが、本当に目が見えんのがわかると、落盤で腰の骨を折って力仕事ができなくなった仲間といっしょに飯場を追い出された。「この非常時に、役立たずのごくつぶしは出てゆけ。給料から飯代や治療費を差し引いた金だ」と言って、二年働かせて渡された金はたった三〇円（昭和初年の労働者の日給は一円程度）で、一カ月も食えん金じゃった。

仕方なく仲間の知り合いが下関で屑屋をしているのを頼ってゆき、仕事の手伝いをして飯を食わせてもらい、屑置場の隅に筵《むしろ》を敷いて寝かせてもらった。わしは目が見えんのでろくに仕事もできず、〝ただ飯〟を食わせてもらうのが辛かった。時には近所の家が食べものを持ってきてくれたが、乞食のような暮らしじゃった。戦争中は朝鮮人には配給もなく、腹がへると防火用水の水を飲んだ。情けないが、もう疲れ果てて自殺する気もなくしていた。

そのうちに空襲が始まると、目が見えんので一人で防空壕に逃げることもできず、みんなの足手まといになるのが辛いので、倉庫にじっとしていた。「空襲で死ねば何もかも片がつく」と捨鉢になっていたからだ。関門地区は軍需工場地帯で毎日空襲警報が出るので、目が見えんと、どこに逃げていいかわからず、そのたびに怯えた。終戦の二カ月前に下関も空襲された。朝鮮人部落にも爆弾が落ち、辺りがまっ赤になり炎が近づいて、どこに逃げていいかわからず、「これで死ぬのか」と思った。オモニのことが急に思い出された。

わしは運良く助かったが、防空壕に逃げた仲間や部落の者が一〇人死んだ。その日から誰も頼る者がおらんようになった。仲間が死んだら屑屋に居辛くなり、野垂れ死にを覚悟して出てゆこうとしたら、「遠慮いらん、ここにいなさい」と、戦争中の食料難に親方は縁もないわしの面倒をみてくれた。

「ありがたいことじゃった」と李さんは涙声になった。

前章でも在日朝鮮人が同胞の困窮者、とくに知人縁者を来日させ、住居や仕事捜しまで面倒をみる暖かい行為をあちこちで引用した。とくに老人を敬愛する「儒教社会」の美しい伝統は、在日朝鮮人が虫けらのように使い捨てられた悲惨な戦時中でも失われることはなく、その伝統は今も韓国社会に息づいている。

李さんの話は続いた。

「それからのわしは、親方に恩返しをしなければと、目は見えんが何でもやってみようと一生懸命になって働いた。そうしたら目は見えんでも、今まであきらめていた仕事が少しずつでき始めた。親方も喜んでくれ、給料もくれるようになった。

そしてまもなく、わしらにとって夢のような嬉しい日が来た。日本が戦争に負けたのだ。わしらはラジオを聞いて家の外に飛び出し、腹の底から大声を上げ、『チョセン、マンセイ』（朝鮮万歳）を叫んだ。

『ざまをみろ、チョッパリ』『わしらを苦しめた天罰じゃ』『安重根《あんじゅんぐん》万歳』（総理大臣伊藤博文、初代朝鮮総督府長官をハルピン駅頭で射殺した朝鮮の英雄）

日本と日本人に対する積もりに積もった怒りと怨念が一挙に爆発し罵声が飛んだ。女や子どもまでが一緒に躍り上がって喜んだ。あの日の嬉しさは今でも忘れることはできん」

李さんは初めて笑顔を見せた。そして彼の見えぬ目が見た、敗戦当時の日本人の醜態ぶりを語った。

「親方から聞いた話じゃが、日本人は戦争に負けると急にわしら朝鮮人の顔色を窺《うかが》い、屑を買い叩かなくなり、いい値段で買ってくれるようになって儲かるようになった。今までいばって闇を取り締まっていた巡査が、朝鮮人に一番ペコペコするようになり、わしらの闇取り引きは見て見ぬ振りをしているので、仕事が楽になり儲かった。

九州の炭坑で強制連行された者が釈放され、警察に火をつけたり、巡査を殺す事件があちこちで起きた。新聞には出さんが、日本人はわしらの仕返しを恐れていたからじゃ。長い間わしらを人間扱いにもせずいばりくさっていたのに、戦争に負けたら、急に手のひらを返すようにわしらに対する態度を変えた。相手が弱いと見ればつけ上がり、強いと見ればおべっかいをこく。チョッパリという奴はどこまでも卑しいよのう、と親方は笑った」

日本の敗戦に朝鮮人がどう反応したのか、戦後二〇年も過ぎて初めて知り、一瞬たじろいだ。

「朝鮮に残したオモニのことは一日も忘れたことはなかったので、女房にたびたび手紙を書いてもらったが、とうとう返事は来なかった。アボジが死んだ後体が弱っていたので、日本兵に銃でなぐられそのまま死んだのかもしれんと思ったが、残された道は朝鮮に帰って自分で探すしかなかった。すぐにでも帰りたかったが、旅費もなかった。そのうちに朝鮮戦争が始まり、わしの国は南と北に分かれて戦争を始め、たくさん人が死んだ。日本が戦争に負けてやっと自由になれたと喜んでいたのに、今度は自分の国が北と南に分かれて戦争をして何百万人も死んだ。わしのオモニも、もしあのとき生きていても、一人で戦争の中を逃げ惑って死んだのではないかと思うと可哀想でならぬ。

朝鮮戦争が終わったら帰れると喜んでいたら、南の人間は帰したが北の人間は帰れなかった。どこまでも運の悪いことじゃと嘆いていた。広島に移住したら今度は三年ほどたって女房が寝ついたが、医者にかける金もなく、『朝鮮に帰りたい、朝鮮に帰って死にたい』と毎日言って泣きながら死んだ。『わしはどこまで運の悪い男じゃろう、一人では子どもを養えんから、子どもを殺して女房の後を追って死のう』と決心したが、どうしても子どもを殺すことができなかった」

見えない目を涙が濡らしていた。そしてわが子を振り返り、

「この子がもうすぐ働くようになるから心配ないが、帰国したら将軍様が何もかもみんな面倒を見てくださるからもう安心だ。朝鮮は見違えるように立派な国になったそうだが、せっかく帰っても、わしには将軍様のお顔も、二五年ぶりに帰る故郷がどんなに立派になっているかも自分の目で見ることができんのが残念だ」

彼の顔色が急に険しくなった。

「あんたは新聞記者なら、日本が朝鮮人にどんなひどいことをしたか知っちょるじゃろう。朝鮮人はみんな日本人を叩き殺したいほど憎んじょるぞ。わしをこんな体にして一生を台無しにし、女房まで殺したのもみんなお前ら日本人だ。わしらは日本人をみんな憎んでおるが、兵隊と天皇をいちばん憎んでおる。殺しても飽き足らん奴じゃ。天皇がいくらいばっても、朝鮮人はみんな素性を知っておるぞ、あ奴の先祖が朝鮮から渡ったことをお前は新聞記者なら知っちょるじゃろう。

明治天皇は朝鮮王妃を殺して朝鮮を日本に合併し、土地も財産も、言葉も氏名も儒教もみんな奪い、昭和天皇は支那《しな》を侵略して世界中を相手に戦争し、わしらを何十万人も炭坑で強制労働させた。その上戦争に負けてもわしら朝鮮の者は今まで二〇年も朝鮮に帰してくれんじゃった。ひどいことをするものよのう。そのことを日本人は誰一人悪いことをしたとも思わず、その罪を反省もしてはおらん。将軍様も日本人がどんな非道なことをしたかみんな知っておられるから、きっとわし

らの仇を討ってくださる。そうしないと、この子たちがまたわしらと同じ目に遭うからじゃ。わしの言うことは間違っておるか。もし朝鮮人と同じ目に遭ったら、お前は何も言わず泣き寝入りをするか」

声は穏やかだったが肺腑を突き刺した。彼は僕をまっすぐ見つめていた。見えるはずもない目に射すくめられ絶句した。彼は今まで日本人の誰に対しても言ったことのない怨念の言葉を、臆することなく僕に投げつけたのだった。

天皇明仁《あきひと》は二〇〇二年の日韓合同のサッカーワールドカップ開会式で、こう挨拶した。
「日本の皇室のルーツは朝鮮半島です」

よくも言えたものである。日本は明治維新以来、近代化をめざして朝鮮半島に触手を伸ばし、ソビエトに接近しようとする王妃を暗殺して朝鮮を「合併」した。創氏改名を強制し、民族固有の言語や民族の伝統や宗教まで根こそぎ奪った。世界にも類のない非道な植民地支配である。その上、太平洋戦争では徴用、強制連行、従軍慰慰安婦などで朝鮮人を根こそぎ侵略戦争のために拉致して使い捨てた。

だが、日本人は過去の国の残忍な犯罪に罪の意識さえ持たず、依然として民族差別感情を持ち続けているのである。

僕もその加害者でありながら、「過去の原罪」を背負ったまま、朝鮮民族が一〇〇年の屈辱の歴史から解放されて帰国する列車に一人で迷い込み、四面楚歌の民衆裁判の被告席に座らされ完膚なきまでに裁かれたのである。僕がたとえ日本の戦後を告発し続けてきた反体制カメラマンであろうとなかろうと、日本人の一人として、当然受けるべき断罪を恐れ逃げてはならなかった。朝鮮支配には、良い日本人も悪い日本人もなく、彼らの敵はすべての日本人であり、日本の過去なのだ。

北朝鮮引揚げを取材したことで僕は、それまでわずかに知識としてしか知らなかった日本の朝鮮支配の「過去」の犯罪の実態を、それも直接被害者の口から生の声で聞いただけでなく厳しく断罪されたことで、初めて日本と戦中派の僕自身が彼らに何をしたのか、その罪の重さを思い知らされた。そして船が新潟港の岸壁を離れるまで、彼らは執拗に目の前にいる日本人のカメラマンを裁き続けたのだ。

翌朝、乗船手続きが始まった。山のように積み上げられた帰国者の荷物を前にして、あちこちでトラブルが起き、大声で係官に食ってかかる帰国者もいた。

「もう黙ってはいないぞっ」と積年の屈辱の谷間から立ち上がって憤怒を叩きつけているのだった。

所持金の両替が済み、帰国手続が終わると、「引渡し書」に日朝赤十字社の署名と捺印が行われた。ファインダーの中の「引き渡し」の字句に目を見張った。「引き渡し」とは犯罪者の処理用語であり、人間を荷物同然に取り扱う処置だからである。その字句の中に日本政府の北朝鮮帰国者に対する態度と認識のすべてが集約されていた。帰国者は日本政府にとって最後まで、「犯罪者」であり「荷物」に過ぎなかったのである。その屈辱を彼らは決して忘れないだろうと思った。

新潟埠頭に横づけされた最後の帰国船ヤクーツ号はソビエト船籍の客船で、船腹に真赤な赤十字のマークが描いてあった。そして帰国者の膨大な荷物の積み込みが終わると、いよいよ乗船が始まった。

最初にタラップに足をかけたのは、遺骨を胸に抱いた一〇歳ばかりの男の子だった。その胸に抱かれているのは肉親の誰かわからなかったが、危なげな足取りで急なタラップを一段一段上った。その後から二六柱の遺骨が、肉親や強制連行仲間の胸に抱かれ、船腹に一筋の白い列を作って静かに上っていった。異郷に拉致され、非業の死を遂げた死者たちの旅立ちだった。

突然、「アイゴー」と泣き叫ぶ甲高い女の声が、その静寂を破った。

その泣き声は次の瞬間、いままで聞いたこともない異様な慟哭の波になって湾内に流れていった。朝鮮民族は感情表現が激しいと聞いていたが、その惜別の泣き声は次第に激しくなった。

哀惜の泣き声の中を、孤独な老いの日を異郷で生きてきた独居老人たちが一人一人、急なタラップを危なげな足取りで上っていった。その後から家族連れが乗船し、五色のテープが船上から投げられ始めた。

「アイゴー」の激しい泣き声がいっそう高くなり、その慟哭は新潟埠頭を別れの悲しみの坩堝《るつぼ》にした。

あとがき

あとがきを書き始めた今朝の新聞は、「沖縄慰霊の日」特集だった。前大戦で日本列島で唯一の戦場になった沖縄は、僕が召集された広島第一〇部隊が出撃して全滅した第二次世界大戦最後の戦場だった。一九四五年二月一九日、のべ三〇〇〇機の爆撃機による空襲と艦砲射撃の後、米軍は一二〇隻の水陸両用戦車と五〇隻の大型上陸用舟艇で七万五千人の海兵隊を硫黄島に上陸させ、五日間で占領する作戦だった。だが、日本軍は洞窟に立てこもり、およそ二万名の日本兵が玉砕したのは三月二六日だった。米軍は矢継ぎ早に四月一日、一三〇〇隻の艦艇で沖縄本島を猛砲撃して一八万の海兵隊が上陸、一二万の日本軍と一〇万の島民を巻き添えに殺し、日本軍は六月二一日に降伏した。

戦争の中の生死は塵よりも軽い。本土決戦最後の砦である硫黄島と沖縄で死んだ一〇数万人兵士の無惨な死の戦列を擦り抜けて、僕は生き残った。その上退院後の七月三一日、三〇〇名で編成された小部隊の米戦車に爆雷を背負って自爆する特攻隊要員として日南海岸に緊急出動した。六日後の八月六日、広島に原爆が投下され、爆心地近くの原隊は跡形もなく全員死亡した。三度目の命拾いだったが、何度も死を擦り抜けて生き残った疚しさが重いトラウマになり、いまも敗戦の屈辱の中に残っている。

敗戦後の日本は戦争の総括も放棄し、侵略戦争で殺戮と暴行の限りを尽くして復員した六〇〇万兵士の多くは、戦後何食わぬ顔をして民主主義の旗を振り、反戦平和を叫んでアメリカの朝鮮戦争やベトナム戦争の特需景気に便乗した。日本は瞬く間に〝奇跡〟の高度成長を遂げ、やがてバブルの時代に突入、政治も経済も崩壊した不毛の時代へと移行した。

いま、混迷と停滞の闇は深い。

しかし、戦場から復員した男たちの中には、高度成長の波に便乗することに疚しさや屈辱を抱き、戦後の時流に抵抗して取り残された者も少なくない。戦後、そんな戦中派に出会うたびになぜかホッとして救われたような気持ちになった。天皇のための〝名誉の戦死〟をし損なって復員したのを後悔しているのではなく、何度も死を擦り抜け、戦友の屍を野晒しにして生還したことに負い目や疚しさを感じている僕のような戦中派だったからである。

復員してみたら、戦争を命令した天皇は戦争責任を擦り抜けて皇位に居座り、明治以来国家に殉じた兵士を追悼する靖国神社への参拝さえ中止していた。

その上、「戦争責任をどう思うか」と記者会見で聞かれ、「そのような言葉のアヤは文学方面を研究していないのでよくわからぬ」と、自らが命令した戦争に殉じた三一〇万兵士や国民の死を〝犬死に〟扱いにする不逞な発言までした。そんな天皇が居座っている国に復員して生きているのを、彼らは戦場に屍を晒した戦友に愧じているのだった。

日本には明治以来、「前線と銃後」があり、兵士は前線で天皇のために戦死し「英霊」として靖国神社に祀られ、銃後は婦女子や隣組が守る一億総力戦を強制してきた。その図式自体が、過去の戦争がすべて海外で戦った〝侵略戦争〟だったことを実証している。

沖縄戦は日本軍が自国で戦った初めての戦闘で、天皇は「本土防衛最後の砦を死守せよ」と異例の勅命まで発した。米軍上陸に日本軍は七万七千、島民義勇隊、男女中学生三万人を動員、住民を巻き添えにして死闘を展開した。

一部の島民は米軍の攻撃を逃れるため全島に散在するガマ（洞窟）に逃げたが、米軍に追われガマに逃げ込んだ日本兵に追い出され、また捕虜になるのを禁じられて凄惨な集団自決を遂げた。戦後、軍が島民に集団自決をさせたことが論争になり裁判にまでなったが、勅命が強制したことである。僕は一九九九年に山口県下関市に写真資料館を開館したとき、二度にわたって読谷村のチビチリガマの集団自決現場を取材した。ろうそくの灯を頼りに終日撮影しながら、戦後の戦争責任論争がいかに空疎なものかを思い知らされた。「殺し、殺される戦争の放棄」だけが、人類の未来を約束する唯一の道なのである。

第二次世界大戦は一九四一年一二月八日、日本軍の真珠湾奇襲攻撃で始まり、広島と長崎に原爆が投下されて日本はポツダム宣言の無条件降伏勧告を受諾した。日本人はその三年八カ月の戦争被害のみを訴え、満州事変に始まり支那事変に続いた侵略戦争は隠蔽し続けてきた。国際連盟から支那事変撤退勧告を受けて拒否、国際連盟を脱退し、ドイツ、イタリアと軍事同盟を締結して世界大戦に拡大させたのである。

この大戦で、ヨーロッパ・アフリカ戦線でドイツ、イタリア軍は約四千万人を殺し、日本軍はアジア・西南太平洋戦線で三千万人を殺し、自らも二一〇万の兵士とB29爆撃機による無差別爆撃で都市部のほとんどが焦土となり、一一〇万人の非戦闘員が死亡した。それだけではない。大戦後も米ソの東西の冷戦の代理戦争である朝鮮戦争、ベトナム戦争、アラブ、イスラエルの怨念の戦争、世界各地での領土や政権争いで、一億人が死んだ。

地球上のすべての生物は弱肉強食の食物連鎖の残酷な掟に支配されて生存しているが、同一種族が無惨に殺し合うことは皆無である。「霊長類ヒト科」を自認してはばからぬ人類だけが、有史以来残忍な殺し合いを際限もなく続け、ついに核兵器をもって自らを「絶滅危惧種」にしているだけでなく、環境を破壊して他の生物まで絶滅させようとしている。

戦争はイデオロギーの対立や領土や食糧、資源紛争などが発端になって始まるが、一億人を殺し、その数倍の家族を犠牲にした第二次世界大戦は、ヨーロッパではヒットラー、アジア太平洋では天皇裕仁の命令なくしては勃発し得なかった人類最大の戦争犯罪だった。

だが、日本のジャーナリズムや日本人にとって「天皇」は依然としてタブーなのに対し、海外のジャーナリズムは天皇の戦争犯罪を告発している。本書ではその実態を記述した。

「戦争体験の継承」という言葉が戦後叫ばれてきた。

戦争で何が起き、どんな結末に終わるかを体験者が語って後世に伝え、同じ過ちを繰り返さないためで、原爆慰霊碑にもそう刻まれている。すべての事柄には原因と結果があり、原爆の悲惨さを伝えるためには、なぜ広島に原爆が投下されたのかを一五年戦争の経緯から語る責任を「ヒロシマ」は欠落させ、怠ってきた。沖縄戦に敗北した後、日本軍は完全に戦力を失っていた。

当時広島第一〇部隊に召集されていた僕は、銃も軍装品も軍靴もない草鞋履きの乞食のような兵隊で、背中に爆薬を背負って米軍戦車に突入する自殺部隊要員だった。日本の敗色はすでに決定的だった。

一九四五年七月一七日、連合軍は日本に無条件降伏勧告を通告したが、日本は「国体護持」(天皇制存続)を認めなければ受諾しないとし、八月六日広島に人類最初の原子爆弾を投下され、さらに三日後には二発目の原爆を長崎に投下されて、ついに降伏した。最初に無条件降伏していれば原爆は投下されず、二〇数万の被爆者は天皇のために殺されることはなかったのである。天皇は一九七一年の記者会見で「広島に原爆が投下されたことをどう思われますか」と質問された際、御前会議でただ一人本土決戦を主張する阿南陸相とポツダム宣言を拒否する決定をしたことなど素知らぬ顔で、「戦争だから仕方がなかった」と答えたのだ。

その上、彼は被爆者のたび重なる請願を無視し、ついに正式に原爆慰霊碑には「参拝」せず、広島県下の植樹祭の帰路に「お立ち寄り」しただけだった。己の存命のために広島、長崎二〇数万人を原爆の犠牲にした事実も責任も無視したのである。被爆者が原爆投下の経緯を問題にし、天皇の戦争責任を追及したことは一度もなかった。「戦争体験の継承」という重い言葉を無前提的に容認するのは危険である。日本人の戦争体験が加害の歴史をいっさい隠蔽し、自己の被害者意識だけで構築された虚構だからである。事実を隠蔽するのは歴史への冒涜であり、そのことが日本の戦後を過らせた。

僕は前著『ヒロシマの嘘』にその理由を記述し、「ヒロシマを裏切った」と非難され、広島の知人友人のほとんどを失った。〝語るに落ちる〟が、一人のジャーナリストとして、三〇数年間原爆問題を取材して問題提起を続けてきたことが「ヒロシマ」に対する裏切り行為だったとは、毛頭考えられない。

一九八二年、写真も東京も捨て、瀬戸内海の無人島で自給自足の生活を始めたのは、金と物と建前しか通用しなくなった戦後の日本に完全に絶望したからだった。すでに六二歳だったが、瀬戸内海の真ん中の無人島での生活には不安はなかった。漁師の子だった僕にとって海はかけがえのない故郷であり、終の棲家だと心に決めていたからだ。自分で井戸を掘り、家を建て、畑を作り魚を釣り、その島で始まり、その島で終わった二〇年間の第三の人生は、『菊次郎の海』に記述したように僕の人生でいちばん楽しかった。だが、自給自足体制ができ六九歳になったとき、胃ガンで入院した。僕の家系の男はみんな五〇歳代で亡くなっているので、もういいかと諦めていたら、天皇裕仁の下血報道が始まった。

このままとんずらされてたまるかと、退院後に「戦争責任展」を制作、無償で貸し出しを始めた。三年間で一六〇カ所巡回し、気がついたら体重は三七キロになっていたが、胃ガンの平均生存率三年はパスしていた。「学校では何も教えてくれない。もっと他の写真も見たい」との全国からの要請で、「写真で見る戦後展」二〇テーマ、三三〇〇点の写真パネルを制作、二〇〇〇年までに全国五一〇会場で巡回展を開催し、いつのまにか八〇歳になっていた。さすがに長いドサ回りに疲れ、死ぬまでに一度、常設展示館を開館したいと思った。

下関市に一年なら借りられる施設があったので、三〇〇万円の費用は全国からのカンパで調達し、開館した。しかし僕はフリーランスで、人と一緒に仕事をしたことのない人間なので、運営委員会とのトラブルが頻発して困った。島から出て街で暮らし始めたストレスで隔日点滴をして一年がんばり、開館してゆける自信ができた。期限が来たので今度は柳井駅前に開館し、思うままに運営して楽しかったが、八〇歳を過ぎるとさすがに体に老化現象が突出し始め、病院通いが始まった。

〝写らなかった戦後〟の第一巻『ヒロシマの嘘』を書き始めたのは二〇〇三年だった。東京でパネルの全作品をデジタル化する話ができたのを機会に、柳井写真資料館を閉館し、入院と通院の生活が始まった。まず前立腺狭窄で内視鏡手術をしたら、組織検査でガンが見つかった。男の〝死病〟なので「もうおしまいだ」と観念したが、抗ガン剤を二年間飲みながら執筆を続けた。その間にも急性膵炎で二カ月入院、退院後は胆嚢摘出手術、腸と膀胱の内視鏡手術それぞれ二度、白内障治療で入院と通院が続き、僕の消化機能は絶望的になって毎日下痢と腹痛に悩まされた。

『ヒロシマの嘘』は入院と通院を続けながら一年足らずで書いた。三〇数年取材し、二冊の写真集も出版しているテーマなので、順調に四〇〇ページ書き上げて出版できた。仕事に熱中することで、病苦から逃げた。

二冊目の『菊次郎の海』も一年あまりで原稿が書けた。予定の六冊が書けるかもしれないと期待が膨らんだが、慣れぬ執筆にしだいに視力が減退し、ワープロ仕事が困難になった。

地獄が始まった。スーパーでもらった一年分を日割りにしたカレンダーに、最初は原稿の枚数を記入していたが、この二年間はワープロと悪戦苦闘を続ける時間しか書けなくなった。

折しも二〇〇八年に安倍内閣が憲法改正案を強行採決し、凍結期間が終わった今年の六月一八日になっても、まだ原稿は仕上がらなかった。あせった。もし自民党が憲法九条を改正したら、命を断って抗議すると前回の遺言講演会（二〇〇八年、東京・府中市）で宣言したからだ。

絶望的な日々が続き、ワープロを床に叩きつけて一台オシャカにした。娘が文字が大きいのを秋葉原で見つけて送ってくれたワープロだった。メーカーがパソコンに転換し、ワープロの製造や修理を中止したので、故障にも困り果てた。パソコンの教習塾に二度通ったが、英文表示と文字が小さいので、やはりワープロに頼るしかなかった。故障が起きるたびに一〇数回広島の修理屋に通った。

さて、二〇〇六年から四年がかりで悪戦苦闘した『殺すな、殺されるな』が、やっとあとがきの最後にたどり着いた。〝写らなかった戦後〟は死ぬまでに六冊書き上げる決心だったので、「学生運動」「自衛隊と兵器産業」「日本公害列島」は未完に終わる。いままでに始めた仕事を投げ出したことがないだけに口惜しい。

もうひとつ諦められないことがある。「写真で見る戦後展」の膨大なパネルである。『ヒロシマの嘘』を出版したとき、「責任をもって有効に使ってくださる団体があれば無償で提供します」と公表したが、いまだに申し込みはない。

このパネルは島で自給自足の生活をしていた当時、彫金展の収益五〇〇〇万円をかけ七年がかりで制作した一九テーマ、三三〇〇点のパネルである。

昭和天皇が死亡した八九年から現在まで全国七〇〇カ所以上に無償で貸し出し、各地の市民団体が手弁当で展示した日本の戦後ドキュメントである。内容が反体制的であり、天皇批判は駄目だと烙印を押して、僕の故郷の山口県下松市は、写真美術館創設を拒否した。「写真で見る戦後展」は日本の戦後の膨大なドキュメントだが、僕が死ねば〝ゴミ〟になる運命である。国会議事堂前に積み上げ、ガソリンをかけて燃やし、僕も炎の中で人生を全うしたいが、そんな犯罪行為は許されない。僕にはもうそんな体力も経済力もない。


初期の目的は充分達成したのだからもういいではないか、何もかも達成して心おきなく死ぬ人間などいないのだから……と観念することもあるが、日本の政局がますます混迷しつつある今こそ、もっとも必要な写真かもしれない、という思いのほうが強いのである。それに「写真で見る戦後展」が残した成果は、僕はパネルを制作し無償で貸し出しただけで、巡回展の実施は全国の市民団体などが右翼や警察の妨害にもめげず開催してくれた成果なのである。一会場平均五〇〇名の入場者として、二〇年間に約三五万人を動員し、日本の戦後状況を訴え続けてきた。これは日本の写真界に前例のない巡回展で、各地の市民団体は約五〇〇万円のカンパを一般市民から集め、巡回展を推進してきた。その意味でも、この写真はすでに僕の〝私物〟ではなく、日本の前途を憂慮し戦後の自民党独占体制の変革を訴えるすべての市民が共有すべき戦後史資料である。一九九九年に開館した下関写真資料館も同様のことがいえる。僕は無一文だったので、全国から三二九万円のカンパで開館し、下関市で一年、柳井市で一年開館、老化が進行して維持管理困難になってからは、神奈川県平塚市の小澤祐子さんや写真家の山本宗補氏が貸し出しや管理を担当してくれた。僕は八九歳になり、未完の〝写らなかった戦後〟三冊に悔いを残して燃え尽きるが、なお断ちがたいのは、「写真で見る戦後」の膨大な数のネガとパネルの行方とその存在への執着である。

誰かがこのドキュメントの灯を継承してくれないかと願うのみである。

最後に、嘘とまやかしの戦後政治が最後の決着を迫られている重大な政局について述べる。

二〇〇七年六月、国民の審判も受けぬ安倍自民党内閣が憲法改正案を強行採決し、三年間の凍結期間が過ぎて法案提出が可能になっている。この間自民党政権は崩壊し、民主党の鳩山、菅政権と続いたが、〝政治と金、閣内不統一〟で政局は混迷し続け、政局の前途には「大連合」さえ見え隠れし、日本の戦後は一気に戦前に逆行する気運さえ呈している。

「憲法改正」は早晩政治日程に上がるだろう。そのとき真っ先に標的になるのは「戦争放棄といっさいの武器の保有を禁じた憲法九条」である。最終決定は国民投票によるが、憲法九条が破棄されたら自衛隊は正式な軍隊となり、徴兵制や言論統制が復活して世相は一気に戦前に逆行するだろう。

もし国民が憲法九条を変えるのを拒否すれば、政府は自衛隊を破棄しなければならない。大臣、国会議員は憲法を厳守する義務があるからだ。

だが、政府はそれでも自衛隊を存続させるだろう。そのとき主権者である国民がどうするかが、いま問われている最大の課題である。

……ふたたび「違憲裁判」を繰り返し、なし崩しにされるのか、……〝憲法九条も自衛隊も必要だ〟と、ありえぬ選択に依拠して同じ過ちを繰り返すのか、……それとも今度こそ主権者として、憲法に違反した自衛隊廃止への行動を貫徹するのか……。まだ誰も憲法改正の結論までは視野に入れていないようである。

侵略戦争の総括も、戦争責任の追及も放棄して荒廃し果てたこの国の戦後は、いまその決着を迫られているのである。

もし憲法九条と自衛隊がなお同居する正邪の理非も無視した異常事態がこれ以上続くのなら、僕はこの国の戦後を告発し続けた一人のジャーナリストとしての良心的所在と尊厳を守るために、これ以上この国で生きることを拒否することを宣言して、この遺言集『殺すな、殺されるな』の記述を終わる。

以下は「写真で見る戦後」一九テーマの内容である。ご参照願いたい。

【写真で見る日本の戦後】

一九テーマ　全紙、半切り、六つ切り　三三〇〇点

一テーマ二〇〇〜二五〇点　壁面四〇メートル

1　原爆と人間の記録……二発の原爆の悲劇を三二年間取材した恐怖の記録
2　ある被爆者の記録……原爆症と貧困のために崩壊していった被爆者一家の一五年間の記録
3　捨てられた子どもたち……戦争の最大の犠牲者、捨てられた子どもたちの戦後
4　自衛隊と兵器産業……憲法第九条を侵犯して出現した自衛隊と兵器産業の全貌
5　捨てられた日本人……侵略戦争が使い捨てたアジア諸国民と中国残留孤児たちの戦後
6　学生運動の軌跡……東大闘争から浅間山荘事件にいたる全共闘運動の血の軌跡
7　女たちの戦後……戦後、唯一の変革は自立をめざす女たちの出現だった
8　ふうてん賛歌……新宿にフリーセックスとLSDを愛する若者たちが出現した
9　三里塚からの報告……農民、支援者七千人を死傷させ、農地を奪った空港公団の犯罪
10　公害日本列島……高度成長期、日本列島の自然環境は徹底的に破壊された
11　瀬戸内離島物語……安芸、周防灘海域の二〇の島々がたどった漁業崩壊の戦後史

12 原発がきた……瀬戸内海の孤島・祝島の戦後と上関原発反対運動
13 鶴のくる村……絶滅に瀕した八代の鶴と一九五〇年代の田園風景
14 写真で見る戦争責任……右翼と警察の妨害を排し、全国を巡回した写真展
15 日本バンザイ……経済破綻と政治崩壊、日本はお手上げのバンザイです
16 ある老後……一九八二年、瀬戸内海の無人島に入植した福島菊次郎の記録
17 沖縄、死の洞窟……米軍基地沖縄とチビチリガマ集団自決の現場を見る
18 福祉国家沈没……老人問題はいまの福祉と医療で解決するのか
19 天皇の親衛隊……憲法改正と天皇制、警察国家の復活。戦後の軌跡に迫る

二〇一〇年七月一〇日

福島菊次郎

福島菊次郎の作品批評

以下は、福島菊次郎が一九四五年の敗戦時から一九六〇年までのアチュア時代に発表した写真および一九七〇年代後半から一九九〇年代前半に発表した写真に対する批評である。

プロ写真家を目指し一九六一年に上京してから発表した写真のうち、一九六二年から一九七〇年までの写真批評は、自衛隊を取材した後の火災のため三冊のスクラップが消失して掲載できなかった。未掲載の写真批評は、アラビア、ソビエトの海外取材写真、ベトナム反戦運動、全共闘運動、自衛隊と兵器産業、福祉関係取材写真など、五テーマの写真批評、及び「福島菊次郎論」など。

文中掲載紙（誌）名のないものは、資料が新聞雑誌などの切り抜きのため紙（誌）名が不明のものである。原文の大半をカットしたため、下部に文字数を記入した。

◇孤児、母子寮展　（銀座ニコンサロン　一九四七年）

会場には香り高いヒューマニズムが満ちあふれ、テーマの重要性をいまさらのように認識させられた展覧会だった。説明代わりの詩も立派で、写真と詩のコンビネーションがこれほど成功している例は少ない。今年の代表的な展覧会の一つに数えられるだろう。

（批評家・伊藤知己　「フォトアート」　全文七〇〇字）

母と子の生活が感傷とは凡そ程遠い愛情のある目で把えられていて、説明的な描写では迫り得ない強さで訴えてくる。ここには職人的なプロ作家のルポでは味わい得ぬ作者と対象との厳しい関係性が突き詰められている。「孤児」でもその態度は一貫している。

（重森弘庵　「カメラ芸術」　八〇〇字）

現象に対する作者の態度が極めて清潔に出ている。少しの演出もないドキュメントの強さがこの展覧会を緊迫したものにしている。一枚一枚の写真は作者の深い愛情と詩情が交流していて、誠に心温まる写真展であった。

（伊藤一平　「カメラ毎日」　八〇〇字）

作者の真摯な態度と、画面にあふれる香り高いヒューマニズムは人々の心を激しく打たずにはおかなかった。次々に繰り広げられる数多い展覧会に些《いささ》か食傷気味の人々も、この個展から受ける新鮮な感動に驚きの目を見張った。

（判官　「写真サロン」　八〇〇字）

さすがに時間をかけて打ち込んだ仕事だけに、充分見ごたえのするルポルタージュである。そしてヒューマニスティックな作者の眼が暖かく対象に注がれていて、恵まれない孤児や母と子の生活を感銘深く見せてくれる。

（三瀬孝一　「サンケイカメラ」　五〇〇字）

福島さんの写真は技巧が排されていて、作者の気持ちと対象の示す意味が実に無理なく見る者の心に響いてくる。最近のアマチュア写真は行き詰まっているが、福島さんのような仕事こそ、これからの写真の新しい道だというべきだろう。

（福島辰夫　「東京新聞」　四〇〇字）

たんに地方的な生活にレンズを向けたのではなく、ここでは、この作家の日頃のヒューマニズムが一つに結集して、ひたすら孤児や母子寮を巡ってその生活感情を描き上げようとしている。

（富永惣一　「朝日カメラ」　二〇〇字）

天涯に寄る辺をもたない彼らが、この小さな島を自らに与えられた。ただ一つの楽園と思い定め、朝な夕なの潮騒に精一杯の夢と希望を託して生きる、その可憐な姿が巧まざるカメラワークで描き出されている。「母子寮の母と子」も戦場や戦災に夫や父親を失った母と子どもたちの真実味あふれた生活記録である。

（カメラ雑誌対談批評　「写真サロン」　六〇〇字）

山口県徳山市の沖合「仙島」という戦争孤児収容施設「希望の家」の子どもたち、冬は火の気もない板の間に抱きあって寝なければならないが、一人一人がそれなりの個性と資質に恵まれて生きている。

（総合雑誌から・週刊誌　一五〇〇字）

◇島の戦争孤児　（キング　一九五九年）

我々の眼を、はたとこの地上に釘づけするのは、キング「島の戦争孤児」である。孤島の孤児たちの生活を三年間にわたって撮り続けた記録の一部で、写真は瞬間的なものである、という口実に甘えて現象の一断面のみを、一日限りで撮って済ます写真家が多い現在、この記録は読者にとっても写真家にとっても大きな問題を投げかける作品といえる。

（「読売新聞」　一六〇〇字）

◇島の戦争孤児　（フォトアート　一九五九年）

井上青竜氏の「釜ヶ崎」は皮相的なルポだけに終わらず、ぐいぐい突進した結果を発表して写真界の芥川賞といわれている「日本新批評家賞」を獲得した。社会の恥部に真向からカメラを向けて問題を生々しく抉りだす特異な存在として彼と共に福島菊次郎のカメラワークが目立っている。

（対談批評　「日本カメラ」　四〇〇字）

◇母を見送る子　（日本カメラ　一九五九年）

単なるいただき写真ではない突っ込みがある。画面が清潔で、対象の一人一人を揺るがせにしていない。こうした対象は安易な味つけをし勝ちであるが、頑強に粘り抜いて、リリシズムの中に骨格を形成した。

（合評　土門、伊藤、重森「カメラ毎日」六〇〇字）

◇ある母と子　（カメラ毎日　一九五九年）

母子寮の母と子をテーマにした膨大な個展の一部だが、実際問題として何十枚もの写真を一つの雑誌で見せるのは不可能だから、一枚や二枚では意味が完結しない。編集者も作家も意味のわかるダイジェストを心がけて欲しい。

（宮本三郎「朝日カメラ」六〇〇字）

◇ワンワン物語　（キング　一九五九年）

極上の出来とは言えないが、野良犬の感情が画面に定着されているのは立派なものだ。その哀感が客観視され、この野良犬によせる暖かい眼差しが素直に汲み取れて気持ちよい。

（対談批評「朝日カメラ」一五〇字）

◇しあわせの詩　（カメラ毎日）

これはいいね、非常に愛情がある。カメラアングルもいい。写真の生命は技術も必要だが、それを上回る愛情の眼とか、感激したものを掴むことのほうが大事だと思う。

(三つの視点 「カメラ芸術」 九〇〇字)

この組写真は自分のよき協力者である愛妻の日常生活を中心に纏《まと》めたものらしいが、その表情の明暗は子どもに対する愛情と生活の苦労が交錯しながら滲み出ていて心を打たれる。そして、いわゆるフィクションによるフォトストーリーでなく、事実に即した観察であるだけにその表現にはリアリティがあり、説得力をもっているといえよう。

(渡辺勉 「日本カメラ」 四〇〇字)

いかにもしあわせな写真である。モデル撮影に血道をあげ、女房などには振り向きもしないアマチュアカメラマンが多い中、福島の心がけは神妙である。だが、夫や子どもに惜しみない献身を捧げる妻であっても、彼女ひとりの城もないではなかろう。そうした妻の孤独な魂を、この夫は想像したことがあるのだろうか。こうした疑問は異心二体説を信奉する僕ら若者の小賢しさかもしれない。

(伊藤知己 「カメラ芸術」 三〇〇字)

「照れぬ細江英公、しみじみとした味の福島」しあわせの詩には暗い感じの画面が多いのだけれど、……しかしよく見るとしみじみとした味わいはあるね。ちょっとカメラ雑誌には珍しい写真だ。ともあれ、ややフィクションがかった中編記録写真というところで、方法とすれば充分注目したい気がする。

（対談批評　「朝日カメラ」　八〇〇字）

◇きょうだい　（カメラ毎日　一九五九年）

しあわせの詩の続編だが、今回は子どもを中心にした我が家の幸せをうたったものである。重点は母親から子どもに移行しているが、いずれも父親の家庭愛を描いたヒューマンドキュメントであることに変わりはない。

（「写真サロン」合評　四〇〇字）

〝福島菊次郎のしみじみとした味〟、この写真を見て誰かが、天からの授かりものの子どもを慈しんで大切に撮っていると言った。しみじみとした小市民的感情があるいい写真だよ。渡部雄吉の「モロッコ」、福島菊次郎の「きょうだい」、連載ものでは浜谷浩の「背梁山脈」、東松照明の「一軒家」が力作だ。

（対談合評　「日本カメラ」　八〇〇字）

◇吾が道をゆく・あるカメラマンの物語（一九六〇年）

二月一日から銀座の松島ギャラリーで開かれた、このささやかともいうべき個展を開くために、彼は計り知れぬ苦悩とたゆまぬ努力を重ねてきた。その想像力と粘り強さ、権威への盲従を断ち自己への道を突き進んだ道を、全カメラマン、いや敢えてプロカメラマンに捧げよう。

（判官「写真サロン」二八〇〇字）

◇鶴に寄せて（一九六〇年）

……私はいままで頑迷に芸術としての写真を絵画と同一視しなかった。私は不意を突かれた。徳山が生んだ一人の腕っぷしの確かな写真家がわれわれの前にそのたくましい画布を繰り広げてくれたからだ。八代の鶴はこの瞬間から福島菊次郎の手で高度の文化にまで昇華されたのである。その構成は全く交響曲の手がたさだ。鶴は妖艶に現われ、やがて盛りあがる喧噪となり、ふたたび静かに姿を消してゆく。野人の彼が三年の歳月をかけたこの作品はすでに写真家のものではない。

（前田昌弘「朝日新聞」学芸欄　八〇〇字）

◇鶴への招待（一九六〇年）

福島菊次郎が八代の鶴にレンズを向けてから鶴たちは三度シベリアと八代の間を往復し、五〇〇〇枚のフィルムが費やされた。「鶴を追って昼夜を分かたず雪の山野をかけ巡っていると白い雪がピンク色に見え始めてくる」と彼は語ったが、ちりぢりの夢をかきたてて命の炎を燃やし続けてついに全半切九〇余点の大作を完成させたのである。

（「毎日新聞」文化欄　一九六〇字）

◇ピカドン　ある被爆者の記録　（カメラ芸術　一九六〇年）

すでに同名の写真集が出ているが、まず結論から述べるとまことにショッキングな告発と言わなければならない。働かなければ餓死に追い込まれ、働けば耐え難い病苦にのたうち回る被爆者の姿をカメラは冷酷に把えて見る者の胸を打つ。これは正視に耐えない恐怖の記録である。ここに繰り広げられている極限状況は、もはやこの世のものではない。

（桑原甲子雄「カメラ芸術」六〇〇字）

◇ピカドン　（カメラ毎日　一九六〇年）

ピカドンは原爆症に悩む一漁夫の限りなく続く病苦と貧苦の生活記録である。親子七人のドン底生活の中で、苦しさのあまりわれとわが身を剃刀で切る。その傷跡や畳に残された爪痕、中村さんが描く異様な絵に見られる人間の苦悩はとうてい正視するに耐えない恐怖の記録で、これまで出版された写真集とは異なる説得力がある。この優れたグラフキャンペーンは今年最高作の下馬評がある。

（今月の写真から「カメラ毎日」一〇八〇字）

◇ピカドン展　(一九六〇年)

「ピカドン　ある被爆者の記録」ある被爆者の一六年間にわたる凄惨な闘病記録である。作者はその生活を記録しながら被爆者対策の不備と社会の冷淡さなどへの激しい人間的な怒りをぶちまけている。長い努力と情熱を傾けて作られた一八〇点の写真は原爆の恐ろしさの赤裸々な報告と同時に、そのような惨禍をもたらした者に対する激越な告訴状である。

(高階秀爾　「朝日カメラ」　八〇〇字)

◇ピカドン　(カメラ芸術　一九六〇年)

……なぜ型物ばかり撮るのか、ヒロシマを撮った土門、福島、永田の実例……。

現在のアマ、プロを含め材材は自由にあるのになぜ型物ばかり撮るのか。「ヒロシマと原爆」あそれなら土門拳がやっているよ、いまさら俺が撮ってもというのが写真界の考え方である。しかし永田の「ヒロシマ、一九六〇年」は土門の「ヒロシマ」とは別の解釈で撮られ、今度出た福島の「ピカドン」はある被爆者一家の生活を二者とは別の視点から取り上げて成功している。つまり同じ被爆者を撮っても、これだけ違う写真作品ができるということだ。結論は作者の視点の問題であり解釈の問題である、ということに尽きる。

(吉村伸也　「フォトアート」　一六〇〇字)

◇写真集ピカドン（一九六〇年）

感動を呼ぶ二つのキャンペーン、細江の「男と女」、福島の「ピカドン」は、ある原爆被爆者という副題がついている。恐ろしい物語がここに展開している。そして、この恐ろしい事実の背後に心ある人々は深く戦争否定の精神を読みとるだろう。

（新刊紹介「カメラ毎日」三〇〇字）

◇ピカドン（今月の話題　カメラ芸術　一九六一年）

カメラ芸術がこれだけで勝負しているくらい二四頁のスペースを割いたのも立派だ。大変なことで、また見事でもある。こういう編集の力みたいなものはやはり必要だね。これでどうだ……と編集者と作家がガッチリ組んで一つのものを発表している。そういう強みがこっちを打ってくる。自分のモチーフを追っている態度は立派だ。アマチュア写真の一の方向を示している。

（対談三つの視点「写真サロン」一二〇〇字）

◇写真集ピカドン（一九六一年）

中村さんは昭和二四年頃眼にみえて衰え始めた。毎日の病苦、飢えに泣く子どもたち、無理を重ね働いていた奥さんは貧血、結核、ガンのため七人の子どもを残して亡くなった。葬式を出す金もなく遺体をＡＢＣＣに三〇〇〇円で解剖用に提供。山口在住のカメラマンが人間の苦悩と執念を表現した、見る人の心を凍らすドキュメント。

（平和運動と人間の回復　「読売新聞」　六〇〇字）

福島菊次郎、川俣松次郎、伊藤昭一は戦後土門拳が提唱したリアリズム写真を自らの実践課題としてこの道一筋に進んできた作家といわなければならない。その業績はやはり土門拳に負うところが大きいと言えよう。彼の蒔いたリアリズムの精神がアマチュアの中で培われて社会的な発言を持つまでに成長したのが前記写真集、というふうに解釈することはそれほど飛躍した論理ではない。

（「朝日新聞」批評欄　一〇〇〇字）

今月の白眉は福島菊次郎の「ピカドン」である。一人の被爆者とその家族に焦点を絞り、彼らが被爆後一六年後の今日もなお深い原爆の傷跡にのたうち苦しんでいる姿を生々しく眼前に突きつける。一三年間もの間これを追い続けてきた福島菊次郎の執念がひしひしと胸に迫るキャンペーンである。

（「読書新聞」批評欄　二七〇字）

一五年の努力の結晶、福島菊次郎のピカドン……土門拳のような写真家に手をつけられたテーマを、ふたたび取り上げるということはよほど勇気のいることに違いない。アマチュアの福島がそれをやったのだから偉い。彼の撮影記録を読むと長い年月の涙ぐましい努力が感じられる。テーマを中村さん一家に絞っているのは写真を纏める上で成功している。

（「サンケイ新聞」批評欄　三〇〇字）

今年の写真界に衝撃の一石を投じた福島菊次郎の写真集「ピカドン」が写真界の芥川賞といわれている「日本写真批評家協会賞賞、特別賞」を受賞した。影山光洋、田淵行男に次ぐ三人目の特別賞受賞で、アマチュアでの受賞は初めてである。

（「カメラ芸術」　四〇〇字）

〈日本写真批評家協会賞について〉

「日本写真批評家協会」はジャーナリズムを通じて写真の批評、解説を行っている組織団体だが、一九五七年に年間を通じて優れた業績を示した写真家を表彰する目的の「写真批評家協会賞」を設定し、その選考及び受賞を事業として「作家賞」「新人賞」および「特別賞」の選考受賞を行ってきた。なお一九五七年度から一九六一年度までの受賞者は次の通りである。

五七年度特別賞・該当なし　作家賞・谷浩、石元泰博　新人賞・中村正也、東松照明
五八年度特別賞・該当なし　作家賞・土門拳　新人賞・奈良原一高
五九年度特別賞・田淵行男　作家賞・三木淳　新人賞・川島浩、今井寿恵
六〇年度特別賞・影山光洋　作家賞・長野重一　新人賞・藤川清、細江英公
六一年度特別賞・福島菊次郎　作家賞・東松照明、後藤敬一郎　新人賞・早坂治・井上青竜

〈特別賞福島菊次郎「ピカドン」受賞理由〉
一五年の長きにわたり広島の一被爆者とその家族の生活を克明に記録し、肉体と精神に刻み込まれた原爆の傷跡を鮮やかに抉り出した持続した情熱は、プロカメラマンの描き得ない記録写真の新たな領域を開拓したと評価された。

（「カメラ芸術」一二〇〇字）

◇写真批評家協会受賞記念写真展「困窮島」（一九六二年）

持味を活かした充実感、一九五七年以来前年中に発表された作品を中心に日本写真協会が選定する五名の受賞記念作品展である。いずれも自分の持味を活かして優れた成果を収めているが、思いがけない新鮮なショックを与えてくれる作品のないことは多少物足りない。福島の「困窮島」の素直な執念を買いたい。

（高階秀璽「朝日新聞」文化欄　八〇〇字）

特別賞の福島は、今は廃虚になった孤島に刻まれているかつての人々の生活の足跡を訪ねた「困窮島」といった作品で、この作家らしく相変わらず極限状況における人間の生活の追求に執念を燃やしている。

（「毎日新聞」文化欄　四〇〇字）

◇写真集ピカドン　（一九六一年）

——この叫びを、福島菊次郎のピカドンに寄せて——

ページをめくるごとに原爆の果てしない死の行進の中で、死の急速すら願うことのできない者の悲痛なうごめきが生々しく伝わってくる。作者のレンズは人間が人間に与えた拭いきれない傷痕とうめき声の一声一声を寸分の狂いもなく焼きつけている。だが、「ピカドン」の撮影中、彼のカメラは中村さんの阿鼻叫喚のあえぎの前に立ち竦んで幾度捨てられたことか。

この写真集はすでに、今年度最高の収穫と注目されているようだが、一〇数年の彼の辛苦はそんな生易しいものではなかった。「ピカドン」から迫ってくる感動は、いわばその証である。

誤解を恐れずに言うならば、写真がこれほどまでに文学的主題に肉迫したことは皆無であり、過酷な人間の宿命を、これほどリアルに造形して見せたことはない。

（詩人・水谷恒　「毎日新聞」文化欄　一七〇〇字）

写真集の出版は依然として衰えを見せていない。伊藤の「松川事件」、田中の「白さぎ」、そして福島の「ピカドン」は長年にわたって取り組んできたテーマの収穫で、いずれも地域や社会の問題を取り上げたキャンペーンであるのは興味深い。福島の「ピカドン」は地方主義とテーマ主義をアクティブに推し進めてきた収穫といえる。

（今月の話「朝日カメラ」一八〇〇字）

◇写真展ピカドン（富士フォトサロン　一九六一年）

福島は「カメラ芸術」に「ピカドン、原爆に狂った人生」を発表しているが、同一テーマにこれだけのページを割いているのは異例のことだ。このシリーズのトップ写真が土門拳の「ヒロシマ」のラストと同じ夜の慰霊碑だったことに気がついた。福島は土門が手をつけないで残した未開拓の領域を切り開いてゆくのではないか。とにかくこのシリーズの土門と違う点は、狂気みたいなもので全編が貫かれていることだ。

（吉村伸也「毎日カメラ」一二〇〇字）

◇写真展ピカドン（国立美術館　一九六一年）

現在東京、京橋の国立美術館で開催されている「現代写真展」は日本写真界の水準を世に問う試みで、一九六一年から六二年に発表された作品を批評家を中心にした選考委員で選び展示したものである。アマチュア写真では福島菊次郎の「ピカドン」が代表的なもので、アマチュアの手になる本格的グラフキャンペーンとして戦後初めてである。

（「朝日新聞」文化欄　二〇〇〇字）

◇ピカドン　写真集（今月の話題、日本人の再発見というプログラム　一九六一年）

今日批評家協会から知らせがあり、五人の受賞者が決定しましたが、今年は福島さんが堂々と「特別賞」を獲得されたわけです。選考過程で福島さんへの特別賞というのは圧倒的に強かったです。こういう社会的に非常に重要な問題を捉えてキャンペーンをするとき参考になる態度が福島さんの場合あると思うんですね。福島さんの場合、たった一人の被爆者の問題を訴えるのになぜ一〇数年もかけたのか。彼が無能だったからでは絶対にないですね。一〇数年もかけることで被爆者の苦しみがどんなに深刻なものかが浮かび出ているわけです。社会に訴える効果が強烈なものになっています。

（伊藤知己「カメラ毎日」三〇〇〇字）

◇心のケロイドを見つめて一〇年、ピカドンをやり遂げた持ち前の正義感（一九六二年）

「初めのうちは、何しにくるんじゃろうと腹が立ったが、四、五年たって心の底から打ち解けるようになってあの人のやってることがわかった。この写真を見ると泣きそうになる。じゃが、一人で苦しんでも仕方がない。みんなに知ってもらったほうがええ」と「ピカドン」のモデルになった中村さんは語った。こうして福島さんは十数年中村さんの家に通い続けて「ピカドン」を完成させた。

「十日に一度は広島に通った。一番列車で広島について撮影し終列車で下松に帰る。経済的な負担も大きかった。何度撮影を止めようかと思った」。五八年に福島は精神衰弱で精神病院に入院したが、三カ月で退院、持ち前の正義感がついにピカドンを完成させた。

（「中国新聞」文化欄　八〇〇字）

◇写真批評家賞受賞記念写真展　（富士フォトサロン　一九六二年）

福島菊次郎（特別賞）、東松照明、後藤敬一郎（作家賞）、早坂治、井上青竜（新人賞）の五名の「日本写真批評家賞」受賞作家の写真展。福島は「困窮島」三六点、瀬戸内海の無人島で取材したものである。かつては貧民が住んでいた島で、島民たちの貧しかった生活の跡を撮っている。

（「毎日新聞」文化欄　八〇〇字）

◇老人の島　（カメラ毎日　一九六二年）

――若者たちはここから脱出し、最後には老人ばかりが残る。やがて島は静かに死んでゆく――これは確かに戦慄的なドキュメントです。この写真を見ながら私はフランスの記録小説家ピュイセソの『今宵カリブ海に死者いずべし』を読んだときのようなショックを思い出しました。一七～一八世紀の植民地主義時代カブリ海に群がる小島に半強制的に送られた白人の子孫が過酷な自然や産業構造の変化によって文明社会から見捨てられ、幾代にもわたる近親結婚の結果〝哀れな白人〟という哀れな生き物に退化、アルコール中毒と過酷なハリケーンの中で絶滅する現状を描いた小説です。

福島の「老人の島」にも負けず劣らずの無気味さ、哀れさがたちこめています。ひどく日本的な陰気臭さでしょうか、さもなければ東洋的な一種の要諦というのでしょうか、南国のカリブ海にはないどす黒い湿っぽさが漂っています。「いつも同じ格好で眠っていた老婆が、そのままの姿勢で死んでいた」という描写にはハッと胸を衝かれ、鋭く悲しいリアリティがあります。瀬戸内海に限らず日本の離島には老齢化と人口減少傾向が見られるのは産業構造の変化ですが、「老人の島」は都市への人口集中と反比例するもっとも残酷な象徴であることは疑いありません。だから福島の今度のドキュメントはもっと高次の文明批判になりうる問題をはらんでいます。

（伊藤知己　一〇〇〇字）

◇姥棄《うばす》て（カメラ芸術　一九六二年）

何か不思議な生活感情みたいなものが漂っている。これが福島さんのカメラワークの強さですね。写真が独立したジャンルだったらキャプションは全然つけなくてもいいわけですが、「姥棄て」の文章は気が利いていますね。今月の作品中いちばん気に入りました。二ページ目、見開きの海辺の漁村の、夕方の光線で撮って後ろの山は暗くなっている土俗的な感じが良く出ていていい写真だ。

（「朝日カメラ」対談、今日の写真を考える　一〇〇〇字）

◇老人の島（カメラ芸術　〝今月の話題〟危険なモダニズムの写真家たち　一九六二年）

これは「姥棄て」と一連のシリーズになるわけです。この前の写真は民族行事の一環としての意味合いもあったけれど、今度の場合は社会問題としての意識が強く働いています。普通老人問題というと「養老院」というのがお決まりのコースですが、ここでは福島さんの実際の生活の場で重要なルポルタージュができ上がっているのではないか。福島さんの仕事はアマチュアでなければ絶対できない仕事ですね。

(伊藤知己「カメラ芸術」七〇〇字)

◇原爆白書 (朝日カメラ 一九六二年)

この七月、世界平和アピール七人委が提唱した原爆白書の推進がわずかに動き出した。本誌では、二〇数年にわたってヒロシマを取材し続けている福島氏に「ピカドンその後」を特写してもらった。そのフォトルポルタージュは、いわば写真家の目による「原爆白書」で、原爆被害の貴重な資料のひとつになるだろう。

(「朝日カメラ」一三〇〇字)

◇姥棄て (カメラ芸術 不振の中の三人 一九六二年)

はっきりいって不振である。不振というより不作である。この一、二年の間に発表された秀作というと、浜谷浩の「日本列島」、東松照明の「NAGASAKI」、細江英公の「薔薇刑」、福島菊次郎の「姥棄て」が思い出されるのだが、このレベルをもう一段下げてみても、その内に新人の仕事は入ってこない。言ってみればそれは否定の精神の欠如ということではないのか。それがテーマの喪失となり、創意の欠如となって現われる。新人予備軍、若手のプロたちの奮起を期待したいところだ。

（吉村伸哉　「朝日カメラ」　一八〇〇字）

◇台風島　（カメラ毎日　一九六二年）

寄稿された四〇数点の写真の中から私は六点を選び出してみました。台風の最中に写した動的なものが二点あったので、それをポイントにして組んでみたが、この二点はなかなか迫力があり、チャンスを的確に捉えているといえよう。六点の組み写真で、台風がいつも襲っている祝島《いわいしま》というところがよく表現された優れた作品だ。

（「朝日カメラ」　四〇〇字）

◇原爆と人間の記憶　（写真集　一九七八年）

収録されている写真は三二〇枚。「コワイ、おうちに帰る」と泣きながら死んでいった白血病の五歳の被爆二世、放射能遺伝障害を恐れて求婚を拒み続けた若い女性のうるんだ瞳。〝平和都市〟建設の陰に住んでいるバラックから追われて行く〝原爆スラム〟の人々……。圧巻は全九章のうち一章を占める「中村杉松一家の崩壊」。一九五一年から実に十五年間撮り続けた「ある漁夫一家の記録」である。「地の底まで潜って、そこで見たものは人間の地獄だけだった」と語る福島さんはエピローグに「絶望をいくら積み上げてみたとて、一つの時代が、それを実質的に切り開こうとしない限りすべては徒労だ。私はもうこの取材に疲れ、撮影を続けてゆく気力を失った」とペンを置いている。重い言葉である。

（「朝日新聞」文化欄　一三〇〇字）

◇公害日本列島（写真展　一九八〇年）

日本の政治に終始根源的な問いかけを行う福島が、ここ十五年追い続けた日本の公害状況を構造的なスケールで取材した展覧会である。およそ社会正義を振り回し、告発写真家と呼ばれた一群のカメラマンがかつて存在したが、結局持続的に今日までストレートにその写真思想を貫いてきたのは彼一人であろう。無骨だが真摯な作者の面影を二重写しにして私は静かな感動に浸ることができた。

（桑原甲子雄「朝日カメラ」六〇〇字）

福島の「日本の戦後を考える」も迎えて六回目。今回は「日本公害列島」。今度は少々趣を異にし、たとえば認定を巡って明暗を分けた水俣病患者の生活振り。福島は三里塚における有補償と、それを潔しとしなかった農民の姿をここにダブらせた。また、公であるべき海を生活権のもとに取引する漁業補償の問題にレンズを向ける。人間よりもカネの価値が優先することの矛盾を鋭く突く。

（「毎日新聞」展覧会から　六〇〇字）

◇公害日本列島（写真集　一九八〇年）

「水俣の生と死」「生活の中の公害」「日本列島の終末」などの七部作を通して福島は戦後復興と高度成長の代価が何であったかを声高ではなくアクチュアルな告発の姿勢で提示する。著者のカメラアイは水俣や足尾銅山だけでなく、騒音、ゴミ、日照権の問題にまで及び、公害を現代文明のトータルな問題として捉え、もう後がないことを訴える。

（「朝日新聞」文化欄　四六〇字）

「日本の戦後を考える」シリーズとして、原爆、三里塚と一連の人間の愚かしさがなした所業をカメラアイで追い続けてきた福島菊次郎は、ここにまた公害日本列島を撃つ。水俣はじめ、足尾銅山、六価クロム禍、大気汚染など、公害の実態を見据え、結局、滅び行く野鳥の姿を通して日本列島の終末を暗示する。その底には日本を終末まで到らしめていいのか、との悲痛な叫びが込められている。

（「読売新聞」文化欄　五〇〇字）

〝すでに写真は武器なのだから〟たえずこの写真家は〝現場〟にいる。僕たちの国の戦後が、まやかしであることが確認できる現場に……。水俣に、瀬戸内海に、谷中村にと彼は現場を飛び歩く。

逆算すればなんと精力的な活動ぶりだろう。この写真家の原動力はいったい何か……。パンのためではない。彼はいたたまれず現場に行き、行くことで、いたたまれなさは逆に増幅してゆく。写真家という呼称は、もうこの人には似合わない。いたたまれずに〝現場〟から〝現場〟を渡り歩く人間――それはジャーナリストだ。この写真家は資質的に、どんな雑誌、新聞社の記者よりもすぐれて強くジャーナリストなのだ。週刊誌記者だったころ僕は何度もこのカメラを手にしたジャーナリストと現場で遭遇した。そしてそのたくましい取材力に驚嘆した。極端なたとえをすれば、この人は〝武器〟を扱うようにカメラを扱っていたのだ。写真は思想の表現たりうるか、などという問いは、この人の前では自明の理として問いにはならない。――すでに写真は武器なのだから。

（「カメラ毎日」今月の写真から　九〇〇字）

肩まで垂らした長髪。どことなく人なつっこい風貌、だが射るように鋭い眼差し。対象に食らいついていて離れない執念深さ。作者を見た時の嫉妬に近い思いを忘れることが出来ない。三里塚強制代執行の時だ、ヒゲ面で小柄なカメラマンが農民の中に入り、襲ってくる機動隊に向かってシャッターを切り続けているのを見たのは。その姿にわたしは「叶わない」とつぶやいていた。彼の「公害日本列島」を見て、再び「叶わない」と思う。驚かされるのは氏が六、七〇年代における資本、権力、自然、人間破壊を予見していたかのように四〇年代からその証拠になる映像を撮り続けていたことだ。映像の一枚一枚は、ただ見るのではなく、じっくり読んでほしい写真集だ。

（水間典明「毎日新聞」読書欄　一三〇〇字）

公害日本列島は単に環境破壊、生命の尊厳を侵すものへの告発にとどまらず、そうした状況を引き起こす元凶、その仕組み、根源へとカメラの眼が行き届いている点において並の写真集とは違った重みを備えている。福島は最後に「この写真集は多くの被害者が政府や企業犯罪を裁く起訴状であるとともに、この国の主権者である私たちが状況を変えていかない以上、もはや道の無いことを知るための映像であると結んでいる。

（「読書新聞」新刊紹介　一四〇〇字）

これが日本の風景だろうか。荒寥として切り立った岩山を落石が転がって行く……草木は死滅し、流れる川は鉛色に汚毒している。鉱毒の川、鉱毒の地。死の風景は山間地だけに留まらない。思わず目をそむけたくなるような醜く歪んだ奇形魚、排水で死の海と化した近海……自然破壊はやがて確実に人体をも蝕んでゆく。繁栄が描く日本の未来図をずばり私たちに突きつける写真集である。

（掲載紙不明　二六〇字）

いま、識を有する者すべての人が本書と出会うべきだ。福島は有り余るほど自然が豊かだった自分の少年時代の暮らしを巻頭におき、さらに「公害の元凶である企業と癒着した政治がこの危機状況を解消してくれるはずもない」と記し、さらに「私たちの消費構造が、その産業構造を支えている共犯者だ」と言い切る。彼の追及の眼は、近未来の人類の果てまでも洞察するかのように見据えられている。「福島さんの四十年にわたる労作を活かすか、それとも我々の時代の墓碑銘に終わらせるかは私たちの行動できまる」という宇井純氏のあとがきが胸中に余韻を残す。

（出版ニュース　七二〇字）

公害防止対策の充実で水も空もきれいになったという。新聞の公害ニュースも確かに減っている。福島菊次郎の「公害日本列島」は一時騒がれた公害が深く潜行し、日々のニュースにならない時点で自然と人間生活を絶望的な荒廃に追いやっている現実をありのまま撮影した記録である。一つの歴史的な〝証拠〟として残る写真集である。

（「中国新聞」文化欄　四二〇字）

◇戦後の若者たち（写真展　一九八〇年）

内容は六〇年代後半の学園闘争から浅間山荘事件まで七〇年代前後の昂揚した若者のたたかいと官憲の弾圧の記録であるが、十年たったいま改めて見ると特別の資料価値が生じたドキュメントとして目に映る。ニューレフトの立場を貫く作者は先に「公害日本列島」を発表したが、そのパネルは東大の宇井教室に寄贈され、すでに全国で百回を超える展示の機会を持った。今回の「若者たち」も救援連絡センターに連絡すれば、貸し出しに応ずる。ともあれ、しぶとく日本の恥部を告発し続ける作者のリアルな目が光る。

（「読書新聞」写真展から　四〇〇字）

韓国の光州事件は記憶に新しいが、六〇年代から七〇年代にかけて燃え上がった学生運動の炎はもはや過去に押しやられて話題にもならない。福島氏の「日本の戦後を考える」展のテーマがその戦後の若者たちだ。氏は明確に反体制的立場からの記録、報道姿勢で事態に接しているが、それは強迫神経症的でも被害妄想的でもない。だから戦後をリリシズムで回顧しようともしない。あくまでも、今忘れてはならない、考え続けなければならない、との主張で写真を展観する。意見とは個人の意見でなければならない、とする信条でのこの写真展は見る者の胸中に確実に一石を投ずる。

（「毎日新聞」文化欄　五二〇字）

◇戦後の若者たち（写真集　一九八〇年）

撮影という行為は対象ばかりではなく時としてレンズのこちら側も被写体にしてしまう。恐ろしいことだ。福島氏の「戦後の若者たち」にもそのことが言える。撮影という行為は福島においては極めて思想的営為のように見える。「この記録をただ往時をしのぶだけの〝戦友会誌〟にしてもらいたくない。今私たちは激しくその所在を問われているのだ」という耳に痛い問いかけは、彼本来の肉声ではない。福島はこうしたアジテーションを彼の撮影という行為の継続において獲得したのだ。

（「カメラ毎日」写真集から　七二〇字）

「昭和という一つの時代は、もう五十年間も有為な若者を殺し続けている。なんと愚かな、なんと恐ろしい時代だろう」と福島は巻頭に書いている。この時代の危機を血を吐かんばかりの言葉で投げかけている。第一部「東大闘争」から始まり、「連合赤軍事件」で終わる八部作は一気呵成に読者を引きこみ、読後これほど血潮の沸き立つのを覚えた写真集はなかった。なお驚くのは福島氏の報道写真家としての身の軽さである。今年六〇歳のその青年はあるとき「農民や漁民の労苦に比べたら、カメラマンなんてまるで怠け者ですよね」と語った。すべての読者は本書を前に目を閉じなければならない。

（羽永光利「出版ニュース」　八〇〇字）

◇戦後の若者たち　PART2・リブとフーテン（写真集）

「一つの時代の証言集」。原爆、公害など社会問題ばかり追求してきた硬派のカメラマン福島さんが六〇年代から七〇年代の若者の風俗を追った「リブとフーテン」を出版した。ヒッピー、フーテン、コミューン運動、リブ、未婚の母など二二〇枚でまとめた写真集からは、自分よりも若い世代の生きざまの明暗、希望、怒り、挫折に共感し、時には反発しながらフィルムに捕え切ろうとしている初老の写真家の執念が伝わってくる、各章ごとにはさみこまれている福島さん自身のとつとつとした文章もいい。一つの時代の証言集とも呼べるだろう。

（「新聞批評」　六〇〇字）

いまは語り草になった新宿風月堂の入り口近い壁に背をもたせた福島氏の姿をいつも見かけた。証言者としての福島氏はこの街でも、あらゆる場に広角レンズを向け、六〇年代から七〇年代に向けての〝新しい波〟を記録していた。そのラジカルな視点は、二十年すぎた今日でもバイオリンのE線のように張りつめた感性になっている。彫金家としても耽美的な異才として畏敬されている作家の写真ともいえる。

（出版ニュース　九六〇字）

いきなり子宮からかき出された妊娠中絶胎児の写真で始まるこの写真集は、フーテン、シンナー吸引、ゼロ次元、たけのこ族、フリーセックス、ウーマンリブ、未婚の母など体制の秩序を風化させる諸現象を熱い思いで記録し、メッセージとして発射する。写真と言葉のスクラムも同じ。写真の群れがワーッと攻めよせ、言葉の砲列が後から襲う。現代はかつてのように疑うことなく「理想」を信じ労働歌を合唱するといった時代ではない。加害者と被害者を見分けることさえ簡単ではなくなった時代の中で、いわゆるリアリズム写真の主義主張の押しつけがましさにウンザリするようになったが、この写真集に限っては少々様子が異なるのだ。旧態のままの頁が、様式など問題にさせないナマの迫力を表出させ、著者の叫びをストレートに伝えてくるのだ。

（「カメラ毎日」写真集から１３００字）

◇天皇の親衛隊（写真集　一九八一年）

「昭和という残忍な時代の中で、同窓生の半数以上が戦死したのに、僕は一度も銃の引き金を引くこともなく爆撃も経験しなかった。この命を本当の意味で大切にしなければと思う」。巻末にこの言葉が著者の天皇制に対する怨念を凝縮している。戦後の天皇制とその存在を取り巻く諸状況に、様々な角度から焦点を合わせたのがこの写真集である。巻頭に「開戦の詔勅」を掲げながら巻末に「終戦の詔勅」を掲げなかった著者の意図は明確である。六〇歳の著者の怨念はもはや風化しえない結晶と化している。

（「毎日新聞」読書欄　五〇〇字）

写真を見ていると戦時中のあれこれが、うたかたのように浮かんでくるが、この写真集は歳月が人間の記憶をいかに衰えさせるかという、きわめて興味あるデータを提示してくれる。愛国婦人会は今も生きており、写真８の婦人のマッスの背後から〝勝ってくるぞ〟と軍歌が聞こえてくるではないか。私たちがこの写真集から汲み取らなければならないのは人間の知恵とか意識の脆弱さを十分に意識し、それをどう超えて行かなければならないか、ということではないのか。

（「カメラ毎日」 一一〇〇字）

戦艦陸奥から引き揚げられた真黒な頭蓋骨で始まる二百五十六頁の本書は軍国主義に対する憎悪で塗り潰されている。妥協を廃し、斜めに構えながらテーマに正面から取り組むオールドポルシェビキには正直敬意を表したいと思う。とかく自主規制しがちな言論人は見習うべきであろう。しかし、福島氏のやり方にやりきれなさを感じる。写真を道具としてしか扱っていない点で実は戦争協力写真の裏返しではないかと思えるからである。

（「朝日カメラ」 四〇〇字）

レニを読んで〝戦犯〟に対する態度の彼我の差を思ったが、日本にも本格的にしつこい人がいた。福島菊次郎。以前赤坂の画廊で彼の原爆展を見てショックを受けたが、そのエネルギーが衰えも見せず燃えたぎっているのだ。言葉が有効な時には言葉で、写真が雄弁な時には写真で、そう、この写真集はまさに作者の演説なのだ。作者は自分の思いをしゃべる。というより叫ぶ。それはかっての日本軍というもの、戦争というもの、人間に対して暴虐であり抑圧的であった国家権力というものへの告発の叫びだ。

（「カメラ毎日」 一二〇〇字）

このユニークな表題を持つ写真集は約三百枚の写真で構成され、様々な写真が鉛のような重さで脳天に焼きついてくる。これは単なる写真集ではなく、一枚一枚が思想性を持ち、全体としてはっきりした主張を見る者に印象づけるからである。筆者は戦後民主主義の虚妄を告発するために、第一部「夢よもう一度」から第八部「軍事大国への道」の中で動かぬ証拠写真を突きつける。見終わって感じたことは、これらの写真がどれだけの人の目に触れるだろうかということだった。

（飯坂良明「週刊ポスト」一四〇〇字）

骨の髄まで悪寒の迫る写真集である。福島氏は巻頭ですり替えの防衛論議ほど恐ろしいものはない、ヒットラーと天皇は正義と自衛の名において五千万の無辜の民を平然と殺戮したと述べているが、ここに完結した「日本の戦後を考える」四部作によって不毛と言われた日本のフォトジャーナリズムは確立された。

（羽永利光「出版ニュース」一〇〇〇字）

◇戦争がはじまる（写真集　一九八七年）

「二十万枚のネガから構成されたこの写真集は、僕が遭遇した日本の戦後史であり、僕自身の人生の航跡でもある」と述べている通り、選び抜かれた写真によって構成された写真集である。復権する天皇制や軍隊、被爆者や在韓日本妻など、ここには戦後が見捨てた人々、喪ったものなど、もう一つの隠された戦後史がぎっしり詰まっている。
「写真を発表することで多くの若者を反体制運動の戦列に参加させて血を流させた責任がある。二度と魂を売るような事だけはしたくなかった」という福島さんの衿持と思いつめが作らせた写真集だ。

（「中国新聞」社会欄　七五〇字）

被写体に向かって正面から切り込んで行く剛直な、堂々としたアプローチの連続、それと簡潔に噛み合うコメントとの合体。それらの集合が強い力を秘めた迫力を獲得していて「国家」の名をあげつらう今の権力集団の本質に迫って止まない。「天皇陛下バンザイ」から始まる対民衆犯罪の告発で一貫した写真集である。〝あとがき〟の中の著者自身の仕事と生活が闇討ちや暴力で困難にされてゆく事態は、この対民衆戦略の着実な進展を示していて恐ろしくさえある。

（「朝日ジャーナル」一三〇〇字）

四〇数年前の戦時中の風景ではないか、と思うような天皇陛下奉祝行列や軍隊の行進がまず目にとびこむ。ついで戦争孤児や被爆者の惨状、在日朝鮮人、中国人へのさまざまな差別、さらに三里塚などでの機動隊の圧倒的な暴力。・・・・常に、民衆の視点から国家の暴力を暴き続けてきた著者の業績をまとめた優れた写真集である。

（「週刊ポスト」一二〇〇字）

「奉祝天皇陛下」と書かれた横断幕の下での提灯行列でこの写真集は始まる。日の丸を振って〝天皇陛下バンザイ〟を叫ぶ婦人たちの姿がそれに続く。新宿駅のホームで戦闘服のまま談笑する自衛隊員、兵器産業の現場、朝鮮人被爆者や中国残留孤児の顔。敗戦後一貫して被差別と戦争告発の立場からシャッターを押し続けてきた福島さんが、二十万枚のネガから選んだ三百余枚の写真は何を語るのか。物騒な〝題名〟だが、六六歳の彼の実感である。

（「朝日新聞」読書欄　四〇〇字）

この写真集で一番訴えたかったことは、戦争によってこの社会の一番底辺の人たち、女、子ども、老人たちがどんな被害を受け、どんな戦後生活を送ったかということです、と福島さんは語る。しかも、戦争の犠牲にされたその子どもたちによって軍隊が再生産されてゆくのだ。

（「公明新聞」書評　一八〇〇字）

昨年胃癌の宣告を受け、手術を七カ月延期し、日本の戦後への〝遺書〟にするつもりでこの写真集を出版したのだ、という話を聞いて驚いた。日南海岸で爆雷を背負って敵戦車に飛び込む特攻要員として敗戦の日を迎えた二等兵の怨念がこの写真集を作らせたのである。戦後時計店を営業し、民生委員として生活困窮者の実態を写し始めたのが報道写真家になるきっかけだった、と聞いた。

（掲載紙不明　一二〇〇字）

◇瀬戸内離島物語（写真集　一九八八年）

近々写真家福島菊次郎氏の「離島物語」が出版される。第一部「国破れて」、第二部「台風島」、第三部「ふるさとの海」、第四部「女のくらし」、第五部「こどもの四季」、第六部「高度成長の波間へ」、第七部「滅び行く島々」、第八部「ふるさと創世」、第九部「原発がくる」の九部作三百十二点で構成されている。昨年刊行された「戦争が始まる」に次ぐ、未整理のものをまとめた十二冊目の最後の写真集である。

（「中国新聞」社会面　五〇〇字）

離島物語は福島菊次郎の戦後の仕事の集大成で、取材にかけた歳月は四十年を超し最も長い。全体は九部作構成で敗戦直後から現在にいたる、安芸灘、伊予灘、周防灘三海域一〇〇キロの間に点在する十九の離島の生活史である。高度成長期の訪れとともに若者たちが島を脱出、過疎と老齢化が島を洗い、六〇年代には公害による不漁が襲い、無人の島が増え始める。それと同時に不況にあえぐ島民の頭越しに観光開発の波が押し寄せ、危険な原発建設が過疎の島を狙う。その島々に老齢人口日本一の島に住む「一老人」である福島の目が光る。

（「朝日新聞」書評欄　一八〇〇字）

福島さんは瀬戸内海の漁村で生まれ、一九四〇年代からカメラ雑誌に写真を投稿し始め各種の賞を総なめにして四二歳で上京、社会派のカメラマンとしては最も硬派である。一九八二年に東京を捨て瀬戸内海の無人島に去ってから八年目に完成を見たのが本書である。長年島を見続けてきた福島さんの目が光る。

（「出版ニュース」一一〇〇字）

「離島物語」は瀬戸内海の島々に残る独特の暮らしのドキュメントだと思ったらまるで逆だった。ここには島々の暮らしがいかにして破壊されていったかという、いわば「喪失の歴史」がなんと敗戦後から今日まで四〇年にわたって克明に見つめられているのである。四〇年といえばそのまま私の人生の歴史と重なる。この写真集の頁を開くにつれ、私は言いようのない悲しみに捕らわれてしまった。これは信じられる本だ。

（宮迫千鶴「サンケイ新聞」読書欄　一二〇〇字）

◇九〇〇〇人の証言　写真で見る戦争責任展（一九八九年）

「昭和天皇の発病から大喪の礼にかけマスコミは天皇賛美のキャンペーンに終始した。いくら何でもやられっ放しはないよ」と昭和天皇と日本の戦後を告発する写真展を開いた。「いまの日本はかつての天皇制が復活し、まさに戦前の道を歩いている」と危機感を訴える。四二歳の時妻と別れ三人の子どもを連れて上京、プロを目指した。自衛隊などの写真集を次々に発表、「現場が僕の人間形成をしてくれた」と一貫して反体制の側に立つ。

公安警察にマークされ電話の盗聴や取材妨害は日常的だった。深夜暴漢に襲われ、不審火で家が焼失したこともある。一昨年ガンのため胃の三分の二を切除する大手術をした直後、写真展の準備を始めた。無料で希望団体に貸し出す。全体を七つのテーマに分け二十枚のパネルで構成した、壁画四〇メートル、二五〇展の写真をちりばめた〝遺作展〟である。

（「朝日新聞」社会面　一六〇〇字）

「声にならぬ慟哭が聞こえる、〝戦争責任〟写真で告発」

白血病に侵されているとも知らず優しい表情でベッドに眠る被爆二世の坊や。「遺族の家」と書れた菊の紋章のある表札の前でレンズを見つめる戦争孤老。会場を訪れた人々は押し黙り、改めて写真が語る〝昭和〟と向き合っている。作品は白黒二五〇点。被爆者、未亡人、自衛隊員など九千人が昭和の〝生き証人〟として壁画四〇メートルのパネルに登場する。

……戦争の痛みを背負う弱者、それを許し、推進した人々。来場者の多くは食い入るよう作品に見入り沈静な表情をうかべる。「これが戦争の歴史です」と目頭を押さえる老婆もいた。

（「中国新聞」社会面　七二〇字）

（注）　福島菊次郎遺作展「九千人の証言　写真で見る戦争責任」展は一九八九年五月の名古屋

オープン展以降の三年間に全国各地の市民、宗教団体、教育、労働組織が主催し全国一四〇都市、十七大学を巡回約一〇万人が来場し、三六〇〇通に及ぶ感想文が寄せられた。この成果は三里塚反対同盟によって巡回された「三里塚闘争」の八二会場、東大自主講座によって巡回された「公害日本列島」の一一〇会場、「原爆と人間の記録」の六五会場を超えるものである。

尚「戦争責任展」は全国各地の主催者から新聞のコピーを送付されたものだけでも四八〇紙におよび六七五〇〇語のキャンペーンを得ることができた。

◇離島からの報告　（写真展　一九九一年）

「離島からの報告」は第一部「敗戦、飢餓の島々」から第八部「原発がくる」の八部作からなり、戦後四〇年間の時代相、島々の過疎化現象や、滅びてしまった生活、風俗、子どもの遊びの文化などを記録したもので、約一四〇点が出展されている。このヒューマンな写真展は、さだめし多くの人々の感動を呼ぶに違いない。

（「毎日新聞」　三四〇字）

■太平洋戦争年表■

【1926（大正15・昭和元）年】

1月15日　京大学連38人検挙　初の治安維持法を適用

1月30日　第1次若槻内閣成立

2月28日　大阪松島遊廓移転に関する疑獄事件おこる

3月4日　田中義一の機密費横領事件　衆議院で追及

3月5日　労働農民党結成

3月24日　女の角力興行　禁止される

3月25日　大逆罪で朴烈・金子文子に死刑を宣言

4月21日　浜松日本楽器　3カ月余のストライキ突入

4月24日　本州と北海道の電話開通

5月5日　新潟県木崎村の4年越しの小作争議が激化、小作人と警官隊衝突

5月24日　十勝岳噴火　死者146人

5月29日　岡田文相　学生の社会科学研究禁止を通達

7月18日　長野市で警察統廃合問題をめぐり1万数千人が県庁を襲撃

11月12日　福岡連隊爆破を計ったとして、差別反対闘争中の水平社15人を逮捕

12月25日　大正天皇崩御、「昭和」と改元

【1927（昭和2）年】
1月5日　日本大相撲協会発足
3月14日　金融恐慌はじまる
4月20日　田中義一内閣成立
4月29日　大日本連合女子青年団創立
5月7日　東京市が本郷に知識階級職業紹介所を開設
5月30日　東洋モスリン亀戸工場の争議妥結、女工の自由外出を初めて獲得
6月1日　立憲民政党結成
6月27日　東方会議開催
8月3日　第1回全国都市対抗野球大会、神宮球場で開催
8月24日　駆逐艦「蕨」・「葦」、島根県沖の夜間演習中に沈没。死者119人
11月19日　名古屋の陸軍大演習中、北原泰作二等兵が軍隊内差別を天皇に直訴

【1928（昭和3）年】
2月1日　日共機関紙『赤旗』創刊
2月11日　第2回冬季オリンピック（サンモリッツで開催）に日本初参加
2月20日　初の普通選挙行われる
3月13日　神田・巌松堂の少年店員42人、丁稚奉公に抗議してスト
3月15日　共産党員の全国的大検挙

4月10日　日本商工会議所設立
5月3日　済南事件
6月4日　張作霖爆殺事件
6月29日　死刑・無期刑を含む治安維持法改正を公布
7月2日　東京市バスの女性車掌100余名、男女差別の撤廃を要求
7月12日　歌舞伎、モスクワ公演へ出発
7月19日　婦人雑誌に性愛記事氾濫。目に余るとして、矯風会などが請願
11月1日　「ラジオ体操」始まる
11月10日　天皇即位の大礼（御大典）挙行
11月10日　警視庁、ダンスホール取締令実施。18歳未満の男女は入場禁止となる
12月15日　女子師範移転に反対した宮崎市民1万人が県議会・知事公舎を襲撃

【1929（昭和4）年】
3月5日　山本宣治代議士を右翼が刺殺
4月16日　共産党員の全国的大検挙、党組織は壊滅的な打撃を受ける
5月19日　婦人市政研究会による「ガス値下げ期成デー」ガス非買同盟を結成
6月24日　朝鮮疑獄事件
7月1日　婦人と年少者の深夜業禁止となる
7月2日　浜口雄幸内閣成立

8月28日　浜口首相、緊縮財政でラジオ放送
8月下旬　北海道鉄道・東大阪電軌疑獄事件。疑獄が続出
10月1日　初の国産写真フィルム発売
10月24日　米国株式市場暴落（世界恐慌の始まり）の影響で、生糸価格が崩落
11月1日　全国の失業者約30万人と内務省発表
11月29日　帰任中の佐分利貞夫駐華公使、箱根のホテルでピストルによる怪死
12月16日　憲兵司令部に思想研究班できる

【1930（昭和5）年】

1月11日　金輸出解禁実施となる
1月21日　ロンドン軍縮会議開く
2月1日　産児制限相談所開設
2月26日　共産党大検挙、7月までに全国で1500人が検挙される
4月9日　鐘紡、ストライキ突入
4月13日　東京の板橋で養育金目当ての貰い子殺し発覚、被害児は41人
4月25日　統帥権干犯事件おこる
6月3日　閣議で国産品愛用運動の開始を決定
9月19日　漁夫に20時間労働を強制し死者十数人を出した蟹工船エトロフ丸が函館へ入港、首謀者を検挙
10月1日　第2回国勢調査。内地人口6445万5人。うち失業者32万人余

11月14日　浜口首相、東京駅で狙撃される
11月24日　警視庁、エロ演芸取締規則を通牒。股下2寸（約12㎝）未満のズローズなど禁止
11月26日　静岡・伊豆地方大地震、死者254名、全壊2290戸
12月15日　東京の15新聞社、疑獄事件に関する政府の言論圧迫に共同宣言

【1931（昭和6）年】

1月　漫画「のらくろ二等兵」が『少年倶楽部』に登場
2月28日　婦人公民権を認める法案が衆議院で可決（貴族院で否決）
3月6日　大日本連合婦人会が発足
3月　軍部クーデター計画3月事件発覚
4月14日　第2次若槻礼次郎内閣成立
5月27日　官吏の減俸令が公布され、各省職員に反対運動が広がる
6月27日　興安嶺（中国）で中村大尉ら殺害事件
7月1日　文部省に学生思想調査委員会
7月2日　万宝山事件
7月5日　全国労農大衆党が結成される
9月18日　満州事変はじまる
10月17日　十月事件発覚
10月　山形県で一村の娘を売って官有地の払下げを受ける

12月13日　犬養毅内閣成立
12月13日　金輸出再禁止を決定

【1932（昭和7）年】

1月8日　李奉昌、桜田門外で天皇の馬車に爆弾を投げる
1月28日　上海事変
2月9日　前蔵相・井上準之助暗殺
2月22日　肉弾三勇士の戦死を軍部が発表
2月29日　リットン調査団来日
3月1日　満州国の建国宣言
3月5日　三井合名理事長・團琢磨暗殺
3月24日　中野重治らプロレタリア作家400人検挙される
5月15日　5・15事件　犬養首相殺害
5月26日　斎藤実内閣成立
6月29日　警視庁、特高警察部を設置
7月24日　全国労農大衆党と社会民衆党が合同、社会大衆党を結成
7月27日　文部省、農漁村に20万人の欠食児童と発表
10月1日　東京市の人口497万人余、世界第2位の大都市となる
10月3日　満州へ武装移民団416人出発

12月13日　大日本国防婦人会が発足

【1933（昭和8）年】

1月9日　三原山噴火口で女子学生が投身自殺。5月までに43人が自殺、〝名所〟となる
2月　ダミアの歌「暗い日曜日」発売禁止、厭世ムードをあおるとされた
2月4日　長野県教員赤化事件で138人を検挙
2月20日　小林多喜二、築地署で虐殺
2月24日　国際連盟脱退、松岡代表退場
3月6日　米国金融恐慌のため、日本の為替市場休場
5月25日　京大滝川教授、文相要求で休職
6月7日　共産党幹部佐野学ら転向声明
8月9日　第1回関東地方防空大演習

【1934（昭和9）年】

1月8日　京都駅で海兵団入団兵の見送人が大混乱、77人が圧死
2月7日　中島久万吉商相の「足利尊氏論」貴族院で問題化、翌8日辞職
3月1日　満州国帝政を実施、皇帝・溥儀
3月10日　鐘紡前社長・武藤山治暗殺
4月3日　全国小学校教員精神作興大会開く

4月18日　帝人株をめぐる疑獄事件起こる
6月1日　文部省に思想局設置
7月3日　斎藤実内閣、帝人事件で総辞職
7月8日　岡田啓介内閣成立
8月26日　全農など農民生活擁護連盟結成
10月6日　警視庁、学生・生徒・未成年者のカフェ、バーの出入りを禁止
秋　東北凶作で娘の身売り、欠食児童、行き倒れ、自殺など農村は惨状をきわめる
11月18日　日本労働組合全国評議会結成
12月5日　興津の坐漁荘で西園寺公望を暗殺計画の少年血盟団員逮捕

【1935（昭和10）年】

2月15日　東北の食糧難深刻となり、石巻市の農民〝米貸せ運動〟を開始
2月28日　美濃部達吉、天皇機関説のため不敬罪で告発される
3月23日　衆議院で国体明徴議案可決
4月6日　満州国皇帝来日
6月5日　関東軍特務機関員ら宋哲元軍に逮捕される（チャハル事件）
6月10日　国民政府、河北省からの党機関・直系軍の撤退承認（梅津・何応欽協定）
6月27日　国民政府、チャハル事件に関して日本の要求を承認（土肥原・秦徳純協定）
8月3日　政府は国体明徴に関する声明発表

8月12日　陸軍省軍務局長・永田鉄山少将、省内で皇道派の相沢三郎中佐に刺殺される
10月1日　第4回国勢調査。総人口9769万人
11月25日　冀東防共自治委員会成立
11月26日　日本ペンクラブ結成
12月8日　大本教（おおもときょう）・出口王仁三郎ら幹部が不敬罪などの容疑で逮捕（第2次大本教事件）
12月16日　天理教本部、脱税容疑で手入れ

【1936（昭和11）年】
1月15日　全日本労働総同盟結成、組合員9万5000人
2月26日　2・26事件起こる
3月9日　広田弘毅内閣成立
3月13日　大本教に解散命令
3月24日　メーデー禁止される
4月18日　国号を大日本帝国に統一
6月30日　落語家・講談師250人が愛国演芸同盟を結成、カーキ色折襟・戦闘帽の制服を決める
7月10日　コム・アカデミー事件、平野義太郎ら検挙
7月31日　IOC、次のオリンピックの開催地を東京に決定
10月20日　政府、電力国家管理要綱決定

【1937（昭和12）年】
2月2日　林銑十郎内閣成立
2月19日　徴兵検査の合格基準を緩和
4月30日　第20回総選挙
6月4日　第1次近衛文麿内閣成立
7月7日　盧溝橋で日中両軍が衝突
8月24日　国民精神総動員実施要綱を閣議で決定
8月　映画の巻頭に「挙国一致」「銃後を護れ」のタイトル現わる
9月25日　円タク（東京市内1円均一タクシー）の深夜流しを禁止
9月28日　日本婦人団体連盟結成
10月1日　東京市、出征将兵のマークを留守宅門口に取りつける
10月11日　綿花が輸入制限となり、ぜいたく品の輸入が禁止される
10月16日　「愛国公債」郵便局でも売り出す
10月25日　戦時経済の計画作成に企画院設置
11月20日　大本営設置
12月13日　日本軍、南京を占領
12月15日　第1次人民戦線事件、山川均ら400人余が検挙される

【1938（昭和13）年】

1月16日　「国民政府を対手とせず」と第1次近衛声明。対華和平交渉打切りを発表
2月1日　人民戦線第2次検挙。大内兵衛ら
3月3日　衆院で佐藤賢了中佐が議員に「だまれ」と発言、問題化
4月1日　国家総動員法公布
4月1日　国民健康保険法公布
4月6日　電力の国家管理実現される
4月10日　灯火管制規則の実施
6月9日　勤労動員はじまる
6月29日　商工省、綿製品の製造を制限、スフ（「ステープル・ファイバー〔staple fiber〕」の略。化学繊維）時代到来
7月7日　官庁、夏期半日制を廃止
7月11日　張鼓峰（満州国南端）で国境紛争起こる
8月16日　ヒットラーユーゲント来日
8月24日　羽田空港上空で民間機が衝突、市街地へ墜落。死傷者130人
8月　火野葦平「妻と兵隊」を発表
9月11日　従軍作家、続々と戦線へ
9月　銀座のデパートで代用品実用展を開催
10月27日　日本軍、武漢三鎮（中国湖北省にある武昌・漢口・漢陽の総称。現在の武漢市）を占領

11月3日　東亜新秩序建設の第2次近衛声明

【1939（昭和14）年】

1月5日　平沼騏一郎内閣成立
1月30日　内務省「防空壕心得帖」を配布
1月　勧銀で女子結婚奨励・28歳定年制
2月16日　ポストなど鉄製不急品の回収開始
3月30日　軍事教練、大学でも必修となる
4月9日　初の就職列車、秋田から580人
4月26日　青年学校、義務制となる
5月11日　ノモンハン事件起こる
6月7日　満蒙開拓青少年義勇軍2500人の壮行会挙行
6月10日　待合・料理屋など午前0時閉店を警視庁が通達
6月16日　ネオン全廃、学生の長髪禁止、パーマネント廃止など国民精神総動員委員会、生活刷新案を決定
7月1日　〝金の国勢調査〟行われる
7月6日　零式戦闘機、初の試験飛行
7月8日　国民徴用令公布
8月1日　〝物の国勢調査〟行われる
8月20日　ノモンハンで日本軍敗北

8月28日　独ソ不可侵条約締結で「欧州情勢は複雑怪奇」と平沼内閣総辞職
8月30日　阿部信行内閣成立
9月1日　初の「興亜奉公日」
9月4日　第2次大戦勃発で株式市場暴騰
9月30日　厚生省「結婚10訓」を発表
10月20日　価格統制「9・18ストップ令」実施
11月25日　白米が禁止となる

【1940（昭和15）年】
1月16日　米内光政内閣成立
3月8日　早大教授・津田左右吉『古事記及日本書紀の研究』出版で起訴される
4月1日　税金、月給からの源泉徴収となる
4月24日　米・みそ・醤油・マッチ・木炭・砂糖など10品目の切符制が決まる
5月13日　宝くじ「報国債券」割増金1万円付きで売出し
7月7日　ぜいたく品の製造販売を禁止
7月8日　日本労働総同盟解散、戦前の労働組合運動に終止符
7月22日　第2次近衛内閣成立
8月23日　新協・新築地劇団解散させられる
9月9日　金の強制買上げが決まる

9月11日　政府、部落会・町内会などの整備を各府県に通達
9月23日　日本軍、北部仏印に進駐
9月27日　日独伊3国同盟調印
10月1日　人口調査、内外地で1億500万人
10月12日　大政翼賛会発会式
10月31日　東京のダンスホール閉鎖
11月2日　国民服が制定される
11月10日　紀元2600年行事、各地で挙行
11月23日　大日本産業報国会創立

【1941（昭和16）年】

1月8日　「戦陣訓」東条陸相が発表
1月16日　大日本青少年団結成
2月21日　「豆債券」たばこ屋でも売りだす
2月26日　内閣情報局、執筆禁止者名簿を各総合雑誌に内示する
4月1日　小学校を国民学校に改称
4月1日　東京・大阪など大都市で米穀通帳・外食券制が実施される
4月1日　生活必需物資統制令公布
4月13日　日ソ中立条約調印

4月14日　東京で「国民食パン」の試食会
4月16日　日米交渉、正式に始まる
5月8日　初の〝肉なしデー〟
5月16日　日本文芸家協会、文芸銃後運動を開始
7月1日　全国の隣組、一斉常会を開く
7月18日　第3次近衛内閣成立
7月18日　サンフランシスコ航路の最終船・浅間丸、横浜出港。各社の海外航路休止となる
7月26日　在米・英資産凍結で株式市場暴落
7月28日　日本軍、南部仏印に進駐
8月12日　米価の二重価格制決まる
9月12日　産業報国会〝働け運動〟開始
10月1日　乗用車のガソリン使用全面禁止
10月7日　山口県東川ダム工事場で朝鮮人330人余が待遇改善で罷業
10月15日　ゾルゲ事件起こる
10月18日　東条英機内閣成立
11月16日　大学・専門学校の卒業繰上げ決定
11月22日　勤労奉仕義務が法制化される
12月8日　真珠湾空襲、太平洋戦争始まる
12月8日　日米開戦で天気予報が禁止される

12月19日　言論出版集会結社等臨時取締法が公布される

【1942（昭和17）年】

1月1日　食塩配給制、ガス使用割当実施
1月2日　毎月8日を大詔奉戴日と決める
1月16日　戦時大増税案発表
2月1日　衣料切符制が実施される
2月2日　婦人団体統合、大日本婦人会発足
2月21日　食糧管理法公布
3月5日　東京に初の空襲警報が発令される
4月24日　尾崎行雄、舌禍により不敬罪起訴
4月30日　第21回総選挙（翼賛選挙）
5月8日　朝鮮に徴兵制施行を決定
5月9日　金属回収令により寺院の仏具や梵鐘などが強制供出を命じられる
5月26日　日本文学報国会結成
6月8日　「弾丸切手」売出し始まる
6月9日　大政翼賛会、全面的に改組
6月17日　国語審議会、新字音仮名遣表と左横書の採用を答申
7月13日　「妊婦手帳」の交付が決まる

7月24日　一県一紙の新聞統合が発表となる
8月20日　日米交換船「浅間丸」横浜に入港
8月21日　中・高・大学等の学年短縮案決定
9月12日　細川嘉六論文掲載の「改造」発禁。筆者検挙され、泊・横浜事件に拡大
9月14日　古河工業の徴用工らが労働条件改善の嘆願署名。この頃、徴用工の待遇改善要望が各地で出される
10月11日　国鉄、時刻表に24時間制を採用
11月1日　大東亜省設置、行政簡素化を実施
11月20日　情報局「愛国百人一首」を発表
12月21日　大阪市で座席なしの改造電車試作
12月　英語雑誌名が禁止される

【1943（昭和18）年】
1月13日　ジャズなど米英楽曲・レコードの演奏が禁止される
2月1日　帝大に軍事科学の研究所設置決定
3月7日　大日本言論報国会発足
4月6日　6大学野球連盟解散
4月7日　キリスト教関係書が一斉に発禁
4月18日　山本五十六長官、ソロモン群島にて戦死

4月20日　東条内閣改造
5月1日　木炭のほか薪・たきぎまで配給制
5月31日　御前会議で「大東亜政略指導大綱」、ビルマ・フィリピンの独立決定
5月　「中央公論」に連載の「細雪」が連載禁止、社告で発表
6月4日　不耕地解消・いも増産などの食糧増産応急対策要綱、戦時衣生活簡素化実施要綱決まる
6月16日　女子・年少者の就業時間制限撤廃
6月25日　学徒の勤労奉仕が法制化される
7月1日　東京都制実施
8月19日　管理工場事業主にも徴用を実施
9月4日　上野動物園で猛獣を薬殺
9月22日　学生生徒の徴兵猶予停止
9月23日　車掌など17職種に男子の就業制限
10月12日　中学校1年短縮など、教育に関する戦時措置方策決定
10月21日　中野正剛、倒閣運動容疑で逮捕され、26日割腹自殺
11月1日　軍需・運輸通信・農商務省設置。兵役法改正で45歳まで兵役義務
11月5日　大東亜会議が東京で開催される
12月1日　第1回学徒兵入営
12月21日　都市疎開実施要綱が発表される
12月24日　徴兵適齢19歳に引下げとなる

12月31日　電力動員緊急措置決定

【1944（昭和19）年】

1月16日　軍需会社第1次指定に150社

1月29日　『中央公論』『改造』等の編集者検挙（横浜事件。7月両誌廃刊勧告）

2月4日　学徒軍事教育強化要綱を決定

2月19日　東条内閣改造（21日、東条首相兼陸相が参謀総長も兼任）

2月22日　国民登録の登録年齢拡大される

3月3日　学童給食・空地利用撤廃・一般疎開促進の3要綱決まる

3月6日　新聞の夕刊廃止となる

3月7日　中学以上の学徒動員通年実施決定

4月1日　不急旅行の禁止など旅行制限強化。歌舞伎座など全国主要劇場・映画館閉鎖。料亭・バーなど一斉休業

4月　雑炊食堂が開かれる

7月14日　東条参謀総長辞任（17日嶋田海相辞任から。18日東条内閣総辞職）

7月22日　小磯国昭内閣成立

8月1日　砂糖の家庭用配給が停止となる

8月4日　閣議で「一億総武装」を決定。東京都の学童疎開第一陣が出発

8月5日　大本営政府連絡会議が廃止され、最高戦争指導会議が設置される

8月15日　ダイヤモンドの買上げが始まる
8月22日　沖縄から本土への疎開船「対馬丸」、米潜水艦の魚雷で沈没、学童800名を含む1500人死亡
8月23日　学徒勤労令・女子挺身勤労令公布
8月31日　台湾徴兵制実施
9月4日　最高戦争指導会議で対ソ特派使節派遣を決定（16日ソ連拒否）
10月18日　男子満17歳以上の兵役編入決まる
11月7日　ゾルゲと尾崎秀実の死刑執行

【1945（昭和20）年】
1月13日　東海地方大地震、死者1961名
2月22日　東京に40年ぶりの大雪
3月10日　東京大空襲。この頃から空襲激化
3月18日　学校授業の1年間停止が決まる
4月5日　日ソ中立条約不延長をソ連が通告
4月7日　小磯内閣に代わり、鈴木内閣発足
5月7日　ドイツ軍、連合国軍に無条件降伏
6月30日　秋田県花岡鉱山で強制労働の中国人850人蜂起、420人が虐殺される
7月11日　主食配給2合1勺になる（1割減）
7月13日　和平斡旋に近衛文麿派遣をソ連に申入れ（18日拒否される）

7月17日　ポツダム会談（26日共同宣言発表）
8月6日　広島に原爆投下
8月8日　ソ連が対日宣戦布告
8月9日　長崎に原爆投下
8月10日　御前会議でポツダム宣言受諾決定
8月14日　ポツダム宣言受諾を連合国に通告
8月15日　正午、天皇「終戦の詔勅」を放送。鈴木貫太郎内閣総辞職
8月17日　東久邇宮稔彦内閣成立
8月20日　河辺特使、マニラで連合軍と折衝。灯火管制・信書の検閲廃止となる
8月22日　天気予報、3年8カ月ぶりに復活
8月24日　八高線で列車事故。この頃列車事故が多発
8月26日　占領軍向けの特殊慰安施設協会（RAA）が銀座にできる
8月28日　占領軍第1陣が厚木飛行場に到着。授業再開9月中旬までにと通達
8月30日　マッカーサー、厚木に到着
9月2日　米艦ミズーリ号上で降伏文書調印
9月3日　英記者「ノー・モア・ヒロシマ」で被爆の惨状を世界に報告
9月11日　連合国総司令部（GHQ）、東条英機ら39人を戦犯として逮捕指令
9月13日　大本営廃止
9月17日　枕崎台風、西日本を襲う

9月26日　復員第1船、メレヨン島（現在のミクロネシア連邦ウォレアイ環礁）から帰国
9月27日　天皇、マッカーサー元帥を訪問
10月4日　GHQ、治安維持法の廃止・政治犯釈放・特高警察の罷免など指令
10月5日　戦後初の全国的組合として、全日本海員組合創立
10月9日　幣原喜重郎内閣成立
10月10日　徳田球一ら政治犯3000名釈放
10月11日　「人権確保の5大改革」指令。戦後第1作映画「そよかぜ」封切、主題歌の「りんごの歌」が大流行
10月24日　国際連合発足。読売新聞社第1次争議起こる。内閣に憲法問題調査委員会を設置。待合・バーの閉鎖解除
11月1日　全国人口調査実施、7199万8107人。女性、男性を420万人上回る。飢餓対策国民大会、日比谷で開催
11月2日　財閥解体指令出される。日本社会党結成（書記長・片山哲）
11月9日　日本自由党結成（総裁・鳩山一郎）
11月24日　理研・京大・阪大のサイクロトロンをGHQが破壊
12月1日　陸軍省・海軍省廃止。共産党大会19年ぶりに開催。
12月9日　農地改革指令出される
12月15日　国家と神道の分離を指令される
12月17日　衆院選挙法改正（婦人参政権など）

12月22日　労働組合法公布
12月31日　修身・日本史・地理の授業停止指令

【1946（昭和21）年】
1月1日　天皇、人間宣言
1月4日　軍国主義者の公職追放、超国家主義団体の解散を指令
1月26日　野坂参三帰国歓迎国民大会
2月17日　金融緊急措置令で新円切替え
3月3日　物価統制令公布
3月9日　食糧事情悪化で25都市へ転入禁止
3月16日　婦人民主クラブ結成
4月7日　幣原内閣打倒デモに警官発砲
4月10日　第22回総選挙、初の婦人議員誕生
4月22日　幣原喜重郎内閣総辞職
4月30日　経済同友会設立
5月1日　メーデー、11年ぶりに復活
5月19日　東京で食糧メーデー
5月22日　第1次吉田茂内閣発足
6月26日　吉田首相「新憲法第9条は自衛権の発動としての戦争も交戦権も放棄したもの」と衆院で発言

7月12日　読売スト、16日まで新聞発行不能
7月19日　東京26大学高専で自治権確立学生大会
7月24日　7万5000人解雇をめぐり国鉄争議
8月1日　日本労働組合総同盟結成
8月19日　全日本産業別労働組合会議結成
10月1日　産別系組合の10月闘争始まる
10月19日　軍需補償打切りの法律公布
11月1日　第1回国民体育大会開催。主食配給2合5勺となる
11月3日　日本国憲法公布
11月16日　政府、当用漢字・新かなづかい告示
12月17日　生活権確保の内閣打倒国民大会

【1947（昭和22）年】
1月18日　全官公労「2・1ゼネスト宣言」
3月31日　第1回農地買収実施
4月1日　6・3制が実施される。町内会・部落会・隣組が廃止される
4月5日　第1回統一地方選挙
4月7日　労働基準法公布
4月14日　独占禁止法公布

4月20日　第1回参議院選挙
4月25日　第23回総選挙、社会党が第1党に
5月1日　天皇、日本人記者と初会見
5月3日　日本国憲法施行
5月19日　経営者団体連合会結成
5月20日　第1特別国会召集される
6月1日　片山哲内閣成立
6月8日　日本教職員組合結成
7月4日　初の「経済白書」が発表される
7月7日　1800円ベースの新物価体系
7月20日　主食の遅配、全国平均20日に及ぶ
8月4日　最高裁判所発足
9月3日　日雇240円〝ニコヨン〟の呼称誕生
10月1日　国勢調査、総人口7810万人余
10月10日　キーナン検事「天皇に戦争責任なし」と言明
10月11日　配給食糧だけで暮らした判事が死亡
10月14日　11宮家が皇籍離脱
10月21日　国家公務員法公布
10月26日　改正刑法公布、不敬罪・姦通罪廃止

11月20日　衆院、炭鉱国家管理法案で大混乱
12月22日　改正民法公布、「家」制度廃止

【1948（昭和23）年】

1月6日　ロイヤル米陸軍長官「日本を共産主義に対する防壁にする」と演説
1月15日　寿産院事件発覚
1月26日　帝銀事件発生
2月1日　混血児収容施設「エリザベス・サンダースホーム」開園
2月10日　片山内閣総辞職
3月7日　地方分権の新警察制度発足
3月10日　芦田均内閣成立
3月15日　民主自由党結成（総裁・吉田茂）
4月1日　新制高校・大学が発足
5月1日　海上保安庁設置。軽犯罪法公布
6月16日　日ソ貿易協定調印
7月13日　優生保護法公布
7月20日　「国民の祝日」制定
7月30日　人身保護法公布
7月31日　公務員争議権否認の政令201号公布

8月19日　スト中の東宝撮影所に武装警官隊
8月16日　マッチ、8年ぶりに自由販売
8月18日　「全学連」結成される
8月30日　昭電事件で栗栖赳夫経済安定本部総務長官逮捕
10月6日　西尾末広逮捕で内閣総辞職決定
10月19日　第2次吉田内閣成立
11月1日　教育委員会発足。主食配給2号7勺となる
11月24日　文部省、PTAの結成を促す

【1949（昭和24）年】
1月1日　大都市への転入制限解除される
1月12日　教育公務員特例法公布
1月23日　第24回総選挙（民自党264議席）
2月16日　第3次吉田内閣成立
4月1日　野菜統制撤廃、市場の“セリ”再開
4月23日　1ドル360円の単一為替レート設定
5月31日　大量人員整理の行政機関職員定員法を公布
6月1日　ビヤホールが復活
6月10日　国電スト中、東神奈川で組合管理の人民電車運転

6月30日　平事件起こる
7月4日　国鉄第1次整理3万700人を発表
7月5日　下山事件
7月15日　三鷹事件
7月26日　東芝スト突入
8月17日　松川事件
9月14日　東京の露店廃止が決まる
10月20日　東京都公安条例公布・施行
10月　『きけわだつみのこえ』刊行
11月27日　全国紙夕刊発行、4年9カ月ぶり
12月24日　A級戦犯容疑者釈放

【1950（昭和25）年】

1月7日　1000円札発行
1月19日　社会党分裂（4月3日に妥協統一）
1月31日　米軍首脳、在日軍事基地強化声明
2月27日　平和を守る会発足
3月1日　自由党結成（総裁・吉田茂）。池田蔵相「中小企業の一部倒産もやむなし」と放言、問題化
4月1日　魚・綿製品の統制廃止

4月15日　公職選挙法公布
4月19日　〝つまみ食い〟横領事件の早船自首
4月26日　野党外交対策協議会「平和・永世中立・全面講和」の共同声明
4月28日　日本学術会議、戦争のための研究に従わないことを決議。苫米地義三ら国民民主党結成
5月2日　東北大学生、イールズ講演拒否闘争。北大でも同闘争（レッドパージ反対）
5月3日　吉田首相、南原東大総長の全面講和論を〝曲学阿世の徒〟と非難
5月3日　マッカーサー元帥、共産党非合法化を示唆
6月1日　「外交白書」で単独講和方針明示
6月2日　警視庁、デモ・集会禁止（25日解除）
6月4日　第2回参議院選挙
6月6日　共産党の徳田球一ら幹部追放
6月25日　朝鮮戦争始まる。マ元帥「アカハタ」の停刊を指令
7月8日　マッカーサー元帥、警察予備隊創設を指令
7月11日　「総評」結成
7月17日　株式市場〝朝鮮特需〟で大盛況
7月28日　報道部門のレッド・パージ開始
8月10日　警察予備隊（現自衛隊）設置
8月29日　文化財保護委員会発足
9月24日　オー・ミステイク事件、犯人逮捕

9月　8大都市の小学校で完全給食実施
10月5日　都学連、レッド・パージ反対スト
10月7日　池田蔵相「貧乏人は麦を食え」放言

【1951（昭和26）年】

1月1日　マッカーサー元帥年頭声明で日本再武装論
1月15日　全面講和愛国運動協議会（全愛協）結成、署名運動始まる
2月23日　共産党4全協、武力闘争方針決定
4月1日　米屋の民営復活
5月1日　新聞出版用紙の統制撤廃
5月3日　総評幹部、憲法記念式典場のデモで検挙される
5月5日　児童憲章制定
6月21日　ＩＬＯ及びユネスコに加盟
7月2日　朝鮮休戦の影響で繊維相場暴落
7月6日　アナタハン島での日本兵19人“女王”比嘉和子と帰国
8月7日　日教組「教師の倫理綱領」決定
9月1日　民間放送始まる
9月4日　サンフランシスコ講和条約会議
9月8日　対日平和条約・日米安保条約調印

10月24日　社会党、左右両派に分裂
11月2日　公娼復活反対協議会結成
11月12日　京大学生、天皇来校に公開質問状

【1952（昭和27）年】　講和発効までの出来事

1月16日　復興金融公庫解散
1月18日　韓国「李承晩ライン」を設定
1月21日　札幌市で白鳥警部射殺事件
1月23日　NHK、国会議事中継を初めて放送（衆院本会議）
2月8日　改進党結成
2月13日　安保条約に基づく日米合同委員会設置
2月15日　第1次日韓正式会談開始（4月26日、対立のまま打切り）
2月20日　東大・ポポロ劇団上演中に私服警官潜入、問題化する（ポポロ事件）
2月28日　日米行政協定調印
3月6日　吉田首相「自衛のための戦力は違憲にあらず」と参院予算委員会で答弁（10日　前言を訂正）
4月1日　琉球政府発足。13年ぶりに砂糖の統制撤廃
4月11日　ポツダム指令廃止の法律公布
4月12日　破防法反対第1波スト
4月28日　対日平和・安保条約発効。GHQ廃止

7月31日　破防法公布、公安調査庁発足
8月1日　警察予備隊海上警備隊を統合、保安隊発足

プロフィール

福島菊次郎

ふくしま・きくじろう

1921 年、山口県下松市生まれ。

1960 年に上京、プロ写真家となる。

戦後、国に見捨てられた被爆者の苦しみを撮影し続け、『ピカドン』を出版（1961 年）。上京後は三里塚闘争、ベトナム反戦市民運動、全共闘運動、自衛隊と兵器産業、公害問題、若者の風俗、福祉問題、環境問題など、多岐にわたる現場を取材。海外では中近東、アラブ、ソビエトなどを長期取材。

いかなる政党・セクトにも属さず。

『文藝春秋』などの総合雑誌グラビアに 3300 点を発表。写真集は 10 冊を超える。

その後、文字による『写らなかった戦後 ヒロシマの嘘』（2003 年）『写らなかった戦後 2 菊次郎の海』（2005 年）を出版。

論評、エッセイなど多数。

また、「写真で見る日本の戦後展」など写真展を全国で開催、1989 年から現在まで 700 カ所以上に写真パネルの貸し出しを行っている。

賞歴：カメラ誌ベストテン賞（1952 ～ 54 年）、山口県芸術文化奨励賞（1958 年）、日本写真批評家賞特別賞（1960 年）などを受賞。

彫金でも活躍し、日本彫金作家ベストテンにランクされたこともある。個展 18 回。

1982 年、自給自足の生活をめざし瀬戸内海の無人島に入植。

1999 年、山口県下関市に写真資料館を開館。

2000 年 8 月、同県柳井市に写真美術館開館。

戦争責任を問い続け、文字どおり命を懸けたジャーナリスト「伝説の報道写真家」として知られる。2007 年と 2008 年に東京で開催された「遺言講演会」では、会場にあふれる老若男女を前に、長時間にわたりジャーナリズムのあり方などをタブーなく論じた。

2010 年 8 月には最後の「遺言講演会」を東京で行う。

現在は柴犬を伴侶として柳井市に在住。


【写真集および著書】

『ピカドン　ある原爆被災者の記録』（1961 年、東京中日新聞）
『ガス弾の谷間からの報告』（1969 年、MSP 出版）
『迫る危機　自衛隊と兵器産業を告発する』（1970 年、現代書館）
『戦場からの報告　三里塚・終りなきたたかい』（1977 年、社会評論社）
『原爆と人間の記録』（1978 年、社会評論社）
『公害日本列島』（1980 年、三一書房）
『叛逆の現場検証（日本の戦後を考える）』（1980 年、三一書房）
『リブとフーテン（日本の戦後を考える part2）』（1981 年、三一書房）
『天皇の親衛隊』（1981 年、三一書房）
『戦争がはじまる』（1987 年、社会評論社）
『瀬戸内離島物語』（1989 年、社会評論社）
『写らなかった戦後　ヒロシマの嘘』（2003 年、現代人文社）
『写らなかった戦後 2　菊次郎の海』（2005 年、現代人文社）

写《うつ》らなかった戦後《せんご》3　福島菊次郎遺言集
殺すな、殺されるな

2010年9月15日　第1版第1刷
2014年2月28日　第1版第2刷

著　者　福島菊次郎
発行人　成澤壽信
編集人　一ノ瀬清美
　　　　木村暢恵
発行所　株式会社 現代人文社
〒160-0004 東京都新宿区四谷2-10 八ツ橋ビル7階
電話：03-5379-0307(代)　FAX：03-5379-5388
E-mail : henshu@genjin.jp（編集）hanbai@genjin.jp（販売）
Web : http://www.genjin.jp

装　幀　Malpu Design（清水良洋）
発売所　株式会社 大学図書
印刷所　シナノ書籍印刷 株式会社

検印省略　Printed in JAPAN

ISBN 978-4-87798-456-4 C0036
JASRAC 出 1009645-001